हाथ की लकीरें

हाथों की लकीरों पे मत जा ए ग़ालिब
किस्मत उनकी भी होती है जिनके हाथ नहीं होते

हाथ की लकीरें

भाईचन्द पटेल

वाणी प्रकाशन

मूल अंग्रेज़ी संस्करण : 'मदर्स, लवर्स एंड अदर स्ट्रैंजर्स'
हिन्दी अनुवाद : नीरू

वाणी प्रकाशन
4695, 21-ए, दरियागंज, नयी दिल्ली 110 002
शाखा
अशोक राजपथ, पटना 800 004
फ़ोनः +91 11 23273167 फ़ैक्सः +91 11 23275710
www.vaniprakashan.in
vaniprakashan@gmail.com
sales@vaniprakashan.in

HAATH KEE LAKEEREN
by Bhaichand Patel
Translated by Neeru

ISBN : 978-93-5000-472-2
Novel

प्रथम संस्करण

मूल्य : ₹ 300

सिटी प्रेस, दिल्ली-110 095 में मुद्रित

वाणी प्रकाशन का लोगो मक़बूल फ़िदा हुसेन की कूची से

यह पुस्तक
फ़िजी
और वहाँ के लोगों को
समर्पित है
जहाँ मैंने अपना बचपन बिताया

लकीरों से पहले...

सुबह के झुटपुटे में एक आदमी रेल की पटरियों पर बेतहाशा भागा जा रहा था। उसे लोअर पारेल स्टेशन से लोकल पकड़नी थर। तभी उसे एक शव दिखायी पड़ा। हर दिन की तरह वह अपनी जान को ख़तरे में डालकर छोटे-सँकरे रास्ते से जा रहा था। स्टेशन पहुँचने पर उसने स्टेशन मास्टर को इसकी सूचना दी। स्टेशन मास्टर ने तुरन्त पुलिस को बुलाया और तब तक उससे वहीं रुकने को कहा। अब थोड़ी ही देर में यहाँ आने-जाने वाले लोगों की भीड़ बढ़ने लगेगी। स्टेशन मास्टर के पास दोनों ओर से आने वाली गाड़ियों को रोक देने के सिवा और कोई चारा नहीं था।

स्टेशन पर उद्घोषणा सुनते ही माइकेल सौज़ा बुदबुदाया, 'शिट!' उसे आज दोपहर तक एक रिपोर्ट फ़ाइल करनी थी। इस बार भी यदि वह तय सीमा पर काम नहीं कर पाया तो 'द इवनिंग हेराल्ड' का सम्पादक दुखी होगा। उसने डिब्बे की खिड़की से बाहर देखा। उसकी किस्मत अच्छी थी कि गाड़ी स्टेशन पर ही अटकी थी। दूसरे सभी यात्री अपनी सीटों एवं हत्थों को कसकर पकड़े हुए थे। वह गाड़ी से उतर गया।

'पटरियों पर एक शव मिला है', एक आदमी ने सूचित करते हुए कहा।

यह अच्छी ख़बर नहीं थी। वे घण्टों फँसे रह सकते हैं। सौज़ा ने नरीमन पॉइण्ट के अपने दफ़्तर पहुँचने के लिए टैक्सी लेने की सोची। लेकिन जब भीड़भाड़ में रास्ता बनाते हुए वह स्टेशन से बाहर पहुँचा तो उसका दिल बैठ गया। लम्बी क़तार में लोग खड़े थे–ज़्यादातर सूट पहने हुए लोग। इन सबको टैक्सी लेनी थी। उसने फिर कहा, 'शिट!' वह जिस क़तार में खड़ा था, वह धीरे-धीरे रेंग रही थी। पन्द्रह मिनट बीत जाने पर उसकी आस जाती रही। उसे अब ऐसा कोई उपाय नहीं सूझ रहा था जिससे कि तय समय सीमा के भीतर काम पूरा हो जाये।

सौज़ा ने मन-ही-मन भगवान का नाम लिया और गली पार कर उस ईरानी रेस्तराँ में पहुँच गया जिस पर काफ़ी समय से उसकी नज़र थी। जैसा कि उसे

अन्दाज़ा था, कैशियर ने लोगों के उपयोग के लिए डेस्क पर एक टेलिफ़ोन रखा था। साथ वाले बोर्ड पर इस बात का संकेत किया गया था कि पाँच मिनट से अधिक बात न करें। इतना समय बहुत है! उसने चीफ़ रिपोर्टर का डायरेक्ट नम्बर मिलाया।

'उन्हें रेल की पटरी पर एक और शव मिला है', उसने बताया।

चीफ़ रिपोर्टर ने पूछा, 'क्या कोई दुर्घटना हुई है?'

'कुछ और भी हो सकता है। मैं पता कर लेता हूँ।'

भू-माफिया ने पिछले कुछ महीनों से शहर में तहलका मचाया हुआ था। बहुमंज़िला इमारतें बनाने के लिए जिन लोगों ने अपने मकान बेचने से इनकार किया था, उन्हें उड़ा दिया गया था ताकि दूसरों को चेतावनी मिल सके।

सम्पादक ने थोड़ी देर सोचा और कहा, 'यह एक एक्सक्लूसिव स्टोरी हो सकती है।'

सौज़ा की दूसरी स्टोरी को ताक पर रख दिया गया और उसने पाया कि वह एक नये 'एसाइनमेण्ट' पर काम कर रहा था। वह स्टेशन लौट आया, प्लेटफ़ॉर्म से अभी भी सुनसान पड़ी हुई पटरियों पर कूद गया और चर्चगेट एण्ड पर छोटी-सी भीड़ की ओर बढ़ गया।

जहाँ पर शव मिला था, वहाँ घेराबन्दी कर दी गयी थी। उसने दो पुलिसकर्मियों को अपने प्रेस का कार्ड दिखाया। उसे भीतर आने दिया गया। एक सरकारी सफ़ाईकर्मी ने सफ़ेद चादर से शव को ढक दिया था जो ऐसी दुर्घटनाओं के लिए प्रायः स्टेशन की अलमारियों में रखी रहती हैं और किसी दान संस्था के द्वारा स्टेशन को दान में दी गयी होती हैं। सौज़ा ने कुछ नोट्स लिए और सायरन बजाती जीप में अपने दलबल के साथ इंस्पेक्टर अविनाश वाघले के पहुँचने तक प्रतीक्षा करता रहा। उसके दिमाग़ में इंस्पेक्टर का देर से पहुँचना दर्ज़ था। वाघले ने शव से चादर उठाई, जल्दी से मुआयना किया और अपने स्टाफ़ से शव को प्लेटफ़ॉम पर रखने के लिए कहा ताकि गाड़ियों की आवाजाही शुरू की जा सके।

जिस आदमी को शव मिला था, वह बेतरह घबराया हुआ था। उसे पूरा विश्वास था कि पूछताछ के दौरान उसे पीटा जायेगा। वाघले उस आदमी से स्टेशन मास्टर के कमरे में मिला था। यह उस आदमी का सौभाग्य था कि वाघले को उसमें वैसा कुछ नहीं नज़र आया। वाघले ने उसे एक नज़र देखते ही समझ लिया कि मृत व्यक्ति से इसका कुछ लेनादेना नहीं। वह दुबला-पतला, कुपोषित-सा और वर्दी पहने था—वाघले ने अनुमान लगाया कि वह मध्य बम्बई के किसी दफ़्तर में कोई चपरासी होगा। इंस्पेक्टर ने सिगरेट सुलगाई—वह अपनी वर्दी में नहीं था।

उसने उस आदमी से बैठने के लिए कहा। जैसा कि वह उम्मीद कर रहा था, उस आदमी को अपनी जगह मालूम थी। उसने कहा कि वह बिल्कुल ठीक खड़ा है।

'मुझे बताओ, क्या हुआ था', वाघले ने तटस्थ होकर धीरे से पूछा।

वह व्यक्ति थोड़ा निश्चिन्त हुआ। उसने जैसा था, वैसा बता दिया। वह पटरियों के साथ-साथ स्टेशन की ओर बढ़ रहा था तभी उसने शव देखा। उसने न तो उसे छुआ और न ही उसके पास गया, बस स्टेशन पर इसकी सूचना दे दी।

'चिन्ता मत करो। तुमने ठीक किया।'

वाघले ने एक ऑफ़िसर को बुला कर उसके घर और दफ्तर का पता और फ़ोन नम्बर लेने के लिए कहा ताकि उससे सम्पर्क किया जा सके। उसे कहा गया कि वह पुलिस को सूचित किए बिना शहर छोड़ कर बाहर नहीं जायेगा। जहाँ तक वाघले का सम्बन्ध था, मामला समाप्त हो गया था। एक और दिन, एक और लावारिस शव। ऐसी घटनाएँ घटती रहती हैं। रिपोर्ट तैयार करने में ज़्यादा समय नहीं लगेगा।

इस दौरान सौज़ा ने एक शब्द भी नहीं बोला। स्टेशन मास्टर के कार्यालय के एक कोने में वह चुपचाप खड़ा था। उन्होंने उसे अवश्य ही रेलवे का कोई कर्मचारी समझा होगा।

'क्या यह एक दुर्घटना है?' इंस्पेक्टर जब जाने लगा तो सौज़ा ने पूछा। वाघले ने आश्चर्य से मुड़कर देखा।

सौज़ा ने कहा, 'सर, मैं 'द इवनिंग हेराल्ड' से हूँ।

'हम जल्दी ही पता लगा लेंगे।' इंस्पेक्टर ने झिझकते हुए कहा।

इस समय उसे रिपोर्टर की मौजूदगी का अन्दाज़ा नहीं था। विशेष रूप से उसने जैसे ही शव से चादर हटाई थी, उसे किसी गड़बड़ी की आशंका हो गयी थी।

सौज़ा की नमक-मिर्च लगाकर लिखी गयी रिपोर्ट 'सान्ध्य पत्र' में प्रकाशित हुई।

वाघले ने बुदबुदाते हुए गाली दी, यह मामला पुलिस फाइलों में दबने वाला नहीं है...

एक

1

सन्ध्या पूरे दिन गुलाब-सी महकती और शामों को पेरिस की गन्ध बिखेरती, हालाँकि यह गर्मियों का मौसम था। वह लम्बी और इकहरे बदन की थी, उसके गालों की हड्डियाँ तराशी हुई थीं। उसकी रंगत बहुत प्यारी-सी थी। ऐसी रंगत को रविवार के वैवाहिक कॉलमों में 'गेहुँआ' रंग कहा जाता है। उसके बाल लम्बे और चमकीले थे, जिन्हें लोग मुड़-मुड़ कर देखा करते।

रवि सन्ध्या से पहली बार एक पुस्तक विमोचन समारोह में मिला था। वेटर छतरियों के इर्द-गिर्द डबलरोटी के टुकड़ों पर भुनी हुई मछली एवं जैतून लिए आ-जा रहे थे। उस समय रवि की आयु लगभग पैंतीस वर्ष थी। शैम्पेन महाराष्ट्र से मँगवाई गयी थी, फ्रांस से नहीं और व्हिस्की स्कॉच थी, ब्लैक लेबल नहीं लेकिन फिर भी यह कोई साधारण समारोह नहीं था।

जिस पुस्तक का विमोचन हुआ था, वह एक बॉलीवुड फ़िल्म के निर्माण की कहानी थी, एक बेकार प्रकाशन। इस फ़िल्म का संगीत रवि ने दिया था, बैकग्राउण्ड और मुख्य साउण्डट्रैक भी। पुस्तक का लेखन लन्दन में एक फ़िल्म संस्थान की क्यूरेटर ने किया था, जहाँ उसने एशिया की फ़िल्मों का विशेष अध्ययन किया था। निर्माता ने इस कॉफ़ी टेबल बुक को तैयार करने के लिए उसे एक बड़ी राशि दी थी। इस पुस्तक पर काम करते हुए लेखिका ने छह शानदार महीने बिताये थे। बिना कोई पैसा ख़र्च किये वह बम्बई में चार तारा होटलों में रही थी और उत्तरी उपनगरों में डिनर करती और शराब पीती।

रवि एलिस को बॉलिवुड पार्टियों के माध्यम से जानता था और उसी ने रवि को इस पुस्तक विमोचन समारोह में आने के लिए मनाया था। परन्तु भाषणों एवं प्रेस के इण्टरव्यू हो चुकने के बाद उसने पाया कि वह एक कोने में बैठा था, अनमने ढंग से पुस्तक के पन्ने पलटता हुआ।

'तुम क्या सोच रहे हो?'

रवि ने नज़रें ऊपर उठायीं।

वह एक युवती थी, जिसने उससे प्रश्न किया था। वह मुस्कुरायी और अपना हाथ आगे बढ़ाते हुए कहा, 'मैं सन्ध्या हूँ, लगता है कि तुम बोर हो रहे हो।'

'तुम्हें टुथपेस्ट का विज्ञापन मिलना चाहिए,' रवि कहने ही वाला था। उसने पुस्तक बन्द की और हलके से मुस्कुराया। वह शर्मीले स्वभाव का बहुत कम बात करने वाला इनसान था जो अपने साथ काम करने वालों से एक सम्मानजनक दूरी बनाये रखता था, यहाँ तक कि उसके एकाकी स्वभाव को लोग उसका घमण्ड समझ बैठते। वह सुरुचिपूर्ण पोशाक पहनता और बहुत हलकी आवाज़ में बात करता, छह फ़ीट के क़द के साथ वह लम्बा माना जाता था। हालाँकि वह स्टार जैसा नहीं था परन्तु जिस उद्योग में कैमरे के पीछे से लोगों के पसीने की बू आती और तम्बाकू भरा पान चबाते मिलते, उसमें वह काफ़ी सजीला था।

रवि ने उससे हाथ मिलाते हुए कहा, 'बिल्कुल भी नहीं। मैं रवि कुमार हूँ।'

'मैं आपकी प्रशंसक हूँ,' कहते हुए वह प्रेम का इज़हार-सा करती लग रही थी; जितना उसने चेष्टा की थी, उससे कहीं अधिक।

रवि ने कहा, 'मैं नहीं जानता था कि बम्बई के इस इलाके में लोग फ़िल्म संगीत भी सुनते हैं।'

उसने हँसते हुए कहा, 'तुम्हें जानकर हैरानी होगी, वे छिप-छिप कर ऐसा करते हैं। परन्तु तुम कैसे जानते हो कि मैं कहाँ रहती हूँ?'

वह उसे बताना चाहता था कि वह इस सर्कल में उससे मिलने वाली महिलाओं से अलग थी—वह उसके बात करने के लहज़े, उसकी पोशाक और उसके आत्मविश्वास से यह बता सकता था। वह पुराना सिक्का थी। इस नगर में इतने समय से थी कि बता सके कि वह गुजरात से थी। उसके हाथ में वाइन का गिलास बहुत उत्साहित करता था।

'वाइन कैसी है?'

उसने मुँह बनाया और हँस दिया।

'तुम्हें स्कॉच लेनी चाहिए थी।'

'मैं 'देसी स्टफ' को नहीं छूती, इससे मैं खिलखिलाकर हँसने लगती हूँ।'

एलिस ने जब उसकी बाँह पकड़ी तो उसने कहना चाहा कि उसे खिलखिलाती हुई महिलाएँ अच्छी लगती हैं।

'ये.....हैं,' रवि ने परिचय करवाना प्रारम्भ किया।

'एलिस, मैं जानती हूँ। मैं जब लन्दन में पढ़ाई कर रही थी तो हम एक ही कमरे में रहते थे।'

'वह सबसे अच्छा साल था। सन्ध्या मुझे किसी सम्बन्धी के यहाँ लंच पर

लेकर जाती और फिर वेम्बले में हिन्दी फ़िल्मों के लिए वे गाने, डांस, लड़ाई—बहुत मज़ा आता। तब पहली बार मैं बॉलीवुड पर फिदा हो गयी थी।' एलिस मुस्कुराते हुए सन्ध्या की ओर मुड़ी। 'यहाँ के बाद तुम हमारे साथ डिनर पर चलो न?'

'हाँ, हाँ,' रवि ख़ुश हो गया था।

वे तीनों लिफ़्ट से होटल की छत पर बने रेस्तराँ में पहुँचे। उन्हें अपने साथ बैठने के इच्छुक जान-पहचान के लोगों को टालना पड़ा—पुस्तक प्रकाशक, एक फ़िल्मी पत्रिका का रिपोर्टर—परन्तु एलिस ने झूठ बोला कि उनके पास केवल चार लोगों के लिए सीटें बुक हैं तथा अभी कोई और भी उनके साथ आने वाला है। वह जानती थी कि उन लोगों ने उसका विश्वास नहीं किया था और उसे इसकी परवाह नहीं थी। जैसे ही वे बैठे, एलिस ने शिकायत भरे लहज़े में कहा, 'मैं यहाँ पहले नहीं आयी, यह जगह बहुत बढ़िया है।' उसने वेजिटेबल सूप और सलाद मँगवाये। रवि तो यह भी बता सकता था कि एलिस टिक्का खाने के लिए बेचैन थी। जब से वह बम्बई पहुँची थी, उसे एक बार भी टिक्का नहीं मिला था। रवि ने अपने लिए पास्ता मँगवाया।

दोनों महिलाएँ अपने लन्दन के दिनों की बात करने लगीं, रवि पियानो पर बजाये जा रहे पुराने गाने सुनता रहा। पियानो बजाने वाले ने रवि को पहचान लिया था, रवि कमरे को पार करते हुए उसके पास पहुँचा और उसकी कला की प्रशंसा की। रेस्तराँ धीरे-धीरे भर गया, गिलास खनकने लगे, लोग हँस रहे थे, बातें कर रहे थे। कुछ लोग औरों की तुलना में अधिक ज़ोर से बोल रहे थे।

बाद में वे होटल के दरवाज़े पर खड़े अपनी कारों के पहुँचने की प्रतीक्षा कर रहे थे, तभी एक बुज़ुर्ग दम्पति दरवाज़े से बाहर आया। आदमी एक हाथ में छड़ी लिए था और महिला उसकी दूसरी बाज़ू को पकड़े थी। वे सीढ़ियाँ उतरने का प्रयास करने लगे। सन्ध्या माफ़ी माँगते हुए उनके पास से हटी और वृद्ध दम्पति के पास पहुँची। उसने वृद्ध की छड़ी को पकड़ते हुए अपना सुन्दर हाथ उनकी बाज़ू पर रखा तो रवि ने देखा कि वृद्ध के चेहरे पर अथाह प्रसन्नता छा गयी। वह वृद्ध दम्पति से बातें करती रही, उसकी छरहरी काया—उसकी साड़ी की कोमल सिल्क उसके घुमावों को और उभार रही थी, उसके लम्बे बाल उसकी कमर तक लटकते हुए उसकी खुली त्वचा को सहला रहे थे।

एलिस ने हलके-से अपनी जैकेट की बाज़ू मोड़ ली। 'ऐसे घूरकर देखना अशिष्ट लगता है।'

वह शरमा गया और देखा कि वह उसे चिढ़ा रही थी।

तभी उसने कहा, 'कारें आ गयी हैं।'

2

रवि बस से रेलवे स्टेशन उतरा। यहीं पर उसे एक गाड़ी मिलेगी जो उसे मैदानों में ले जायेगी। यह उस लड़के की, जो अभी सोलह वर्ष का भी नहीं हुआ था, पहली रेल यात्रा थी। उसने तीसरे दर्जे की एक टिकट एडवांस में बुक करवाई थी। उसे एक अनारक्षित डिब्बे में सीट मिली।

उसने सीटी बजने की आवाज़ सुनी और किसी को हरी झण्डी लहराते देखा। गाड़ी ने आगे की ओर झटका दिया और फिर स्पीड पकड़ ली। रवि अपनी खिड़की से बाहर का नज़ारा देख रहा था। यह अप्रैल का महीना था, खेत सूखे थे और छोटे बच्चे चिल्लाते और हाथ हिलाते हुए पागलों जैसे गाड़ी के साथ भागते थे।

कुछ स्टॉप के बाद डिब्बे में भीड़ हो गयी। भीतर बहुत गर्मी और घुटन थी और ऊपर चल रहा एकमात्र पंखा कोई राहत नहीं दे पा रहा था। रवि खुश था कि उसे खिड़की वाली सीट मिली थी। कुछ यात्रियों को अपने सूटकेसों पर बैठना पड़ा था और कुछ यात्री ऊपर की बर्थ पर चढ़कर बैठ गये थे। वहाँ वे तुरन्त फैलकर बैठ गये जिससे दूसरे ऊपर न चढ़ें।

पहली शाम तक डिब्बे में इतनी भीड़ हो गयी थी कि हिलना-डुलना भी कठिन था। रास्तों में सामान के ढेर थे। तीन व्यक्तियों के लिए बनी बर्थ पर छह-छह लोग बैठे थे। कुछ महिलाएँ खड़ी रहीं और किसी भी पुरुष ने अपनी सीट छोड़ने का कोई प्रयास नहीं किया, बुज़ुर्ग महिलाओं के लिए भी नहीं। लगभग सारा दिन रवि अपनी सीट से नहीं उठा। हालाँकि उसे बाथरूम जाने की बहुत अधिक ज़रूरत थी लेकिन वह खिड़की के पास की अपनी सीट नहीं छोड़ना चाहता था।

शौचालय डिब्बे के एक सिरे पर था, ज़मीन पर बना एक छेद-भर और रवि को इसे समझने में थोड़ा वक़्त लगा। एक सीट पर जब कोई व्यक्ति बैठ जाता तो वह सीट उसी की हो जाती, सीट पर बैठी महिला अथवा पुरुष शौचालय जा सकते थे और ताज़ी हवा में साँस लेने अथवा अपनी टाँगें सीधी करने के लिए स्टेशनों पर उतर सकते थे।

साँझ ढले उसने खाने का पैकेट खोला। यह उसके एक दोस्त की माँ ने तैयार करके दिया था—पूरी, करारी सब्ज़ी, कच्चे कटे प्याज़ और हरी मिर्च। वह जितना खा सकता था, खाया और बाकी को लपेटकर अगली सुबह के नाश्ते के लिए रख लिया। उसने पानी की बोतल से खिड़की में हाथ धोया। पानी की यह बोतल उसने एक स्टेशन पर भरी थी जहाँ गाड़ी रुकी थी। वह उस रात लगभग बेहोशी की हालत में सोया जो दिन भर बैठे रहने की असुविधा से पैदा हुई थी।

डिब्बे में अधिकतर यात्री लम्बी यात्रा पर थे। अनुभवी यात्रियों ने रात में डिब्बे का दरवाज़ा भीतर से बन्द कर लिया जिससे कि रास्ते में आने वाले स्टशनों पर और लोग डिब्बे में न चढ़ें। डिब्बे में पहले ही बहुत अधिक यात्री थे। टिकट लेकर प्लेटफ़ॉर्म पर फँसे लोग चिल्लाये, शोर मचाया और डिब्बे का दरवाज़ा ज़ोर-ज़ोर से खटखटाते रहे परन्तु दरवाज़ा नहीं खोला गया। जो कुछ लोग बहुत हताश थे वे अधिक किराये वाले डिब्बों में चढ़ गये और टीसी को रिश्वत देकर, गलियारों में खड़े होकर सफ़र करने के लिए मना लिया।

सुबह रवि की एक स्टेशन पर उतरकर मुँह धोने की तीव्र इच्छा हुई लेकिन वह उतरा नहीं क्योंकि उसे पता नहीं था कि गाड़ी फिर कब चल देगी। वह शौचालय जाने के लिए क़तार में खड़ा हो गया और डिब्बे के एक सिरे पर लगे स्टनेलेस स्टील के वॉशबेसिन पर ब्रश किया। वह कालिख और धूल से सना था और नहाना चाहता था।

दस बजते न बजते यात्रियों ने अपना सामान समेटना और बाँधना शुरू कर दिया। जैसे ही गाड़ी बम्बई के बाहरी इलाकों में पहुँची उसने समुद्र तट के साथ-साथ नमक के ढेर लगे देखे। फिर टूटी-फूटी जर्जर फैक्टरियों के बीच गन्दगी की नदियाँ देखीं। फैक्टरियाँ आकाश में काला धुआँ फेंक रही थीं। जल्दी ही गाड़ी झोपड़ियों की अनेक क़तारों के बीच से रास्ता बनाती हुई निकल रही थी। जब वह ग्रीन सिग्नल की प्रतीक्षा में एक मिनट के लिए रुकी तो रवि की नज़र घुटनों तक कीचड़ में खड़े एक लड़के पर पड़ी। वह बालों से भरे एक काले सूअर को एक छड़ से धकिया रहा था। लड़का पटरी से दस गज़ से अधिक की दूरी पर भी नहीं था। वह रुककर गाड़ी की ओर देखा। वह लगता तो था रवि की ही उम्र का लेकिन उसका चेहरा कहीं अधिक बड़ा था। रवि ने उसकी नज़रों को भाँप लिया और लड़के की उदास निराशा से भरी नज़र को अपने भीतर तक चीरते महसूस किया। उसने वहाँ से नज़र फेर ली। एक पल तो उसने सोचा कि शायद बम्बई आना ही एक गलती थी। तभी उसने गगनचुम्बी इमारतें देखीं—पहले बोरिवली, फिर मलाद और बान्द्रा की। ये दृश्य उसकी कल्पना की

बम्बई के अधिक निकट था।

बम्बई सेण्ट्रल पर गाड़ी की यात्रा पूरी हुई। लाल कमीज़ें पहने कुली भारी सामान लिए यात्रियों की तलाश में झपटते हुए डिब्बे में घुस आये। उसके पूरे असुविधाजनक सफ़र में भय का कोई मौक़ा नहीं आया था, लेकिन अब ऐसा होने ही वाला था।

ଓଃଓ

जैसे ही वह प्लेटफ़ॉर्म पर उतरा, दलालों ने उसे घेर लिया। कोई टैक्सी उपलब्ध करवा रहा था तो कोई होटल के सस्ते कमरे। उसे उनकी ओर ध्यान न देने की चेतावनी दी गयी थी। उसने अपने बैग को अपने साथ सटाते हुए कसकर पकड़ लिया। वह भीड़ में से अपना रास्ता बनाते खुली हवा में पहुँचने के लिए बेचैन था।

उसके पास अपने शहर के एक व्यक्ति के कज़िन का पता और एक परिचय-पत्र था। वह उसे कुछ दिन के लिए अपने साथ ठहराने को तैयार हो गया था, जब तक कि उसे कोई ठीक जगह न मिल जाये। उसने अपने पर्स में से पत्र निकाला और उसे देखा। धारावी! वह कहाँ होगी? वह अभी किसी से रास्ता नहीं पूछना चाहता था। यह सलाह उसके मित्रों ने ही उसे दी थी—स्टेशन पर घूम रहे लोगों से सावधान रहना!

वह रास्ता बनाता हुआ मुख्य सड़क पर आ गया जहाँ लाल रंग की डबल डेकर बसें दोनों दिशाओं में आ-जा रही थीं। अभी दोपहर नहीं हुई थी इसका अर्थ था कि उसके पास धारावी का रास्ता जानने के लिए पूरा समय था। उसने सड़क पर एक आदमी से रास्ता पूछा लेकिन वह बिना एक शब्द बोले आगे बढ़ गया। दूसरे लोग अधिक विनम्र थे परन्तु उन्होंने कहा कि वे नहीं जानते। आखिर किसी ने उसे सुझाया कि टैक्सी ड्राइवरों से पूछो और वह स्टेशन परिसर में लौट गया।

टैक्सी के लिए अब तक भीड़ थम चुकी थी और ड्राइवर अगली गाड़ी की प्रतीक्षा कर रहे थे।

'यह काफ़ी दूर है। तुम बस ले सकते हो परन्तु लोकल ट्रेन तुम्हें वहाँ जल्दी पहुँचा देगी,' सफ़ेद दाढ़ी वाले एक बूढ़े व्यक्ति ने उसे कहा। उसे मालूम था कि लड़का टैक्सी के लिए पैसे नहीं दे सकेगा। 'यह यहाँ से छह-सात स्टॉप आगे है। उसके बाद तुम्हें पैदल चलना होगा।'

उस आदमी ने रवि को बताया कि टिकट कहाँ खरीदनी होगी।

रवि ने उसे धन्यवाद दिया और वहाँ से चल दिया, उसे पीछे से आवाज़ सुनायी पड़ी—

'तुम जल्दी में हो क्या?'

रवि ने कहा कि उसे कोई जल्दी नहीं।

बूढ़ा व्यक्ति दूसरे ड्राइवरों की ओर चिल्लाया, 'क्या बान्द्रा से किसी का आज का काम पूरा हो गया है?'

'मैं बान्द्रा से हूँ।'

'युसूफ भाई, तुम रास्ते में इस लड़के को माहिम छोड़ सकते हो?'

'यह कितने पैसे दे सकता है?'

'अरे छोड़ो, मुफ़्त में ले जाना होगा, वह बच्चा ही तो है।'

युसूफ भाई ने सोचते हुए रवि को देखा।

'बैठो।'

मुफ़्त की यह सवारी आशातीत थी। रवि सावधान हो गया, उसे संकोच हुआ।

बूढ़े व्यक्ति ने समझाया, 'जैसा ये बताएँ, वैसा ही करना बेटा। तुम ठीक से पहुँच जाओगे।'

रवि अगली सीट पर बैठ गया और अपना बैग अपनी गोदी में रख लिया। वह उसे अपनी नज़रों से दूर रखने वाला नहीं था।

युसूफ भाई नपे-तुले बोलने वाले व्यक्ति थे। उसने रवि से केवल इतना ही पूछा कि वह कहाँ का रहने वाला है। रवि को एक चर्च के निकट छोड़ने से पहले तक यही उनकी बातचीत का अन्त था।

'अपना ध्यान रखना। अगर कोई दिक़्क़त हो तो तुम कल मुझे बम्बई सेण्ट्रल पर मिल सकते हो।'

रवि ने जब इस यात्रा के लिए पैसे देने की बात की तो युसूफ भाई हँस दिये। 'मुझे तुम्हारे पैसे नहीं चाहिए'। जब बत्ती हरी हुई तो वह आगे बढ़ गया।

धारावी एक दोस्ताना-सी जगह थी। रवि को मोहन सिंह की चाल ढूँढ़ने में कोई कठिनाई नहीं हुई। वह सँकरी सड़कों और तंग गलियों की भूल-भुलैया में आगे बढ़ता रहा और चलते-चलते रास्ता भी पूछता रहा। रवि ने इतनी गन्दी और इतनी भीड़ वाली जगह पहले कभी नहीं देखी थी। सीवेज की तेज़ दुर्गन्ध फैली थी और गलियों में कूड़ा बिखरा हुआ था।

गाँव में यहाँ से लौटे व्यक्ति ने उसे बताया था कि मोटर मैकेनिक वर्कशॉप ढूँढ़ना—गणेश गैराज। मोहन सिंह उसके ऊपर रहता था। लेकिन जब रवि सीढ़ियाँ चढ़कर ऊपर पहुँचा तो उसके दरवाज़े पर ताला लटकता देखा। उसका उत्साह कम होने लगा, अचानक उसे थकावट और निराशा का एहसास हुआ। अगर मोहन सिंह शहर में नहीं हुए तो?

'बेटा तुम कहाँ से आये हो?' एक महिला ने पूछा।

रवि ने बताया कि मोहन सिंह उसके क़स्बे से था।

तभी उस महिला का पति लुंगी और कमीज़ पहने फ़्लैट से बाहर आया। 'तुम्हें देर तक इन्तज़ार करना होगा, इसलिए तुम भीतर ही आ जाओ।'

महिला ने रवि के लिए चाय बनाई और डबलरोटी के कुछ स्लाइस दिये। इसके बाद उसके पति ने उसे एक बाल्टी और एक मग थमाते हुए सामुदायिक स्नानागार और शौचालयों का रास्ता दिखाया। 'क़ाफी लम्बा सफ़र होगा, अच्छा होगा कि तुम नहा लो। नहाकर यह बाल्टी और मग वापस लेते आना।'

इन अजनबियों की दयालुता ने रवि को चकित कर दिया। टॉयलेट दुर्गन्ध से भरी थी, परन्तु उसे तो इसकी आदत थी। वह बाथरूम के फ़र्श पर पालथी मारकर बैठ गया और नल के ठण्डे पानी से बाल्टी को भर लिया। बाल्टी अपने सिर पर उलट दी और पानी को अपने थके अंगों पर झरने की तरह बहने दिया। ठण्डे पानी से किया यह स्नान स्फूर्तिदायक था। उसने स्वयं को तरोताज़ा महसूस किया। बाहर आने से पहले उसने साफ़ कपड़े पहने।

उस दम्पति की चाल में केवल एक कमरा था जिसमें एक बिस्तर, स्टील की एक अलमारी और एक छोटी-सी रसोई थी। कमरे में लहसुन की गन्ध फैली थी, साज-सामान नाममात्र को था लेकिन स्थान जगह साफ़-सुथरी थी। वह आदमी रात में सुरक्षा गार्ड का काम करता था। उसका वेतन अच्छा था परन्तु आधी आय वह माता-पिता और विधवा बहन के लिए गाँव भेजा करता। उनका इकलौता बच्चा नीचे सड़क के किनारे बने एक प्ले स्कूल में जाता था। स्कूल सामाजिक कार्यकर्ताओं के एक समूह द्वारा चलाया जाता था जिसके लिए एक अन्तर्राष्ट्रीय संगठन से पैसा आता था।

'मोहन जी किस समय लौटेंगे?' रवि ने पूछा।

'वह दिन की शिफ्ट में है। सात बजे तक उसे घर पहुँच जाना चाहिए,' उस आदमी ने कहा। तब तक उसने रवि से आराम करने के लिए कहा लेकिन उसने टहलने का निर्णय लिया। वह उन लोगों पर दोपहर का भोजन करवाने का भार नहीं डालना चाहता था। वह अपना सामान चाल में ही छोड़ गया।

उस व्यक्ति ने बताया, 'नीचे उतरकर यदि तुम दायें मुड़ते हो तो तुम बाज़ार और दुकानों की ओर पहुँच जाओगे।'

धारावी उस छोटे लड़के को, जो कभी गलियों में भी सोया था, भयभीत कर देने वाला लगा। जब वह सीवरेज के एक खुले नाले; जिस पर ख़तरनाक ढ़ंग से लकड़ी का एक पट्टा टिकाया गया था; पर से गुज़रा तो हवा में सूखे

शौच की दुर्गन्ध फैली थी। उसके नीचे छोटी बिल्लियों के आकार के चूहे कूड़े के ढेर को खोद रहे थे जबकि वहाँ रहने वाली बिल्ली उन्हें ऐसा करते हुए देख रही थी और उनके काम में दखल देने से डर रही थी। झोपड़ियों के साथ ही उसने कंक्रीट की ऊँची इमारतें देखीं जिनकी दीवारें प्लाइवुड से और छतें लोहे की नालीदार चादरों से बनीं थीं। रहने की दूसरी जगहें तो और भी जर्जर थीं, उन्हें नीली प्लास्टिक की चादरों अथवा काली तारपोलिन की चादरों से बनाया गया था। जब वह इधर-उधर घूम रहा था तो लोग उसे उत्सुकता भरी नज़रों से देख रहे थे। उसने एक स्टॉल से चावल और सब्ज़ी की एक प्लेट खरीदी और अपने आसपास खड़े लोगों की तरह वहीं खाने लगा।

उसने समुद्र की ओर बहने वाले एक गन्दे नाले के किनारे दोपहर बिताई। यह जगह वहाँ बहुत दूर नहीं थी जहाँ टैक्सी ड्राइवर ने उसे छोड़ा था। उसने एक मुस्लिम रेस्तराँ के बाहर चिथड़ों में लिपटे, उकड़ूँ बैठे दुर्बल लोगों की एक क़तार देखी। जब उसे यह एहसास हुआ कि वे रात में मिलने वाले मुफ़्त भोजन के लिए क़तार लगा रहे हैं तो जल्दी से वहाँ से चल दिया।

रवि जब लौटा तो मोहन सिंह के घर की बत्तियाँ जल रही थीं। दरवाज़ा खुला था हालाँकि दरवाज़े पर लगे कपड़े के पर्दे की वजह से भीतर का कुछ भी दिखाई नहीं दे रहा था।

रवि ने दरवाज़े से ही बहुत हौले से कहा, 'मोहन जी।'

'कौन है?'

रवि ने अपना नाम बताया और फिर बताया कि वह कौन है।

बिना कमीज़ पहने एक व्यक्ति दरवाज़े पर आया। 'भीतर आ जाओ', वह रवि की ही प्रतीक्षा कर रहा था। पड़ोसियों ने उसे बता दिया था। 'अपने सैंडिल बाहर ही उतार दो।'

मोहन रवि से बड़ा था लेकिन इसका अनुमान लगाना मुश्किल था। उसका शारीरिक गठन दुबला-पतला था और वह लड़कों की तरह सुन्दर दिखता था।

'तुमने कुछ खाया है?'

रवि ने कहा कि उसने दोपहर का खाना खाया है और उसे भूख नहीं लगी है।

'भूख है या नहीं, तुम हमारे साथ खाना खाओगे।'

रवि ने अपना बैग उठाया और उसके पीछे भीतर चल पड़ा।

कमरे में नाममात्र का फ़र्नीचर था। केवल एक डेस्क और स्टील की अलमारी और कुछ कुर्सियाँ। एक शीशा, जिसका एक बड़ा कोना नदारद था, दीवार पर लटका था, उसके साथ ही एक सम्पन्न देवी की तस्वीर वाला कैलेण्डर था। वहाँ

एक कोने में रखा रेडियो ही एकमात्र कीमती वस्तु प्रतीत होती थी।

साथ वाले फ़्लैट की तरह इसमें भी खाना बनाने का सामान था लेकिन यहाँ बर्तन और हाँडियाँ कम थीं। स्टोव के स्थान पर प्राइमस बर्नर था जो केरोसिन से जलता था। कमरे में कोई पलंग नहीं था, तीन पतले रूई के गद्दे गोल करके दीवार के साथ टिकाये गये थे। किसी ने दीवार पर कीलें ठोंक दी थीं जिनसे कपड़े लटक रहे थे। रवि प्रभावित हुआ। यह स्थान उसकी आशा से कहीं बेहतर था।

'सुक्खी और प्रह्लाद किसी भी समय पहुँचते होंगे। हम तीनों इस कमरे में रहते हैं,' मोहन ने बताया। 'तुम्हें धारावी कैसा लगा?'

'अच्छा है,' रवि ने झूठ बोला।

मोहन हुंकारा—'बम्बई में एक छत और चार दीवारों की कोई भी जगह अच्छी होती है। मेरे कुछ मित्र फ़ुटपाथ पर सोते हैं। एक समय तो अवैध निर्माण हटाने वाले दस्ते अपने ट्रकों और पुलिस सुरक्षा के साथ यहाँ हर रोज़ आते थे। वे कुछ झोपड़ियाँ तोड़ देते और चले जाते। कुछ ही घण्टों के भीतर वे फिर बना ली जातीं—हर कोई मदद करता। नगरपालिका इतनी बड़ी रकम बिना कारण ही ख़र्च कर रही थी। कुछ सालों के बाद उन्होंने आना ही छोड़ दिया। अब वे हमें हमारे हाल पर रहने देते हैं।'

मोहन एक कुर्सी पर बैठ गया और रवि को दूसरी कुर्सी पर बैठने का संकेत किया। 'जब सुक्खी पहुँचेगा तो हम खाना बनाएँगे। वह कोने वाली सब्ज़ी वाली बाई से कुछ लेकर आयेगा। हम बारी-बारी से खाना बनाते हैं। हालाँकि दोनों को खाना बनाना पसन्द है, पर मुझे नहीं।' मोहन हँसा। उसने एक ट्रंक में से बिना लेबल की एक बोतल निकाली। 'तुम पीते हो?' रवि ने बहुत जोर से अपना सिर हिलाया, जितना हिलाना चाहिए उससे भी अधिक ज़ोर से।

'मुझे ऐसा नहीं लगा था।'

मोहन ने बोतल से एक घूँट भरी और सन्तोष से घुरघुराने लगा। उसने बताया कि वह बान्द्रा के एक रेस्तराँ में वेटर है। उसने किचन में बर्तन धोने, सब्ज़ियाँ साफ़ करने और काटने से अपना काम शुरू किया था। फ़्लैट उसके नाम पर था लेकिन वे तीनों बाँट कर किराया देते थे। लगभग एक साल से मालिक किराया बढ़ाने की धमकी दे रहा था। मोहन के रेस्तराँ में 'चिन्जाबी' खाना—चाइनीज़ भोजन का पंजाबी रूप—बनता था। देर की शिफ़्टों में स्टाफ़ बचा-खुचा खाना खा सकता था लेकिन वे घर लेकर नहीं जा सकते थे। यह बुरा सौदा नहीं था लेकिन मोहन चाइनीज़ भोजन खा-खाकर थक और ऊब चुका था।

रवि ने उसे बताया कि उसे रेस्तराँ में काम करने का कुछ अनुभव था।

'यहाँ काम मिलना इतना आसान काम नहीं है। तुम्हें धीरज रखना होगा। तुम्हारे जैसे सैकड़ों युवक प्रतिदिन किसी-न-किसी काम की तलाश में यहाँ आते हैं।'

सुक्खी और प्रह्लाद एक प्लास्टिक की थैली में सब्ज़ियाँ लिए इकट्ठे ही पहुँचे। मोहन ने रवि का परिचय दिया और कहा कि वह कुछ दिनों के लिए उनके साथ ही रहेगा। दोनों मुँह-हाथ धोने चले गये और अपनी कमर पर तौलिए बाँधे लौटे और आकर साफ़ कपड़े पहन लिए। जब वे खाना बनाने बैठे तो रवि भी मदद के लिए तुरन्त आगे आ गया।

मोहन अपनी बोतल से ही चिपका रहा। 'वे अच्छे लड़के हैं, वे नहीं पीते।'

प्रह्लाद लगभग रवि की ही उम्र का था, वह भी एक रेस्तराँ में काम करता था। सुक्खी उन तीनों में सबसे बड़ा और इस शहर में सबसे अधिक समय से था। वह सबसे अधिक पढ़ा-लिखा भी था। एक अदालत के निकट नगरपालिका कार्यालय के बाहर उसका बूथ था जहाँ वह दस्तावेज़, सम्पत्ति की बिक्री, लीज़ समझौतों और पावर ऑफ अटॉर्नी पंजीकृत करवाने में लोगों की सहायता करता। अनपढ़ लोग उसके पास दूर-दराज के गाँवों में छूट गये परिवारों को मनिऑर्डर भेजने और चिट्ठियाँ लिखवाने आते। सेक्स वर्करों को थोड़ी-सी फीस पर अपने पते के रूप में सुक्खी के घर का पता देने की इजाज़त थी, उनके गाँव अथवा क़स्बे से उनको ढूँढ़ने पहुँचने वाले कुछ कौतूहली लोगों के मामले में एक एहतिहात के रूप में। किसी के आने पर सुक्खी बताता कि वह व्यक्ति तो अपना नया पता दिये बिना ही छोड़कर चला गया है। कुछ उसका विश्वास कर लेते। उसका अन्दाज़ था कि आने वाले कुछ लोगों को यह आभास हो जाता है कि वह लड़की क्या करती होगी।

'तुम्हें खाना बनाना आता है?' प्रह्लाद ने रवि से पूछा।

रवि ने सिर हिलाया, मैं 'मसाला डोसा और इडली भी बना लेता हूँ।'

अच्छा है, ज़ायका बदल जायेगा। हम इतवार को बनाने की कोशिश करेंगे।'

डिनर के बाद मोहन ने रवि जैसे मेहमानों के लिए अलग से रखा गया गद्दा और कुछ चादरें निकालीं।

'जब तक तुम यहाँ रहोगे, तुम्हें ख़र्च में अपना हिस्सा देना होगा। किराया तुम काम मिलने के बाद दे सकते हो,' मोहन ने कहा।

वह दूसरे लड़कों के घर पहुँचने से पहले शाम का खाना बनाकर तैयार रखता। वह सफ़ाई भी करता। सब हैरान थे कि उसने कपड़े धोने और सूखने के लिए बाहर फैलाने की ज़िम्मेदारी भी सँभाल ली थी। थोड़े दिनों के बाद वह बाज़ार जाता और जो पैसा वे उसे देकर जाते, उससे घर का रसद लाता।

कमरे में रहने वालों को रवि की आदत पड़ गयी थी। उसे कोई एतराज नहीं था। वह सदा उन्हें प्रसन्न रखने के लिए तत्पर रहता।

रवि की अपनी योजनाएँ थीं। उसने बम्बई में काम मिल जाने और जम जाने के बाद स्वयं अपनी जगह लेकर अलग रहने का इरादा किया हुआ था। वह जानता था कि ऐसा करना आसान नहीं था। पहले उसे काम ढूँढना होगा। उसका पैसा ख़त्म हो रहा था।

एक शाम खाना खाने के बाद वे लोग जब रेडियो पर साप्ताहिक हिट परेड सुन रहे थे तो प्रह्लाद ने पूछा, 'तुम्हारी उम्र क्या है?'

रवि का बम्बई आये दो सप्ताह हो चुके थे।

'सत्रह साल,' रवि ने झूठ बोला था।

'यह तो काफ़ी है। मैं केवल 13 साल की उम्र में इस शहर में काम करने आ गया था। हमारे रेस्तराँ में डिलिवरी ब्वॉय की नौकरी है। तुम साइकिल चला लेते हो क्या?'

रवि ने हामी भरी। यह वही काम नहीं था जो वह करने की सोच रहा था लेकिन वह इसे करने के लिए तैयार था।

प्रह्लाद ने कहा, 'कल सुबह साफ़-सुथरे कपड़े पहनकर मेरे साथ चलना।'

यह धारावी से बाहर निकलने का रवि का पहला मौक़ा था। दोनों बाहर चर्च की ओर बढ़ चले और वहाँ से बस ली। वे एक पेट्रोल पम्प पर उतरे और वहाँ से एक गली में बढ़ चले जो समुद्र की ओर जाती थी। रेस्तराँ मुख्य सड़क से दूर नहीं था। कुर्सियाँ इकट्ठी करके मेज़ों पर रखी थीं। दो औरतें झाड़ू के डंडे पर कपड़े बाँधकर पत्थर के फ़र्श पर पोचा लगा रही थीं।

मैनेजर ने एक नज़र रवि पर डाली, 'यह बहुत छोटा है। तुम्हारी उम्र क्या है?'

'अट्ठारह साल,' रवि ने अपनी किस्मत आज़माते हुए कहा।

'झूठे,' मैनेजर ने कहा। वह रवि के झूठ को पहचान गया था, परन्तु वह झिझक गया। उसे तुरन्त कोई काम करने वाला चाहिए था। 'तुम साइकिल चला लेते हो?'

'बहुत अच्छे से,' रवि ने उत्तर दिया था।

मैनेजर ने यह नहीं पूछा था कि क्या रवि खार और बान्द्रा के रास्ते जानता था। उसने अनुमान लगाया कि लड़का शहर में नया था परन्तु उसका पुराना डिलिवरी ब्वॉय दो सप्ताह पहले अपने गाँव गया था और उसके लौटने की कोई सम्भावना नहीं थी। वह बहुत परेशान था।

पहला ऑर्डर लगभग दोपहर को आया। फ़ोन पर रसोइए ने जल्दी से दाल और सब्ज़ी प्लास्टिक के बैग में डाली और तन्दूरी रोटियाँ एल्यूमिनियम की फॉयल में लपेट दीं। पुदीने की चटनी, कच्चे प्याज़ और हरी मिर्च के छोटे-छोटे पैकेट प्लास्टिक के थैलों में डाल दिये जाते, चाहे ग्राहक ने वह सब माँगा हो या नहीं। सब डालकर मैनेजर ने स्टेपलर से ग्राहक का नाम और पता बैग पर नत्थी कर दिया। प्रह्लाद को रवि के साथ जाने के लिए कहा गया क्योंकि यह उसका पहला काम था।

प्रह्लाद उसे एक अहम बात बताना तो भूल ही गया था। जैसे ही वे बाहर निकले उसने रवि को बताया कि इस काम की कोई तनख़्वाह नहीं मिलेगी।

रवि साइकिल की पीछे की सीट पर से बोला, 'क्या?'

'तुमने सुना! कोई पैसा नहीं मिलेगा। परन्तु यह काम उतना बुरा नहीं जितना तुम सोच रहे हो। तुम टिप्स अपने पास रख सकते हो। कुछ लोग बहुत उदार होते हैं, विशेष रूप से जब वे पी रहे होते हैं या जुआ खेल रहे होते हैं।'

प्रह्लाद ने साइकिल को पैडल मारा और वे चल पड़े। सड़क पर फैली कारों, ऑटो रिक्शा और पैदल चलने वालों के बीच रास्ता बनाते जब वे निकल रहे थे तो रवि बहुत डरा हुआ था। प्रह्लाद के रास्ते में जो भी आता, वह उसे भद्दी गालियाँ देता। हाँ, महिलाओं, बच्चों और भारी-भरकम आदमियों के साथ वह ऐसा न करता।

प्रह्लाद ने एक मोटरसाइकिल से बचने के लिए एक ओर घुमाने से पहले रवि को सावधान किया, 'कस कर पकड़ो।'

रवि को दूसरी बार बतलाने की जरूरत नहीं थी।

प्रह्लाद ने कहा, 'एक बार फिर बताओ तो पता क्या है?'

रवि ने सोचा वह मज़ाक़ कर रहा था। इसका कोई सवाल ही नहीं था कि वह पढ़ने के लिए सामने की सीट से अपने हाथ छोड़ देता।

प्रह्लाद ने साइकिल से उतरकर पता देखा। 'मैंने तुम्हें डरा दिया, नहीं?' प्रह्लाद हँसा, 'चिन्ता मत कर, मैं एक डिलिवरी के लिए अपनी जान को ख़तरे में नहीं डालूँगा।'

वे दोनों फिर साइकिल पर चढ़ गये।

'सी व्यू बहुत दूर नहीं है। मैं उस कुतिया को जानता हूँ, जिसका यह ऑर्डर है। वह रात को देर से सोती है और लंच के समय उठती है। उसके पास पूरे दिन के लिए नौकर नहीं है और वह खुद कभी खाना बनाती नहीं। सप्ताह में कम-से-कम एक बार तो हमारे रेस्तराँ से ऑर्डर करती है। मुझे लगता है कि वह बारी-बारी से चाइनीज़ और पंजाबी खाना मँगवाती है।

उन्होंने जब घण्टी बजाई तो एक महिला ड्रेसिंग गाउन पहने हुए बाहर निकली। उसने लोहे की ग्रिल की चिटकनी खोली और खाने के प्लास्टिक बैग ले लिए। पैसे उसने पहले से ही तैयार रखे हुए थे—खाने का बिल और छोटी-सी टिप। महिला ने बिना एक शब्द बोले पैसे उन्हें थमा दिये लेकिन वापस मुड़ने से पहले उनकी ओर देखकर एक प्यारी सी मुस्कान दी।

प्रह्लाद ने टिप देखी और गाली देते हुए बोला, 'मैंने तुम्हें कहा था न कि वह कुतिया है।'

जब वे लिफ़्ट में पहुँचे तो रवि ने कहा, 'लेकिन है वह बहुत सुन्दर।'

'कसम से!' वह फ़िल्मों में थी। कई फ़िल्मों में उसने खलनायिका की भूमिका की पर कभी मशहूर नहीं हो पायी। आजकल शायद उन दिनों से अधिक पैसा कमा लेती है।'

'कैसे? क्या करती है आजकल?'

'वह कॉल गर्ल है।'

'वो क्या होता है?'

प्रह्लाद ने समझोते हुए कहा, 'वेश्या।' परन्तु वह बहुत चुन कर काम करती है। हर किसी को उसके घर पर आने की इजाज़त नहीं। वह पाँचतारा होटलों में जाती है और यदि कोई कार उसे लेने आ जाये तो वह कोलाबा तक चली जाती है।'

'तुम ये बात कैसे जानते हो?'

रवि इस सच्चाई को छिपा नहीं पा रहा था कि अभी उसने कभी फ़िल्म स्टार रही एक महिला को आमने-सामने देखा था। रेस्तराँ की ओर लौटते हुए साइकिल की पिछली सीट पर बैठे रवि ने पूछा था, 'कौन-सी फ़िल्में?'

'क्या?'

'उसने कौन-सी फ़िल्मों में काम किया था?'

प्रह्लाद ने जो नाम गिनाये, रवि को उनमें से कम-से-कम एक फ़िल्म देखने की याद थी। जब वह अपने बड़े गले के ब्लाउज़ और छोटी-सी स्कर्ट में

पर्दे पर आयी थी तो दर्शकों ने सीटियाँ बजाई थीं, चिल्लाये थे। वह अपने होंठों से सिगरेट पकड़ना जानती थी।

उसने प्रहलाद को थोड़ा निराश होकर बताया, 'फ़िल्म में उसके बड़े-बड़े स्तन थे।'

ભ્રંઝ

रवि को काम के गुर सीखने में अधिक समय नहीं लगा। उसने लिंकिंग रोड पर किताबों की एक दुकान से उत्तरी बम्बई का एक सस्ता नक़्शा ख़रीदा और घर पर तथा काम पर खाली समय के दौरान उसे ध्यान से देखा।

उसके पहले काम पर उस छोटी-सी कलाकार ने उसे केवल पाँच रुपये की टिप दी थी लेकिन जल्दी ही रवि एक दिन में टिप्स से पचास से सौ रुपये तक बनाने लगा था। पहाड़ों से इस नगर में आये किसी व्यक्ति के लिए यह एक अच्छी रकम थी। जब कभी ताश की दिलचस्प खेल चल रही होती या कोई बहुत घटिया काम चल रहा होता तो टिप्स बहुत ज़्यादा होती। वह खुश था। उसे वह काम रास आया था। मेज़ों पर सर्व करने अथवा रसोई में काम करने की बजाय वह बाहर होता, नगर के उत्तरी भाग में ऑर्डर बाँट रहा होता।

उसकी एक दिनचर्या बन गयी थी। अब वह किराये में अपना चौथा हिस्सा देने और किश्तों में बकाया राशि के भुगतान के लिए पर्याप्त कमा रहा था। घर पर अभी-भी वह सुबह के काम देखता—बाहर जाकर दूध, ब्रेड और कभी-कभी अण्डे खरीद कर लाता। जो भी जगा होता, उसके लिए वह नाश्ता बनाता। फ़्लैट पर वह व्यस्त रहता और बारह बजने से चंद मिनट पहले रेस्तराँ पहुँचता।

ज़्यादा डिलिवरी ऑर्डर आसपास के मकानों और दफ़्तरों से होते। जब कोई ऑर्डर अन्धेरी अथवा जुहू से आता तो पास ही खड़े होने वाले ऑटो रिक्शा ड्राइवरों में से कोई डिलिवरी के लिए चला जाता। वह ग्राहक से भुगतान के अलावा वापसी के खाली ट्रिप की भरपाई करने के लिए दोहरा किराया लेता और यदि कोई टिप मिलती तो वह भी उस ऑटो रिक्शा ड्राइवर की ही होती।

शाम को आठ बजे के बाद रेस्तराँ में पागलपन छा जाता, बाहर भेजे जाने वाले ऑर्डर की संख्या में कई गुना इज़ाफा हो जाता। दिन में फ़ुटपाथ पर अख़बार बेचने वाला लड़का शाम को डिलिवरी ब्वॉय का पार्ट टाइम काम करता।

रवि का दर्ज़ा ऊँचा था, उसे एक यूनिफॉर्म मिली हुई थी, हलाँकि वह नियमित डिलिवरी ब्वॉय के माप की होने के कारण उसे ठीक से फिट नहीं बैठती थी। वह सबसे अधिक फायदे वाले डिलिवरी ऑर्डर लेकर जाता। इस काम में कुछ सप्ताह

गुज़ारने के बाद उसे पता चल गया कि टिप देने के मामले में पुरुष अधिक उदार होते हैं। कई बार बीस या अधिक लोगों की पार्टी के ऑर्डर होते—चिकन करी, मटन कबाब, सब्ज़ियाँ, दाल, बहुत ज़्यादी गिनती में रोटियाँ—और काम। इन अवसरों पर ऑर्डर तो दिन में ही आ जाते लेकिन डिलिवरी लगभग मध्य रात्रि में करनी होती थी। यह यदि उसकी दिन की अन्तिम डिलिवरी होती तो रवि खाने की थैलियों को खोलने और खाना परोसने का काम भी कर देता। कई बार वह बाद में बर्तन धोने के लिए भी रुक जाता। एक बार उसे पाँच सौ रुपये की टिप मिली थी।

रवि जानता था कि उसे ऐसा काम मिल चुका था जो शायद उसके लिए भविष्य के दरवाज़े खोल सकता था। वह अपने कमरे के साथियों को यह बताने में बहुत झिझकता था कि उसकी रुचि फ़िल्मों में थी, लेकिन उसे पूरी आशा थी कि ऐसे ही ऑर्डर पहुँचाते हुए उसे किसी दिन कोई ऐसा मिल जायेगा जो उसके सपनों को साकार करने में मददगार साबित होगा।

3

सबसे पहले मोहन का ध्यान इस ओर गया।

'तुम इतनी सुबह कहाँ जाते हो?' उसने एक सुबह रवि से, जब वह कमीज़ पहन रहा था, तो पूछा।

'मैं काम पर जाने से पहले माहिम में एक ट्यूशन सेंटर पर अंग्रेज़ी की ट्यूशन लेता हूँ,' उसने अनमने ढंग से उत्तर दिया।

'मुझे लगता है कि यदि मुझे आगे बढ़ना है तो यह मेरे लिए फ़ायदे की चीज़ होगी।'

मोहन ठहाका लगाकर हँसा, 'अंग्रेज़ी! तुम लोगों ने सुना?' वह चिल्लाकर दूसरों से बोला।

प्रह्लाद ने सहानुभूति से कहा, 'क्यों नहीं, मुझे विश्वास है कि वह पूरी ज़िन्दगी खाने के पैकेट की डिलिवरी नहीं चाहता।'

रवि ने झूठ बोला था—वह सितार सीखने जाता था। एक डिलिवरी देने जाते हुए उसने संगीत की कक्षाओं का एक विज्ञापन देखा था। एक दिन दोपहर की छुट्टी के दौरान जर्जर, अँधेरी सीढ़ियाँ चढ़ने और घण्टी बजाने से पहले उसने कुछ दिन तक इस पर सोचा था।

अधेड़ उम्र के एक आदमी ने दरवाज़ा खोला था उसने साफ़-सुथरा कलफ़ लगा कुर्ता और धोती पहन रखा था। उसका चेहरा दोस्ताना था।

'मैं तुम्हारी क्या सहायता कर सकता हूँ।'

'मैं संगीत की कक्षाओं के बारे में जानना चाहता हूँ।'

उस आदमी को आश्चर्य हुआ। उसने सोचा कि रवि, जो अभी अपनी यूनिफॉर्म में ही था, कुछ डिलिवर करने आया था। वह मुस्कुराया, 'तो फिर बेहतर होगा कि तुम भीतर ही आ जाओ।'

सीढ़ियों की हालत से रवि ने अनुमान लगाया था कि भीतर सब फटा-पुराना होगा। उसका अनुमान गलत था, उसने देखा कि भीतर बहुत साफ़-सफ़ाई थी।

यह हॉल जैसा बड़ा कमरा था जिसमें बड़ी खिड़कियों से होकर प्राकृतिक रोशनी आ रहीं थी। कमरे के एक हिस्से में फोल्डिंग कुर्सी की क़तारें थीं और ज़मीन पर लगे सफ़ेद गद्‌दों पर साफ़-सफ़ेद चादरें बिछी थीं। कमरे में अनेक प्रकार के संगीत वाद्य थे–सितार, सरोद, तबला, ढोलक और हारमोनियम। रवि बहुत प्रभावित हुआ था लेकिन उसे लगा था कि उसने जो सोचा था, यह उससे कहीं अधिक था।

उस आदमी ने रवि से पूछा, 'तुम कोई वाद्य बजाते हो?'

रवि ने सिर हिलाकर कहा, 'सितार लेकिन मैंने बहुत समय से नहीं बजाया है।'

वह आदमी मुस्कुराया और रवि से गद्‌दे पर बैठने के लिए कहा। तब उसने अपने असिस्टेंट को पुकारा, 'शंकर, कृपया अपना सितार यहाँ लाना।'

शंकर ने सितार लाकर रवि के सामने रख दिया।

उस आदमी ने रवि के सामने बैठते हुए अपना परिचय दिया, 'मेरा नाम विपिन शर्मा है।'

रवि ने उठकर उनके पैर छुए।

इससे शर्मा प्रसन्न हुए। यह एक अच्छी शुरुआत थी।

रवि ने सितार के 'तुम्बे' और तारों पर उँगलियाँ दौड़ायीं। उसने जिस सितार पर सीखा था, यह उससे बेहतर थी। इस पर पॉलिश किया गया था और इसे सँभाल कर रखा गया था। रवि ने कुछ तार खींचे और ट्यून करना शुरू कर दिया।

रवि द्वारा अनुभवी ढंग से सितार को पकड़े जाने से प्रभावित होकर शर्मा जी ने धीरे से पूछा, 'तुमने आख़िरी बार सितार कब बजायी थी?'

'सर, कुछ वर्ष बीत गये हैं। एक समय था जब मैं प्रतिदिन बजाता था।' एक क्षण के लिए यादों ने उसे घेर लिया लेकिन उसने उन्हें झटक दिया। 'यह बहुत प्यारा वाद्य है सर।'

'कुछ बजाओ, अपनी पसन्द का कुछ भी।'

रवि डर गया। परन्तु यह डर क्षण भर का था। उसने तो बस पूछताछ करनी चाही थी और यहाँ सितार बजाना पड़ रहा था। उसने अपने एक प्रिय राग से शुरू किया।

शर्मा जी ने पहले कुछ ही स्वरों के बाद उसे रोक दिया।

'इतना बहुत है बेटा,' उन्होंने अपने असिस्टेंट को संकेत से सितार ले जाने के लिए कहा।

रवि देहाती था परन्तु शर्मा जी ने उसकी प्रतिभा को पहचान लिया था। वे रवि को हॉल से लगे हुए अपने दफ़्तर में ले गये और उससे उसके और उसकी सितार की ट्रेनिंग के बारे में पूछा। रवि ने सब प्रश्नों का उत्तर दिया और बताया

कि वह काम की तलाश में बम्बई आया है और साथ के रेस्तराँ में घर-घर खाना पहुँचाने का काम करता है।

'तुम किस समय काम शुरू करते हो?'

'दोपहर में,' रवि ने जवाब दिया।

'तुम सुबह एक घण्टे के लिए क्यों नहीं आ जाते?'

रवि ने बहुत विनम्रता से कहा, 'वह बहुत अच्छा रहेगा सर।' फिर उसने वह सवाल किया जो भीतर से उसे परेशान कर रहा था, 'सर, ट्यूशन फीस क्या होगी?'

'तुम उसकी चिन्ता मत करो हम कुछ हल निकालेंगे और तुम हमारे स्टूडियो के ही एक सितार पर सीख सकते हो।'

ꙮ

रवि ने एक सप्ताह बाद अपने कमरे के साथियों को सच बताया था।

मोहन को हँसी आयी लेकिन प्रह्लाद की नज़र में यह अच्छा विचार नहीं था–'तुम इतनी मूर्खतापूर्ण चीज़ पर अपना पैसा क्यों गवाओगे?'

'यह सच नहीं है,' मोहन ने टोका, 'बहुत से लम्बे बालों वाले आदमी सितार बजाते हैं।'

प्रह्लाद ने पूछा, 'आखिर तुम्हारे दिमाग़ में है क्या? सच में क्या तुम मज़े के लिए पैसा नहीं लगा रहे!'

रवि ने शरमाते हुए कहा, 'जब मैं बच्चा था तो मैंने सितार बजाना सीखा था। अब मैं रिकॉर्डिंग स्टूडियो में काम करने वाले आर्केस्ट्रा में शामिल होने की सोच रहा हूँ।'

'तुम्हारे लिए अब रेस्तराँ में काम करना बहुत अच्छा नहीं है।'

'लड़के को रेस्तराँ से हटाओ। अगर तुम कुछ और कर सकते तो क्या तुम रेस्तराँ में काम करते?' मोहन ने टोका था। 'रवि, तुम्हारे लिए यह अच्छा है। यहाँ मौक़ा लेना चाहिए।'

ꙮ

रवि काम पर जाने के लिए सुबह आठ बजे उठता। वह उन चारों के लिए नाश्ता बनाता, तैयार होकर बस से शर्माजी के यहाँ पहुँचता जहाँ वह एक इंस्ट्रक्टर के मार्गदर्शन में एक घण्टा सितार बजाता। क्लास ख़त्म होते ही वह रेस्तराँ की ओर दौड़ता और समय से कुछ मिनट पहले ही पहुँचता।

सोमवार को रवि को रेस्तराँ से छुट्टी रहती और वह सुबह देर तक सोता।

उठकर वह अच्छी तरह से कमरे की सफ़ाई करता, हल्का-फुल्का खाना खाता और साथ के ही एक सिनेमा हॉल में दोपहर का शो देखता। रास्ते के किसी स्टॉल पर देर दोपहर लंच लेकर वह सितार की क्लास के लिए भागता। शर्मा जी ने रवि को सोमवार को किसी भी समय आने की इजाज़त दी हुई थी।

सोमवार की क्लास अन्य दिनों की तुलना में अधिक आराम से होती। वह सितार पर अभ्यास करने की बजाय इंस्ट्रक्टर को बजाते हुए सुनना पसन्द करता। शर्मा जी जब सितार बजाते तो सब विद्यार्थी और कुछ अध्यापक भी इकट्ठे हो जाते।

शर्मा जी संगीत के क्षेत्र में विख्यात थे। उन्होंने अनेक फ़िल्मी गीतों के लिए संगीत रचना की थी। अब भी देर रात रेडियो पर वे गाने बजते थे। उनके आलोचक भी उनकी मधुर और साफ़-सुथरी संगीत रचना के लिए उनका सम्मान करते थे। दुर्भाग्य से वे फ़िल्मों के अनुकूल नहीं थीं और उनमें से अनेक बॉक्स ऑफिस पर नहीं चल पायी थीं, इसलिए उनका फ़िल्मी कैरियर बहुत छोटा था। रवि जब उनके पास पहुँचा तो वे कुछ वर्षों से विपिन शर्मा संगीत अकादमी चला रहे थे।

शर्मा जी ने संगीत रचनाकार के रूप में रवि की क्षमता को पहचान लिया था। सितार पर रवि ने जो गलत आदतें बना ली थीं, उनसे उन्होंने ही मुक्त करवाया। दूसरे विद्यार्थियों को कम उम्र के अध्यापक सिखाते और आवश्यकता पड़ने पर ही शर्मा जी हस्तक्षेप करते, रवि को गुरु स्वयं सिखाते थे। वह एक जिज्ञासु विद्यार्थी था जो वाद्य की सीमा को पहचानकर चकित और रोमांचित था। वह सुबह स्टूडियो पहुँचने के लिए उत्सुक रहता जहाँ शर्मा जी अपने स्टार शिष्य के पहुँचने की प्रतीक्षा करते।

कुछ विद्यार्थियों को इस पक्षपात का एहसास हो गया था और उन्होंने इस पर नाराज़गी ज़ाहिर की। परन्तु जैसे ही कुछ सप्ताह बीते, उन्हें एहसास हो गया कि रवि को वास्तव में वरदान प्राप्त है। अकादमी में कुछ समय बीत जाने पर वे रवि को छुट्टी के दिनों में अपनी कक्षा समाप्त हो जाने के बाद अपने साथ बुलाया करते। वे प्रायः उसी गली में एक इरानी कैफ़े में मिलते। रवि उन विद्यार्थियों के साथ रहना पसन्द करता था जो बम्बई से बाहर के थे और विशेष रूप से छोटे शहरों से आये थे। उनमें से कुछ के माता-पिता पैसे भेजते थे लेकिन बहुत-से अपना गुज़ारा चलाने के लिए उसके समान काम करते थे।

शर्मा जी को जब पता चला कि रवि ने बचपन में समारोहों में गाया हुआ है, उन्होंने रवि को अपने गायन को माँजने और शास्त्रीय संगीत सीखने के लिए

प्रोत्साहित किया। रवि की आवाज़ भक्ति संगीत के लिए अच्छी थी, हालाँकि उसका सुर शास्त्रीय से अधिक फ़िल्मी था।

रवि को अकादमी में आये जब कुछ महीने बीत गये तो एक दिन शर्मा जी ने एक हारमोनियम निकाला। 'तुमने पहले कभी ये बजाया है?'

रवि ने इनकार में सिर हिलाया।

'अगर तुम गाना चाहते हो तो अब तुम्हें इसे बजाना सीख लेना चाहिए। सितार से तुम्हें कोई सहायता नहीं मिलेगी।'

शर्मा जी ने रवि को धातु से बने काँटे दिखाये जिनमें भाथी से हवा भरने से कम्पन होती थी। उन्होंने की-बोर्ड पर अपने हाथ चलाये। अनेक भारतीयों के विश्वास के विपरीत शर्मा जी ने रवि को बताया कि हारमोनियम एक फ्रांसीसी आविष्कार है।

'फ्रांस के लोग इसे खड़े होकर बजाते हैं जबकि हमने ऐसे हारमोनियम का आविष्कार किया जिसे ज़मीन पर बैठकर बजाया जा सकता है!' शर्मा जी पालथी मारकर हारमोनियम के सामने बैठ गये और रवि को विभिन्न कुंजियों की बुनियादी जानकारी देने लगे और सही उँगलियों से उन्हें छूने के लिए प्रोत्साहित करने लगे। शर्मा जी ने हारमोनियम पर एक प्रसिद्ध ट्यून बजाई और रवि से वैसी ही कोई ट्यून बजाने के लिए कहा। उन्होंने जो सुना वह पसन्द आया और आवेग में उन्होंने वह हारमोनियम रवि को उपहार में दे दिया।

'आजकल केवल भारतीय और पाकिस्तानी हारमोनियम बजाते हैं। विदेशी अकॉर्डियन को तरज़ीह देते हैं, उसे सीखना आसान है। तुम स्वयं हारमोनियम बजाने की कोशिश करो और कोई सहायता चाहिए हो तो किसी टीचर से पूछ सकते हो।'

रवि अब पटियाला हाउस का स्थायी स्टाफ़ था। वह जिस लड़के के स्थान पर गया था, वह रवि के द्वारा काम सँभाले जाने के एक सप्ताह के भीतर लौट आया था और प्रबन्धन ने उसे नौकरी से निकाल दिया था। हालाँकि उसकी कोई बँधी-बँधाई कमाई नहीं थी लेकिन उसे जो टिप्स मिलती थीं, वे पर्याप्त थीं क्योंकि रवि स्वभाव से ही कम ख़र्चीला था।

वह जब खाना पहुँचाने जाता तो उसे नये लोगों की दोस्ती और उनसे मिलने का अनुभव अच्छा लगता। ऊँचे लोगों के फ़्लैट में नौकर दरवाज़ा खोलते और पैसे देकर खाना ले लेते। दूसरी जगह में प्रायः घर की महिला खाना लेने

आती। कइयों के पास समय रहता, जैसे कि पाली हिल की पूर्व एक्टर, वह जब भी घर पर अकेली होती, दरवाज़े पर खड़ी होकर उससे बात करती। उसने एक बार उसे बताया था कि कई वर्ष पहले वह एक सफल स्टार थी। उसने ढेरं सारा धन कमाया था लेकिन उसके मैनेजरों ने उसे धोखा दे दिया। उसने रवि से उसके माता-पिता, उसके गाँव और उसके मित्रों के बारे में पूछा। ईद-उल-फितर पर उसने रवि को सौ रुपये का एक नोट और घर ले जाने के लिए मिठाइयों का डिब्बा दिया। दक्षिण उपनगर में सब ओर उसके समान और लोग भी फैले थे, औरतें और आदमी, दयालु और दूसरों की परवाह करने वाले लोग और वे लोग भी जो बहुत अकेले थे।

फ़िल्में और संगीत उसके दो जुनून बन गये। वह नयी रिलीज़ हुई फ़िल्मों को शायद ही कभी छोड़ता था। कई बार तो छुट्टी के दिन वह दो-दो फ़िल्में देखता—एक क्लास से पहले और दूसरी घर लौटते हुए रास्ते में। यदि घर के पास ही फ़िल्म देखने की योजना होती तो बह एडवांस में टिकट ले लेता। जब साथ देने के लिए कोई न होता तो वह लोकल ट्रेन लेकर ग्रांट रोड चला जाता। यह उसके रुटीन में एक बदलाव होता। वहाँ के हॉल अधिक बढ़िया थे। घर पर वह प्रहलाद का ट्रांज़िस्टर हमेशा चलाकर रखता, इससे दूसरे नाराज़ होते। रेडियो सीलोन उसका प्रिय स्टेशन था।

ꕥ

एक सुबह लौटते हुए रवि जब अपने जूते पहन रहा था तो शर्मा जी ने पुकारा, 'बेटा'। रवि को अकादमी में आये तीन महीने से थोड़ा अधिक समय हो चुका था। 'अब समय आ गया है कि तुम रेस्तराँ का बेकार काम छोड़ दो और अपनी कला को अधिक समय देना शुरू करो।'

रवि ने कहा, 'मैं ऐसा करना चाहूँगा परन्तु मैं अपनी नौकरी नहीं छोड़ सकता, मुझे पैसों की ज़रूरत है।'

'मेरी एक योजना है।'

कुछ दिन बाद शर्मा जी रवि को अपने घर ले गये जो जुहू में बनी छोटी-छोटी कॉटेज के परिसर में था। एक कलाकार शर्मा जी के परिसर का मालिक था। वह लम्बा और सजीला पठान शाम को दरबार लगाता था। वह निकर पहनकर कॉटेजों को समुद्र तट से अलग करने वाली मुँडेर पर बैठ जाता। 'तुम पहले जुहू आये हो?' शर्मा जी ने पूछा और तभी एक कर्मचारी भागता हुआ घर से निकला और उनकी कार का दरवाज़ा खोल दिया।

रवि ने कहा, 'कई बार, शाम को दोस्तों के साथ। हम यहाँ भेलपूरी खाने आते थे।'

घर रोशनीदार और हवादार था। उसमें केन का फ़र्नीचर था और ज़मीन पर बड़े-बड़े कुशन रखे थे। आँगन में बाँस के वृक्ष थे और गुलमोहर से एक झूला लटक रहा था। रवि ने घूँस के जोड़े देखे और बहुत प्रभावित हुआ।

शर्मा जी ने उसके आश्चर्य को भाँप लिया, 'तुम्हें यह जगह कैसी लगी?'

'बहुत अच्छी।'

उन्होंने रवि का हाथ पकड़ते हुए कहा, 'आओ मैं तुम्हें सब कुछ दिखाऊँ।'

तीन शयनकक्ष थे। एक को स्टडी और दफ़्तर में बदल दिया गया था। शेल्फ़ों पर ढेरों पुस्तकें थीं, रवि ने अपने जीवन में पहली बार इतनी किताबें देखी थीं। पेंटिंग्स थीं—कुछ विचित्र आकारों में पुरुषों व महिलाओं की और अन्य में केवल रंग छितराए हुए थे। एक शेल्फ़ में अनेक वर्षों के दौरान शर्मा जी को मिले हुए पुरस्कार रखे थे।

अगल-बगल दो शयनकक्ष थे। शर्मा जी ने बड़ा कमरा अपने पास रखा हुआ था। दूसरा गेस्ट रूम था, शर्मा जी ने बताया था कि यह कभी-कभार ही उपयोग में आता था।

'क्या आंटीजी कहीं बाहर गयी हुई हैं?' रवि ने पूछा।

शर्मा जी हँसे, 'तुम्हें किसी ने नहीं बताया? मैं विवाहित नहीं हूँ, मैं अकेला रहता हूँ।'

रवि ने कभी सोचा भी नहीं था कि शर्मा जी अविवाहित हो सकते हैं। वे पचास से ऊपर के थे, रवि उस उम्र के किसी कुँवारे व्यक्ति से पहले कभी नहीं मिला था।

'मैं चाहता हूँ कि तुम मेरे साथ इस बगल वाले कमरे में रहो। इस अतिरिक्त बेडरूम को कोई इस्तेमाल नहीं करता। तुम्हें सुविधा होगी और मेरे पास तुम्हें सिखाने के लिए अधिक समय होगा। वास्तव में तुम यहाँ रह सकते हो और स्टूडियो तक का सफ़र तय करने की बजाय यहीं अभ्यास करो। मैं यहाँ तुम्हारे लिए एक अध्यापक का प्रबन्ध कर दूँगा जो कुछ दिनों के अन्तर से एक बार आ जाया करेगा।'

रवि को नहीं मालूम था कि वह क्या कहे। वह हिम्मत जुटाकर बस इतना ही कह पाया, 'आप बहुत दयालु हैं।' शर्मा जी के इस उदारतापूर्ण प्रस्ताव से इनकार करने का कोई प्रश्न ही नहीं था। वह धारावी से जुहू—जहाँ स्टार रहते थे, एक ही झटके में पहुँच जायेगा। इस सबकी तो उसने कभी कल्पना ही नहीं की थी। यह सब कल्पनातीत था।

'तुम अगले सोमवार को, अपनी छुट्टी के दिन यहाँ शिफ़्ट कर लो।'

रवि ने उस रात धारावी में अपने मित्रों को जब यह ख़बर सुनाई तो वे परेशान हो गये। वे उसे पसन्द करते थे, वह उनके अस्थायी परिवार का एक ज़रूरी हिस्सा था। इसके अलावा वह उन सबसे बेहतर खाना बनाता था। प्रह्लाद इस ख़बर को सुनकर बहुत परेशान हुआ। रवि के सबसे निकट वही था। इकट्ठे काम करने के अलावा वे फ़िल्में भी साथ देखते थे। 'तुम इस जगह को क्यों छोड़ना चाहते हो?' उसने गुस्से में पूछा था।

'तुम्हें मौक़ा मिले तो क्या तुम नहीं जाओगे?' रवि ने समझाया कि यह जीवन में एक बार मिलने वाला अवसर है। शर्मा जी को उसकी प्रतिभा में विश्वास है और वे उसे इससे कुछ लाभ उठाने में मदद करेंगे। खाने की थैलियाँ जगह-जगह पहुँचाने में कोई भविष्य नहीं था।

'हम जब चाहें मिल सकते हैं। जुहू तो चलकर पहुँचा जा सकता है।' रवि ने लाइट का बटन बन्द करते हुए कहा।

अगले सोमवार को रवि ने शर्मा जी के दिये पैसों से ऑटो किया और अपना सामान जुहू ले आया। जब वह वहाँ पहुँचा तो शर्मा जी नाश्ता कर रहे थे। उन्होंने अपने नौकर से इडली की प्लेट लाने को कहा। वे दोनों पहली बार एक साथ खा रहे थे। रवि थोड़ा झिझक रहा था।

उस दिन अकादमी जाने से पहले शर्मा जी ने स्टाफ़ से रवि का परिचय करवाया—रसोइया, पार्ट टाइम माली और ड्राइवर। एक अतिरिक्त बेडरूम पहले से ही साफ़ और व्यवस्थित कर दिया गया था।

रवि को समझ नहीं आ रहा था कि वह बाकी दिन कैसे बिताये। दोपहर का भोजन करने के बाद वह समुद्र तट पर टहलने निकल गया और सारी दोपहर सोता रहा। उसे अपने अकादमी के साथियों की याद आ रही थी जिनके साथ वह अपनी सोमवार की दोपहरें गुज़ारा करता था।

रवि के लिए अगले कुछ सप्ताह अधिक आरामदायक थे। वह सुबह उठता, स्नान करता और दिन के पहले पाठ की तैयारी करता। शर्मा जी के अकादमी चले जाने के बाद वह बाकी दिन को अपनी इच्छानुसार बिताने के लिए आज़ाद होता। रवि सुबह का समय हारमोनियम के साथ गाने का अभ्यास करते हुए

बिताता और लंच करने के बाद समुद्र तट पर टहलता हुआ आसपास के क्षेत्र को देखता। शर्मा जी शाम को लौटकर उसके हारमोनियम के अभ्यास को देखते और फिर रवि सितार बजाता और शर्मा जी सुनते। कई बार शर्मा जी भी अपना सितार ले आते और फिर गुरु-शिष्य आगे-पीछे गाते।

शर्मा जी के घर रहते रवि को लगभग तीन सप्ताह बीत चुके थे जब एक रात शर्मा जी ने हलके से उसके बेडरूम का दरवाज़ा खटखटाया। वे चुपचाप भीतर आ गये और रवि के बिस्तर पर उसी के साथ लेट गये। सुबह नौकरों के जागने से पहले वे अपने बिस्तर पर लौट गये। दिन भर उन दोनों ने कभी भी शर्मा जी के रात में रवि के कमरे में आने की चर्चा नहीं की।

यह सिलसिला कई दिनों तक जारी रहा जब एक रात शर्मा जी उत्तेजित हो रवि के लिंग की ओर बढ़े और अपना सिर झुकाया, रवि ने कोई प्रतिरोध नहीं किया। शायद अपने शरणदाता को नाराज़ करना अच्छा नहीं था। शर्मा जी दिन फूटने से पहले ही अपने कमरे में लौट गये।

यद्यपि रवि को अकादमी और रेस्तराँ की चहल-पहल की याद आती लेकिन वह जानता था कि यह व्यवस्था उसके अपने फायदे के लिए ही है। वह एक चुना हुआ शिष्य था, दूसरों से एक दर्ज़ा ऊपर और इससे वरिष्ठ विद्यार्थियों में रोष होना स्वाभाविक था, विशेष रूप से उनमें जिनमें उससे अधिक प्रतिभा थी।

जिस क्षण रवि ने सितार पर अपने कौशल का प्रदर्शन किया था, तभी से शर्मा जी रवि को अन्य विद्यार्थियों से अलग कर सामाजिक सीढ़ी पर ऊपर ले जाना चाहते थे। रवि के वहाँ पहुँचने के तुरन्त बाद शर्मा जी उसे ख़रीददारी के लिए कोलाबा ले गये, उसे कपड़े और जूते ख़रीद कर दिये, उसे अपने नाई के पास लेकर गये। नाई ने उसके बालों को ठीक-ठाक करने के साथ ही उसके गन्दे नाखूनों को भी साफ़ किया। फिर कार सीखने की कुछ क्लासें, एक फर्ज़ी जन्म प्रमाणपत्र और फिर कुछ सौ रुपये—रवि के पास गाड़ी चलाने का लाइसेंस आ गया। कई शामों को शर्मा जी नहाकर और कपड़े बदलकर आते तो वे दोनों इकट्ठे फ़िल्म देखने, दोस्तों से मिलने जाते या पास ही कहीं बाहर इकट्ठे खाना खाते। शुरू-शुरू के दिनों में रवि के अन्दर दुनियादारी के अभाव से शर्मा जी परेशान नहीं होते थे।

रवि के लिए एक नया संसार खुल गया था, एक ऐसा संसार जिसके रवि ने केवल स्वप्न देखे थे और जिसे केवल फ़िल्मों में ही देखा था। उसे शर्मा जी

के साथ सोना अच्छा नहीं लगता था पर इससे घृणा भी नहीं थी। यह हस्तमैथुन से बेहतर था और उसे बहुत तसल्ली मिलती जब समुद्र तट पर स्विम सूट पहने लड़कियों को देखकर वह उत्तेजित हो जाता।

शीघ्र ही वह बॉलीवुड की नामी हस्तियों से—यदि कन्धे से कन्धा मिलाकर नहीं चल रहा था तो—कम-से-कम उन्हें मिल ज़रूर रहा था। यद्यपि शर्मा जी अब बॉलीवुड में काम नहीं करते थे लेकिन अभी भी वे एक विख्यात और प्रतिष्ठित हस्ती थे। ऐसी अफ़वाहें थीं कि जब संगीत निर्देशक निर्माता की पसन्द के अनुरूप गाने नहीं बना पाते तो उन्होंने दूसरों के नाम से अनेक गानों की संगीत रचना की थी। उन्होंने एक ऐसी ही फ़िल्म में स्क्रीन पर संगीतकार के रूप में अपना नाम देने की बात कही थी और निर्माता सहमत भी हो गया था लेकिन अन्ततः ऐसा न हो सका। उनके युग के रोमांस भरे, कोमल सुरों का स्थान नयी संगीत शैलियों ने ले लिया था और उनके साथ किसी भी तरह का सम्पर्क उनकी फ़िल्म पर पुरानी फ़िल्म होने का ठप्पा लगा देता। अब वे केवल 'फिक्सर' थे जिनके पास निर्माता भी आते जब सब ओर से निराश हो चुके होते।

जब वे बॉलीवुड की पार्टियों में जाते तो रवि को बहुत निराशा होती क्योंकि एक भी फ़िल्म स्टार वहाँ दिखाई न देता।। वहाँ अधिकतर संगीतकार, निर्देशक, निर्माता और प्रायः शर्मा जी की पीढ़ी के अभिनेता होते। रवि को अपने गुरु से कम बोलने और विनम्रतापूर्वक केवल सुनते रहने का ही प्रशिक्षण प्राप्त हुआ था। रवि सदैव कमरे में सबसे कम उम्र का व्यक्ति होता। हाँ, मेज़बान के बच्चे अथवा नाती-पोते वहाँ होते तो बात दूसरी होती। शर्मा जी और रवि के बीच सम्बन्ध की बात कभी न की जाती, परन्तु ऐसा लगता था कि सब जानते थे।

इन समारोहों में पुरानी यादें महत्त्वपूर्ण भूमिका निभातीं। रवि को पुराने क़िस्से और भूले-बिसरे गीत सुनना बहुत अच्छा लगता जो शराब द्वारा अपना असर दिखाने पर वहाँ कभी जोश से तो कभी फीके-फीके गाये जाते।

रवि सितार बजाने में अच्छा था, पर उतना अच्छा भी नहीं जितना वह सोचता था। गुरु के मार्गदर्शन और प्रोत्साहन से वह और अधिक अनुशासित हो गया था। शर्मा जी उसे भड़कीले वादन के लिए डाँटते और अधिक निपुणता से सितार बजाना सिखाते।

उसे धारावी के अपने मित्र समय-समय पर आकर मिलते। शर्मा जी को यह अच्छा न लगता। वे चाहते थे कि रवि पूरी तरह से अपने अतीत से नाता तोड़े लेकिन उन्होंने इस मुद्दे पर बहुत ज़ोर नहीं डाला। वे जानते थे कि रवि

को उन दोनों की मित्रता और सरल जीवन पसन्द था। वह नये तथा अधिक रुचिकर लोगों से मिलेगा तो पुराने मित्रों से उब जायेगा। शर्मा जी ने रवि को चेतावनी दी कि यदि यह मेलजोल उनके प्रशिक्षण के आड़े आया तो वे उनका आना बन्द करवा देंगे।

हालाँकि जुहू का बंगला पर्याप्त सुविधाजनक था लेकिन रवि वहाँ बहुत सुविधा महसूस न करता। उसे धारावी अधिक अच्छा लगता था; वह स्थान अस्त-व्यस्त था पर वहाँ खाना अधिक स्वादिष्ट होता; रोटियाँ मोटी और रूखी होतीं, दाल और कभी-कभार बनने वाला मीट घी मसालों से भरपूर होता। जुहू में नौकर जो भी फीका-फीका-सा भोजन मेज़ पर परोसते, वह रवि के स्वाद के लिए बहुत सुसंस्कृत होता। परन्तु उसने कभी इसकी शिकायत नहीं की। और जो उस घर में करने की अनुमति नहीं थी, वही करना पसन्द करता। जब उसके प्रति दयालुता और संरक्षण दर्शाते शर्मा जी आसपास न होते तो वह नौकरों के प्रति अपने रवैये की परवाह नहीं करता था।

अतः रवि सप्ताह में एक बार बान्द्रा के कसाई से एक किलो चिकन या मटन ख़रीदता और बस पकड़कर सुबह लगभग ग्यारह बजे धारावी के फ़्लैट पर पहुँच जाता। अब उसे मासिक भत्ता मिलता था जो रेस्तराँ में कभी भी हुई कमाई से अधिक था। उसे अब कोई किराया नहीं देना होता, भोजन भी मुफ़्त था। उसे अपने सौभाग्य को अपने मित्रों के साथ सांझा करना अच्छा लगता। दोपहर का भोजन करने के बाद जो भी मौजूद होता, उसे वह नयी रिलीज़ हुई फ़िल्म के मैटिनी शो के लिए ले जाता।

यदि उसे जुहू लौटने में देर हो जाती तो शर्मा जी उसे नाराज़ मिलते।

꧁

शर्मा जी प्रति वर्ष मॉनसून की बारिशों से पहले जून के आरम्भ में अकादमी के विद्यार्थियों का पुनर्मिलन समारोह करते। वर्तमान वर्ष के स्नातक मेज़बान होते और सारा प्रबन्ध देखते। अधिकतर पुराने विद्यार्थी विभिन्न रंस्तराँ में बैण्ड बजाते थे और अपने विवाह के अवसरों को बेहतर बनाने की इच्छुक लड़कियों को ट्यूशन पढ़ाते थे। कुछ को स्टूडियो ऑर्केस्ट्रा में नौकरी मिल गयी थी। कुछ विद्यार्थी बहुत अच्छे जम गये थे, उन्हें इण्डस्ट्री में काम मिल गया था।

शर्मा जी को अपने दो विद्यार्थियों पर विशेष गर्व था। मुस्तफ़ा ख़ान ने दो कम बजट फ़िल्मों के लिए संगीत दिया था और वह बॉलीवुड की सीढ़ी पर तेज़ी से ऊपर चढ़ रहा था। उसने अपने कैरियर की शुरुआत एक कम प्रसिद्ध संगीत

निर्देशक के मुख्य असिस्टेंट के रूप में की थी और ऐसी अफ़वाह थी कि चार्ट में सबसे ऊपर स्थान बनाने वाले कुछ गानों की संगीत रचना ख़ान की ही थी। यह अफ़वाह भी थी कि एक बड़ा निर्माता अपनी अगली ब्लॉक-बस्टर के लिए उसके नाम पर विचार कर रहा था। दूसरी पुरानी विद्यार्थी प्रीति दत्त ने फ़िल्मों में कुछ लोकप्रिय दो गाने गाये थे और वह भी तेज़ी से आगे बढ़ रही थी। प्रीति आकर्षक थी और सम्भ्रान्त परिवारों के विवाह रिसेप्शन समारोहों में नियमित रूप से गा रही थी। दो बार उसने यूरोप और उत्तरी अमरीका में एक बड़े स्टार सज्जित शो में हिस्सा लिया था।

शर्मा जी इस पुनर्मिलन समारोह का आमन्त्रण देने के लिए स्वयं इन विद्यार्थियों के घर गये थे। उनकी उपस्थिति से फ़िल्मी समाचार पत्रों में कवरेज पक्की हो जायेगी। कोर्स पूरा कर रहे कुछ नये विद्यार्थियों के लिए भी अवसरों के द्वार खुल सकते थे।

समारोह में सबसे पहले आने वाले मेहमान, जो कि सब पुरुष थे, टहलते हुए आठ बजे पहुँचे और सीधे बार की ओर बढ़ गये। वे भारी पियक्कड़ थे और विद्यार्थियों को उन पर नज़र रखने के लिए कहा गया था। व्हिस्की और रम उनके प्रिय ड्रिंक थे। शुरू में पहुँचे लोगों में से जिन, वोडका और बियर पीने वाला एक भी नहीं था। शर्मा जी ने केटरर को शुरू में स्नैक्स खुले रखने का निर्देश दिया था। स्नातक कर रहे सितार और तबला वादकों ने शो की शुरुआत की। जैसे-जैसे शाम रात में तब्दील होती गयी, विद्यार्थी बारी-बारी से गाये जा रहे थे और पश्चिमी वाद्य बजा रहे थे।

दस बजते न बजते टीचर्स स्कॉच का स्थान भयंकर भारतीय व्हिस्की ने ले लिया था और वेटर्स ने महत्त्वपूर्ण लोगों के लिए काउंटर्स के नीचे छिपा कर रखी गयी कुछ ब्लैक लेबल की बोतलें खोल दीं। शर्मा जी निराश थे कि कुछ आमन्त्रित लोग नहीं आये थे। फिर भी शाम अपने सुरूर पर थी और अच्छी संख्या में पत्रकार और फ़ोटोग्रॉफर मौजूद थे।

उमेश मलिक मध्य रात्रि में अपने साथियों के साथ पहुँचे। उन्होंने काफ़ी पी रखी थी। पार्टी का शोरगुल एक सम्मानजनक सन्नाटे में बदल गया, प्रसन्न शर्मा जी ने उन्हें गले से लगाया और फिर कमरे में मौजूद अन्य लोगों से उनका परिचय करवाया। कुछ विद्याथियों ने, जो अभी तक पार्टी में बने हुए थे, उनके पाँव छुए। मलिक शहर के लोकप्रिय व्यक्ति थे–बॉलीवुड में सबसे अधिक पैसा पाने वाले संगीत निर्देशक। उन्होंने एक-के-बाद-एक लगातार तीन हिट साउण्डट्रैक दिये थे। दो साल में ही उनकी फीस चार गुना हो गयी थी। शर्मा

जी और मलिक वर्षों तक घनिष्ठ मित्र रहे थे। परन्तु मेज़बान को हैरानी थी कि उन्होंने अपना वायदा निभाया था और इस समारोह में आये थे। उदारता से बोतल से व्हिस्की उड़ेलते हुए शर्मा जी ने कहा, 'उमेश तुमने आकर बहुत अच्छा किया।'

उमेश के पाँव लड़खड़ा रहे थे पर अभी भी उसने गिलास लेने से मना नहीं किया। बड़े प्रयत्न से उसने कस कर मेज़बान का आलिंगन किया। उसका एक सहायक उसकी बाज़ू को पकड़कर उन्हें थामे हुए था। 'बेशक विपिन, हमारा समय बहुत अच्छा था।'

यह सच था कि वे उत्तर भारत से लगभग एक ही समय पर बम्बई पहुँचे थे और शुरू में माहिम में एक गेस्ट हाउस में एक कमरे में इकट्ठे रहे थे और इकट्ठे ही सस्ते होटलों में खाना खाते। वे जब बहुत परेशान हो जाते तो दुर्गन्ध भरे उधार के कपड़े पहनते और शादियों में शहनाई बजाते। ऐसी परिस्थितियों में हुई मित्रता निश्चित ही देर तक चलती है।

मलिक का एक चाटुकार मेज़ पर लगे डोंगो से प्लेट भरकर उसके लिए खाना लाया और उसके पास बैठकर उसे चिकन करी, दाल, चावल, कच्चे प्याज़ का मिश्रण चम्मच भर-भर के खिलाता रहा। मलिक अपना मुँह खोलता और वह आदमी भोजन भीतर उड़ेल देता।

मलिक बीच-बीच में व्हिस्की के बड़े-बड़े घूँट भी ले लेता। दूसरा चाटुकार उसके गिलास पर ध्यान रख रहा था—जैसे ही ग्लास खाली होता, उसे भर देता। सुबह के लगभग दो बज चुके थे।

'विपिन, मैं किसी को गाते सुनना चाहता हूँ,' मलिक ने कहा।

शर्मा जी मानो इसी क्षण की प्रतीक्षा कर रहे थे। उन्होंने लड़कों से कुर्सियाँ और मेज़ हटाने के लिए कहा। डांस फ्लोर बनाने के लिए रखे गये फट्टों पर उन्होंने मोटे गद्दे डाल दिये। एक कर्मचारी एक सफ़ेद चादर ले आया और उसे गद्दे पर बिछा दिया। हारमोनियम और माइक्रोफ़ोन आ गये और शर्मा जी ने सिर हिलाकर रवि को अपना स्थान लेने के लिए कहा। रवि ने हारमोनियम को ट्यून करने में एक मिनट का समय लगाया और के.एल. सहगल का एक सदाबहार गीत 'सो जा राजकुमारी' गाना शुरू किया।

कुछ मिनट के बाद मलिक ने उसे रोक दिया, 'बेटा, यह बहुत प्यारा गाना है और मेरे प्रिय गीतों में से एक है। लेकिन आज रात मेरा मन हाल ही के किसी गाने को सुनने का है। रवि या मुकेश का कोई गाना गाओ।'

शर्मा जी ने संकेत से एक विद्यार्थी को तबले पर रवि को संगत देने के लिए कहा। उसने फ़िल्म जंगली से 'अहसान तेरा होगा मुझ पर' गाना गाया जो

रफी साहब ने शम्मी कपूर के लिए गाया था और शंकर जयकिशन ने इसका संगीत दिया था। जब उसने गाना पूरा किया तो बचे हुए लोगों ने हलकी-फुलकी तालियाँ बजाईं। मलिक ने रवि को गाना जारी रखने के लिए कहा। अब तक मलिक व्हिस्की में सराबोर हो चुका था लेकिन अभी भी आपे में था। शाम अब कोमल, सौम्य रूप ले चुकी थी। शर्मा जी के सुझाव पर रवि सितार ले आया और बजाना शुरू किया।

अभी भी आसपास एक दर्जन से अधिक लोग थे। उनमें से आधे बिना बुलाये मलिक के साथ आ गये थे। शर्मा जी के मैनेजर ने टूटे हुए गिलासों और गुम हुए चम्मचों की कीमत पर मोलभाव करके केटरर का भुगतान कर दिया। एक कर्मचारी केटरर के स्टाफ़ को जाने की इजाज़त देने से पहले बन्द और खुली बोतलों की संख्या का मिलान करने का प्रयत्न कर रहा था। पुरुष शौचालय में घमासान मचा था। किसी ने किराये के फूलदान उसमें फेंक दिये थे।

भोर फूटने लगी थी और मलिक अपने आदमियों के साथ एक मेज़ पर बैठा था और अभी भी जाने का उसका कोई इरादा नहीं था। उसके शब्द अस्पष्ट हो गये थे और वह मदहोशी में डूब रहा था। अकादमी के कर्मचारी गुपचुप बुदबुदाने लगे थे लेकिन शर्मा जी प्रसन्न थे। शाम सफल रही थी, अगले कुछ दिनों तक इस पर चर्चा होती रहेगी। मलिक की उपस्थिति और लम्बे समय तक उनके रुकने से यह बात तय थी।

शर्मा जी उठे और आश्वस्त होकर कमरे से निकल गये। मलिक इस क्षण की प्रतीक्षा कर रहा था। उसने रवि से पूछा, 'बेटा, विपिन को 'फक' करने के अलावा तुम क्या करते हो?'

रवि शरमा गया, वह नहीं जानता था कि लोगों को यह पता था। 'मुझे गाना पसन्द है उमेश जी।'

'वह तो तुम बहुत अच्छे-से गा लेते हो लेकिन सितार भी बहुत अच्छा बजाते हो। हमारी संगीत की दुनिया में यह बहुत खूबसूरत जोड़ है। इन दिनों कभी आकर मुझे मिलो। यह बात गोपनीय रखना।'

सन्देश में इस सन्देह की कोई गुंजाइश नहीं थी। रवि को शर्मा जी को यह बात नहीं बतानी थी। मलिक ने काग़ज़ के एक टुकड़े पर अपना फ़ोन नम्बर लिख दिया।

रवि ने कुछ दिन रुककर उन्हें फ़ोन किया। उन्होंने अगले सप्ताह मिलने की योजना बनाई।

मलिक को मिलने से एक रात पहले रवि शर्मा जी की बाँहों में लेटा था कि उसने साहस जुटाकर कहा, 'यह बहुत अच्छा हुआ कि मलिक जी हमारी पार्टी में आये'। उसे लगा था कि उसके कहने का लहज़ा बहुत हलका-फुलका था।

'उनके बारे में क्या?' शर्मा जी उनींदे थे। वे सेक्स के बाद बहुत बात नहीं करते थे।

'उन्होंने मुझे कल मिलने को कहा है।'

शर्मा जी उठकर बैठ गये, पूरी तरह से जगे, जैसे किसी ने उनके सिर पर बर्फ़ जैसा पानी उड़ेल दिया हो।

'वे मुझे अपने ऑर्केस्ट्रा में आज़माना चाहते हैं,' कहते हुए रवि का कलेजा मुँह को आ गया था।

शर्मा जी लाल-पीले हो गये। वे बिस्तर से निकले, रवि को खींचा और उसके चेहरे पर चाँटा जड़ दिया, 'तुम्हारी हिम्मत कैसे हुई? तुमने मेरी इजाज़त के बिना उससे सम्पर्क करने की हिम्मत कैसे की?'

रवि के आँसू बह निकले, 'उन्होंने मुझे आपको यह बात बताने के लिए नहीं कहा था।'

'मैंने तुम्हें झोंपड़-पट्टी से निकाला और तुम मुझे उसका ये इनाम दोगे?'

'मुझसे गलती हो गयी। यदि आप नहीं चाहते तो मैं वहाँ नहीं जाऊँगा।'

'उसके लिए अब बहुत देर हो चुकी है। तुमने मुझे बहुत आहत किया है, मेरा विश्वास तोड़ा है। तुम्हें एक मिनट को भी क्या यह लगता है कि तुम्हारी प्रतिभा में उनकी रुचि है? तुम्हारे जैसे लड़के बान्द्रा में कौड़ियों के भाव मिलते हैं।'

शर्मा जी को सन्देह था कि मलिक इस प्रकार उन्हें अपमानित करना चाहता है। व्यावसायिक औपचारिकता के अनुसार मलिक को उनके माध्यम से रवि से बात करनी चाहिए थी। अतः ज़रूर वे किसी बात से नाराज़ थे। यह बात किसी से छिपी नहीं थी कि शर्मा जी को मलिक का संगीत ज़रूरत से अधिक पका हुआ लगता था, वे अपने ग्रुप में ये बात करते रहे हैं। शायद मलिक उनसे बदला लेने के लिए रवि को गुपचुप खींचना चाहते थे।

'कल सारा शहर मुझ पर हँसता होगा। तुम इसी वक़्त मेरे घर से निकल जाओ। मैं तुम्हें बाहर फेंकूँ, उससे पहले निकल जाओ।'

'मैं कल सुबह उनके सेक्रेटरी को फ़ोन करके बता दूँगा कि मैं नहीं आ रहा।'

परन्तु शर्मा जी ज़िद पर अड़े थे।

रवि जिस सामान के साथ आया था, उसे लेकर वहाँ से निकल गया।

उसने जब धारावी जाकर दरवाज़े पर दस्तक दी तो आधी रात बीत चुकी थी।

अगले दिन रवि जब मलिक से मिलने गया तो उसे प्रतीक्षा करवायी गयी। वे रिकॉर्डिंग कर रहे थे और ऐसा लग रहा था कि कोई संकट था। गायिका ने अपनी सेक्रेटरी के माध्यम से सूचना दी थी कि उसे बुरी तरह से जुकाम हो गया था। यह बात सच हो भी सकती थी और नहीं भी पर अगले कुछ दिनों में उन्होंने यदि गाने को रिकॉर्ड कर शूटिंग नहीं की तो निर्माता को बड़ी रकम गँवानी होगी।

मलिक ने अपनी आवाज़ में गाना रिकॉर्ड करवाने का निर्णय लिया जबकि ऑर्केस्ट्रा एक भिन्न ट्रैक पर अलग से रिकॉर्ड हो रहा था। नायिका मलिक की आवाज़ के साथ होंठों को हिलाएगी और जब गायिका गाने के लिए तैयार होगी तो गाना उसके स्वर में रिकॉर्ड कर लिया जायेगा और फ़िल्म के साण्उडट्रैक में डाल दिया जायेगा। न तो निर्माता और न ही मलिक इस जटिल समाधान से प्रसन्न था। लेकिन और कोई चारा भी तो नहीं था। रवि जब परेशान-सा रिकॉर्डिंग रूम के बाहर प्रतीक्षा कर रहा था तो सब ओर की ख़बरें रखने वाले एक व्यक्ति ने आकर उसे यह सब बताया था।

'मैंने तुम्हें गाते सुना है। जिस सरलता से तुम हारमोनियम बजाते हो, मुझे अच्छा लगा। यदि तुम चाहो तो मेरे पास असिस्टेंट की एक नौकरी है,' मलिक ने रवि को दोपहर की चाय पर बताया।

रवि तुरन्त सहमत हो गया।

मलिक ने मासिक वेतन बताया जो बहुत अधिक तो नहीं था लेकिन रवि के लिए अपना रहने का ठिकाना लेने के लिए पर्याप्त था। 'मैं तुम्हें बता दूँ कि यह एक पूरी प्रोफेशनल व्यवस्था है। मुझे यदि तुम्हारा काम सन्तोषजनक नहीं लगा तो तुम्हें बिना नोटिस के निकाल दिया जायेगा। इसमें कुछ निजी नहीं है, मैं लड़कों के साथ नहीं सोता।'

यह छोटी-सी ख़बर रवि को राहत देने वाली थी।

उस रात वह धारावी लौट गया, किराये और घर ख़र्च में अपना हिस्सा देते हुए उसने नहीं बताया कि यह अपना मकान मिल जाने तक एक अस्थायी व्यवस्था है। वह अपने किफायती तौर-तरीकों पर लौट आया। जुहू में बिताये गये दिन एक सुन्दर अन्तराल थे, उसने विलासिता से सुविधाओं का आनन्द उठाया था और शर्मा जी से जो सीखा था, वह बहुत काम आया। इस सीख के बदले में उसने उस बूढ़े व्यक्ति के चुम्बन और स्पर्श तो सहे थे लेकिन उसके सपनों में तो हमेशा औरतें ही होती थीं। वह आगे बढ़ने के लिए तैयार था।

ශ

रवि ने अगले दिन तीसरे दर्ज़े के असिस्टेंट की नौकरी शुरू की। पहले दर्ज़े के

असिस्टेंट ने उसे उसके काम समझा दिये थे। उसे मलिक की निजी ज़रूरतों का ध्यान रखना होता। उन्हें चाय देना, ड्राइवर द्वारा घर से लाया गया लंच लगाना, बैंक जाना, शराब की दुकानों पर जाना—संक्षेप में उन्हें जो भी करवाने की आवश्यकता थी, वह सब करना। जब उसके पास खाली समय होता तो उसे वरिष्ठ असिस्टेंट से निर्देश लेकर देखना होता कि रिकॉर्डिंग, रिहर्सल और संगीत रचना के अन्य पक्ष बिना किसी रुकावट के चल रहे हैं।

रवि जानता था कि मलिक और शर्मा जी ने बॉलीवुड में इसी स्तर से शुरू किया था। यह प्रशिक्षण की एक प्रक्रिया थी जो भूसे से अन्न को अलग करती थी और उसके पास अपनी योग्यता को प्रमाणित करने के लिए सीमित समय था। उसे मलिक के भीतरी ग्रुप का हिस्सा होने के लिए चुना गया था और वह उसके लिए आभारी था। मलिक ने उसे वेतन पर रखने की बात कहकर उसे चकित कर दिया था जबकि ऐसे लोग मौजूद थे जो इस काम के गुर जानने के लिए मुफ़्त में काम करने को तैयार थे। उसने एक गलत क़दम रखा नहीं कि वह दरवाज़े से बाहर होगा और यदि उसने अपने पत्ते सही खेले तो वह जल्दी ही ऊँचाई की ओर बढ़ जायेगा।

शर्मा जी ने जहाँ रवि को संरक्षण दिया था, वहीं मलिक निहायत शिष्ट थे। मलिक को शर्मा जी से कोई शिकायत नहीं थी। वे जानते थे कि बॉलीवुड में संगीत के क्षेत्र में कैरियर बहुत छोटे होते हैं; अनेक सनकी आते हैं और चले जाते हैं। उनके पास इस लाइन में बहुत अधिक वर्ष नहीं बचे थे और अब तक उनके असिस्टेंट्स ज़्यादा-से-ज़्यादा मध्यम दर्ज़े के ही रहे। उन्होंने रवि में योग्यता देखी थी, गायक और शायद संगीतकार के रूप में भी और वे उसे अपनी छत्रछाया में लेने के लिए उत्सुक थे। फिर भी इस युवक को सबसे नीचे दर्ज़े से शुरू करना होगा।

मलिक रात में संगीत रचना करना अधिक पसन्द करते थे। हमेशा से ऐसा नहीं रहा था लेकिन इन दिनों वे भारी मात्रा में चिकन और कबाब के ऊपर स्कॉच की बोतल भीतर उड़ेलने के बाद सुबह लगभग तीन या चार बजे अपनी कला के चरम पर होते। शराब स्वभावतः उनके असिस्टेंट्स की सीमाओं से परे होती थी लेकिन वे उनके साथ खाते ज़रूर थे। निर्माता और निर्देशक को रात के इन सेशनों में बैठने की इजाज़त नहीं होती थी, उनके साथ बैठकें एवं कहानियों पर चर्चाएँ दिन के समय ही होतीं। गीतकार को केवल अन्तिम चरणों में तभी बुलाया जाता जब गीतों में फेर-बदल करने की ज़रूरत होती।

मलिक ने हारमोनियम बजाया और असिस्टेंट भी हारमोनियम लेकर प्रतीक्षा

करते रहे। उनमें लहरों की तरह प्रेरणा आती। किसी-किसी रात वे पाँच से छह धुनें बना लेते और वे भी बहुत अच्छी। और फिर दिन और कई बार कुछ सप्ताह तक बीत जाते और कोई धुन न बन पाती, वे हारमोनियम की सही कुंजियों तक पहुँच ही नहीं पाते थे। वे अपनी बेहतरीन धुनें बड़े प्रोडक्शन घरानों के लिए बचा कर रखते। विचित्र बात थी कि वे उनकी सामान्य फीस से भी कम का भुगतान करते।

हर किसी को सुझाव देने अथवा धुनें तैयार करने के लिए प्रोत्साहित किया जाता। मलिक ने कुछ बहुत हिट हुए गानों का श्रेय स्वयं लिया था जबकि वे उनकी संगीत रचनाएँ थी ही नहीं, उनके असिस्टेंट्स की बनाई हुई थीं। परन्तु वे उस स्थिति में अपने असिस्टेंट्स को अच्छा भुगतान करते। उनमें यह उदारता भी बहुत थी कि वे उन्हें कम बजट की फ़िल्मों में काम करने वाले अथवा क्षेत्रीय फ़िल्में बनाने वाले निर्माताओं, जो मलिक की फीस नहीं दे सकते थे, के साथ काम करने की छूट देते।

रवि जब मलिक की टीम में पहुँचा, तब तक मलिक को संगीत निर्देशक के रूप में काम करते दस वर्ष से अधिक का समय हो चुका था और वे जानते थे कि उनके पास गिने-चुने दिन ही शेष बचे हैं। ग़ज़लें, कोमल एवं हलका-फुलका संगीत तैयार करने में उनकी विशेषज्ञता थी, लेकिन अब ग़ज़लें लोकप्रिय नहीं रही थीं। यद्यपि उनकी रिकॉर्डिंग करते हुए ईश्वरीय अनुभूति होती थी लेकिन स्क्रीन पर वे फ़िल्म की गति को धीमा कर देती थीं। फ़िल्म दर्शकों की रुचि बदल चुकी थी, निर्माता अब तेज़ गति का संगीत ढूँढ़ रहे थे, जिसका फ़िल्म की कहानी के साथ कोई सम्बन्ध नहीं होता था। उन गानों के संगीत के साथ होंठ हिलाती और ठुमके लगाती हट्टी-कट्टी महिलाएँ हुआ करती थीं।

मलिक बहुत परेशान था। उसे स्टार कास्ट से भरपूर एक फ़िल्म के लिए एक बड़े निर्माता को एक निश्चित समय में पाँच गानों का संगीत देना था। फ़िल्म का सैट तैयार था और कलाकारों ने निश्चित तिथियाँ दी हुई थीं। निर्देशक मलिक और गीतकार को फ़िल्म 'उम्मीद' की कहानी समझा चुका था और वह फ़िल्म का टाइटल गीत तुरन्त चाहता था। मलिक ने जो तीन धुनें सुनाईं, उन्हें अस्वीकार कर दिया गया था।

निर्देशक प्रमोद माथुर ने मलिक से कहा, 'ये घटिया हैं। मुझे कल तक यदि कुछ नहीं मिलता तो मैं मदन बाबू से कहने वाला हूँ कि वे कोई दूसरा संगीत निर्देशक देख लें।'

इण्डस्ट्री में अब से पहले किसी ने मलिक से ऐसे बात नहीं की थी। माथुर ने अनेक हिट फ़िल्में दी थीं परन्तु मलिक उससे दस वर्ष बड़ा था उसकी उम्र का ही कुछ लिहाज रखा जाना चाहिए था।

'भाड़ में जाओ,' मलिक गद्दी से उठा और स्टूडियो से बाहर चला गया।

गीतकार झेंप गया और मलिक के असिस्टेंट डर गये। उन्होंने मलिक के व्यवहार के लिए बहुत माफ़ी माँगी। अगले दिन 'सान्ध्य अख़बार' में ख़बर थी कि निर्माता मदन बाबू ने 'उम्मीद' के संगीत निर्देशक को निकाल दिया और कुछ देर के लिए फ़िल्म की शूटिंग रोक दी।

रवि ऐसा ही कुछ घटित होने की प्रतीक्षा कर रहा था। अब वह क्षण आ गया था जब वह मौक़े का लाभ उठाता। जब वह स्टूडियो में अकेला था तो उसने मलिक के काग़ज़ों में से प्रमोद माथुर का फ़ोन नम्बर ढूँढ़ा और उसे फ़ोन लगाया। रवि ने मलिक के अस्वीकार्य व्यवहार के लिए माफ़ी माँगी और कहा कि यह ठीक रहेगा कि वह स्वयं आकर मलिक की ओर से माफ़ी माँगे।

माथुर मूर्ख नहीं था। वह जान गया कि रवि में कुछ दमखम है। उसने रवि को दोपहर में अपने घर आने के लिए कहा।

माथुर हलकी-फुल्की बातें कर रहा था कि उसकी पत्नी चाय लेकर आ गयी। उसने रवि से पूछा कि वह कहाँ से है, उसकी संगीत में रुचि कैसे हुई। रवि ने झूठ बोला कि वह मलिक के साथ अनेक सालों से काम कर रहा था और अब अपना अलग काम करने के लिए तैयार था।

उसने माथुर से पूछा, 'मैंने एक धुन बनाई है, आप सुनना चाहेंगे?'

'क्यों नहीं?'

माथुर दम्पति के यहाँ चूँकि हारमोनियम नहीं था, माथुर ने नौकर से पड़ोसियों के यहाँ से ले आने के लिए कहा।

दस मिनट बाद रवि वह गाना गा रहा था जिसकी धुन उसने रवि के झुँझलाकर निकल जाने के बाद तैयार की थी। यह धुन गीतकार के द्वारा तैयार किये गये टाइटल गीत के शब्दों पर बहुत अच्छी बैठ रही थी और रवि ने गाया भी इतना अच्छा था कि ऐसा उसने पहले कभी नहीं गाया था।

रवि ने जब गाना बन्द किया तो माथुर ने कहा, 'यह तो बहुत अच्छी है।' वास्तव में यह बहुत अच्छी धुन थी और वह अपनी उत्तेजना को नियन्त्रित नहीं कर पा रहा था। संगीत ठीक वैसा ही था जिसकी माथुर को तलाश थी। माथुर ने सिगरेट निकाली और एक रवि की ओर भी बढ़ाई। उसने विनम्रता से मना कर दिया।

माथुर ने मानो बहुत कोशिश करके कहा, 'इस पर बहुत काम किये जाने की ज़रूरत है। तुम्हारे पास क्या कुछ और भी है जिसे फ़िल्म में प्रयोग किया जा सके?'

रवि ने 'हाँ' में सिर हिलाया।

'तुम्हारी आवाज़ भी अच्छी है। क्या तुमने प्लेबैक गायन में अपना कैरियर बनाने की सोची है?'

रवि जानता था कि उसकी खुशामद की जा रही है। 'सर, मुझे धुनें बनाना अधिक अच्छा लगता है।'

माथुर माफ़ी माँगते हुए वहाँ से हटे और किसी को फ़ोन लगाया। जब वे लौटे तो उन्होंने एक पता लिखा और रवि को थमा दिया। 'कल सुबह ग्यारह बजे मुझे यहाँ मिलो।' वह उठ गया। मीटिंग समाप्त हो गयी।

नीचे गली में पहुँचकर रवि ने काग़ज़ की पर्ची पर लिखा पता देखा। उसे मदन बाबू से महालक्ष्मी में उनके दफ़्तर में मिलना था।

'उम्मीद' का टाइटल गीत छह महीने तक चार्ट्स पर रहा, जिनमें से चार सप्ताह तक यह पहले स्थान पर था जबकि फ़िल्म ग्रांट रोड पर एक थियेटर में दो वर्ष तक चली। रवि को फ़िल्म का संगीत निर्देशक लिखा गया, हालाँकि उन्होंने उसे पाँच गानों के लिए बहुत छोटी रकम दी। फ़िल्म की नायिका एक पूर्व मिस इंडिया, जिसकी यह पहली फ़िल्म थी, की किस्मत और भी ख़राब थी। उसे कुछ भुगतान नहीं किया गया। निर्माता को लगा था कि वह उसकी सहायता कर रहा था।

फ़िल्म के पर्दे पर आने से एक सप्ताह पहले फ़िल्म का संगीत जारी होने के दिन रवि मलिक से मिलने गया। निर्माता ने प्रचार की तड़क-भड़क के बीच साउण्डट्रैक जारी किया था। मलिक की नौकरानी ने उसे भीतर नहीं जाने दिया। रवि अपने पूर्व गुरु के लिए एक ऑडियो कैसेट छोड़ आया।

शर्मा जी अधिक क्षमाशील और उदार थे। उन्होंने रवि को फ़ोन किया और बताया कि उन्होंने गाने सुने थे और उन्हें पसन्द आये थे। उन्होंने रवि को मुबारक दी।

जैसे ही उनका फ़ोन बन्द हुआ, रवि ने जुहू में उस मकान के लिए टैक्सी ली जिसे वह इतनी अच्छी तरह से जानता था। उसने बुजुर्ग शर्मा जी के पाँव छुए और वे एक-दूसरे को बाँहों में थामे रोने लगे।

फ़िल्म रिलीज़ होने के अगले रविवार रवि धारावी के अपने मित्रों को बम्बई शहर के मध्य स्थित एक पाँच तारा होटल में चाइनीज़ लंच के लिए लेकर गया। वे टैक्सियों में गये-आये, बाद में उसने उन्हें धारावी जाने वाली सँकरी गली पर छोड़ दिया। यह अन्तिम बार था जब वह उनसे मिल रहा था।

ଓଓ

नये प्रस्ताव आने शुरू हो गये, रवि की माँग बहुत बढ़ गयी। मिस इंडिया भी इस फ़िल्म की सफलता के बाद अच्छा काम कर रही थी। रवि को जो प्रस्ताव मिले वे मुख्यतः दूसरे दर्ज़े के निर्माताओं के थे जो मामूली बजट की फ़िल्में बनाते थे। परन्तु रवि के लिए वह ठीक था। वह जानता था कि उसे छोटे स्तर से ही शुरुआत करनी होगी।

उसने दो काम लिए और उसे जो पेशगी मिली, उसने लोखंडवाला में एक छोटे फ़्लैट के लिए जमा करवा दी। उसने एक मारुति भी खरीद ली और एक ड्राइवर रख लिया जो एक उभरते स्टार को इधर-उधर ले जाने का अवसर मिलने पर थोड़े ही वेतन पर मान गया। हालाँकि शर्मा जी की कृपा से रवि के पास लाइसेंस था लेकिन उसे गाड़ी चलाना सुविधाजनक नहीं लगता था।

रवि इक्कीस साल का था।

ଓଓ

शीघ्र ही वह न्यूयॉर्क, टोरोंटो, लन्दन और दक्षिण एशियाई बड़ी जनसंख्या वाले संसार के दूसरे भागों में कंसर्ट दे रहा था। वह सुपर स्टार्स की मण्डली का भाग था जो डांस, गाने और कॉमेडी का तीन घण्टे का शो देते थे। इन भव्य कार्यक्रमों से फ़िल्मों की तुलना में बेहतर पैसा मिलता था। स्टार पहली श्रेणी में, रवि और हास्य कलाकार बिज़नेस क्लास में और ऑर्केस्ट्रा व अन्य रंगमंच स्टाफ़ सामान्य श्रेणी में यात्रा करते।

रवि की अगली दो फ़िल्में हालाँकि बॉक्स ऑफिस पर फ्लॉप हो गयी थीं, लेकिन उसकी ख्याति बढ़ने लगी थी। फ़िल्म के फ्लॉप हो जाने के बावजूद भी उसकी संगीत रचनाएँ चार्ट पर ऊँचे पायदान पर होतीं। इसके बाद उसकी अनेक फ़िल्में लोकप्रिय हुईं और महीनों चलीं—इससे भी उसे सहायता मिली। 'उम्मीद' फ़िल्म के पाँच वर्ष के भीतर वह देश का सबसे अधिक फीस पाने वाला संगीत निर्देशक बन गया और उसके पास पश्चिम से भी संगीत निर्देशन के प्रस्ताव आने लगे। वह बहुत प्रसन्न था लेकिन उसने इन प्रस्तावों को बहुत विनम्रता से

अस्वीकार कर दिया। वह अपने देश की फ़िल्मों पर अपना ध्यान केंद्रित करना चाहता था। वह जानता था कि वह लन्दन में अपनी गहराई खो देगा।

इतनी छोटी आयु में रवि की पहली सफलता ने सनसनी फैला दी थी और आलोचक उसकी तुलना एक अन्य संगीत निर्देशक से करते जिसकी पहली ही फ़िल्म के लिए दी गयी धुनें अभी भी गुनगुनाई जातीं। रवि की रेंज असाधारण थी। उसने कॉस्ट्यूम नाटकों के लिए राग आधारित धुनें देने के साथ-साथ आधुनिक भावपूर्ण फ़िल्मों के लिए भी संगीत दिया। परन्तु ये संगीत विदेशी संगीत रचनाओं, पश्चिमी, अरब और यहाँ तक कि अफ्रीकी आदिवासी धुनों से बहुत अधिक प्रभावित होते। कुछ फ़िल्में असफल हो गयीं लेकिन उनका दोष बुरी पटकथा, मध्यम दर्ज़े के कथानक और अकुशल निर्देशन पर मढ़ दिया जाता।

वह लोखंडवाला से पाली हिल के एक पेण्टहाउस में चला गया था जहाँ छत पर बग़ीचा बना था और वहाँ से अरब सागर का शानदार दृश्य दिखाई देता। गैराज में साधारण मारुति का स्थान अब चमचमाती मर्सिडीज़ ने ले लिया था। यह मर्सिडीज़ उसे एक निर्माता ने अपनी फ़िल्म के बम्बई में पच्चीस सप्ताह पूरे होने पर आभार स्वरूप दी थी। उसने ऊपरी मंज़िल के एक कमरे में स्टूडियो बना लिया था जहाँ वह अपनी धुनें बनाता था। वह देर रात तक काम करता और सुबह लगभग दस बजे उठता। सुबह उठते ही उसका सबसे पहला काम बिस्तर के साथ लगी घण्टी बजाना होता जिससे कि स्टाफ़ सचेत हो जाये कि वह उठ गया है।

उसके भीतर अभी भी एक गाँव के लड़के का बहुत कुछ बचा था। वह सुबह अपने दाँतों को ब्रश किये बिना कुछ खाता-पीता नहीं था। यह आदत उसमें उसकी माँ ने कूट-कूट कर भरी थी। दार्जलिंग और आसाम की चाय से उसका कोई सरोकार नहीं था—उसे कड़क चाय पसन्द थी जो बागानों की अस्वीकार कर दी गयी, लगभग चूरा हो गयी टूटी पत्तियों की हलकी क्वालिटी की चाय से बनती थी। रसोई में महाराज उसे उबालकर, जैसा कि वह नौकरों के लिए बनाता था, बनाता। दूध, पानी, चीनी और पत्ती सब मिलाकर उबाल दिये जाते और उसे सीधा कप में छान दिया जाता। जब तक यह चाय रवि के बेडरूम में पहुँचती, इस पर सुनहरे रंग की मलाई की पतली परत जम चुकी होती।

वह सुबह हलका-फुलका नाश्ता लेता। कई बार महाराज से पोहा बनाने के लिए कहता, नहीं तो वह टोस्ट खाकर ही सन्तुष्ट रहता। यह टोस्ट भैंस के दूध से घर पर बनाये गये मक्खन और घर पर ही बनाये गये जैम से बना होता। जल्दी से दिन का अख़बार देखकर और नहाकर वह तैयार हो जाता और ग्यारह

बजे तक अपने रिकॉर्डिंग स्टूडियो के लिए रवाना हो जाता।

फ़िल्मों के लिए संगीत तैयार करना एक जटिल काम होता है। प्रत्येक संगीत रचना में बड़ी संख्या में लोग शामिल होते हैं और निर्देशक का सुझाव तब तक महत्त्वपूर्ण नहीं होता जब तक कि वह हिट गाने देने के लिए अत्यधिक विख्यात न हो। संगीत निर्देशक के चुनाव में बड़े कलाकारों की सदैव भूमिका रहती है, वे गायक का भी चुनाव करते हैं जिसकी आवाज़ पर वे होंठ हिलाएँगे। पटकथा लेखक अथवा निर्माता द्वारा संगीत निर्देशक को फ़िल्म की सेट-अप और वह स्थिति बताई जाती है जिसमें हीरो या मुख्य नायिका गाना शुरू करते हैं।

रवि को असिस्टेंट और निर्माता-निर्देशक से भी सुझाव लेने में कोई एतराज़ नहीं होता था परन्तु वह अपने विचार भी जानता था और किसी के भी दबाव में आने से इनकार कर देता था। एक बार फ़िल्म के हीरो द्वारा हस्तक्षेप किये जाने पर वह नगर के सबसे बड़े प्रोडक्शन हाउस से चला आया। उसने भुगतान और पहले रिकॉर्ड हो चुके दो गानों के लिए क्रेडिट लेने से भी इनकार कर दिया। वे गाने फ़िल्म में शामिल किये गये थे। उसने उस निर्माता के साथ दोबारा काम करने से इनकार कर दिया। बात फैल गयी और इस घटना के बाद निर्माता उसके काम में दखलंदाज़ी नहीं करते। उसकी प्रसिद्धि उसकी फ़िल्मों की सफलता और एलबम की बिक्री पर आधारित थी।

रवि ने फ़िल्म स्टूडियो के निकट ही अपना एक दफ़्तर बना लिया। यह सुविधाजनक स्थान था। सामने एक छोटा कमरा था जो रिसेप्शनिस्ट के लिए था वह चिट्ठियाँ और फैनूस के मेल देखता था। रिसेप्शन के पीछे एक दफ़्तर था, जिसे स्टार्स के चहेते एक प्रसिद्ध इंटीरियर डेकोरेटर ने चटकीले ढंग से डिज़ाइन किया था। यह कमरा इतना बड़ा कि इसमें एक कॉन्फ्रेंस टेबल आ जाता था और यह रवि के लंच टेबल का भी काम करता था। उसका दस फ़ीट चौड़ा बर्मा टीक से बना डेस्क बहुत प्रभावशाली था। इसके साथ इटली की चमड़े की बनी एक कुर्सी थी। दीवार में बने शो केस में बढ़िया म्यूज़िक सिस्टम, पुरस्कार, ट्राफियाँ और रवि की राष्ट्रपतियों और प्रधानमन्त्रियों के साथ फ़ोटो रखी थीं। एक ओर बना दरवाज़ा प्राइवेट बाथरूम में खुलता था। मोटे लाल रंग के मखमली पर्दे हमेशा खिंचे रहते और यदि ऊपर ट्यूब न जल रही हो तो कमरे में पूरी तरह से अँधेरा होता। रवि को यह पसन्द था। वह अपने कम महत्त्वपूर्ण क्लाइंट्स से सुबह अपने दफ़्तर में ही मिलता लेकिन स्थापित निर्माताओं के साथ वह फ़िल्म इण्डस्ट्री के चलन के अनुसार उनके घर अथवा दफ़्तर में मिलने की औपचारिकता निभाता।

रवि के पास वेतन वाले दो स्थायी लोग थे—एक सेक्रेटरी जो उनके पैसे

का हिसाब-किताब, लोगों के साथ मिलने का समय और भुगतान देखता और दूसरा वर्दीधारी, सब तरह के काम करने वाला व्यक्ति था जो सबके लिए चाय बनाता, फ्रिज में सामान भरकर रखता, छोटी सर्विस किचन को देखता और सब तरह के छोटे-मोटे काम करता। रवि का दोपहर का खाना प्रायः घर से ही टिफिन में आता। मंगलवार को यदि ऐसा बुलावा न हो जिसे इनकार न कर सकता हो, तो वह व्रत रखता। वर्दीधारी कर्मी उसे कॉन्फ्रेंस टेबल पर भोजन परोसता—दाल, सब्ज़ी, दही, रोटियाँ और चावल। रवि अकेले ही भोजन करता बिना किसी विघ्न के और फिर सोफ़े पर लेटकर झपकी लेता।

वह दोपहर बाद रिकॉर्डिंग और रिहर्सल करता और संगीत रचना घर पर खाना खाने के बाद अथवा शाम बाहर बिता कर आने के बाद देर रात को करता। उस समय केवल सितार और हारमोनियम ही उसके साथी होते। वह संगीत को पढ़ नहीं सकता था, वह धुनें याद कर लेता।

जब उसकी एकाग्रता न बन पाती वह घर में बेचैन घूमता, उसके हाथ में सिगरेट अथवा कॉग्नेक का गिलास होता। वह गाने के शब्द गुनगुनाता और यदि जरूरत होती तो शब्दों में फेर-बदल भी करता। उसने खिड़की के पास एक प्लेटफ़ॉर्म बनाया हुआ था जिस पर वह हारमोनियम लेकर बैठता और उसके सामने शान्त, समुद्र तक सोए हुए शहर का दृश्य होता।

वह दिन भर इस समय की प्रतीक्षा करता था जब वह अपनी उँगलियों को बहुत कोमल स्पर्श से की-बोर्ड पर चलने देता। रात्रि का अन्धकार रवि को उसके सर्वाधिक भावपूर्ण और सर्वाधिक लोकप्रिय गीतों की रचना करने के लिए प्रेरित करता।

4

पुस्तक विमोचन के कुछ सप्ताह बाद रवि और सन्ध्या दोबारा मिले। रवि सन्ध्या को फ़ोन करने में बहुत झिझक रहा था और उसे आशा थी कि वह स्वयं पहले सम्पर्क करेगी लेकिन ऐसा नहीं हुआ। आखिरकार रवि ने एलिस को फ़ोन लगाकर उसे सन्ध्या से मिलवाने के लिए राज़ी किया। एलिस मध्यस्थ की भूमिका निभाकर खुश थी। वे दोनों महिलाएँ एलिस के होटल की लॉबी में उसकी प्रतीक्षा कर रही थीं और उसके सुझाव पर वे साथ के उडूपी भोजन परोसने वाले रेस्तराँ में चले गये। वहाँ वेटर्स ने रवि को प्रवेश करते ही पहचान लिया और उसके इर्द-गिर्द मँडराने लगे।

'मैं यह बनाना जानता हूँ,' जब उसका मसाला डोसा आया तो रवि ने कहा।

दोनों महिलाओं ने आश्चर्य से उसकी ओर देखा।

'सच,' एलिस ने कहा।

'जब मैं छोटा था तो मैं काम करता था, मैं एक दक्षिण भारतीय रेस्तराँ में वेटर था,' उसने कहा।

'यह रेस्तराँ कहाँ था,' एलिस ने पूछा।

'उत्तर में पहाड़ों पर, हिमालय की तलहटी में।'

'तुम्हारे माता-पिता ग़रीब होंगे जो उन्होंने तुमसे काम करवाया,' सन्ध्या ने कहा था।

'नहीं,' रवि ने उत्तर दिया, 'मैं अनाथ था। जब मैं छोटा था तभी मेरे माता-पिता की मृत्यु हो गयी। सम्बन्धियों को, जिनके अपने बच्चे थे, मजबूरन मेरा पालन-पोषण करना पड़ा।'

दोनों महिलाओं में से कोई भी अब बात को आगे कुरेदना नहीं चाहती थी और उन्होंने बात वहीं बन्द कर दी।

सन्ध्या ने अपना हाथ आगे बढ़ाकर उसके हाथ पर रख दिया।

वे बाद में वापस एलिस के होटल में आ गये जहाँ वे एलिस को दरवाज़े

पर छोड़ आगे कार पार्किंग की ओर बढ़ गये।

'मैं अगले कुछ दिनों में तुम्हें डिनर पर ले जा सकता हूँ?' रवि ने पूछा।

सन्ध्या मुस्कुराई, 'मुझे बहुत अच्छा लगेगा।'

इसके बाद वे प्रायः मिलने लगे। अधिकतर वे एक-दूसरे के घर पर मिलते, कई बार सन्ध्या रवि के साथ उन समारोहों में जाती जहाँ जाना रवि के लिए मजबूरी होता। कई बार वे सन्ध्या के सम्बन्धियों के बड़े सर्कल द्वारा आयोजित रात्रिभोजों में जाते लेकिन वे अधिकतर घर पर ही मिलते जहाँ रवि द्वारा अपना काम ख़त्म कर लिए जाने के बाद वे आराम कर सकते थे।

उनकी बढ़ती मित्रता अन्ततः समाचार-पत्रों और पत्रिकाओं के 'सोसायटी' पृष्ठों की मुख्य ख़बर बन गयी। रहस्यपूर्ण संगीत निर्देशक रवि कुमार और बेहद खूबसूरत हस्ती सन्ध्या मंगलसेठ—यह स्वर्ग में बनी जोड़ी थी।

सन्ध्या के पिता पुरुषोतम सेठ को रवि के 'फ़िल्मी' लोग पसन्द नहीं थे।

'उनकी साँस से प्याज़ की गन्ध आती है,' सेठजी ने कहा था—परिवार में सब उन्हें इसी सम्बोधन से पुकारते थे। सन्ध्या सहमत हो गयी। उसे उन महिलाओं जैसी पोशाक नहीं पसन्द थी, जो चमकती हुई और मेकअप से पुती हुईं हों।

रवि ने विरोध जताते हुए कहा, 'वे हेरोड्स पर खरीददारी करती हैं।'

सन्ध्या ने उसकी बात में संशोधन करते हुए कहा, 'सेल्फ्रिजूस और मार्क्स एण्ड स्पेंसर।'

हालाँकि सेठ जी और उनकी पत्नी कोकिलाबेन अपनी बेटी की पसन्द और उसकी पृष्ठभूमि पर बने हुए रहस्य को लेकर चिन्तित थे लेकिन फिर भी उन्होंने इसे मुद्दा नहीं बनाया। रवि युवा था, सफल था और किसी भी काण्ड से दूर था। सन्ध्या निश्चित ही बेहतर पा सकती थी लेकिन इस दोस्ती ने सेठ जी को एक और काम में व्यस्त रहने का अवसर दे दिया। सन्ध्या की माँ को सन्तुष्ट करना आसान नहीं था जब तक कि उनकी बेटी ने उन्हें कठोरता से यह नहीं बता दिया कि या तो वे उसके चुनाव को स्वीकार कर लें या फिर उसे पूरी तरह से खो दें। और जब बात यहाँ तक आ गयी तो फिर कोकिलाबेन के लिए यह निर्णय करना कठिन नहीं था। रवि की साफ़-सुथरी आदतें एवं विनम्र मोहकता ने जल्दी ही उसे सम्मानजनक स्थान पर पहुँचा दिया।

उनकी सगाई की घोषणा के तुरन्त बाद सेठ जी ने उन्हें मालाबार हिल में अपने बँगले के साथ पत्थर के फ़र्श और पॉलिश से चमकती लकड़ी का एक पेण्टहाउस खरीद कर दिया। यह एक टीले से समुद्र की ओर जाने वाली सड़कों में से एक पर था। इसे सेठ जी ने विवाह पूर्व का उपहार बताया, हालाँकि रवि ने

देख लिया था कि यह मकान सन्ध्या के नाम पर है। सेठ जी के आग्रह पर वह इस मकान में आ गया लेकिन विवाह होने में अभी कई महीने शेष थे। उसने बान्द्रा में किराये पर लिया हुआ अपार्टमेण्ट खाली कर दिया और उसका फ़र्नीचर, रसोई का सामान और उपकरण वगैरह अपने कृतज्ञ कर्मचारियों को दे दिये।

caⓡcs

'आज रात तुम कितने बजे घर लौटोगे?' सन्ध्या रवि से फ़ोन पर बात कर रही थी।

'करीब आठ बजे।'

'खूब, पापा के पास कुछ लोग डिनर पर आने वाले हैं और वे चाहते हैं कि तुम भी आ जाओ। प्लीज़ नौ बजे तक पहुँच जाने की कोशिश करना।'

रवि सुबह देरी से उठता था और यदि वह भीड़-भाड़ वाले समय से हटकर जाता तो भी उसे मालाबार हिल से अँधेरी में अपने स्टूडियो तक पहुँचने में एक घण्टे से अधिक लगता। एक समय था जब फ़िल्म बिज़नेस के नामी ऊँचे लोगों का बम्बई के दक्षिण भागों में मालाबार हिल के आसपास रहना एक फ़ैशन था। परन्तु मुख्य सड़क पर सालों के दौरान बढ़ते फ़ैशन ने इसे एक दुःस्वप्न बना दिया था। फिर भी बॉलीवुड में दिखावट महत्त्वपूर्ण थी। व्यक्ति के स्तर का अनुमान उसकी कार, उसके आवास स्थल और चाटुकारों की संख्या से लगाया जाता था। बॉलीवुड के अमीर और प्रसिद्ध लोगों की कहीं भी अपना स्थान बना लेने वाली चाटुकारों की एक छोटी-मोटी फ़ौज होती थी। साथ लटकते रहने वाले लोग उनके स्टूडियो, ड्राइव-वे में, दफ़्तर में किसी भी खाली कमरे में कब्ज़ा कर लेते थे। रवि के लिए अपनी निजता महत्त्वपूर्ण थी और मालाबार हिल में रहने से वह अपनी निजी मण्डली को, अँधेरी में उपनगरीय परिसर में उसने जो एक्सटेंशन बनाई थी, उसमें ठहरा लेता था। इसमें उसका स्टूडियो व दफ़्तर भी था।

मंगलसेठ अभी भी मालाबार हिल में कुछ बचे हुए बँगलों में से एक में रहते थे। यह बँगला एक सौ वर्ष से अधिक पुराना था और कभी इसमें पारसी कुलीन व्यक्ति रहता था, हालाँकि सबसे पुरानी इमारतों को इन सालों में जमींदोज़ कर दिया गया था और उन स्थानों पर भद्दी किन्तु मुनाफा देने वाली बहुमंज़िला इमारतें बना दी गयी थीं। सेठ जी के पिता ने 'मानेक महल' की मूल भव्यता लौटाने के लिए एक बड़ी सम्पत्ति ख़र्च कर दी थी।

मंगलसेठ परिवार की मिलें थीं, कताई मशीनें थीं। सेठ जी के पिता उन्हें बेचकर दवाओं और विशेष रूप से अफ्रीकी और मध्य पूर्वी बाज़ारों के लिए जेनेरिक दवाओं की विशेषज्ञता के क्षेत्र में आ गये। अपने परिवार की दौलत

और स्तर के चलते वे अपनी जाति की एक सुन्दर दुल्हन—अहमदाबाद की कोकिलाबेन—को पाने में सफल हो गये। कोकिलाबेन का परिवार सूती कपड़े की मिलों का मालिक था। अपने पति के विपरीत कोकिलाबेन पुराने धनवान परिवार से थी। वे एक यूरोपीय वास्तुविद द्वारा तैयार किये गये एक बड़े मकान में रहती थीं, जिसे उनके दादा ने बनवाया था। यह मकान जिस गली में था, बाद में उस गली का नाम उसके दादा के नाम पर रख दिया गया। उनके परिवार की मिलें अन्ततः बन्द हो गयीं। वे गोदामों में से चल रहे यूनिटों का मुक़ाबला और यूनियन की माँगों की पूर्ति नहीं कर सकी थीं। लेकिन उनके परिवार ने एक डेवलपर के साथ मिलकर अच्छा पैसा कमाया था। इस डेवलपर ने उस कई एकड़ भूमि पर, जहाँ कभी मिलें हुआ करती थीं, एक आवासीय परिसर का निर्माण किया था।

कोकिलाबेन का विवाह जब सेठ जी से हुआ तो वे अट्ठारह वर्ष की थीं और सेठ जी उनसे दस वर्ष बड़े थे। उनकी पहली पत्नी की बच्चे के जन्म के समय मृत्यु हो गयी थी, एक अयोग्य डॉक्टर ने उनसे उनकी पत्नी और उनके वारिस को छीन लिया था। वे छह महीने तक शोक में रहे थे कि उनके अंकल ने कोकिलाबेन के साथ उनका विवाह तय कर दिया। विवाह से पहले वे दोनों केवल एक बार थोड़ी देरी के लिए तब मिले थे जब वे विले पार्ले में अपने निर्धन, चचेरे भाइयों के पास बम्बई में रहने आयी थीं। एक रविवार सेठ जी को अपने अंकल, (जो कि उनके परिवार के मित्र थे) के साथ दोपहर के भोजन के लिए आमन्त्रित किया गया था। अगले दिन सेठ जी के ज्योतिषी ने विवाह की शुभ तिथि निकाल दी थी। कोकिलाबेन की माँ विवाह अनुष्ठान के दौरान पूरे समय खुशी से दमकती रहीं, वे दो बड़े घरानों के परस्पर नजदीक आने को लेकर प्रसन्न थीं। लेकिन कई सालों बाद उनके माता-पिता ने इस बात को लेकर दुख व्यक्त किया था कि दूसरा विवाह होने के कारण उन्हें वैवाहिक समारोह को साधारण रखना पड़ा था और उन्हें अपनी इकलौती बेटी के विवाह पर धूमधाम करने का अवसर नहीं मिला था।

चमकती सफ़ेद दीवारों वाला मानेक महल विश्व की कुछ सर्वाधिक महँगी ज़मीनों में से एक पर एक एकड़ से अधिक क्षेत्र पर फैला था जिसके सड़क से भवन के सामने तक फैले हरे-भरे लॉन में एक फव्वारा लगा था। एक संकरा, कंक्रीट से बना रास्ता यूनिवर्सिटी टावर के भव्य दृश्य तक जाता था, बम्बई का आर्थिक ज़िला और बन्दरगाह दूर झिलमिलाते दिखाई देते थे।

उस शाम रवि जब तक मानेक महल पहुँचा, पीछे के लॉन पर फव्वारे के इर्द-गिर्द पार्टी अपने चरम पर थी। वह अधिकतर अपने मेहमानों को पहचानता

था—सन्ध्या के अंकल, कज़िन, सेठ जी के बिज़नेस से जुड़े लोग और कम्पनी एग्ज़िक्यूटिव, जूनियर अधिकारी, जिनकी नाममात्र की मूँछें थीं, अपने विशेष अन्दाज़ में, उत्साहित, दागदार टाइयाँ लगाये बाहर खड़े थे। वे अधिकतर अपने में ही खोए रहे, शराब की ट्रे को ईर्ष्यालु होकर देखते क्योंकि वे इसे अपने मालिक की उपस्थिति में छुएँगे भी नहीं। वे खाना शुरू होने की प्रतीक्षा करते रहे जिससे कि वे अपने घर जा सकें। रवि के पहुँचते ही उनमें से एक दौड़ा हुआ गया और रवि के लिए एक ग्लास व्हिस्की ले आया। उसमें कोई पानी, कोई सरसराहट नहीं थी, रवि को ऐसे ही पसन्द था।

वह कोलोन से महकते एक सज्जन से बात कर रहा था कि उसने सन्ध्या की आवाज़ सुनी।

'तुम्हें देरी हो गयी।' सन्ध्या काले रंग की शिफॉन की साड़ी और बिना बाज़ू के ब्लाउज़ में दमक रही थी। यह पहली बार नहीं था जब उसे लगा था कि मालाबार हिल की महिलाएँ जानती थीं कि कैसी पोशाक पहनी जाती है।

'बहुत नहीं,' उसने उत्तर दिया। 'तुम प्यारी लग रही हो।' उसने सन्ध्या को गाल पर चूमा और उसके हीरे के चोकर को देखकर सिर हिलाकर सराहना की। उसका हाथ सन्ध्या की कमर के थोड़े से खुले भाग को हलके से स्पर्श कर रहा था। वह हमेशा की तरह हलके-से परफ्यूम से महक रही थी।

'मुझे खुशी हुई कि तुम्हें यह अच्छा लगा। पापा जब एँटवर्प में थे तो इसे खरीदा था। यह इस शाम के लिए थोड़ा ज़्यादा है लेकिन मैं तुम्हें यह दिखाना चाहती थी।'

तो इस बूढ़े आदमी ने हीरे के व्यवसाय में भी हाथ आज़माया है। ऐसी अफ़वाह थी कि सेठ जी की बम्बई में एक रखैल थी, शायद उन्होंने बेल्जियम में भी एक रखी हुई थी।

'माहिम में भयंकर ट्रेफिक था। मुझे एक प्रोड्यूसर से मिलना था, वह देरी से आया।'

'मुझे उम्मीद है तुम और कोई काम नहीं ले रहे हो,' सन्ध्या ने चिन्तित होते हुए कहा।

'मैं ठीक हो जाऊँगा,' उसने उत्तर दिया, 'आओ सबसे मिलते हैं।'

सेठ जी ने यह डिनर जर्मनी से आये इंजीनियरों को प्रभावित करने के लिए आयोजित किया था। ये इंजीनियर्स मंगलसेठ की विखरोली स्थित फैक्टरी में नयी मशीनरी लगाने आये थे। उन लोगों को अपने पहले शाकाहारी भोजन से कोई परेशानी नहीं हुई थी, इसे वे भारतीय अनुभवों का एक भाग मान रहे

थे जिन्हें वे लौटकर अपने मित्रों को सुनाएँगे लेकिन भारतीय अतिथि निश्चित रूप से मन ही मन भिनभिना रहे थे।

एक समय था जब जड़ों वाली सब्ज़ियाँ—गाजर, प्याज़, आलू, लहसून—भी मंगलसेठ की रसोई में निषेध थीं। परन्तु परिवार के लिए विदेश यात्राओं के दौरान इस परम्परा को बनाये रखना कठिन हो गया। हालाँकि अण्डा तो अभी भी वर्जित था लेकिन वे केक और पास्ता में अदृश्य अवस्था में इसे बर्दाश्त कर लेते थे। उन्हें स्विस चीज़ पसन्द था अतः उन्होंने इस सूचना को अनदेखा कर दिया जिसमें यह बताया जाता था कि चीज़ में पशु उत्पाद होता है। सेठजी और कोकिलाबेन को शराब से परहेज़ था लेकिन उनकी प्यारी बेटी सन्ध्या को उसके लन्दन से लौटने के बाद इसके सेवन की इजाज़त थी। वह माता-पिता के इस कार्य की प्रशंसा के बदले में अधिकतर पारिवारिक परम्पराओं को निभाते हुए परिवार के बड़ों की उपस्थिति में शराब लेने से परहेज़ करती थी।

'तो मोज़ार्ट,' किसी ने रवि से मिलते हुए कहा। सन्ध्या की एक मित्र हाल ही में एक प्रसिद्ध फ़िल्म पत्रिका द्वारा उसे दी गयी संज्ञा से उसे संबोधित कर रही थी। 'हमें आपकी अगली सिम्फनी कब सुनने को मिलेगी या आप केवल सन्ध्या के लिए 'प्राइवेट परफॉर्मेंस' देते हैं?'

रवि इस हलके-फुलके मज़ाक में शामिल हो गया। स्वयं को मोज़ार्ट पुकारे जाने से वह झेंप गया था। लेकिन वह इस बात से ख़ुश था कि इससे बॉलीवुड के संगीतकारों को उससे ईर्ष्या हुई थी, विशेष रूप से इस अफ़वाह के बाद कि रवि ने पत्रिका के सम्पादक को इसके लिए पैसे दिये थे।

'तुम्हें पता है...,' गप्प हाँकने वालों ने 'बॉलीवुड में कौन, कौन है' पर ताज़ा-तरीन ख़बरें एक-दूसरे के साथ सांझा करनी शुरू कर दीं और बीच-बीच में उन ख़बरों की पुष्टि अथवा खण्डन के लिए वे रवि की ओर मुड़ते और उधर रवि हर बात पर कन्धे उचका देता। पार्टी पूरे सुरूर पर थी। फ़ैशनेबल पोशाकें एवं हीरे-जवाहरात पहने महिलाएँ मेज़ों पर बैठी थीं जबकि उनके पति हाथ में शराब के गिलास लेकर इधर-उधर घूम रहे थे। उधर वेटर्स ने फव्वारे के इर्द-गिर्द मेज़ों पर बड़े-बड़े डोंगों और सर्विंग ट्रे में खाना लगाना शुरू कर दिया था।

रवि ने बुज़ुर्गों का अभिवादन करने के लिए पूरे पार्टी स्थल का चक्कर लगाया। कुछ लोग उससे मिलने आये और जब कुछ मेहमानों ने उसके सामने ऑटोग्राफ़ के लिए काग़ज़ और अपने बिज़नेस कार्ड बढ़ाये तो उसने मुस्कुराते हुए उनका नाम पूछा और अपने हस्ताक्षर करने से पहले वह भी लिख दिया। एक समय था जब वह लोगों के इस प्रकार आकृष्ट होने से ख़ुश होता था लेकिन अब ऐसे हस्तक्षेप

से उसे खीझ होती थी। किसी ने उससे अपना हाल ही में संगीतबद्ध किया गया गाना, जो कि चार्ट्स पर पहले नम्बर पर चल रहा था, गाने के लिए कहा। उसने बहुत विनम्रता से इनकार कर दिया।

सेठ जी जर्मनी से आये अतिथियों के साथ एक कोने में बैठे थे। पार्टी में केवल वे लोग ही बीयर पी रहे थे। रवि जहाँ खड़ा था, वहाँ से साफ़ देख पा रहा था कि उनमें परस्पर बहुत बातचीत नहीं हो रही थी। शायद अंग्रेज़ी पर अतिथियों की पकड़ कमज़ोर थी परन्तु वे इस समस्त दृश्य से बहुत प्रसन्न लगते थे। सेठ जी के हाथ में शायद सन्तरे के जूस का गिलास था, रवि ने व्हिस्की का गिलास वेटर की ट्रे पर रख दिया और लॉन पार कर सेठ जी के साथ खड़े मेहमानों की ओर बढ़ते हुए कोक का गिलास उठा लिया।

सेठजी ने बिना कोई नाराज़गी दिखाए कहा, 'तो तुम आखिर पहुँच ही गये', और मेहमानों से रवि का परिचय भावी दामाद के रूप में करवाया।

'बा कहाँ हैं?' रवि ने कोकिलाबेन को पहले ही माँ के रूप में सम्बोधित करना शुरू कर दिया था।

'तुम्हें क्या लगता है कहाँ होंगी? रसोई में ही मुआयना कर रही हैं। वे तब तक बाहर नहीं आतीं जब तक मेज़ों पर हरेक अन्तिम चीज़ नहीं पहुँच जाती।'

'ऐसा लगता है कि उन्होंने लाजवाब खाना बनाया है।'

सेठ जी मुस्कुराये और रवि जर्मन अतिथियों की ओर मुड़कर हलकी-फुलकी बातचीत करने लगा।

रवि जब लौटकर सन्ध्या के पास खड़ा हुआ तो उसने फुसफुसाते हुए रवि को बताया, 'वे लोक सभा के लिए खड़े होने के लिए पापा से मिलने आये हैं।'

यह एक समाचार था। 'तो उन्होंने क्या फ़ैसला किया है?'

'मेरे विचार में वे बहुत खुश हैं। दिल्ली में एक मन्त्री की अगुवाई में एक प्रतिनिधि मण्डल आज दोपहर उनसे मिलने आया था। पापा ने कहा है कि वे इस पर विचार करेंगे।'

सन्ध्या ने रवि को बताया कि उसके पिता को दक्षिणी बम्बई की एक सीट के लिए प्रस्ताव दिया गया है। इस सीट पर पारम्परिक रूप से पार्टी की गहरी पकड़ है। उस चुनाव क्षेत्र में बड़ी आबादी गुजराती लोगों की है और पार्टी के बड़े लोग जानते हैं कि सेठ जी की जेबें बहुत गहरी हैं। इसके अलावा उस सीट से लोकसभा का वर्तमान सदस्य बहुत ज़्यादा भ्रष्टाचारी है और स्थिति तब और

भी बिगड़ गयी जब उसकी रखैल ने उनके बीच सम्बम्ध बिगड़ने के बाद उसे छोड़ दिये जाने पर अपने प्रेम प्रसंग को सार्वजनिक कर दिया था। यह बात भी छिपी नहीं थी कि सेठ जी सीट पाने के लिए काफ़ी समय से प्रयास कर रहे थे। बिज़नेस के लिए संसद में एक पैर हो तो बहुत अच्छा होगा।

रवि और सन्ध्या को अकेले देखकर सेठ जी अपनी लाठी के सहारे खड़े हुए और लॉन के दूसरे छोर पर उनके पास आये। नीचे दूर नगर और बन्दरगाह की बत्तियाँ चमक रही थीं।

'तुम्हारा क्या विचार है?'

'पापा, यह तो आप पर है लेकिन यह एक बहुत अच्छा विचार हो सकता है।'

सेठ जी प्रसन्न थे। 'मैंने अभी कुछ तय नहीं किया है।'

यह झूठ था और रवि को यह मालूम था। उन्होंने झिझकते हुए कहा, 'परन्तु शायद अब समय आ गया है कि मैं समाज को कुछ लौटाऊँ। मैं यदि इस चुनौती को स्वीकार करता हूँ जो कुछ भी मैं प्राप्त कर सकूँ, उन सभी की सहायता की मुझे जरूरत होगी।'

इसमें कोई सन्देह नहीं। अब रवि को एहसास हुआ कि लोगों को लुभाने के लिए उसे पत्ते के रूप में इस्तेमाल किया जायेगा। सेठ जी की पार्टी ने अपना ज़मीनी काम कर लिया था। रैलियों में सेठ जी के भावी दामाद के रूप में उसके नाम पर भीड़ खिंची चली आयेगी। यह भी सम्भव है कि शादी भी समय से पहले ही कर दी जाये।

'ओह!' रवि ने संकेत से वेटर को एक ड्रिंक लाने के लिए कहा और स्वयं एक कड़क गिलास तैयार किया।

सेठ जी ने त्यौरियाँ चढ़ा लीं।

5

एक शाम सन्ध्या को मिलने के तत्काल बाद रवि ने उसे चाहने वाली डॉली रॉय को सन्ध्या के बारे में बताया। उसने इस सूचना को बहुत सहजता से लिया, वह चकित नहीं हुई। यह तो देर-सबेर होना ही था।

उसने झिझकते हुए रवि से पूछा, 'क्या तुम उससे प्रेम करते हो?'

उस प्रश्न ने उसे एक सेकेण्ड के लिए घबरा दिया और फिर फुसफुसाते हुए उसने कहा, 'हाँ।' वह फिर रुका और फिर कहा, 'हाँ, मुझे ऐसा लगता तो है।' उसने एक सिगरेट निकाल ली।

डॉली रॉय नाम उसकी माँ ने रखा था। हरिन्दर गिल कोई ऐसा नाम नहीं था जो बॉलीवुड में उसे कहीं पहुँचा पाता। वह अभी सोलह वर्ष की भी नहीं हुई थी कि उसने अपनी माँ और भाई के साथ अमृतसर छोड़ दिया था। उसके पिता के अमृतसर में उन्हीं के मोहल्ले में ही रहने वाली महिला के पास चले जाने के तत्काल बाद वे वहाँ से निकल गये थे। अच्छे समय में भी उनके पास बहुत कम पैसा था और जब उनके लिए रोटी जुटाने वाला ही उन्हें छोड़ कर चला गया तो स्थिति बहुत बिगड़ गयी। उसकी माँ ने बहुत गुपचुप तरीके से मकान बेच दिया और पिता को इस बात की हवा भी नहीं लगने दी। फिर वह अपने दो बच्चों को लेकर फ्रंटियर मेल पर सवार हो गयी। उसने हिसाब लगाया कि घर बेचने से मिला पैसा उनके कुछ सालों के लिए पर्याप्त था।

हरिन्दर छोटे शहरों के पुरुष दर्शकों को आकृष्ट करने लायक सुन्दर तो थी ही और उसकी माँ यह जानती थी। वह लम्बी और कमसिन थी, उसका चेहरा गोल और रंग साफ़ था। कुछ लोग उसे मांसल सोच सकते थे लेकिन अनेक पुरुष अपनी महिलाओं को वैसी ही देखना पसन्द करते हैं।

बेटी ने जैसे ही किशोरावस्था में कदम रखा, हरिन्दर की माँ ने बॉलीवुड के सपने देखने शुरू कर दिये। उसने जाली प्रमाणपत्र के सहारे उसे अपने प्रान्तीय क़स्बे में सौन्दर्य प्रतियोगिता के लिए रजिस्टर कर दिया। ऐसी प्रतियोगिताओं

में पुरस्कार राशि बहुत नहीं होती—कई बार विजेताओं को केवल कुछ हज़ार रुपये ही मिलते हैं और रनर-अप को प्रायोजकों द्वारा घर का छोटा-छोटा और मेकअप का सामान दिया जाता है। जब वह एक के बाद एक लगातार तीन प्रतियोगिताओं में विजेता रही तो दूसरी लड़कियों की माताओं ने उसकी आयु को लेकर विरोध किया और उसे भावी आयोजनों में प्रतिबन्धित कर दिया गया। माँ-बेटी शिमला चली गयीं लेकिन वहाँ यह सब कर पाना बहुत कठिन था और वे खाली हाथ लौट आयीं। जब तक वे तीनों बम्बई पहुँचे, हरिन्दर के पास बड़ी संख्या में पंजाबी अख़बारों की और दिल्ली की कुछ अंग्रेज़ी पत्रिकाओं की कतरनें थीं। वे पहले कुछ सप्ताह अपने रिश्तेदारों, जिन्हें वे लगभग नहीं जानते थे, के यहाँ रुके। उनके मकान बहुत छोटे थे लेकिन यह सब सहन करना था। हरिन्दर की माँ ने घर के खर्चे में अपना हिस्सा देने की ज़िद की और धुलाई व रसोई के कामों में भी हाथ बँटाया जिससे उनके मेज़बान उन्हें पसन्द करने लगे थे।

उन लोगों ने आस-पास पता करके बान्द्रा में एक एजेण्ट को ढूँढ़ लिया जो हरिन्दर की माँ को अपना मकान तलाशने के लिए ले गया। यह ओसान नहीं था। उसे धक्का लगा और हैरानी हुई जब मकान मालिकों ने बिना पुरुष मुखिया के परिवार को किराये पर मकान देने से इनकार कर दिया। आखिरकार उन्हें खार के एक ओर बनी गलियों में से एक में एक जर्जर इमारत में दो बेडरूम का एक फ़्लैट मिल गया। मकान मालिक ने एक नज़र हरिन्दर को देखा और समझ गया कि वे शहर में क्यों आयी थीं। उसने विज्ञापन में दिये गये किराये से अधिक राशि माँगी और उसे मिल गयी। एजेण्ट एक महीने का किराया कमीशन के रूप में ले गया।

एक बार सब ठीक हो जाने के बाद हरिन्दर के भाई को नज़दीक ही एक स्कूल में दाखिल करवा दिया गया और हरिन्दर को उसकी माँ ने नौशीर दस्तूर के डांस स्कूल में भेज दिया। यह स्कूल भारतीय सिनेमा के अनुकूल डांस का प्रशिक्षण देने के लिए विख्यात था।

नौशीर के अमीर पिता ने उसे न्यूयॉर्क में कोलम्बिया यूनिवर्सिटी में व्यवसाय प्रबन्धन की पढ़ाई करने के लिए भेजा था जिससे कि वह परिवार के बैंकों को चलाने का काम सँभाल ले। एक शाम वह अपने एक मित्र के साथ मेट्रोपोलिटेन ओपेरा हाउस में रुडोल्फ नॉरीएव और मार्गेट फोंटेइन की रोमिओ जूलियट नृत्य नाटिका देखने चला गया, अन्त में जब नॉरीएव आनन्दित हो फोंटेइन के समक्ष घुटनों पर गिर गया, युवा नौशीर ने वहीं यह निर्णय कर लिया कि वह नर्तक बनेगा। घर पर उसके पिता यह सुन कर डर गये और उसे पैसे भेजना बन्द करने

की धमकी देने लगे लेकिन उसकी परेशान पारसी माँ ने रो-रोकर बुरा हाल कर लिया। उसे पैसे भेजे जाते रहे।

नौशीर ने ईस्ट 63वीं स्ट्रीट पर मार्था ग्राहम के डांस स्टूडियो में दाखिले के लिए आवेदन किया और सब देखकर चकित थे कि उसे दाखिला मिल गया था। उस मशहूर लेकिन तुनकमिजाज़ अध्यापक को पहले कभी कोई भारतीय विद्यार्थी नहीं मिला था।

अन्ततः मार्था के दार्शनिक उपदेश एवं नौशीर की स्थूल मांसपेशियों पर उसकी आहत कर देने वाली टीका-टिप्पणियाँ अपेक्षाकृत संवेदनशील आत्मा नौशीर के लिए भारी पड़ने लगीं। वह उस स्टूडियो को छोड़ उसे बेहतर समझने वाले एक कम परम्परावादी स्टूडियो में चला गया। तीन वर्ष बाद वह बम्बई लौटा, वह युवा सितारों को कुछ सिखा सकने के लिए तैयार था। उसकी कक्षाओं में पश्चिमी आधुनिक नृत्य एवं भारतीय पारम्परिक नृत्य का स्वस्थ समन्वय था।

उसकी फीस बहुत ज़्यादा थी पर हरिन्दर की माँ को यह निवेश उचित लगा। कक्षाएँ सुबह-सवेरे शुरू होतीं और दोपहर तक चलतीं। नौशीर निरीक्षक के रूप में काम करता और प्रशासन सम्बन्धी मामले देखता जबकि उसका गोवा का साझीदार, मित्र एवं सहयोगी ऑस्कर गॉन्जेल्स अपने कर्मचारियों के छोटे से दल के साथ नृत्य सिखाता। नौशीर के विपरीत ऑस्कर का शरीर किसी जिमनास्ट के समान गढ़ा हुआ था और वह एक गम्भीर सार्जेण्ट की भाँति सिखाता।

कक्षाओं के बाद हरिन्दर और उसकी माँ की दोपहर निर्माताओं के दफ़्तरों के चक्कर काटते हुए बीतती। यदि किसी दिन वे किसी निर्देशक के असिस्टेंट से मिलने में सफल हो जातीं तो वह दिन उनके लिए अच्छा होता। कई बार वे बिना किसी से मिले अथवा स्टूडियो फ्लोर के आसपास बिना पहुँचे लौट आतीं। एक एजेंट—पान चबाता दलाल, जो देखने में घटिया इनसान लगता, परन्तु उसके कुछ सम्पर्क प्रतीत होते थे, उनके साथ एक अलग ऑटो रिक्शा में चलता। हरिन्दर की माँ दरबानों को रिश्वत देना सीख गयी थी। युवा लड़की अपनी दुखती टाँगों की बात कहने की हिम्मत नहीं कर सकती थी।

वे अमृतसर से अख़बारों की जो कतरनें लेकर लायी थीं, वे किसी को प्रभावित नहीं कर पायीं। बम्बई की गलियों और बस्तियों में हरिन्दर जैसी लड़कियों की भरमार थी, वे सब बॉलीवुड के दफ़्तरों के चक्कर काट रही थीं। ये लड़कियाँ अनगिनत संख्या में उत्तर, दक्षिण और बीच के सभी नगरों से यहाँ पहुँचतीं। वहाँ कोई 'कास्टिग काउच' नहीं थे। इसके स्थान पर वहाँ जुहू के होटल—कई बार, पाँचतारा—थे, जहाँ लड़कियों (जो अभी युवावस्था में भी नहीं पहुँची होती थीं),

के इण्टरव्यू होते। ऐसे समय पर हरिन्दर की माँ की उसके साथ जाने की ज़िद कोई मदद नहीं करती थी।

एजेण्ट ने एक बार सुझाव दिया था, 'मैडम, बिटिया यदि इण्टरव्यू के लिए अकेली जाये तो उसके रोल पाने के अवसरों में चमत्कारिक ढंग से इजाफ़ा हो जायेगा, परन्तु हरिन्दर की माँ एक न सुनती थी। लड़की अभी कुँवारी थी और वह अभी कुछ समय तक ऐसी ही रहेगी। रसूखदार निर्माताओं, निर्देशकों और अभिनेताओं द्वारा किये गये वायदे, उन्हें जो चाहिए था, वह लेने के बाद भी शायद ही कभी पूरे होते।

लेकिन कुछ समय बाद हरिन्दर की माँ को घबराहट होने लगी थी। जो धन उन्होंने बचाया हुआ था, वह कम होता जा रहा था और वह निराशा के बोझ तले दबती चली जा रही थी। लड़की कोई जवान नहीं हो रही थी, जैसा उसने सोचा था, सब वैसा नहीं हुआ था। शायद अमृतसर से निकलने का निर्णय जल्दबाज़ी में ले लिया गया था। बम्बई में वे अपने समुदाय से बाहर थीं।

मूसलाधार वर्षा हो रही थी, मॉनसून जल्दी पहुँच गया था और सड़कों पर पानी भरा था। हरिन्दर व उसकी माँ ने फ़िल्म स्टूडियो के सबसे निकट वाले स्टेशन के लिए लोकल ट्रेन ली और बाकी रास्ता वे चल कर पहुँचीं। एक ही छाते के नीचे वे पानी से भीग चुकी थीं। वे एक स्टूडियो के बाहर प्रतीक्षा करने लगीं, यहाँ उनकी जानकारी के अनुसार एक प्रसिद्ध अभिनेता एक फ़िल्म की शूटिंग कर रहा था। हरिन्दर घर जाना चाहती थी लेकिन उसकी माँ ने कुछ मिनट और रुकने की ज़िद की। भीतर से द्वार खुला और एक कार उनके पास से निकल गयी। परन्तु थोड़ा आगे जाकर कार रुकी और पीछे लौटते हुए वहाँ तक आ गयी जहाँ वे खड़ी थीं।

पिछली सीट पर बैठे व्यक्ति ने अपना शीशा ध्यानपूर्वक आधा नीचे किया जिससे कि बरसात का पानी भीतर न पहुँचे। वह हरिन्दर की माँ पर चिल्लाया, 'बेहतर है, भीतर आ जाओ।'

उसने भावशून्य दृष्टि से उस व्यक्ति की ओर देखा। 'यहाँ खड़े होकर भीगने से कोई लाभ नहीं, वह यहाँ नहीं है,' उसने पिछला दरवाज़ा खोल दिया। 'मैं तुम्हें कहीं उतार दूँगा,' कहते हुए उसने उन्हें बैठने का संकेत किया। पुरुष अधेड़ उम्र का था और उसकी आवाज़ दोस्ताना थी।

हरिन्दर की माँ ने उसकी ओर देखा और हरिन्दर ने कन्धे उचका दिये।

पहले हरिन्दर आगे बढ़ी और उस व्यक्ति के साथ बैठ गयी। उसकी माँ चालक के साथ वाली सीट पर बैठने के लोभ को दबाते हुए पिछली सीट पर अपनी बेटी के साथ सिकुड़ कर बैठ गयी।

'पागलपन है यह! क्या तुम तब चक्कर नहीं लगा सकतीं जब बारिश न हो रही हो?' वह उनके रोज़-बरोज़ आने से वाकिफ़ लग रहा था। 'मैंने तुम्हें यहाँ पहले भी देखा है।'

हरिन्दर की माँ ख़ामोश रही, वह कार में एक अजनबी से बात करने में झिझक रही थी। आखिरकार उसने कहा, 'हम छतरियाँ लाये थे।' वह आदमी भला था, उसके साथ कठोरता से बात करने की जरूरत नहीं थी। 'हमें ऐसी बारिश की आदत नहीं।'

'तुम्हें कहाँ पर उतार दें?'

हरिन्दर की माँ ने कहा कि लोकल लाइन पर निकटतम रेलवे स्टेशन ठीक रहेगा।

वे कुछ देर ख़ामोश बैठे रहे। धारासार वर्षा में ड्राइवर को सड़क देखने में बहुत कठिनाई हो रही थी हालाँकि शाम के केवल चार ही बजे थे परन्तु उसने गाड़ी की हेडलाइट जलाई हुई थी। उसने अपने आगे चल रहे वाहन के पीछे-पीछे चलने की कोशिश की।

'तुम इस मामले में ठीक रास्ते पर नहीं चल रहे,' बाद में उस व्यक्ति ने कहा था।

हरिन्दर की माँ ने उसे चकित होकर देखा, 'क्या मतलब?'

'दर-दर जाने से कुछ हासिल नहीं होगा।' उसने अपनी जेब में से एक विज़िटिंग कार्ड निकाला। 'मेरा नाम प्रेम शंकर है। मैं उसका सेक्रेटरी हूँ,' उसने उस अभिनेता का नाम लेते हुए कहा, जिससे वे मिलने आयी थीं।

हरिन्दर की माँ उत्सुक हो गयी। यह पहली बार था जब वह किसी महत्त्वपूर्ण व्यक्ति से मिल रही थी। जब वे स्टेशन पर पहुँचे तो उसे लगा कि वे जल्दी पहुँच गये हैं।

'कल दोपहर बाद आकर मुझसे मिलो। मैं इस पते पर रहूँगा।' उसने हरिन्दर की माँ के हाथ में पकड़े विज़िटिंग कार्ड की ओर संकेत किया।

उसने उस व्यक्ति को बताया, 'मेरा नाम कँवल गिल है।' अगले दिन कँवल अकेली गयी। बरसात थम गयी थी और गर्म, सुस्त-सा दिन था। वह जब गोरेगाँव में फ़्लैट्स के साधारण से ब्लॉक में पहुँची तो सुरक्षाकर्मियों के साथ कोई समस्या नहीं हुई। कुछ लड़के रास्ते में टेनिस गेंद के साथ क्रिकेट खेल रहे थे। चौकीदार

के साथ लिफ़्टमैन का भी काम कर कर रहे व्यक्ति ने उसे छठी मंज़िल पर ले जाते हुए उदासीन दृष्टि से देखा।

स्वयं प्रेमशंकर ने दरवाज़ा खोला। कमरे के एक कोने में डेस्क पर टेलिफ़ोन और कम्प्यूटर रखा था। सोफ़े के ऊपर दीवार पर अभिनेता का एक बड़ा पोर्ट्रेट टँगा था, कमरे में एकमात्र यही सजावट थी।

जब वे बैठे तो प्रेमशंकर ने कहा, 'यह मेरा दफ़्तर भी है और घर भी।' उसने सिगरेट जला ली थी। 'मैं सीधे मुद्दे पर आता हूँ। तुम्हारी बेटी बहुत सुन्दर है लेकिन उसके जैसी सैकड़ों अभिनेत्रियाँ बनने के लिए दरवाज़े खटखटा रही हैं। तुम जो कर रही हो, वह बल्कि ख़तरनाक है।' उसने कश लिया, 'बॉलीवुड के सपने देखने वाली कितनी ही लड़कियाँ कॉलगर्ल बनकर रह जाती हैं। कुछ तो ग्रांट रोड के आसपास के वेश्यालयों में हैं। जो कुछ भाग्यवान होती हैं, वे किसी कोरस लाइन में जगह पा जाती हैं।'

कुछ पल तो कँवल गिल ने कुछ नहीं कहा। वह कुछ मिनट पहले नौकर द्वारा लायी गयी चाय के छोटे-छोटे घूँट भरती रही। प्रेम शंकर ने जब पारले बिस्किट की प्लेट आगे बढ़ाई तो उसने विनम्रता से इनकार कर दिया। वह इस शहर में पहुँचने के दिन से ऐसी कहानियाँ सुन रही थी।

'मैं क्या करूँ, मेरी बेटी पर फ़िल्मों में काम करने का भूत सवार है,' उसने झूठ बोला।

'अगर तुम्हारे पास पैसा है तो तुम उसका पोर्टफोलियो बनवा लो।'

'क्या बनवा लो?' कँवल ने शून्य दृष्टि से पूछा था।

किसी प्रोफ़ेशनल फ़ोटोग्राफर की मदद ले लो। वह तुम्हारी बेटी की अलग-अलग पोज़ में फ़ोटो ले लेगा और जगह-जगह अपनी बेटी को लेकर जाने की बजाय एलबम ले जाया करो। जब कोई रुचि दिखाए, तभी अपनी बेटी को इण्टरव्यू के लिए लेकर जाओ। बदमाशों से सावधान रहो, यह इण्डस्ट्री ऐसे लोगों से भरी पड़ी है। केवल उन्हीं निर्माताओं से मिलो जिन्होंने वास्तव में फ़िल्में बनाई हैं। बाकी सबसे मिलने से परहेज़ करो।' वह थोड़ा रुका और फिर कहा, 'वे निर्माता भी उसे भूमिका देने से पहले उसके साथ सोना चाहेंगे। तुम्हारी बेटी इनकार करती है तो दूसरी लड़कियाँ ऐसा करने के लिए तैयार बैठी हैं। केवल बॉलीवुड के परिवारों की बेटियाँ या वे औरतें ही, जो मिस इण्डिया प्रतियोगिता में विजेता रही हैं, उन लोगों से सुरक्षित बच पाती हैं।' उसने सिगरेट का एक और कश लिया। 'तुम इण्डस्ट्री में किसी को जानती हो?'

कँवल ने ना में सिर हिलाया।

उस आदमी ने ठण्डी साँस ली। उसने कँवल की आँखों में साहस की चमक देखी। उसने कल्पना करने का प्रयत्न किया कि क्या है जो इस महिला को इस भारी बारिश में भी द्वार-द्वार जाने के लिए उत्साहित करता है। 'मैं तुम्हें एक रास्ता बताता हूँ जिससे कि तुम्हारी बेटी को अपना पहला रोल मिल सकता है। उसके लिए शायद फ़ोटो एलबम की जरूरत नहीं होगी।'

बम्बई आने के एक वर्ष के भीतर ही हरिन्दर अपना कौमार्य भंग करवा चुकी थी और उसने एक नया नाम—डॉली रॉय—पा लिया था। परन्तु जैसा कि उसकी माँ की इच्छा थी, वह स्टार नहीं बन पायी थी। वह भूल जाने वाली अनेक फ़िल्मों में अभिनेता की बहन, नायिका के साथ गाने वाली उसकी सहेली अथवा हीरो को अपने झाँसे में फँसाने वाली सिगरेट पीती खलनायिका बनी थी। उसके धर्म में सिगरेट पीना मना था परन्तु उसकी माँ का कहना था कि जब तक वह इसका कश नहीं लेती, तब तक कोई बुराई नहीं थी। दो पंजाबी फ़िल्मों में वह मुख्य नायिका बनी थी, इसके लिए उसे अपनी छोटी भूमिकाओं के लिए मिले पैसे से अधिक नहीं मिला था और उसने यह सब बिना किसी 'कास्टिंग काउच' के किया था। वह किसी के संरक्षण में थी।

जैसा कि प्रेम शंकर ने सलाह दी थी, कँवल गिल अपनी बेटी के साथ सुन्दर मलवानी से मिलने गयी जो हाई कोर्ट के निकट ब्रूस स्ट्रीट पर चैम्बर्स में वकील था। यह जर्जर हो रही पुरानी इमारत थी लेकिन उसका दफ़्तर बहुत भव्य था। मलवानी सुरुचिपूर्ण व्यक्ति था। उसने ऑक्सफोर्ड से कानून की पढ़ाई की थी और लन्दन में मिडल टेम्पल अदालत में प्रवेश पा गया था। उसके सूट सविले रो से सिल कर आते थे और वह अपनी छुट्टियाँ फ्रेंच रिवेरा में मनाता था। उसके तीन जूनियर और एक क्लर्क फ्रंट ऑफ़िस में बैठते थे जो उसके वेटिंग रूम का काम करता था। परन्तु इसके पीछे बना उसका अपना दफ़्तर इससे कहीं अधिक शानदार था। इसमें एयर कंडिशनर भी लगा था। कमरे में एक कॉन्फ्रेंस टेबल और लेदर का सोफ़ा था और इसके साथ लगा एक प्राइवेट बाथरूम था।

'सुन्दर मलवानी एक जाना-माना वकील है। वह अपने काम के सिलसिले में दुनियाभर—सिंगापुर, हांगकांग और लन्दन तक—में घूमता रहता है,' प्रेम शंकर ने कँवल को बताया था। 'उसने अनेक अभिनेताओं और निर्माताओं को पेचीदा परिस्थितियों से निकाला है, इसलिए बॉलीवुड में उसका काफ़ी दबदबा है। यदि तुम किसी तरह हरिन्दर को उसका संरक्षण दिलवा सको तो तुम्हें किसी प्रकार

की चिन्ता करने की जरूरत नहीं।'

जब क्लर्क हरिन्दर और उसकी माँ को उसके दफ़्तर में लेकर गया तो मलवानी ने नज़र भर कर देखा। 'तो बेटी, तुम स्टार बनना चाहती हो?' उसने विनम्रता से पूछा।

हरिन्दर ने शर्माते हुए सिर हिलाकर जवाब दिया।

'तुम सुन्दर हो और निश्चित रूप से तुम्हारी उम्र भी उसके लिए ठीक है। दुर्भाग्य से ऐसी ही इच्छा लिए बाहर कितनी ही लड़कियाँ हैं।'

'हम पंजाब से हैं। हम शहर में किसी को नहीं जानतीं,' कँवल ने कहा। उसने अनुमान लगाया कि मलवानी की उम्र लगभग साठ वर्ष की थी।

'हाँ, प्रेम शंकर ने यह बताया था, वह एक नेक आदमी है,' मलवानी ने कहा। 'मैं तुम्हारे लिए क्या कर सकता हूँ?'

'हमें उम्मीद है कि आप अपने कुछ निर्माता मित्रों से हमारी सिफ़ारिश कर देंगे।'

वह मुस्कुराया। 'मुझे लगता है कि मैं कर सकता हूँ। तुम इस नगर में अजनबी हो। जैसे भी हो सकेगा, मैं तुम्हारी सहायता करना चाहूँगा।' तभी फ़ोन की घण्टी बजी। उसने फ़ोन उठाया और कहा कि वह कुछ ही मिनटों में दोबारा फ़ोन करेगा। उसने हरिन्दर की ओर देखते हुए कहा, 'हम इन दिनों ऑफिस में ज़रा व्यस्त हैं। तुम कल शाम मुझे ताजमहल होटल में डिनर के लिए मिल लो। मैं एक कमरा बुक करवा दूँगा। तब हम बात कर सकते हैं।' मलवानी चालाक नहीं था।

'हम गौरवान्वित होंगे,' कँवल ने कहा।

'ना'। जितना कहना चाहिए उससे कुछ अधिक दृढ़ता से उसने कहा। उसने लम्बी साँस ली। उसकी आवाज़ अपेक्षाकृत विनम्र थी। 'उसे अकेले आने दो।'

'जैसा आप चाहें,' कँवल अपने गले तक आ गयी थूक को निगलते हुए सहमत हो गयी।

मलवानी ने उनका पता लिख लिया और उन्हें टाइम बताया जब हरिन्दर का ड्राइवर उसे लेने आयेगा। मीटिंग ख़त्म हो गयी थी।

हरिन्दर ने महज सत्रह वर्ष की उम्र में ताजमहल होटल के बड़े स्टाइल में अपना कौमार्य खो दिया था।

मलवानी ने अपना वायदा निभाया था। उसे अगले सप्ताह स्क्रीन टेस्ट के

लिए बुला लिया गया था और मध्यम स्तर की फ़िल्म में एक छोटी-सी भूमिका दी गयी। निर्माता ने उसे तीन नामों में से एक चुनने के लिए कहा—उसने कहा था कि हरिन्दर नाम भावी नायिका के लिए ठीक नहीं था—और उसकी माँ ने डॉली राय नाम चुना था। वह सुन्दर मलवानी से जुड़ी थी।

यह व्यवस्था माँ-बेटी दोनों को ठीक लगी थी। डॉली 'दूसरी औरत' की भूमिका बहुत अच्छे से निभा लेती थी। उसकी अनेक फ़िल्में ठीकठाक चली थीं और निर्माता—अंधविश्वासी लोग—उसे भाग्यशाली मानते थे। उसकी फीस बढ़ गयी थी और अपनी पहली भूमिका से तीन वर्ष से कम अर्से में उसने अपनी पहली मुख्य भूमिका पा ली थी।

यह कम बजट की एक पंजाबी फ़िल्म थी। निर्माता उसे सेट पर आने के दो हज़ार रुपये प्रतिदिन के हिसाब से देने को तैयार था और जब वे उसके पैतृक पंजाब में बाहर लोकेशन पर होंगे तो उसे प्रतिदिन दो हज़ार रुपये अतिरिक्त दिये जाएँगे। हरिन्दर उस समय जो फीस ले रही थी, यह पैसा उससे कम था लेकिन यह ऐसा प्रस्ताव था जिससे वह मना नहीं कर सकी। नये आये लड़के और फायनेंसर के सम्बन्धी को केवल जेब ख़र्च और किराये का ख़र्च दिया जा रहा था।

फ़िल्म परस्पर दुश्मनी रखने वाले दो परिवारों के प्रेमियों की लोककथा पर आधारित थी। 'रोमियो और जूलियट' की कथा सरसों के खेतों में फ़िल्माई गयी। फ़िल्म अच्छी चली। इसका मुख्य कारण इसका संगीत था, इसकी धुनें मुख्यतः अरब और उत्तरी अफ्रीका की रिकॉर्डिंग से चुराई गयी थीं। फ़िल्म पच्चीस सप्ताह तक चली थी, लुधियाना और जालन्धर में इसने सिल्वर जुबली मनायी। फ़िल्म जाली डीवीडी में सीमा पार पाकिस्तान और लन्दन के साउथहॉल शहर में अच्छी चली थी। फायनेंसर ने दस गुणा पैसा कमाया था और डॉली को अच्छा-खासा बोनस दिया था। उसने डॉली को अपनी अगली फ़िल्म के लिए भी साइन कर लिया था। वह एक पंजाबी फ़िल्म थी और निर्माता ने डॉली को मुँह माँगा हरजाना दिया था।

डॉली ने एक ओर हिन्दी फ़िल्मों में अगले कुछ वर्षों तक सपोर्टिंग भूमिकाएँ करना जारी रखा, वहीं वह पंजाबी फ़िल्मों की टॉप स्टार बन गयी। बहुत बढ़िया कलाकार तो वह नहीं थी लेकिन अपनी लम्बी-ऊँची देहयष्टि के साथ पर्दे पर अच्छी दिखती थी। जब तक पैसा मिल रहा था, उसे मध्यम दर्ज़े की कलाकार होने में कोई गुरेज नहीं था। उसका नाम और फ़ोटो बम्बई की फ़िल्म पत्रिकाओं में कभी-कभार ही आता था। परन्तु पंजाब में और जहाँ-जहाँ भी पंजाबी बसे हुए थे, वह एक बड़ी ख़बर थी। उसे एक बार बिज़नेस क्लास की टिकट पर

न्यूयार्क भी बुलाया गया था। वह बैसाखी समारोह में मुख्य अतिथि थी। उसे कई हज़ार डॉलर दिये गये थे और वह ओएस्टर बे में एक धनवान पंजाबी परिवार के साथ ठहरी थी।

परन्तु पाँच वर्ष बीतते न बीतते उसकी फ़िल्में बॉक्स ऑफ़िस पर पिटनी शुरू हो गयीं। युवा पीढ़ी सलवार-कमीज़ पहने सरसों के खेतों में ठुमके लगाने वाली कलाकार के स्थान पर तड़क-भड़क वाले फ़ैशनेबल डिस्को को अधिक पसन्द करती थी। नये, अधिक सुसंस्कृत ब्राण्ड के कलाकार इस क्षेत्र में आ गये थे और कॉलेज में शिक्षा प्राप्त निर्देशकों ने हिन्दी के स्थान पर अंग्रेज़ी में निर्देशन करना शुरू कर दिया था। वे फैलिनी और बर्गमैन के बारे में एक-दो बातें जानते थे, हालाँकि उनकी फ़िल्में काप्रा से अधिक प्रभावित होती थीं। डॉली ने अपनी फीस कम कर दी थी परन्तु इससे भी कोई लाभ नहीं हुआ। अब उसका फ़िल्मों में मन नहीं लगता था, उसने विवाह के लिए बहुत देर कर दी थी और अब धनी व प्रसिद्ध लोगों से विवाह प्रस्ताव भी नहीं आते थे। बाईस साल की उम्र में सब कुछ समाप्त हो गया था।

दो शूटिंग के बीच जब वह खाली होती और मलवानी जब भी शहर से बाहर जाता तो वह सदा उसके साथ रहती और अब उसके पास इसके लिए बहुत समय था। वे सदा अलग-अलग उड़ानों में यात्रा करते, वह इकोनमी क्लास में चलती। दिल्ली में मलवानी अशोका होटल—दिल्ली का पहला पाँच तारा होटल—में रहना पसन्द करता। वह इसके बनने के समय से यहाँ रह रहा था। यहाँ का स्टाफ़ उसकी पसन्द और उसकी सनक को भी जानता था। चूँकि वह उदार दिल से टिप देता था तो वे उससे राजसी व्यवहार करते। यह होटल नये, आधुनिक होटलों के साथ प्रतियोगिता में फटेहाल ही लगता था। उसके सहकर्मी उससे अपनी वफादारी बदल लेने के लिए कहते तो मलवानी ऐसा करने में हिचकिचाता। इसके कमरे दरवाज़ों के रास्ते एक-दूसरे से जुड़े थे और स्टाफ़ सदैव गोपनीयता बनाये रखता था। मलवानी और डॉली जब भी रात का भोजन इकट्ठे करते तो कमरे में ही खाना मँगवाते। वे सार्वजनिक रूप से नहीं मिलते थे।

जैसे ही मलवानी होटल पहुँचता, वह सौ रुपयों की गड्डी डॉली को थमा देता। वह जब मीटिंग अथवा कोर्ट में व्यस्त होता, उस समय डॉली के पास एक टैक्सी रहती। वह अपनी इच्छानुसार ख़रीददारी करने और घूमने के लिए स्वतन्त्र

रहती। कुछ बाज़ारों—लाजपत नगर, करोल बाग—में जाने से वह परहेज़ करती जहाँ उसे लगता कि उसके सम्बन्धी अथवा अमृतसर में उसके परिवार को जानने वाले लोग मिल सकते थे।

मलवानी कभी-कभार उसे सिंगापुर ले जाता जहाँ वे एक ही कमरे में रहते और बेहतरीन रंस्तराँ में इकट्ठे भोजन करते। यहाँ गोपनीयता अनावश्यक थी। कुछ शामों को वह डॉली की भारतीय भोजन की इच्छा पूरी करने के लिए उसे लिट्ल इंडिया ले जाता जहाँ वह केले के पत्तों पर परोसे गये भोजन को हाथ से खाना पसन्द करती। लेकिन वह उसे लन्दन लेकर नहीं जाता था। उसने कई बार जाने का आग्रह किया परन्तु उसे बताया जाता कि वीज़ा सम्बन्धी कुछ समस्याएँ हैं। डॉली को सन्देह होता कि वहाँ कोई उसका इन्तज़ार कर होगा, लेकिन वह बेहतर जानती थी कि उसे खोजबीन करने की जरूरत नहीं थी।

कुछ वर्षों के बाद मलवानी ने डॉली और उसकी माँ को पाली हिल में नयी बनी ईमारत में दो बेडरूम का एक फ़्लैट ले दिया। फिर उसने अपने सम्पर्कों से वहाँ फ़ोन भी लगवा दिया। यद्यपि उस समय फ़ोन लाइन लेना बहुत कठिन होता था। उसके बाद तैनात किये गये एक डिज़ाइनर ने निर्देशों का पालन करते हुए फ़्लैट की साज-सज्जा की जो थोड़ी तड़क-भड़क वाली थी। शुरू के कुछ वर्षों में डॉली ने अपने फ़्लैट से अरब सागर के भव्य दृश्य का आनन्द उठाया लेकिन बाद में बहुमंज़िला इमारतें बन जाने से यह दृश्य बाधित हो गया। मलवानी जितना सम्भव हो सकता था, प्रायः उससे मिलने आता, यह आवश्यक नहीं था कि वह पूर्व सूचना देकर ही आता। कई बार वह वहाँ रात भी गुज़ारता। उसकी पत्नी को तो बस इतना पता होता कि वह किसी काम से शहर से बाहर गया हुआ है। इस धोखाधड़ी की जानकारी केवल उसके ड्राइवर और सेक्रेटरी को ही रहती थी।

मलवानी को धीरे-धीरे एहसास हुआ कि डॉली की माँ और भाई यदि सब समय दूसरे कमरे में न होते तो उसका समय अधिक सुविधा से बीतता। शारीरिक सम्बन्ध बनाने से पहले डॉली देख लेती थी कि रेडियो अपनी पूरी वॉल्यूम पर चलता हो, उसका भाई उस समय या तो दूसरे बेडरूम, जिसमें वह माँ के साथ रहता था, में स्वयं को अपने होमवर्क में व्यस्त रखता अथवा ऐसे ही बिस्तर पर लेटा रहता। इस व्यवस्था से किसी को कोई संकोच नहीं था लेकिन उनकी इस निकटता के चलते मलवानी उतनी बेहूदा हरकतें न कर पाता, वह अपनी उम्र के हिसाब से काफी मर्दाना था।

एक दिन चाय पीते हुए उसने डॉली की माँ से ऐसे ही पूछ लिया कि क्या उसे अमृतसर याद आता है। इस प्रश्न ने उसे चकित कर दिया। 'अब वहाँ हमारा

कोई नहीं,' उसने उत्तर दिया। 'हम यदि कभी लौटे भी तो मैं चण्डीगढ़ में बसना चाहूँगी। मैं अपने पति के पास नहीं होना चाहती। मुझे पंजाब याद आता है। मेरे पास अपना यदि कुछ हो तो मैं कल ही बम्बई छोड़ दूँ,' उसने आगे कहा।

मलवानी संकेत समझ गया और अपने सम्पर्कों की सहायता से उसे चण्डीगढ़ के बाहरी इलाके में एक कालोनी में एक साधारण एक-मंज़िला बंगला ले दिया। वकील होने के नाते उसने डॉली को इसे खाली रखने अथवा किराये पर न देने की सलाह दी। दो सप्ताह बाद डॉली ने आँसू भरी आँखों से बम्बई सेंट्रल पर अपने भाई और माँ को विदा किया। कँवल ने जल्दी ही आकर मिलने का वायदा किया। मलवानी उसे महीना देने लगा था जो उसके दफ़्तर से डाक द्वारा भेजा जाता।

6

उनके मिलने के सात वर्ष बाद मलवानी को बम्बई हाई कोर्ट में जिरह करते हुए दिल का दौरा पड़ा और एम्बुलेंस के अस्पताल पहुँचते ही उसकी मृत्यु हो गयी। उसके स्टाफ़ में किसी ने भी डॉली को इसकी सूचना देने की परवाह नहीं की। अगली सुबह जब अख़बार में उसने यह ख़बर पढ़ी तो बच्चे की भाँति फूट-फूट कर रोयी। वह इस दयालु, सज्जन एवं उसका ध्यान रखने वाले आदमी से प्यार करने लगी थी। वह एकमात्र आदमी था जिसके साथ वह सोयी थी।

अख़बार में अन्तिम संस्कार का समय भी दिया गया था। वह जब जाने के लिए तैयार हो रही थी तो फ़ोन की घंटी बजी। दूसरी ओर मलवानी का क्लर्क था जिससे वह अनेक बार मिली हुई थी। उसने विनम्रता पर दृढ़ता से डॉली से संस्कार से दूर रहने के लिए कहा। शायद मलवानी की पत्नी को कुछ समय से इस सम्बन्ध की भनक लग गयी थी।

फिर भी डॉली ने अपने ड्राइवर से उसे चन्दनवाड़ी ले चलने के लिए कहा। मलवानी इतने लम्बे समय से उसकी सहायता करता आ रहा था, वह अन्तिम संस्कार से दूर नहीं रह सकती थी। वह अपनी गाड़ी में बैठी रही। कार को क्वीन रोड पर श्मशान घाट पर खड़ा कर दिया गया था। उसने ड्राइवर से कार के शीशे चढ़ाने के लिए कहा और आँखों पर काला चश्मा लगा लिया जो मलवानी उसके लिए यूरोप के दौरे से लाया था। वह श्मशान घाट के भीतर जाते और बाहर निकलते शोक सन्तप्त लोगों, रिपोर्टरों, फ़ोटोग्राफ़रों को साफ़-साफ़ देख पा रही थी। वह एक बार फिर रोयी थी। सफ़ेद साड़ी पहने, लोगों से घिरी महिला के कार में बैठकर चले जाने तक वह प्रतीक्षा करती रही।

उस शाम घर पर डॉली ने एक दराज से एक फ्रेम की हुई तस्वीर निकाली, उसके सामने कुछ अगरबत्तियाँ जलायी और मौन प्रार्थना की। नौकरानी ने उससे कुछ खा लेने के लिए कहा लेकिन उसने कहा कि उसे भूख नहीं है।

डॉली अब लगभग चौबीस वर्ष की थी और मलवानी के अकस्मात् देहान्त से वह बेसहारा हो गयी थी। फ़्लैट उसके नाम पर था पर उसकी कीमत बहुत अधिक नहीं थी। कार उसकी अपनी थी और अलमारी में एक लाख रुपये रखे थे। बैंक में कुछ नहीं था और यदि उसने सँभल कर ख़र्च नहीं किया तो यह रकम समाप्त होने में देर नहीं लगेगी। उसने यह रकम ब्याज पर दे देने पर विचार किया। वह एक ऐसे व्यक्ति को जानती थी जो बीस प्रतिशत तक देने को तैयार था परन्तु उसके दोस्तों ने उसे ऐसा न करने की सलाह दी।

उसकी माँ ने जब यह शिकायत करने के लिए फ़ोन किया कि उसे उसकी मासिक रकम नहीं मिली थी तो डॉली ने उसे यह दुखद समाचार दिया। अब उसकी माँ को अपना ख़र्च ख़ुद चलाना होगा, डॉली ने निर्ममता से उसे बता दिया था। उसने चण्डीगढ़ आकर अपनी माँ के साथ रहने का सुझाव दिया। कँवल का एक पुरुष मित्र उसके साथ रहता था इसलिए वह उस विचार से बहुत अधिक उत्साहित नहीं थी। कुछ माह बाद डॉली ने सुना कि उसकी माँ ने एक अतिरिक्त बेडरूम यूनिवर्सिटी के कुछ विद्यार्थियों को दे दिया है।

डॉली ने एक माह बाद ड्राइवर को जाने दिया परन्तु कार अपने पास रखी। राजू भैया—वह उसे सदैव भैया कहकर बुलाती थी—काफ़ी सालों से उसके साथ था और यह कोई आसान निर्णय नहीं था। वह उसके छोटे-मोटे और काम भी कर देता और अनेक प्रकार से उसकी सहायता करता।

राजू को यह बताने के बाद कि वह अब उसकी सेवाएँ नहीं ले पायेगी, उसने पूछा था, 'अब तुम क्या करोगे?'

'पास ही सिऑन में मेरे कज़िन का गैराज है। वह कई महीनों से मुझे अपने साथ आने के लिए कह रहा था। मुझे लगता है कि अब मैं उसके पास चला जाउँगा। परन्तु मैडम, आपको जब कभी भी ड्राइवर की ज़रूरत हो, चाहे कुछ घण्टों के लिए ही तो प्लीज़ मुझे बुला लेना, मैं हमेशा हाज़िर रहूँगा।'

डॉली भाव-विह्वल हो उठी।

वह जब भी ख़रीददारी के लिए या बाज़ार जाती तो ऑटोरिक्शा ले लेती। प्रायः वह पैदल ही चली जाती क्योंकि अब उसे बहुत लोग नहीं जानते थे। और यदि कहीं से शाम का निमन्त्रण होता तो वह अपनी बाई से राजू भैया को कुछ घण्टे आने का सन्देश देने के लिए कह देती। पहली बार जब वह ऐसे आया तो उसने पैसे लेने से इनकार कर दिया और डॉली को हठपूर्वक उसे पैसे देने पड़े।

डॉली अपनी कुछ महिला मित्रों के घरों के अलावा शायद ही कहीं जाती थी। ये वे महिलाएँ थीं जिन्होंने उसके समान फ़िल्मों में दूसरे दर्ज़े की भूमिकाएँ

की थीं और अब सीमित साधनों वाले पुरुषों, मुख्यतः फ़िल्म टेक्नीशियनों के साथ विवाहित थीं। अधिक भाग्यशाली महिलाओं को बहुत धनवान पति मिल गये थे जो उन्हें अकेले रहने की इजाज़त दे देते थे।

डॉली को प्रायः फ़िल्मों के प्रीमियर समारोहों के निमन्त्रण मिलते, जहाँ जाना वह पसन्द करती। ये समारोह रुटीन की ज़िन्दगी में एक सुन्दर ब्रेक होते। कई बार इन समारोहों में फ़िल्मों के लोग और फ़ोटोग्राफर उसे पहचान लेते। ये निमन्त्रण दो लोगों के लिए हुआ करते थे और उसकी मित्रों में से कोई-न-कोई हमेशा उसका साथ देने के लिए सहर्ष तैयार हो जाती। कुछ समारोहों में बाद में रात्रिभोज भी होता।

उस समय के फ़िल्म प्रीमियर समारोहों में कम महत्त्वपूर्ण लोगों के लिए बालकनी और गैलरी आरक्षित रखने की प्रथा थी। वी.आई.पी.—जो निश्चित रूप से स्टार होते थे—नीचे बैठते। यह शालीनता और विनम्रता का संकेत था। परन्तु सच्चाई यह थी कि बालकनी में अतिथियों की संख्या अधिक हुआ करती थी और वे मंच के अधिक निकट होते थे। डॉली और उसकी मित्र को हॉल के बीच में कहीं सीट मिलती।

'माफ़ कीजिए, आप डॉली राय ही हैं न?' उसके सामने की पंक्ति में बैठे एक व्यक्ति ने पीछे सिर घुमाकर उससे पूछा था। डॉली ने पहले सोचा कि यह उसका प्रशंसक था। हॉल की मद्धम रोशनी में उसे यह समझने में कुछ सेकेण्ड लगे कि प्रश्न पूछने वाला बॉलीवुड के सबसे बड़े स्टार्स में से एक था। डॉली के साथ बैठी उसकी मित्र चकित थी।

'आप हीर-राँझा में बहुत बढ़िया लग रही थीं,' रजनीश बहल ने डॉली द्वारा कुछ वर्ष पहले की गयी एक सफल पंजाबी फ़िल्म का हवाला देते हुए कहा।

डॉली शरमा गयी। इतने ऊँचे स्तर के किसी व्यक्ति ने पहले कभी उसकी ऐसे प्रशंसा नहीं की थी और वह हैरान थी कि बहल ने वह फ़िल्म देखी थी, जो बम्बई में रिलीज़ ही नहीं हुई थी। 'धन्यवाद सर!'

जब वह थियेटर से बाहर निकल रही थी तो उसने रजनीश को लॉबी में अपने साथियों और फ़ोटोग्राफरों से घिरे देखा। डॉली और उसकी मित्र जब उसके पास से गुज़रीं तो डॉली उसकी ओर देखकर मुस्कुराई। बहल अपने ग्रुप में से निकलकर उसके पास आया।

'मैं आपको घर छोड़ दूँ?'

उसने उत्तर दिया कि उसकी कार बाहर इन्तज़ार कर रही है।

'आप ड्राइवर को जाने दें। आप दोनों मेरी कार में आ जाएँ। हम रास्ते

में बातें कर सकते हैं।'

मना करना अशिष्टता होती लेकिन उसके सहमत हो जाने का कारण यह नहीं था।

रजनीश ने मर्सीडीज़ का पिछला दरवाज़ा खोलकर उन्हें बिठा लिया और खुद ड्राइवर के साथ वाली सीट पर बैठ गया। उन्हें इकट्ठे वहाँ से निकलते अनेक लोगों ने देखा।

रजनीश बहुत आकर्षक, विनम्र और सजीला व्यक्ति था। उसके पिता भी अभिनेता थे, यद्यपि वे इतने सफल नहीं थे। रजनीश की अपनी प्रोडक्शन कम्पनी थी और शहर के बाहरी क्षेत्र में एक स्टूडियो था। बीते वर्षों में अनेक फ़िल्म स्टारों के साथ उसके सम्पर्क थे और वह अपनी फ़िल्मों में मुख्य नायिका के रूप में स्थूलकाय औरतों को लेना पसन्द करता था। उसने 'हीर-राँझा' फ़िल्म प्राइवेट स्क्रीनिंग में तब देखी थी जब उसकी कम्पनी इस फ़िल्म का एक बड़े बजट वाला हिन्दी संस्करण बनाने पर विचार कर रही थी। परन्तु समय बदल चुका था और इतिहास आधारित फ़िल्म के लिए ज़रूरी पैसा कभी नहीं मिल पाया था।

उन्होंने पहले डॉली की मित्र को छोड़ा और जब डॉली का घर आया तो रजनीश ने पूछा कि क्या वह एक पेग लगाने के लिए ऊपर आ सकता है।

उसने होठों के किनारों में मुस्कुराहट समेटते हुए कहा, 'मैं घर पर शराब नहीं रखती।'

उसने मुस्कुराते हुए पूछा, 'तो कॉफ़ी?'

कुछ घण्टे बाद जब वह बाथरूम में अपने बाल संवार रही थी तो वह चुपके से चला गया। उसने अपनी ड्रेसिंग टेबल पर 500-500 के दस नोट पड़े देखे।

यह सिलसिला चल निकला। वह फ़ोन करके आता, घण्टा भर बिताता और चला जाता। यह हर बार नहीं होता था कि वह उसके साथ हमबिस्तर होता। कई बार वह बस ऐसे व्यक्ति के साथ अपने गुबार निकालने आता जो उसकी निकटतम मित्र मण्डली में नहीं था। अब उसके फ़्लैट का फ्रीज़र हमेशा ब्लैक लेबल, सोडा की बोतलों और बर्फ़ से भरा होता।

उन्हें मिले कई सप्ताह बीत चुके थे कि एक दोपहर रजनीश अपने साथ एक मित्र को लाया जो एक विख्यात स्टार था लेकिन उसकी मंडली का नहीं था। आने वाले दिनों में और लोग आने लगे जो हमेशा पहले उसके पास आ चुके लोगों की सिफ़ारिश पर आया करते।

अब उसके पास प्राइवेट नम्बर की एक अलग फ़ोन लाइन थी, यह नम्बर वह कुछ गिने-चुने लोगों को दिया करती। वे सब लोग अभिनय के क्षेत्र से थ—डॉली

को आकर्षक और जवान पुरुष अच्छे लगते थे। दूसरे लोगों की सिफ़ारिश पर आने वाला प्रत्येक व्यक्ति, जरूरी नहीं था कि उतना निकट आ पाता। कई लोगों को एक भावपूर्ण मुस्कुराहट व चाय के गर्म कप के साथ लौटा दिया जाता।

उनमें से कुछ लोग डॉली से कुछ ऐसा करवाना चाहते थे जो उनकी पत्नियाँ नहीं करती थीं। ऐसे अवसरों पर उनसे ड्रेसिंग टेबल पर सामान्य से अधिक रकम छोड़ कर जाने की उम्मीद की जाती थी। उसके पास आने वाले सभी पुरुष विवाहित होते।

रवि से डॉली का परिचय फ़ोन पर नहीं हुआ था बल्कि वे किसी फ़िल्म के प्रीमियर के बाद एक रात्रिभोज में मिले थे। वह स्थान बहुत भीड़ भरा था। अधिकतर मेज़ों पर रिज़र्व के कार्ड रखे थे, ये मेज़ सामाजिक हैसियत में ऊँचे आमन्त्रित व्यक्तियों के लिए थे। डॉली और उसकी मित्र श्वेता 'बफे' मेज़ से खाना लेने के बाद खड़े-खड़े ही खाना खा रही थीं।

रवि निर्माता की मेज़ पर बैठा ड्रिंक ले रहा था कि उसने इन्हें कटलरी, नेपकिन और प्लेटों को प्रयासपूर्वक सँभालते देखा। डॉली ने थोड़ा डरते हुए देखा कि एक प्रसिद्ध संगीत निर्देशक उठकर उनकी ओर आ रहा था।

उसने बुदबुदाते हुए श्वेता से कहा, 'देखो, हमारी ओर कौन आ रहा है?'

उस व्यक्ति ने कहा, 'तुम दोनों महिलाएँ हमारे साथ क्यों नहीं आ जातीं, हमारी मेज़ पर दो सीटें खाली हैं।'

'धन्यवाद सर, परन्तु हम ठीक हैं। हम बस ख़त्म ही कर चुकी हैं,' उसने उत्तर दिया। वह जानती थी कि उनकी सामाजिक हैसियत क्या थी। रवि ने एक नज़र उसकी प्लेट पर डाली और मुस्कुरा दिया। इस पर डॉली शरमा गयी। प्लेट पूरी तरह से भरी हुई थी।

बिना एक भी शब्द कहे रवि ने दोनों महिलाओं को बाज़ू से पकड़ा और आराम से कमरे को पार करता हुआ उन्हें झाड़-फ़ानूस के नीचे फूलों से सजी अपनी मेज़ की ओर ले चला। आठ कुर्सियों वाली मेज़ पर पाँच लोग पहले ही बैठे थे। रवि ने इन दोनों महिलाओं से उनका परिचय करवाया। आज जिस फ़िल्म का प्रीमियर था, मेज़ पर उस फ़िल्म का निर्माता और मुख्य अभिनेता अपनी-अपनी पत्नी के साथ बैठे थे। वे औरतें गहनों से लदी थीं। उनके अलावा फ़िल्म निर्देशक भी उनकी मेज़ पर था। जो थोड़ा-बहुत भी फ़िल्म इण्डस्ट्री से जुड़ा था, उन्हें जानता होगा। दो दिन बाद एक समाचार-पत्र के परिशिष्ट से डॉली को

पता चला कि बाकी दो सीटें खाली क्यों थीं। मुख्य नायिका ने फ़िल्म के प्रचार में उसे शामिल न किये जाने पर अपनी नाराज़गी दिखाई थी। वह विशेष रूप से ट्रेलर में स्वयं को न देखकर चिढ़ गयी थी। निर्माता का यह तर्क कि यह नायक प्रधान फ़िल्म थी, उसे शान्त नहीं कर पाया था। रिपोर्टर के अनुसार नायिका को सन्देह था कि इसमें फ़िल्म के हीरो का हाथ था।

परिचय के बाद उसने अपना हाथ आगे बढ़ाते हुए कहा, 'मेरा नाम रवि कुमार है। आज की फ़िल्म में मेरी कोई भूमिका नहीं लेकिन इन लोगों ने कृपापूर्वक मुझे आमन्त्रित कर लिया है।' उसने यह नहीं बताया कि निर्माता ने अपनी अगली फ़िल्म में संगीत देने के लिए उसे साइन कर लिया है।

उसने अपने साथ की दोनों कुर्सियाँ बाहर खींच ली। 'मुझे नहीं लगता कि हम पहले मिले हैं।'

दोनों महिलाओं में से कोई भी कुछ कह पाती, उससे पहले निर्माता एकाएक बीच में बोल उठा, 'हम सब डॉली जी और श्वेता जी को जानते हैं। हमें प्रसन्नता है कि आप हमारी टेबल पर हमारे साथ हैं।' शायद वह विनम्रता दिखा रहा था, वह अच्छा आदमी लग रहा था। परन्तु उसकी पत्नी, अपनी मेज़ पर कम महत्त्वपूर्ण अतिथियों को देखकर बहुत प्रसन्न नहीं दिखाई दे रही थी। आज उनकी बड़ी शाम थी, डॉली और श्वेता को एहसास हुआ कि उन्हें बुज़ुर्ग व्यक्ति के पैर छूने चाहिए थे पर अब बहुत देर हो चुकी थी।

वेटर जब प्लेटें ले गये और गुलाब जामुन लाये तो दोनों पत्नियाँ एक-दूसरे के निकट आ गयीं और हलकी-फुल्की बातचीत करने लगीं जबकि उनके पति हॉल में घूम-घूम कर (जैसा कि उनसे अपेक्षित था) लोगों से हाथ मिलाने लगे। हर कोई एक और हिट फ़िल्म देने के लिए उन्हें बधाई दे रहा था। परन्तु यह उनके लिए दुर्भाग्यपूर्ण था कि सप्ताह के अन्त तक बॉक्स ऑफिस ने कुछ और ही फ़ैसला सुना दिया था।

रवि ने सिगरेट सुलगाई और डॉली व श्वेता से उनके कैरियर के बारे में पूछने लगा। अब उसे याद आ गया कि उसने उनकी कुछ फ़िल्में देखी थीं, जिनमें उनकी छोटी-छोटी भूमिकाएँ थीं। उसने कुछ प्रशंसापूर्ण शब्द कहे। डॉली ने सोचा कि औसत दर्ज़े एवं कम बजट की फ़िल्मों के बारे में अच्छी बातें कहना रवि का बड़प्पन था। जैसे-जैसे समय बीता, रवि ने कुछ और पेग उड़ेल लिए। उन्होंने देखा कि उन तीनों में बढ़िया जम रही थी। डॉली रवि की शालीनता और सहजता को देखकर चकित थी। श्वेता कोई मूर्ख नहीं थी, वह समझ रही थी कि रवि उसकी मित्र की ओर आकृष्ट है और प्रसन्न है। बाहर निकलते हुए उसने

पूछा कि क्या वह उनके फ़ोन नम्बर ले सकता है।

अगली सुबह रवि ने जब अपने एक मित्र से डॉली के विषय में पूछा तो उसे उसकी ख्याति का पता चला। उसे इसकी परवाह नहीं थी। दो दिन बाद वे एक साधारण से रेस्तराँ में लंच पर फिर मिले और उसके बाद नियमित रूप से घर पर मिलने लगे। रवि जब न आ पाता तो वे फ़ोन पर बात करते। उसका केवल एक ही आग्रह था कि वह दूसरे आदमियों से मिलना बन्द कर दे। उसने इस बात को अनकहा ही रहने दिया लेकिन तब से वह बिना कुछ कहे चुपचाप उसके सारे ख़र्च उठाने लगा। रवि ने बहुत विनम्रता और कोमलता से उससे कहा कि वे पब्लिक में इकट्ठे नहीं मिल सकते लेकिन वह जहाँ जाना चाहे, जाने के लिए स्वतन्त्र है।

उसने डॉली के फ़्लैट पर अपनी पसन्दीदा व्हिस्की का डिब्बा लाकर रख दिया और जब वह उसके घर जाता तो वे लिंकिंग रोड के किसी रेस्तराँ से खाना मँगवाते—डॉली को पंजाबी तरीके से बनाया गया चाइनीज़ खाना अच्छा लगता था। रवि गाँव के लड़के की भाँति स्वाद लेकर खाना खाता। जब हरे पत्ते की सब्ज़ियों का मौसम होता, वह रवि का पसन्दीदा सरसों का साग बनाती और वह तवे से उतारी गयी गर्मागर्म रोटी पर घर का बना ढेर-सा मक्खन रखकर खाता।

रवि द्वारा डॉली को सन्ध्या के बारे में बताये जाने के बाद भी यह सिलसिला जारी रहा। पर अब वह रात में नहीं रुकता था। अब उसका डॉली के यहाँ आना भी कम हो गया था लेकिन जब भी वह संगीत जगत की माँगों से थक जाता तो वह जानता था कि एक जगह है जहाँ वह कोई माँग न करने वाली महिला की संगति में आराम कर सकता है—एक ऐसी महिला जिसे वह अपेक्षाकृत अधिक समय से जानता है।

7

इण्डिया मेडिकोज़ प्राइवेट लिमिटेड का मुख्यालय बल्लार्ड एस्टेट में हेरिटेज भवन में था। इसकी मालिक एक विदेशी तेल कम्पनी थी जिसका बाद में राष्ट्रीयकरण हो गया था। कम्पनी के अधिकतर स्टाफ़ दूर-दूर तक फैले निर्माण प्लाण्ट और बोरिवली में प्रयोगशाला में होते थे जबकि वरिष्ठ अधिकारी और सेल्स व मार्केटिंग विभाग नगर के मध्य एक आलीशान स्थान पर स्थित थे। रवि की कार जैसे ही भीतर आयी, एक वाइस प्रेसिडेंट उसकी अगुवाई करने के लिए खड़ा था।

सबसे ऊपरी मंज़िल पर बने बोर्डरूम की दीवारों पर लकड़ी के पैनल लगे थे और बढ़िया लैदर की कुर्सियाँ थीं। रवि को सन्देह था कि सेठ जी ने इस कमरे को वैसे ही रहने दिया था जैसा कि पहले के मालिक इसे छोड़ कर गये थे। वह अपने भावी ससुर के कार्यस्थल पर पहली बार आया था। सेठ जी ने कहा था कि कुछ बड़े लोग आ रहे हैं और रवि भी आये तो अच्छा होगा। इससे उसे कम्पनी मुख्यालय को देखने का अवसर भी मिल जायेगा।

रवि जब कमरे में दाखिल हुआ तो वह बुज़ुर्ग व्यक्ति मेज़ के सामने के छोर पर रखी अपनी कुर्सी से उठ गया और मेज़ के चारों ओर बैठे लोगों से उसका परिचय करवाया। उनमें से अधिकतर सेठ जी के भारी जेबों वाले मित्र थे जबकि अन्य लोग राजनीतिक दल की स्थानीय शाखा में उच्च पदाधिकारी थे। रवि उनमें से कुछ लोगों को निजी स्तर पर जानता था जबकि अन्य लोगों की ख्याति से वाकिफ़ था। जब वे यहाँ-वहाँ अटक गये लोगों की प्रतीक्षा कर रहे थे तो चाय परोस दी गयी।

बैठक की कार्यवाही जब शुरू हुई तो स्थानीय पार्टी प्रमुख ने कुछ माह के बाद होने वाले चुनावों में सेठ जी की उम्मीदवारी का प्रस्ताव रखा। हालाँकि चुनाव की तिथि की कोई घोषणा नहीं की गयी थी परन्तु यह मान लिया गया था कि चुनाव वसन्त की समाप्ति पर स्कूल परीक्षाओं से पहले होंगे। वक्ता ने चाटुकारितापूर्ण शब्दों में सेठ जी की उम्मीदवार के रूप में उपयुक्तता का वर्णन

किया। कोई भी व्यक्ति इससे झेंप जाता परन्तु सेठ जी नहीं झेंपे। अब तक तो पार्टी प्रमुख ने बहुत सावधानी से सेठ जी के सबसे बड़े गुण का उल्लेख नहीं किया था और वह था उनका अथाह ख़जाना और धनाढ्य लोगों से उनके सम्पर्क। उसी समय उससे एक गलती हो गयी, वह रवि को सम्बोधित करने के लिए उसकी ओर मुड़ा।

'रवि जी, पार्टी को यह जानकर प्रसन्नता हुई कि आप चुनाव अभियान में सहायता करेंगे।' उसने कहा, 'धन की कोई समस्या नहीं है, हम ख़र्च उठाएँगे और आपके कन्सर्ट के लिए बेहतरीन जगह देंगे। हम शिवाजी पार्क सोच रहे हैं।'

यह रवि के लिए एक ख़बर थी। वह जानता था कि उससे सहायता की आशा की जायेगी पर ऐसे किसी बड़े स्तर पर कन्सर्ट की तो छोड़ो, किसी ने उससे इस विषय पर विस्तार से बात भी नहीं की थी। एक क्षण को रवि ने सोचा कि वह मीटिंग में से उठकर चला जाये पर उसने अपने क्रोध को दबा लिया।

सेठ जी रवि के मूड को भाँप गये। उन्होंने कहा, 'रवि को इसमें शामिल करने की कोई आवश्यकता नहीं, यह उसकी अपनी इच्छा है।' उन्होंने सुझाव दिया कि वे बैठक के एजेण्डे की अन्य मदों पर आगे बढ़ें जिनमें व्यावसायिक घरानों जिनके प्रतिनिधि मेज़ के चारों ओर बैठे थे, से समर्थन की शपथ थी।

मीटिंग समाप्त होने पर सेठ जी लिफ़्ट तक रवि के साथ आये।

'मुझसे गलती हुई, मैं पहले तुमसे यह बात स्पष्ट कर लेना चाहता था। इस मुद्दे को बैठक में उठाने की कोई ज़रूरत नहीं थी।'

रवि ने उत्तर दिया, 'कोई बात नहीं पापा।'

बैठक में एक क्षण को रवि ने सोचा था कि सन्ध्या के साथ सगाई जल्दबाज़ी थी परन्तु वह क्षण बीत चुका था।

अगली सुबह रवि अन्य दिनों की तुलना में देर तक सोया। मीटिंग के बाद वह पेण्टहाउस के पिछवाड़े बने कमरों में से एक में देर रात तक काम करता रहा था। इस कमरे को एक विशेषज्ञ द्वारा साउण्डप्रूफ बनाया गया था, इसलिए पड़ोसियों को कभी शिकायत नहीं होती थी। यह एक अस्थायी व्यवस्था थी। विवाह के बाद कमरे को पुनः बेडरूम बना दिया जायेगा, सन्ध्या के साथ उसकी यह बात हो चुकी थी। रवि अपनी संगीत रचनाओं को अपने संगतकारों को सुनाने से पहले स्वयं घर पर सोचता-विचारता था। वह उन संगीत निर्देशकों में से था जिनके पास अपना रिकॉर्डिंग स्टूडियो होने की सुविधा थी।

बीती रात उसने अपने नोट्स निकाले और पियानो पर उन्हें आज़माने लगा लेकिन एक ही घण्टे की भीतर उसने हाथ खड़े कर दिये। संगीत रचना जम नहीं

रही थी। बल्लार्ड एस्टेट में हुई बैठक ने उसे परेशान कर दिया था। उसने फ़ोन उठाया और डॉली को कॉल लगाई। हालाँकि उसने कहा कि अब बहुत अधिक देर हो चुकी है, फिर भी रवि ने आने की ज़िद की। उसने बहुत अधिक पी ली और जब तक वह उसके फ़्लैट से लौटा, सुबह के चार बज चुके थे।

उसने जब चाय के लिए नौकर को घण्टी बजाकर बुलाया तो सुबह के ग्यारह बजे से अधिक समय हो चुका था। उसने रसोइये द्वारा काट कर लाये गये फलों के साथ चाय पी। नौकर ने जब दुबारा दरवाज़ा खटखटाया तो वह शेव बना रहा था। कोई फ़ोन पर उसे पूछ रहा था। रवि जब सोया हुआ था, तब भी यह फ़ोन आया था।

रवि ने अपने बेडरूम में ही फ़ोन लिया, 'जी?'

'बेटा मैं बोल रहा हूँ, जगतराम।'

दूसरी ओर की आवाज़ किसी दूसरे समय और स्थान से थी। एक पल को रवि की आवाज़ नहीं निकली, उसे लगा उसके हृदय की धड़कन रुक गयी है।

'चाचा जी? आप बोल रहे हैं?'

'हाँ बेटा।'

रवि सीधा बैठ गया। 'आप कहाँ हैं'—उसने विनम्रता से पूछा।

फ़ोन करने वाले ने बताया कि वह भूलेश्वर में एक गेस्ट हाउस में रह रहा है। वह रवि से मिलने आया है।

रवि ने गेस्ट हाउस का नाम और गली का पता पूछा। 'चाचा जी, मैं आपसे आकर मिलता हूँ। मुझे बस एक घण्टा दीजिए।'

भूलेश्वर रवि के घर से पैदल कुछ ही मिनट की दूरी पर स्थित था जो बिना भीड़भाड़ वाले दिन उसके घर से साफ दिखाई देता था परन्तु उसके ड्राइवर को पुराने नगर की धक्कम पेल से निकलते एक घण्टा लग गया। रवि बम्बई के इस भाग में पहली बार आ रहा था। किसी समय सरकते ट्रैफिक वाली यह सड़क ही नगर के मध्यवर्ती हिस्से को माटूँगा, सिऑन और चेम्बूर से जोड़ने वाला महत्त्वपूर्ण मार्ग हुआ करती थी। अब तो किसी के पास जब फालतू समय होता था तभी इस मार्ग पर आता था। उसकी कार रास्ता पाने के लिए सामान से लदे छकड़ों के साथ होड़ ले रही थी। इन छकड़ों को पसीने से तरबतर, काले, कमीज़-विहीन आदमियों, जिनमें से कुछ बूढ़े और तिनके के समान दुबले थे, के द्वारा खींचा अथवा धकेला जा रहा था। फ़ुटपाथ आदमियों और औरतों से भरे थे जो ज़मीन पर बैठ कर अपना सामान बेच रहे हॉकरों से बचते-बचाते आगे बढ़ रहे थे।

रवि ने कई बार गाड़ी रुकवाकर रास्ता पूछा। जब वे आर्या लॉज पहुँचे तो गाड़ी पार्क करने का कोई स्थान नहीं था। रवि गाड़ी से निकल गया और उसने ड्राइवर से कहा कि वह गाड़ी को प्रिंसेस स्ट्रीट पर कहीं खड़ी कर दे और एक घण्टे में लौट आये। उसने अपना पर्स निकाला और ड्राइवर को लंच के लिए पैसे दिये। रवि ने उसे गाड़ी पर नज़र रखने के लिए भी सावधान किया।

जैसा कि रवि को आशा थी, आर्या लॉज मुख्य सड़क से परे एक जर्जर इमारत की पहली और दूसरी मंज़िल पर एक फटेहाल जगह थी। फ्रण्ट डेस्क पर बैठा क्लर्क फ़ोन पर बात कर रहा था और उसने रवि को संकेत से कमरा बताने में थोड़ा समय लिया।

रवि ने दरवाज़ा खटखटाया।

दरवाज़ा खोलने वाला व्यक्ति जैसा कि रवि को याद था, उससे कहीं अधिक उम्र का था। वह उन्हें सड़क पर मिलता तो पहचान न पाता। रवि बुज़ुर्ग व्यक्ति के पाँव छूने के लिए झुका। जगतराम ने उसकी बाँहों को पकड़ लिया और आलिंगन में ले लिया, 'बेटा!' उसकी आँखों में आँसू थे।

कुछ पल तक वे एक-दूसरे को देखते मौन खड़े रहे।

दो

1

इस क़स्बे का नाम कलोनी था। वास्तव में था तो यह क़स्बे के नाम पर गाँव ही, लगभग एक किलोमीटर के समतल क्षेत्र पर फैला, जिसके मध्य में तारकोल की एक खस्ताहाल सड़क थी। सड़क के दोनों ओर दुकानें और ढाबे थे। वहाँ मक्खियों की भिनभिनाहट और खाना पकाने के तेल की गन्ध हर समय फैली रहती थी।

नाले के साथ बना सँकरा फ़ुटपाथ पुल से नीचे नदी तक जाता था। अमावस अथवा बादलों से घिरे आकाश वाली रातों को वहाँ के निवासी लालटेन या दीये लेकर नाले के साथ-साथ चलते। यह नाला सरसों के खेतों और सेब के बागानों के बीच से गुज़रता था। सेब जब पक जाते तो चोरी-छिपे फल तोड़ने वालों और तोतों से इनकी रक्षा करने के लिए उन बगीचों में चौबीसों घण्टे चौकीदार तैनात रहते। नाला गर्मियों में मॉनसून से पहले सूख जाता।

कभी महेश और उसका परिवार, जहाँ नाला नदी में मिलता था, वहाँ नदी के ऊपर तटबन्ध पर एक झोंपड़ी में रहा करता था। महेश कुम्हार नदी की मिट्टी से बर्तन बनाता था—पानी रखने के घड़े, जिनमें गर्मियों के तपते दिनों में पानी ठण्डा रहता। प्रत्येक वर्ष वह दीवाली से पहले दीये बनाता जो तेल और हाथ से बनी रूई की बत्ती से जलाये जाते और जब काम मंदा होता तो वह मिट्टी के खिलौने बनाता। महेश की आय अधिक नहीं थी परन्तु वह अपनी पत्नी राधा और इकलौती संतान रवि के साथ शान्त और खुशनुमा जीवन बिताता।

कलोनी की शुरुआत एक स्थायी बस्ती के रूप में तब हुई थी जब ब्रिटिश शासकों ने मैदानों से पहाड़ों में एक प्राचीन क़स्बे तक सड़क बनाने का निर्णय लिया। यह मज़दूरों और सुपरवाइज़रों की कलोनी थी। उन्होंने एक पहाड़ को बारूद से उड़ाकर इसे बनाया था। क्षेत्र के भर्ती किये गये मज़दूरों ने उस स्थान को फावड़ों व बेलचों से समतल किया था। जब सड़क बनकर पूरी हो गयी तो मज़दूर अपने परिवारों में लौट गये थे लेकिन इस दौरान खुली कामचलाऊ दुकानों में से अनेक दुकानदार इस आशा में कि नयी सड़क पर यातायात बढ़ जायेगा,

रुक गये थे। वर्षों तक बिल्डर जिसे 'कॉलोनी' कहते रहे थे, वह स्थान किसी बेहतर नाम के अभाव में 'कलोनी' के रूप में ही प्रसिद्ध हो गया था।

यह स्थान उत्तर में पहाड़ी घाटियों में क़स्बों व बस्तियों को जाने वाले यात्रियों के लिए एक विख्यात विश्राम स्टॉप बन गया था। कलोनी नीचे मैदानों में अन्तिम क़स्बे से कुछ ही घण्टों की दूरी पर बहुत सुविधाजनक स्थान पर स्थित थी। विदेशी–अधिकतर प्रशासनिक एवं सेना अधिकारी–लाहौर व अमृतसर की गर्मी व धूल से बचने के लिए अपनी ऑस्टिन में आगे की यात्रा आरम्भ करने से पहले यहाँ आराम करते। वे दो दलों में आते थे : पत्नियाँ व बच्चे गर्मी की शुरुआत में ही आ जाते और आदमी लोग एक-दो महीने बाद आते।

कुछ माह बाद एक अंग्रेज़ ने इस अजनाबी सी जगह पर एक होटल खोल लिया और इसे ग्लेनीग्लस का नाम दिया। यह होटल मुख्य सड़क से हटकर बजरी वाले रास्ते पर सुन्दर स्थान पर बना था जो केवल अंग्रेज़ लोगों को ही सेवाएँ देता था। भारतीय इसके डाइनिंग रूम तक भी नहीं जा सकते थे। क्रिसमिस पर इस स्थान को रंगबिरंगी झंडियों और चमकती रोशनियों से सजाया जाता।

होटल में एक-के-बाद-एक कई कॉटेज बने थे जिनमें ऊँची छतों और लकड़ी की शहतीरों वाले कमरे थे, उन कॉटेज में आँगन भी थे। होटल में एक रिसेप्शन दफ़्तर, एक लॉबी और एक अलग भवन था। होटल के मालिक पति-पत्नी होटल परिसर में ही रहते थे–पति किचन की निगरानी करता था, जबकि पत्नी अपनी हरी-नीली आँखों से मेल खाते स्वेटर और मोतियों के आभूषण पहने डाइनिंग रूम और अपने गुलाबों के बाग़ की देखरेख करती। उन दिनों कलोनी बहुत प्यारा स्थान था। उस समय जो मुख्य गली थी, उस पर बहुत कम दुकानें थीं। शाम को अपनी जान के ख़तरे के बिना सैर पर निकला जा सकता था।

साथ की नदी में सालों के बीतने के साथ-साथ मछली की बहुतायत ने ग्लेनीग्लस को एक प्रिय स्थान बना दिया। एक सेवानिवृत्त कर्नल यहाँ रबड़ से बनी नावों में तेज़ धार में राफ्टिंग प्रतियोगिता करवाते जिससे कि पुरुष जब मछली पकड़ने में व्यस्त होते तो महिलाएँ अपने कीचड़ भरे जूतों में और बच्चे लेस के कॉलर वाली पोशाकों में वहाँ मनोरंजन करते। परन्तु कुछ वर्ष बाद जब कर्नल के गुर्दों ने उसे हरा दिया तो वह मदिरापान करने वाले सेना के अपने साथियों को याद करता। एक दिन वह ट्रेन में सवार हो बम्बई पहुँच गया जहाँ वह साउथैम्प्टन जाने वाले पी एण्ड ओ के समुद्री जहाज़ पर सवार हो गया। अपने इस निर्णय पर वह आजीवन पछताता रहा।

जब उसकी एंग्लो-इंडियन पत्नी को हर माह चेल्टेनहेम से आने वाला

मनीऑर्डर मिलना बन्द हो गया तो उसे एहसास हुआ कि कर्नल की मृत्यु हो चुकी है। वह अपनी दो अवैध सन्तानों के साथ बम्बई की गाड़ी पर सवार हो गयी। उन्होंने भी एक पी एण्ड ओ समुद्री जहाज़ लिया लेकिन यह विपरीत दिशा की ओर बढ़ रहा था। कर्नल के जहाज़ से भिन्न इसकी सीटें बहुत बढ़िया नहीं थीं। कर्नल की पत्नी और उसके बच्चे सिडनी में बस गये।

होटल के मालिकों ने अपनी वृद्धावस्था में वह स्थान एक पंजाबी व्यक्ति को बेच दिया। वे अपने विवाह के तुरन्त बाद इंग्लैण्ड छोड़ कर आ गये थे और जीवन के अन्तिम वर्षों में एक ऐसे स्थान पर जाने से डरते थे जहाँ उन्हें कोई नौकर-चाकर नहीं मिलेंगे। अतः उन्होंने कसौली में एक कॉटेज खरीद ली और अपने वफ़ादार नौकरों के साथ अनेक वर्षों तक वहाँ रहे। उसके बाद होटल के नाम को छोड़कर सब कुछ बदल गया। अब ग्लेनीग्लस में भारतीयों को रहने की इजाज़त थी। अब रविवार को ब्रेड और बटर की पुडिंग के साथ भुने हुए मांस के स्थान पर डायनिंग रूम में बिरयानी और मालपुए मिलते थे। गुलाब की झाड़ियों का स्थान गेंदे ने ले लिया था और ग्राहकों को आकृष्ट करने के लिए कॉटेज को गुलाबी रंग से पेण्ट कर दिया गया था।

रवि के जन्म लेने के समय तक इस सड़क की जो भी सुन्दरता थी, वह समाप्त हो चुकी थी। कलोनी धूल भरी, जर्जर हालत में थी। वहाँ रहने वाले लोगों का घेरा बहुत छोटा था। उनमें से अनेक ने तो इस सामान्य रूप से निर्धन क़स्बे की सीमाओं से बाहर क़दम भी नहीं रखा था।

अब किसी समय दालें, आटा, अनाज, चीनी एवं मूल वस्तुएँ बेचने तक सीमित दुकानों ने मिट्टी का तेल, खाना पकाने का तेल, साबुन, रिब्बन और लोशन रखने शुरू कर दिये थे। वे अब मेल-जोल का स्थान बन गयी थीं जिनके बाहर बेंच रखे थे जिन पर आसपास के गाँवों के लोग बैठकर हँसी-मज़ाक़ और गपशप करते। जो पढ़ना चाहते थे, वे दुकानदारों के अख़बार लेकर पढ़ते। क़स्बे के बीचोबीच में स्थित मोटर-मरम्मत की दुकानों से लगातार डीज़ल और ग्रीस की गन्ध आती रहती। कलोनी में खाने की चीज़ों की चार दुकानें पीढ़ियों से पुराने चार परिवारों द्वारा ही चलाई जा रही थीं। एक बार एक बाहरी आदमी ने सड़क के खाली भाग पर ज़मीन खरीदकर एक आकर्षक रेस्तराँ खोलने की योजना बनाई थी परन्तु जिस दिन इसका उद्घाटन होना था, उससे एक रात पहले ही सन्देहास्पद परिस्थितियों में वहाँ आग लग गयी।

दर्ज़ी क़स्बे के चन्द मुसलमानों में से एक था। उसकी दुकान पिछवाड़े की गलियों में से एक में थी और वह क़स्बे की एकमात्र सिलाई मशीन—एक पुरानी

'सिंगर' मशीन का मालिक था। यह मशीन उसे अपने पिता से विरासत में मिली थी। उसका काम-धन्धा अच्छा था। वह सारा दिन पालथी मारकर ज़मीन पर बैठा बायें हाथ से चक्का घुमाता और दायें से सूई के नीचे से कपड़ा सरकाता रहता। वह टेप से अपने पुरुष ग्राहकों का माप लेता, जो उसके कन्धों पर लटकती रहती। इस टेप पर लिखे नम्बर इतने घिस चुके थे कि वह सही माप का कपड़ा कैसे बना लेता था, यह एक चमत्कार ही था। महिलाओं को अपने माप का कोई कपड़ा उसे देना होता था।

दर्ज़ी की दुकान से आगे एक नाई की दुकान थी जो बाल काटने के बाद अपने ग्राहकों के सिर की मुफ़्त में मालिश करता बशर्ते कि वे उनके पास नियमित रूप से आते हों। अगर ग्राहक बादाम के तेल की मालिश की माँग करते तो उन्हें थोड़ी ज़्यादा फीस देनी होती थी। उसकी घूमने वाली कुर्सी, जो पीछे को झुक जाती थी, उसका गर्व और गोपनीय आनन्द थी जो उसने मैदानों से सैकेण्ड हैण्ड खरीदी थी। आसपास के गाँवों में किसी की मृत्यु हो जाने पर वह अपनी किट लेकर सम्बन्धित घर में पहुँच जाता और पेन के आकार के दोहरे हो जाने वाले चाकू के समान अपनी कैंची और रेज़र से परिवार के पुरुष सदस्यों के बाल काटता। हालाँकि वह इसके कोई पैसे नहीं लेता था लेकिन शोक सन्तप्त परिवार उस वर्ष दीवाली पर उसके घर एक बोरी गेहूँ या चावल पहुँचा देता।

उन दिनों क़स्बे के चौराहे के दूसरी ओर बनी लोहे के सामान की दो दुकानें आसपास मीलों तक सबसे बड़ी दुकानें थीं। उनके मालिक कलोनी के सबसे समृद्ध निवासी थे। वे खेती में प्रयोग किया जाने वाला सामान—काँटेदार तार, हल के शाट, बेलचे और बाल्टियाँ और कारों व इण्डस्ट्री के पुर्ज़े भी बेचते थे। किसी को यदि उससे कुछ बड़ी वस्तु—जेनेरेटर, पानी का पम्प—की ज़रूरत होती तो उसे बस लेकर मैदानों में पास के शहर में जाना पड़ता। दोनों चचेरे भाइयों में उनके पिता (जो व्यवसाय में भागीदार थे), की मृत्यु के बाद परस्पर बातचीत नहीं होती थी। दोनों चचेरे भाई एक दूसरे के परिवार में समारोहों व धार्मिक आयोजनों में भाग लेते लेकिन ऐसे आयोजनों, विवाहों व अन्तिम संस्कारों में पत्नियाँ व बच्चे ही सब बातचीत करते और भाग लेते। दोनों आदमी एक-दूसरे के पास बैठकर परस्पर एक शब्द भी बोले बिना खाना खा लेते। किसी को यह किंचित भी विचित्र नहीं लगता था।

सर्दियों की सुबह प्रातः सब शान्त रहता और पर्यटन व्यवसाय पर निर्भर कुछ दुकानों के शटर इस मौसम में बन्द रहते। कलोनी में अधिकतर व्यापार गर्मियों में होता था। यह स्थान चीखते-चिल्लाते बच्चों के साथ छुट्टियाँ बिताने

आये परिवारों से भर जाता। बसें व कारें यात्रियों को क़स्बे के ठीक मध्य में ढाबों के सामने धूल भरे अहातों में उतार देती, जहाँ ड्राइवर मुफ़्त में खाना खाते और अपने यात्रियों द्वारा वहाँ ख़र्च की गयी रकम का कुछ प्रतिशत वसूलते। यात्रियों को पहाड़ों की ठंडक का पहला स्पर्श यहीं होता। गर्म शर्बत-सी मीठी चाय कुल्हड़ों में मिलती और ढाबों के बाहर कड़ाही से तुरन्त निकाले हुए पकौड़े सीधे लोहे की प्लेटों में हरी चटनी के साथ डाले जाते, जिसे देख कंजूस प्राणी भी सर्द सुबह में ख़ुद को रोक न पाते।

दोपहर का खाना अधिक भारी होता था। पूरी, दाल, रसेदार सब्ज़ियाँ और डोसा स्टील की प्लेटों में परोसा जाता और ग्राहक प्लास्टिक की कुर्सियों अथवा चारपाइयों पर इच्छानुसार बैठ सकते थे। केवल शाकाहारी भोजन परोसने वाले तीन ढाबे सड़क पर आगे बने चिकन करी, मटन कबाब बेचने वाले ढाबे की तुलना में अधिक लोकप्रिय थे। मीट की क्वालिटी सन्देहास्पद थी क्योंकि कलोनी में अभी फ्रिज़ वगैरह नहीं पहुँचे थे। यात्रीगण ने इस ढाबे पर खाना खाने से बचते थे ।

ढाबों के पिछवाड़े शौचालय बने थे परन्तु बहुत परेशानी की हालत में ही लोग उनमें जा सकते थे। पीछे सरसों के खेत ही उनके लिए बेहतर थे। महिलाएँ अधिक भाग्यशाली थीं। उनके शौचालय अपेक्षाकृत साफ़ थे हालाँकि पुरुषों का ध्यान आकृष्ट करने के लिए अधिक उम्र की महिलाएँ नीम के वृक्षों के पीछे बैठना ही पसन्द करती थीं। ढाबा मालिक बाहर पानी के पम्प के पास प्लास्टिक की खाली बोतलें रख देते जिससे कि जिस किसी ग्राहक को आवश्यकता हो, वह ले सके।

ट्रक चालक शहरों से लम्बे सफ़र के बाद दोपहर का खाना खाकर चारपाइयों पर झपकी ले लेते। गर्मियों में उनमें से कुछ तो उन्हीं चारपाइयों पर रातभर खुले में सोते रहते। इसके लिए उन्हें कोई पैसे नहीं देने पड़ते थे बशर्ते कि उन्हें अपना खाना उन ढाबों पर ही खाना हो। वे वहाँ रहने वाली दो वेश्याओं की झोपड़ी का रास्ता जानते थे।

☙२❧

महेश जहाँ बैठ कर मिट्टी के बर्तन बनाने वाले अपने चक्के पर काम करता था, वहाँ से कुछ क़दम नीचे नदी से अपने पिता के लिए बाल्टी में पानी भर कर लाना रवि को अच्छा लगाता था। वह पानी और मिट्टी को मिलाता और चक्का घुमाता। महेश सुन्दर बर्तन तैयार करता और कई बार रवि मिट्टी को धूप में सुखाने के लिए ले जाने में मदद करता। उसे मिट्टी को हाथ से मिलाना अच्छा

लगता था। इस काम से सब गन्दा हो जाता परन्तु वह हमेशा बाद में अपने पिता के साथ नदी में डुबकी लगाता।

महेश को अपने काम पर गर्व था और आसपास के गाँवों और कस्बों के लोग उससे सामान खरीदने आते। प्लास्टिक के हलके परन्तु मज़बूत बर्तनों के चलन ने थोड़े समय के लिए उसके व्यवसाय को प्रभावित किया था लेकिन तुरन्त ही परम्परावादी लोग मिट्टी के घड़ों पर लौट आये थे जो गर्मी के महीनों में पानी को ठण्डा रखते और इसे मिट्टी की सुन्दर महक देते, जो प्लास्टिक नहीं दे सकती थी।

हालाँकि महेश को घड़े बनाने में महारत हासिल थी लेकिन रवि के जन्म के बाद उसने मिट्टी के खिलौने बनाना सीख लिया था। उसने मिट्टी के घड़ों, छकड़ों और कुछ मूर्तियों से शुरुआत की। जैसे-जैसे उसका आत्म-विश्वास और कौशल बढ़ा, वह कारें और ट्रक भी बनाने लगा। यह सब उसने बेटे को खुश करने के लिए शुरू किया था लेकिन जल्दी ही राधा उससे और अधिक खिलौने बनाकर बाज़ार में बेचने का आग्रह करने लगी। अगले कुछ ही वर्षों में उस क्षेत्र के मेलों में ये खिलौने प्रसिद्ध हो गये और थोक विक्रेता उसे दर्जनों का ऑर्डर देने लगे। अन्य दुकानदारों ने भी खिलौने बनाने का प्रयास किया पर अधिक सफलता नहीं मिली।

घर में बहुत धन नहीं था लेकिन महेश अपने पड़ोसियों और वास्तव में कलोनी के अधिकतर निवासियों से ज़्यादा निर्धन नहीं था। परिवार के पास एक छोटा सा प्लॉट था, जिस पर उनकी झोंपड़ी बनी हुई थी। गाँव में अन्य झोंपड़ियों की छतें जहाँ घास-फूस से बनी थीं, वहीं महेश को अपने पिता द्वारा बनाई गयी टाइलों पर गर्व होता। चारों दीवारें भी महेश के पिता द्वारा बनाई गयी ईंटों से बनी थीं। एक ही कमरा उनकी बैठक, उनका बेडरूम और रसोई भी था और हर बार जब राधा खाना बनाती, यह धुएँ से भर जाता। परन्तु उन्होंने चिमनी नहीं लगाई थी क्योंकि धुएँ से मच्छर नहीं आते थे। झोंपड़ी का फ़र्श गाय के गोबर में मिट्टी को मिलाकर बनाया गया था, जो गर्मी की तपिश में घर को अपेक्षाकृत ठण्ड़ा रखता। हर बार कुछ वर्षों के बाद राधा अपने घुटनों के बल झुक कर मिट्टी और गोबर से नया फ़र्श बनाती।

वे झोंपड़ी के पीछे राधा द्वारा बनाये गये बगीचे में उगी ढेरों सब्ज़ियों, जो प्रायः उनकी आवश्यकता से अधिक होती थीं, से अच्छा खाना बनाते। धीरे-धीरे राधा ने कुछ सब्ज़ी वालों को सब्ज़ियाँ बेचनी शरू कर दी और इससे मिलने वाले पैसे वह अपने बेटे रवि की शिक्षा और बाद में शायद दफ़्तरी नौकरी के लिए

बचा कर रखती। राधा को यह देखकर चिन्ता होती कि रवि मिट्टी के बर्तन बनाने में रुचि लेने लगा था। दोनों परिवारों की पीढ़ियों से वे कुम्हार थे लेकिन समय बदल रहा था और उसे आशा थी कि उसकी रुचि इससे कहीं बाहर होगी।

गर्मियों के महीने में राधा नदी के किनारे किसी एकान्त स्थान पर साड़ी लपेटकर नहा लेती लेकिन सर्दियों में वह स्नानघर में नहाती, जिसकी छत नहीं थी। वह बाहर बने चूल्हे पर पानी उबालकर कलई की हुई बाल्टी में ले जाती। यह बाल्टी उनकी कुछ ऐसी वस्तुओं में से थी जिन पर उन्हें गर्व था। एक दिन महेश अपने एक पड़ोसी की सहायता से नदी से पत्थर का एक बड़ा समतल टुकड़ा खींच लाया जो स्नानघर के फ़र्श का काम करता। गर्म पानी से नहाते हुए पत्थर पर पड़ने वाला पानी फ़र्श को गर्म करता जो पैरों के तलवों को बहुत सुखद एहसास देता।

स्नान करने के बाद राधा झोंपड़ी के दरवाज़े पर मिट्टी के फ़र्श पर बैठ जाती और अपने कमर तक लम्बे काले बालों को खोलकर सुबह के प्रकाश में धीरे-धीरे तेल लगाती। तेज़ महक वाला आँवले का तेल उसका एकमात्र शौक था। वह हथेली पर तेल की कुछ बूँदें डालती और अपने दोनों हाथों से बालों पर रगड़ती। और फिर सन्दूक से दोतरफ़ा कंघा निकालकर अपने बालों की जड़ों से नीचे तक चलाती। कई बार वह अपने बालों को अपने माथे पर गिरा लेती और अपने सामने इन पर तेल लगाती। कंघा उसके थोड़े से शृंगार के सामान में से एक था, जिसका हत्था चन्दन की लकड़ी से बना था। कंघे के कुछ दाँत अब टूट चुके थे और उसकी मीठी-मीठी सी महक कब की समाप्त हो चुकी थी लेकिन अब भी वह उसका काम चला देता था।

रवि उसका मूक दर्शक था, उसे ऐसा करते देख सम्मोहन-सा होता। महेश अपने चक्के पर होता और इस दौरान कभी दोनों की नज़रें मिल जातीं तो राधा शरमा जाती। रवि को यह सब देखने की अनुमति थी परन्तु वह जानता था कि इस समय माँ को परेशान नहीं किया जा सकता क्योंकि दिन का यह समय केवल उसका अपना होता।

नदी के इस ओर वाले हिस्से में राधा सबसे खूबसूरत औरत थी, लम्बे-सुन्दर बालों के अलावा उसकी छरहरी काया भी थी जिससे वह अपनी वास्तविक लम्बाई से अधिक लम्बी दिखती थी। वह सुलझी हुई, स्नेहपूर्ण व्यवहार की महिला थी और जब वह खुश होती तो उसकी आँखें चमक उठतीं, वैसे वह लगभग हर समय खुश ही रहती।

यह परिवार गर्मी के महीनों में अँधेरा घिरने से पहले बाहर बैठकर नदी की

आवाज़ सुनना पसन्द करता जो झोंपड़ी के दालान से नीचे नदी तक जाती ईंट से बनी प्यासी सीढ़ियों को छूती हुई बहती। यहाँ पर नदी उथली थी और शोर करती थी। इसमें हिसाब से रखे गये बड़े-बड़े पत्थरों पर पाँव रख ज़्यादातर लोग बिना अपने जूते गीले किये इसे पार कर जाते। कुछ शामों को पड़ोसी आ जाते और पुरुष एक से दूसरे तक खिसकते हुए चिलम पीते रहते। हालाँकि राधा महेश के हुक़्क़ा पीने पर क्रोधित होती थी परन्तु उसे हुक़्क़े से निकलने वाले बुलबुलों की आवाज़ सुनना अच्छा लगता।

महेश प्यारा पति था, अच्छा भरण-पोषण करने वाला। नदी के साथ रहने वाला छोटा-सा समुदाय उसका आदर करता था। यहाँ तक कि बड़े लोग भी सलाह के लिए उसके पास आते। कलोनी एकमात्र स्थान था जिसे वह अपनी ज़िन्दगी में जानता था। वह मछली पकड़ने के लिए वहाँ आने वाले लोगों और त्योहारों पर उनके समारोहों में भाग लेने वाले कलाकारों से भी सलीके से मिलता जुलता।

किसी पर्व आदि के दिन महेश और राधा तैयार होकर अपने पड़ोसियों के साथ मुख्य सड़क पर बने मन्दिर में पूजा के लिए जाते। इस मन्दिर में नीची जाति के लोग आया करते थे, वे जानते थे कि क़स्बे के बनिया समुदाय के लोग संगमरमर से बने भव्य मन्दिर में उनका जाना पसन्द नहीं करते।

ଊଓ

विवाह के दिन राधा के चचेरे-ममेरे भाई-बहन जब वैवाहिक विधि-विधान के लिए राधा को मण्डप में लेकर आये तो महेश ने उसे पहली बार देखा था और अपने भाग्य पर विश्वास नहीं कर सका था। वह सोलह वर्ष की थी, महेश स्वयं भी बहुत बड़ा नहीं था। कुछ माह पहले टाइफायड से महेश की माँ का देहान्त हो गया था और समुदाय के बड़े लोगों ने फ़ैसला किया कि बाप-बेटे की रसोई और घर की देखभाल के लिए तत्काल किसी की जरूरत थी।

बारात (जिसमें बीस लोग थे) को उसके गाँव पहुँचने में दो दिन लगे थे। आधा रास्ता पब्लिक बस से और बाकी दुल्हन के परिवार द्वारा पहाड़ी मार्ग पर उन्हें लाने के लिए भेजी गयी घोड़ियों पर तय किया गया। महेश के पिता पैतृक गाँव से कलोनी में नये आये थे। उनका गाँव घाटी में बर्फ़ से ढके पर्वतों के बीच बसा था। कलोनी में उनके साथ एक रात रुके एक सम्बन्धी ने यह रिश्ता तय किया था।

राधा के माता-पिता समुदाय के स्तर की अपेक्षा निर्धन थे। उसके पिता शुक्रवार सुबह अपने घड़ों को टट्टू पर लादते और मिट्टी से भरे रास्ते पर चलते

हुए देर शाम तारकोल की सड़क पर बने छोटे क़स्बे में पहुँचते। वे पत्नी द्वारा बाँधकर दिया गया सूखा खाना खाते और गर्मियों के महीनों में खुले में ही सो जाते जबकि ठण्ड के दिनों में सस्ते आश्रय की तलाश करते। सुबह वह अपना सामान टाउन स्क्वेयर में लगने वाले सप्ताहान्त के बाज़ार के लिए ज़मीन पर लगा देते और आशा करते कि दिन बीतते-बीतते उनके पास बेचने के लिए कुछ नहीं बचेगा। वे सदा अपने बच्चों के लिए कुछ लेकर घर लौटते। जब कमाई नहीं होती तो वह व्यक्ति अपना दोपहर का भोजन न खाता और इस तरह से बचे पैसे से बच्चों के पसन्द के गुलाब जामुन खरीदता। बेहतर कमाई के दिनों में वह खिलौने अथवा कपड़े की दुकान पर जाता।

गरीबी के बावजूद राधा के पिता विवाह में एक उदार मेज़बान थे। उन्हें विवाह के लिए उधार लेना पड़ा था लेकिन इससे उन्हें कोई परेशानी नहीं थी, राधा उनकी इकलौती बेटी थी। उसके माता-पिता ने राधा के पहने हुए ज़ेवरों के अलावा थोड़ा-सा दहेज भी दिया था परन्तु महेश के पिता ने उसे स्वीकार नहीं किया।

विवाह उत्सव तीन दिन तक चला। दो दिन की दावत के लिए दो बकरियाँ काटी गयीं। विवाह-पूर्व की रात महिलाओं ने अश्लील गीत गाये जबकि पुरुषों ने कुछ बुज़ुर्ग महिलाओं के साथ किसी बगीचे में लगे स्थानीय सन्तरों से निकाली गयी शराब पी। विवाह के दिन बिरादरी के युवकों ने विवाह अनुष्ठानों के लिए मण्डप बनाया और गाँव की महिलाओं ने दोपहर का भोजन पकाया। कुछ पुरुषों पर अभी भी पिछली रात का नशा छाया था। वे तैयारियाँ देखने का दिखावा कर रहे थे।

विवाह की रात राधा बारात के साथ आयी महिलाओं के साथ ही सोयी। बारात अगली सुबह दुल्हन को लेकर निकली और कलोनी में अगले दिन सुबह पहुँची। उस रात राधा अपने पति के साथ सोयी। अगली सुबह नदी के उस पार से महिलाएँ दुल्हन को देखने आयीं। उन्होंने उसकी सुन्दरता की तारीफ की, जबकि एक महिला उनके बिस्तर की चादर देखने चली गयी और आकर महेश के पिता को अच्छी ख़बर दी। राधा ने उसके बाद अपने माता-पिता को फिर कभी नहीं देखा।

2

महेश के बायें हाथ पर जब वे धब्बे—छोटे सफ़ेद सूई की नोक के आकार के—पहली बार दिखाई दिये तो उसने उन्हें अनदेखा कर दिया। कुछ ही सप्ताह के भीतर वे फैलकर चकत्तों मे बदल गये और उसके दोनों हाथ उनसे भर गये। उसे याद नहीं था कि कभी वह डॉक्टर के पास गया हो और अब वह डॉक्टर के पास जाने में हिचकिचा रहा था। परिवार में कभी-कभार ही ज़ुकाम या पेट ख़राब जैसी स्थिति से आगे कुछ हुआ था और स्थानीय वैद्य द्वारा दिये गये मिश्रण उसे ठीक कर देते।

राधा ने एक बार रात के खाने के समय उन धब्बों को देखा लेकिन महेश से कुरेदकर कुछ नहीं पूछा। कुछ दिन बाद उसने देखा कि ये निशान और भी बढ़ गये थे।

'तुम बस लेकर मैदानों में रेलवे क़स्बे के डॉक्टर के पास क्यों नहीं जाते?' आखिरकार उसने महेश से पूछा।

'क्योंकि इसका मतलब एक दिन का काम छोड़ना होगा और इसमें पैसा लगेगा। चिन्ता मत करो, मैं ठीक हो जाऊँगा,' उसने थोड़ा चिढ़ते हुए जवाब दिया था।

दो दिन बाद राधा सुबह जल्दी उठी, उसने पति के लिए दोपहर का सूखा भोजन पकाया और स्टील के छोटे डिब्बे में बन्द कर दिया। महेश ने सुबह पहली बस पकड़ी। उसके साथ रेलगाड़ी पकड़ने जा रहे यात्री भी थे। कलोनी में दवाओं की एक दुकान के मालिक ने महेश को डॉक्टर के बारे में बताया था और उसका पता भी दिया था। जब वह क़स्बे में पहुँचा तो उसे क्लिनिक ढूँढ़ने में काफ़ी कठिनाई हुई। गलियों में कोई बोर्ड नहीं लगा था, जो इक्का-दुक्का थे, वे अंग्रेज़ी में थे। कलोनी के केमिस्ट ने जैसे पहुँचने के लिए बताया था, उससे बहुत सहायता नहीं मिली थी और महेश किसी से पूछते हुए शरमा रहा था। जब तक उसे क्लिनिक मिला, डॉक्टर दोपहर के भोजन के लिए जा चुका था और

चार बजे उसके लौटने की उम्मीद थी। महेश क्लिनिक के सामने एक छोटे, धूल भरे पार्क में शहतूत के पेड़ के नीचे बैठ गया और डॉक्टर के लौटने की प्रतीक्षा करते हुए उसने अपने साथ लायी हुई रोटियाँ और मसालेदार आलू खाये।

महेश ने देखा कि यह वास्तव में क्लिनिक जैसा नहीं था। एक बड़े कमरे के बीच में एक पर्दा लगाकर इसे दो भागों में बाँट दिया गया था। सामने के आधे हिस्से में नर्स, जो कैशियर का भी काम करती थी, डेस्क पर बैठी थी। उसकी डेस्क के पास एक बेंच पड़ा था जिस पर सिकुड़कर चार लोग बैठ सकते थे। ये वे लोग होते जिनकी डॉक्टर के पास जाने की बारी आ चुकी होती। शेष रोगियों को बाहर खड़े होकर अपना नाम पुकारे जाने की प्रतीक्षा करनी पड़ती। महेश के समान अधिकतर रोगी पहाड़ के लोग थे—उनकी भाषा और पोशाक से यह ज़ाहिर हो रहा था। बहती नाक वाले और बुरी तरह से खाँसते अनेक बच्चे अपनी माँ के साथ घबराकर चिपके हुए थे। डॉक्टर पर्दे के पीछे दूसरी ओर रोगियों को देखता था।

सेना में डॉक्टर रहे डॉक्टर गुप्ता सेवानिवृत्ति के बाद अपनी पत्नी के साथ यहाँ बस गये थे। उनकी थोड़ी-सी प्रैक्टिस थी और पैसा भी बहुत नहीं बनता था परन्तु उन्हें इसकी चिन्ता नहीं थी, उनकी पेंशन आती थी। यहाँ का मौसम और छोटे क़स्बे का वातावरण उन्हें और उनकी पत्नी को रास आता, वे गरीबों और सेना के सेवानिवृत्त लोगों से फीस न लेने के लिए प्रसिद्ध थे। जब भी सम्भव होता, वे मेडिकल रेप्स द्वारा दिये गये दवाओं के सैम्पल में ये मुफ़्त दवाएँ भी दे देते।

जब महेश की बारी आयी तो उसने नर्स के पास बीस रुपये जमा करवा दिये। डॉक्टर की घड़ी में तब पाँच बजे से ऊपर हो चुके थे। डॉक्टर को अपना हाथ बढ़ाकर दिखाते हुए वह सोच रहा था कि यदि किस्मत अच्छी हुई तो वह अभी भी आख़िरी बस पकड़ सकता है।

'ये निशान कब से हैं?'

'दो महीने से।'

डॉक्टर ने प्लास्टिक का दस्ताना पहना और एक सफ़ेद निशान पर अँगूठे से दबाया। 'तुम कुछ महसूस कर सकते हो?'

'नहीं,' महेश ने उत्तर दिया।

डॉक्टर गुप्ता ने और ज़ोर से दबाते हुए पूछा, 'और अब?'

'कुछ भी नहीं।'

'दर्द नहीं होता?'—डॉक्टर ने पूछा।

महेश ने इनकार में सिर हिला दिया।

डॉ. गुप्ता ने ऐसी ही आशा की थी। महेश के हाथ इन्फैक्शन से सुन्न हो गये थे—माइक्रोबैक्टीरिया ने उसकी नसों को नुक़सान पहुँचाया था। डॉक्टर ने खून के सैम्पल लेने के लिए सोचा पर फिर छोड़ दिया। इससे कोई लाभ नहीं होगा। उसने बिना किसी बीमारी का नाम लिए महेश को बताया कि रोग गम्भीर है। महेश के मुँह से अनायास ही सिसकी निकल गयी—वह जानता था कि उसे क्या हुआ था। उसने ऐसे ज़ख़्मों वाले लोगों को सड़क किनारे भीख माँगते देखा था।

डॉक्टर ने एक महीने के लिए एंटिबायोटिक लिख दिये थे। वह बड़े नाम की कोई और दवा भी लिख सकता था पर यह रोगी के सामर्थ्य से बाहर होती। उसने महेश को एक चेरिटेबल फार्मेसी का रास्ता बताया और एक पर्ची लिखकर दी जिस पर महेश से इस बार दवाओं के पैसे न लेने की सिफ़ारिश की गयी थी।

महेश ने कहा, 'डॉक्टर जी, मैं एक कुम्हार हूँ। मेरे हाथ ही मेरी रोजी-रोटी हैं। मैं अपने परिवार का भरण-पोषण कैसे करूँगा?'

'यदि मैं तुम्हारी जगह होता तो इतनी चिन्ता न करता। ऐसे रोगों का इलाज किया जा सकता है,' डॉ. गुप्ता ने जल्दी से कहा और दूसरी ओर मुड़ गये। डॉ. गुप्ता अपने साधनहीन रोगियों के प्रति चिकित्सकीय उदासीनता नहीं रख पाते थे। 'ये गोलियाँ दिन में दो बार खाना और एक महीने के बाद मुझे आकर दिखाना। मैं अगली बार आपसे कोई फीस नहीं लूँगा।'

हालाँकि महेश ने उत्तर में ख़ामोश रहते हुए केवल सिर हिला दिया था पर डॉक्टर गुप्ता समझ गये कि यह व्यक्ति उनके पास दुबारा नहीं आयेगा।

फार्मेसी के लोगों ने कागज़ाती औपचारिकताएँ पूरी होने तक उससे प्रतीक्षा करवाई और वह बड़ी मुश्किल से घर की ओर जाने वाली आख़िरी बस पकड़ पाया। उसे आशा थी कि वह डॉक्टर से मिलने के बाद थोड़ी ख़रीदारी कर सकेगा। राधा ने कुछ सामान मँगवाया था, और बेटा भी निराश हो जायेगा कि वह बड़े क़स्बे से उसके लिए कुछ नहीं लाया था।

बारिश हो रही थी। मौसम की पहली बरसात थी। मध्य रात्रि से थोड़ा पहले जब तक महेश घर पहुँचा, भीग चुका था। राधा चिन्तित थी और उसने इतनी देरी से आने के लिए। उसे फटकार लगाई। महेश ने अपने हाथ-पैर धोये और गीले कपड़े बदल लिए। उसने अगरबत्ती जलाई और पूजा की। इस दौरान राधा चुपचाप उससे डॉक्टर से मिलने की रिपोर्ट जानने के लिए इन्तज़ार करती रही। उन्होंने, जैसा कि उसकी आदत थी, बिना अधिक बातचीत किये खाना खाया। उसने बताया कि रवि ने सोने के लिए परेशान किया था। वह जगा रहकर अपने पिता के लौटने की प्रतीक्षा करना चाहता था।

'मैंने तुम्हें जो सामान लाने को कहा था, वह लाये हो?' राधा ने रवि के लिए कपड़ों और रसोई के लिए कुछ बर्तनों की सूची बनाकर दी थी। महेश ने कोई जवाब नहीं दिया। वे दोनों चुपचाप लालटेन की रोशनी में बैठ खाना खाते रहे।

आखिरकार महेश ने कहा, 'डॉक्टर को लगता है कि मुझे कोई गम्भीर बीमारी हो गयी है।' उसने अपनी प्लेट से नज़रें नहीं उठाईं।

राधा का मुँह खुला का खुला रह गया। उसे शुरू से ही ऐसा शक था और अब उसकी पुष्टि हो गयी थी। उसने अपनी खाने की प्लेट हटा दी—अब खाने की कोई चिन्ता नहीं रह गयी थी। वह रोने लगी।

उन्होंने, जब तक सम्भव हो रवि को इसके बारे में कुछ भी न बताने का निर्णय लिया।

धब्बे जल्द ही फैल गये। राधा के बार-बार आग्रह करने पर भी महेश ने दुबारा डॉ. गुप्ता के पास जाने से इनकार कर दिया। उसने कहा कि इससे उनके सीमित साधनों को व्यर्थ गँवाने से अधिक कुछ नहीं होगा। डॉक्टर अपनी फीस नहीं लेगा लेकिन उसे महँगी दवाओं के लिए तो स्वयं पैसे ख़र्च करने होंगे। उन्हें जितना हो सके, पैसा बचाने की ज़रूरत थी।

अगले कुछ सप्ताह तक जब भी उनके पास कोई आता या महेश कलोनी जाता, राधा उसके हाथों पर सफ़ेद धब्बों को छिपाने के लिए मेंहदी लगा देती। यदि लोगों को इस रोग के बारे में पता चल गया तो कोई भी उसका सामान नहीं खरीदेगा।

एक माह बाद महेश निराश-परेशान होकर स्थानीय वैद्य से मिलने गया। धब्बे पहले से बड़े हो गये थे और अब बाकी बाजुओं पर भी फैल गये थे। एक बार फिर नीचे शहर जाकर पैसे ख़र्च करने की उसकी कोई मंशा नहीं थी। वैद्य ने बिना उसके हाथों को छुए उसका मुआयना किया और अपनी शेल्फ पर रखी बोतलों में से सूखी जड़ी-बूटियों और तेलों का एक मिश्रण तैयार किया। उसने महेश को इस मिश्रण को पानी में मिलाकर हर रोज़ शाम अपने धब्बों पर लगाने के लिए कहा।

यह मरहम इन्फैक्शन को आगे बढ़ने से नहीं रोक पाया। अब उसके हाथों में इतना दर्द होता था कि वह काम नहीं कर पाता। दीवाली में कुछ सप्ताह ही बचे रह गये थे। थोक विक्रेता और ग्राहक उससे दीपक खरीदने आये क्योंकि वह कलोनी में एकमात्र कुम्हार था अतः वे सब त्योहार के लिए उस पर निर्भर थे। वे सब गुस्से से निराश होकर लौट गये।

महेश ने अपने पड़ोसियों और ख़रीददारों से अपने रोग को छिपा लिया

था। राधा ने घर के ख़र्च पहले ही कम कर दिये थे। उसने सब्ज़ियों के लिए पूरी तरह से अपने बगीचे पर निर्भर करना शुरू कर दिया था और सस्ता अन्न, मसाले और तेल ख़रीदने लगी थी। वह इस बात का ध्यान रखती कि दोनों ठीक से खाना खा लें और ख़ुद सबकी नज़रें बचा कर कम खाने लगी थी।

महेश अब केवल पानी के घड़े ही बना रहा था, यह उसके हाथों के लिए आसान था। परन्तु फिर भी उसके द्वारा बनाये जाने वाले घड़ों की संख्या दिन-प्रतिदिन कम होती रही। किसी समय वह एक दिन में बीस या इससे अधिक बना लेता था। अब यदि वह इससे आधे भी बना लेता तो उसे लगता कि अच्छा दिन था। चक्के पर दस मिनट काम करके वह थक जाता। वह जानता था कि उसे शीघ्र ही चक्के पर काम करना पूरी तरह से छोड़ना होगा।

आखिरकार राधा ने दोनों समय का खाना जुटाने के लिए रवि की शिक्षा के लिए जोड़कर रखे गये पैसों में से निकालना शुरू कर दिया। बात-बात पर उसके आँसू निकल आते लेकिन उसने परिवार के सामने न रोने का निश्चय किया था। वह आँसू बहाने के लिए नदी पर कपड़े धोने और नहाने जाने का इन्तज़ार करती या फिर घर पर अकेली होती तो रो लेती।

एक शाम जब रवि को सुला दिया गया था तो लालटेन बुझाने से ठीक पहले उसने साहस बटोर कर महेश से बात करने का फ़ैसला किया। ऐसा वह कई दिनों से सोच रही थी। 'तुम वादा करो कि ग़ुस्सा नहीं करोगे,' राधा ने महेश को कम्बल ओढ़ाते हुए कहा और स्वयं चारपाई पर उसके पास बैठ गयी।

'क्या बात है?' उसने बहुत कोमलता से पूछा, उसकी धड़कन बढ़ गयी और वह कल्पना करने लगा कि राधा क्या कहने वाली थी। क्या वह छोड़कर जा रही है...?

'मुझे कलोनी के किसी घर में पार्ट टाइम काम मिल सकता है? लक्ष्मी ने बताया था कि एक बनिया परिवार घर की सफ़ाई और बर्तन-कपड़े धोने के लिए किसी से पूछ रहा है,' राधा ने लगभग फुसफुसाते हुए कहा।

लक्ष्मी और उसका पति वहीं रहते थे। उसका पति सड़क पर बनी एक दुकान पर हेल्पर का काम करता था। उसके मालिक ने उसे काम के लिए किसी को तलाशने को कहा होगा।

'तो पड़ोसी जानते हैं?' महेश ने आह भरी।

राधा ने जल्दी से कहा, 'दिन में बस दो-तीन घण्टों का काम होगा। मैं तुम्हारे लिए दोपहर का खाना बनाकर सुबह जल्दी निकल जाया करूँगी और दो बजे तक उन्हें भोजन करवाकर और बर्तन साफ़ कर लौट आऊँगी। लक्ष्मी कहती

है कि उसके बाद मेरी ज़रूरत नहीं होगी।'

महेश ने कुछ नहीं कहा, वह चकित था। उसके परिवार में किसी व्यक्ति ने दूसरों का काम नहीं किया, दूसरे लोगों के बर्तन साफ़ करना तो दूर की बात थी। हमेशा पुरुष ही भरण-भोषण करते रहे हैं।

आखिरकार महेश ने पूछा, 'तुम उनकी रसोई में काम क्यों नहीं कर सकती?' राधा ने जब उत्तर नहीं दिया तो उसे अपनी गलती का एहसास हुआ। वे कुम्हार थे, लोग उनसे खाना बनवाने का काम नहीं करवाते।

राधा ने महेश के हाथ अपने हाथ में ले लिए। उसने हाथ खींचने का प्रयास किया लेकिन वह थामे रही, 'हमारे पास कोई चारा भी नहीं है,' राधा ने धीरे से कहा। 'वे चाहते हैं कि मैं थोड़े ही दिन में वहाँ इण्टरव्यू के लिए जाऊँ। ऐसा अवसर, हो सकता है फिर जल्दी न मिले।'

दो दिन बाद उसने रवि को नहलाया और उसे बताया कि अब से वह हर सुबह बाहर जाया करेगी। बेटे ने इसे सहजता से लिया और कोई सवाल नहीं पूछा। दोपहर का खाना तैयार कर उसने दो थालियों में परोसकर ढक दिया। उसने अपनी बेहतरीन सूती साड़ी पहनी और घर से चल दी।

जहाँ रास्ता नदी से मिलता था, वहाँ लक्ष्मी उसका इन्तज़ार कर रही थी।

जैसे ही वे दोनों उस घर के रास्ते पर बढ़ीं, लक्ष्मी ने कहा, 'घबराओ नहीं, वे अच्छे लोग हैं।' वह अपने पति के साथ वहाँ कई बार गयी थी। 'वहाँ ज़्यादा काम नहीं होगा। परिवार की महिलाएँ सुस्त हैं और उन्हें सारा दिन इधर-उधर बैठकर गप्पें मारना अच्छा लगता है।'

तेज़ी से चलते हुए वे आधे घण्टे में वहाँ पहुँच गयीं। घर पहुँचने से पहले लक्ष्मी ने कहा, 'उन्हें अपने पति के बारे में मत बताना।' राधा ने सिर हिलाया।

घर की बड़ी महिला राधा को दालान में मिली। वह पचास-साठ साल की होगी, पर उसके भोंडे ढाँचे और सफ़ेद होते बालों के कारण आयु का अनुमान लगा पाना आसान नहीं था। उसे चलने में थोड़ी दिक्कत होती थी। महिला को राधा तुरन्त पसन्द आ गयी, पहाड़ों में ऐसे साफ़-सुथरे कपड़े पहने, विनम्र एवं इज़्जतदार परिवार मिलना मुश्किल था।

'तुम कब से काम पर आ सकती हो?' महिला ने पूछा।

'कल से।'

'और मेहनताना क्या होगा?'

राधा ने सिर झुकाया और कहा, 'जो भी आपको ठीक लगे।' उससे यही उम्मीद की जा सकती थी।

महिला ने कहा कि वह राधा को एक सप्ताह के लिए दैनिक वेतन पर रखेगी और सब ठीक रहा तो वह उसे महीने की तनख़्वाह देगी। राशि का ज़िक्र नहीं किया गया था।

अगले दिन जब राधा हवेली पहुँची तो एक बहू ने उसे सारी हवेली दिखा दी और बता दिया कि झाड़ू व सफ़ाई का सामान कहाँ रखा था। राधा को बताया गया कि हर सुबह काम शुरू करने से पहले उसे चाय मिला करेगी। महाराज उसे रसोई से चाय लाकर आँगन में दे देगा और उसके बाद नाश्ते के बर्तन साफ़ करने होंगे। उसे आँगन के एक कोने में बर्तन धाने की जगह दिखाई गयी। इसके बाद उसे तीन-मंज़िला हवेली और आँगन की झाड़-पोंछ और झाड़ू-पोंछा करना था। रसोई में जाने की इजाज़त नहीं थी और उसे वहाँ से किसी चीज़ की ज़रूरत होती तो महाराज को बताना होता जो कि ब्राह्मण रसोइया था। परिवार शाकाहारी था।

परिवार में सात सदस्य थे। ठाकुर और उनकी पत्नी, उनके दो बेटे, बहुएँ और चार वर्षीय पोता अनिल। एक आया थी जिसकी एकमात्र ज़िम्मेदारी पोते की ज़रूरतों की देखभाल करना था। यह किशोरी बहुत तेज़ बुद्धि की नहीं थी। छोटे बेटे की शादी अभी कुछ महीने पहले ही हुई थी और उसकी पत्नी की मुख्य ज़िम्मेदारी रसोई थी जहाँ महाराज उसकी निगरानी में काम करता और एम्बैस्डर कार में उसके साथ ख़रीदारी के लिए जाता। बड़ी बहू घर के बाकी काम देखती थी और ख़र्च के लिए पैसे देती थी।

अग्रवाल अनाज के थोक विक्रेता थे। वे क़स्बे और आसपास के गाँवों में छोटे दुकानदारों को गेहूँ, चावल और दूसरे अनाजों की सप्लाई करते। वे कलोनी के सबसे अधिक समृद्ध परिवार थे, समुदाय के स्तम्भ थे। लोग उन्हें पसन्द करते और उनकी इज़्ज़त करते थे। पिता-पुत्र रविवार को छोड़कर हर दिन सुबह दस बजे खाना खाकर कार में काम के लिए निकल जाते और शाम सात बजे लौटते। राधा उन्हें कभी-कभार ही देखती थी।

राधा को नये सिरे से दिनचर्या बनाने में कुछ दिन लग गये। वह सुबह नौ बजे घर से निकलती। इससे पहले वह ख़ुद नहाती, रवि को भोजन देती, महेश के लिए चाय का कप बनाती, दोपहर के लिए रोटी-सब्ज़ी अथवा कभी-कभी दाल-चावल बनाती। लक्ष्मी अग्रवाल परिवार के मकान के साथ वाले एक मकान में काम करती थी। वे दोनों इकट्ठी आतीं। दोपहर में भी जिसका काम पहले ख़त्म हो जाता, वह दूसरे के लिए प्रतीक्षा करती और फिर दोनों इकट्ठे घर आती। राधा को इकट्ठे जाना-आना बहुत अच्छा लगता था, क्योंकि तब वह परिवार से

बाहर के किसी व्यक्ति के साथ पारिवारिक समस्याओं के अलावा अन्य विषयों पर बात कर सकती थी।

बड़ी बहू बहुत प्रसन्नचित्त थी और बात करते हुए स्वाभाविक रूप से खुश रहती थी। पहले दिन उसी ने राधा को पूरा घर दिखाया था और उसे उसके कामों के बारे में बताया था। नीचे बुज़ुर्ग दम्पति का एक बड़ा शयन कक्ष था जिसमें एक दीवार के साथ विशाल छतरी वाला लोहे का बेड रखा था जो इंग्लैण्ड जा रहे किसी परिवार से लिया गया था। इसी कमरे में पूरा परिवार शाम को डिनर के बाद इकट्ठा होता और सुस्ताता। मेहमानों को भी इसी कमरे में बैठाया जाता। औपचारिक बैठक को कभी-कभार ही बहुत ख़ास मेहमान आने पर प्रयोग में लाया जाता था। इसके साथ बड़ा डाइनिंग रूम था जिसमें चाँदी के विदेशी छुरी-काँटे और काँच की बनी अलमारी में क्रॉकरी रखी थी। बेटे और उनकी पत्नियाँ इससे ऊपर की मंज़िल पर सोते। अनिल अपने माता-पिता के कमरे में रहता। अतिथि सबसे ऊपरी मंज़िल पर छज्जे के साथ बने दो कमरों में रहते। गर्मी के महीनों में ठाकुर और उनकी पत्नी कभी-कभी सबसे ऊपरी मंज़िल में मच्छरदानी के नीचे सोते। उन्हें पहाड़ की चोटियों से नीचे बहकर आती हुई ठण्डी हवा बहुत अच्छी लगती थी।

उनके यहाँ पहुँचते ही राधा को सुबह दालान में कुछ रोटियाँ और कभी-कभी चाय के साथ डबलरोटी दी जाती। चाय पी लेने के बाद वह साड़ी का पल्लू अपनी कमर पर बाँधती और दालान में लगे नल पर बर्तन साफ़ करती। इसके बाद वह झाड़-पोंछ और झाड़ू लगाने का काम करती। उसे कमरों में कपड़ों के ऊपर सूखा कपड़ा लगाने और फ़र्श व फ़र्नीचर के लिए गीले कपड़े का प्रयोग करना सिखाया गया था। सुबह परिवार अपने बिस्तर स्वयं ठीक करता लेकिन सोमवार को उसे चादरों और तकियों के गिलाफ धोने के लिए उतारने होते। उसके बाद दोबारा बिस्तर लगाने की ज़िम्मेदारी बड़ी बहू की थी।

पहले कुछ दिनों के बाद राधा को यह एहसास हो गया था कि फ़र्श पर पोंछा लगाना सबसे कठिन काम था। इसे करने के लिए दोनों हाथ-पैर लगाने पड़ते और इसमें समय और मेहनत लगती। पोंछे के पानी में डाली जाने वाली फिनाइल की गन्ध उसे अच्छी नहीं लगती थी। फिर भी उसने एक सिस्टम बना लिया था—वह दूसरे कमरे की ओर बढ़ने से पहले एक कमरे को पूरी तरह झाड़ लेती, झाड़ू और पोंछा लगा लेती।

कपड़ों को धोने एवं इस्त्री करने की ज़िम्मेदारी एक दूसरी औरत की थी जो लगभग उसी समय काम शुरू करती जब राधा करती थी। जब कपड़े धुल

जाते और उन्हें सूखने के लिए घर के आँगन में तार पर फैला दिया जाता तो वह पहले दिन धोये गये कपड़ों को इस्त्री करने बैठती। उसके काम के समय में फेर-बदल की गुंजाइश थी और वह सूखे कपड़ों को तारों से उतार लेने के बाद चली जाती। टॉयलेट एक क्लीनर की ज़िम्मेदारी थी जिसका परिवार पीढ़ियों से यह काम कर रहा था। क्लीनर के प्रवेश के लिए सभी टॉयलेट में बाहर से अलग दरवाज़े थे। उसे घर के बाकी हिस्से में प्रवेश की इजाज़त नहीं थी।

अनिल राधा से मिलते ही उसे पसन्द करने लगा था। वह हर रोज़ उसके आने की प्रतीक्षा करता और जब वह अपना काम करती तो वह उसके पीछे-पीछे चलता। उसकी आया एक शरमीली लड़की थी और बहुत बात भी नहीं करती थी। परन्तु राधा का तालमेल बच्चों के साथ बहुत अच्छा था और उसे उनकी अन्तहीन चटर-पटर सुनना अच्छा लगता था। यद्यपि राधा को बताया गया था कि अपना काम ख़त्म होने के बाद वह जा सकती है लेकिन अक्सर वह रुक जाती और अनिल के साथ उसके माता-पिता के कमरे में खेलती या छज्जे पर बैठकर उसे कहानियाँ सुनाती जो उसने अपने बचपन में अपनी माँ से सुनी थीं। आया इससे नाराज़ हो जाती लेकिन कुछ कर नहीं पाती थी। अधिकतम एक बजे तक वह अपने घर के लिए रवाना हो जाती। वह हमेशा से कम खाती आयी थी। अग्रवाल परिवार द्वारा उसे सुबह खाने को दी जाने वाली चीज़ें उसके लिए दोपहर के भोजन का भी काम करतीं।

महेश की हालत धीरे-धीरे बिगड़ती गयी। उसके शरीर के बाल झड़ने लगे, उसकी भौहें तथा पलकें तक झड़ गयीं। अन्ततः उसकी पीठ और टाँगों पर ज़ख़्म दिखाई देने लगे। हालाँकि रवि को उसके माता-पिता ने कुछ भी नहीं बताया था लेकिन उसे एहसास हो गया कि उसके पिता ठीक नहीं थे।

एक शाम डिनर से पहले राधा रवि को सीढ़ियों से नीचे नदी पर ले गयी। एक समय था जब परिस्थितियाँ बेहतर थीं तो वे दोनों गर्मियों की शामों में ठण्डक लेने के लिए प्रायः ऐसा करते। राधा को बहते पानी की आवाज़ अच्छी लगती जबकि रवि उथले पानी में चलता रहता, राधा उस पर नज़र रखती।

वे दोनों बहते पानी को देखने के लिए सीढ़ियों पर बैठ गये। शाम बीतने के साथ अँधेरा घिरने लगा। 'बेटा तुम्हारे पिता ठीक नहीं हैं,' उसने लम्बी ख़ामोशी के बाद कहा था। उसने अपनी आवाज़ को यथासम्भव गम्भीर न बनाने का प्रयत्न किया लेकिन ऐसा करना आसान नहीं था।

रवि ने पानी में पत्थर फेंका और देखने लगा कि यह कितनी दूर जाता है। 'पापा को क्या हुआ?'

राधा इस प्रश्न की प्रतीक्षा कर रही थी। 'वे ठीक नहीं हैं बेटा, जल्दी ही ठीक हो जाएँगे।' उसने बेटे को सब कुछ साफ़-साफ़ बता देने की योजना बनाई थी लेकिन अब उसमें ऐसा करने की हिम्मत नहीं थी। 'कुछ समय के लिए उन्हें काम करना बन्द करना होगा, वैद्य उनका उपचार कर रहे हैं।'

लड़के ने उत्तर दिया, 'मुझे चक्का चलाना आता है। आपने वे घड़े देखे ही हैं, जो मैंने पापा की मदद के बिना बनाये हैं।'

राधा ने रवि को अपनी गोद में बिठा लिया और कसकर आलिंगन किया। 'मैं जानती हूँ। तुम्हें बहुत अच्छे से आता है। तुम्हारे पिता और मुझे तुम पर गर्व है परन्तु उसकी ज़रूरत नहीं होगी बेटा। मैं परिवार के लिए ठीक-ठाक पैसा कमा रही हूँ। मैं दोपहर में कुछ और काम लेने की सोच रही हूँ। तुम्हें बुरा तो नहीं लगेगा।

ଔ

कलोनी में महेश की बीमारी की ख़बर फैलने में समय नहीं लगा। उसके पड़ोसी कुछ महीनों से उसके बारे में जानते थे परन्तु वे सावधानी से ख़ामोश और वफ़ादार थे। वैद्य अपने रोगियों की बीमारी के सम्बन्ध में गप मारने के लिए मशहूर था। अग्रवाल परिवार ने यह बात अपने रसोइए से सुनी और रसोइए को बाज़ार में दुकान लगाने वाले एक सब्ज़ी विक्रेता से पता चली थी।

राधा को अग्रवाल परिवार के लिए काम करते तीन महीने से अधिक का समय हो गया था। एक बार ठकुराइन ने राधा को अपने पास बुलाया। उसने संकेत से राधा को अपने पास बैठने के लिए कहा और उसका हाथ अपने हाथ में ले लिया, उसकी जाति के किसी भी व्यक्ति के लिए यह असाधारण बात थी।

उसने राधा से बहुत कोमलता से पूछा, 'बेटी, तुम्हारे पति कब से बीमार हैं?'

राधा ने जिस दिन से अपने माता-पिता का घर छोड़ा था, किसी ने उसे 'बेटी' नहीं कहा था। राधा सुबकने लगी। 'थोड़ा समय हो गया है।'

ठकुराइन ने उसे अपनी बाँहों में ले लिया और रोने दिया। उसने पूछा कि क्या महेश किसी डॉक्टर के पास जाता है और डॉक्टर ने क्या बीमारी बताई है और उनकी आर्थिक स्थिति कैसी है।

वे दोनों वहाँ बैठकर बातें करती रहीं जबकि बाकी स्टाफ़ ऐसे व्यवहार करते रहे मानो कुछ विशेष न हो रहा हो।

'अब तो तुम्हें जाना ही होगा। यह तो तुम जानती ही हो। है न?' ठकुराइन ने थोड़ी देर के बाद कहा।

राधा ने सिर हिलाया। उसने अपने आँसू पोंछे और उठ गयी।

श्रीमती अग्रवाल ने पहले ही तीन महीने के वेतन का लिफ़ाफ़ा तैयार किया हुआ था। यह लिफ़ाफ़ा राधा को थमाते हुए कहा कि यदि उसे किसी चीज़ की ज़रूरत हो तो वह उसके पास आ जाये। लेकिन दोनों जानती थीं कि ऐसा नहीं होगा।

राधा झुकी और बुज़ुर्ग महिला के पाँव छू लिए। वह दो सीढ़ियाँ चढ़कर आँगन में गयी जहाँ दोनों बहुएँ अपनी साड़ी के पल्लू से अपना सिर ढ़क कर खड़ी उनकी बातचीत सुन रही थीं।

अनिल अपनी माँ के पीछे खड़ा था। उसने विनम्रता से पूछा, 'क्या आप हमें छोड़कर जा रही हैं?' राधा ने सिर हिलाया, वह जानती थी कि यदि उसने कुछ कहा तो वह फिर रोने लगेगी। उसने दोनों हाथ जोड़े और दोनों महिलाओं से विदा ली।

जैसे ही वह जाने के लिए मुड़ी, बड़ी बहू ने कहा, 'रुको।' वह भीतर गयी और कुछ ही मिनट में हाथ में एक बड़ा बण्डल लिए लौट आयी। 'ये तुम्हारे और तुम्हारे बेटे के लिए कुछ कपड़े हैं, तुम्हारे काम आएँगे।'

राधा जानती थी कि बण्डल में पुरानी पहनी हुई साड़ियाँ थीं और अनिल के छोटे हो गये कपड़े थे। उसने उनका धन्यवाद किया और दरवाज़े पर से दूसरे नौकरों को अलविदा कहा।

राधा के जाने के बाद श्रीमती अग्रवाल ने एक नौकर से नहाने का पानी तैयार करने के लिए कहा। वे दूसरी बार नहा रही थीं।

राधा जब घर पहुँची और कपड़ों का बण्डल खोला तो देखा कि बड़ी बहू ने सौ-सौ के पाँच नोटों का एक लिफाफा भी उसमें रख दिया था।

महेश अभी भी डॉक्टर के पास जाने से इनकार कर रहा था, वह दवाओं के ख़र्च को लेकर चिन्तित था। आसपास उनका कोई सम्बन्धी भी नहीं था जिसके पास वे थोड़ा मन शान्त करने के लिए चले जाते। शुरू-शुरू में पड़ोसियों ने सहारा दिया था और शाम को घर में मेहमानों का आना-जाना लगा रहता। वे खाना, सब्ज़ियाँ लाते या किसी और तरीके से अपनी मित्रता या चिन्ता दर्शाते। महेश व राधा दोनों भावुक हो उठते और झेंप भी जाते। अब पड़ोसियों को इन्फैक्शन

का डर लगने लगा था और उन्होंने आना बन्द कर दिया था।

रवि आस-पड़ोस में लोकप्रिय था। उसमें एक सहज आकर्षण था और वह गिल्ली-डंडा तथा दूसरे खेलों में बहुत अच्छा था जिन्हें बच्चों ने नदी किनारे और खेतों में ईजाद किया था। परन्तु एक दिन एक लड़के ने, जो उसके सबसे निकट था, रवि को बताया कि अब वह उनके साथ नहीं खेल सकता। उनके माता-पिता ने उन्हें रवि के साथ खेलने से रोका था। रवि टूट गया और घर लौट आया। उसकी माँ उसे इतनी जल्दी लौट कर आया देख हैरान हो गयी। उसने रवि से कुछ नहीं पूछा लेकिन वह जानती थी कि क्या हुआ होगा और उसका दिल टूट गया। इसके बाद वह अपना अधिकतर समय नदी किनारे या आसपास अकेले घूमते हुए बिताता। उसके माता-पिता ने पाया कि अब वह कम बातें करता है।

3

उन्होंने गर्मियों में, जब खेत पीले पड़ रहे थे, तो कलोनी छोड़ दी। महेश ने कई सप्ताह से काम नहीं किया था और कुछ पत्रों के आदान-प्रदान के बाद उसके पैतृक गाँव का एक सम्बन्धी उसके काम और झोंपड़ी लेने के लिए तैयार हो गया था। उसका एक जवान बेटा था जो मिट्टी के बर्तन बेचने का काम शुरू करना चाहता था।

राधा और रवि ने परिवार का थोड़ा-सा सामान किराये पर ली गयी बैलगाड़ी पर लादा। राधा ने नौ वर्ष पहले दुल्हन के रूप में यहाँ आने के बाद पहली बार दरवाज़े पर ताला लगाया। सम्बन्धी के पास एक और चाबी थी और वह एक सप्ताह में यहाँ पहुँच जायेगा। उन्होंने जानबूझ कर सुबह दिन चढ़ते ही निकल जाने का फ़ैसला किया था। फिर भी कुछ पड़ोसी और राधा की सहेली लक्ष्मी उन्हें विदा करने आ गये। उन्होंने आँसू बहाते हुए फिर मिलने का वायदा किया।

बैल सँकरे रास्ते से, जहाँ से राधा कभी काम पर जाया करती थी, धीरे-धीरे छकड़ा और बोझ खींच रहे थे। महेश छकड़े के कोने में आराम करने के लिए बिछाये गये बिस्तर पर लेटा था। राधा और रवि छकड़े के सड़क वाले राजमार्ग पर पहुँचने तक पीछे-पीछे पैदल ही चलते रहे।

वे क़स्बे से छह किलोमीटर उत्तर एक स्थान पर जा रहे थे। यह एक झोंपड़ी थी जिसमें कभी एक परिवार रहता था। राजमार्ग अधिकरण द्वारा जब सड़क के इस भाग पर फिर से कोलतार डालने का काम किया गया तो उसने मज़दूर के रूप में काम किया था। अब चूँकि उनकी सेवाओं की आवश्यकता नहीं थी तो वे यहाँ से जाना चाहते थे।

एक उदार पड़ोसी ने महेश को बताया था कि यह स्थान उपलब्ध था, लगभग इसी समय महेश के सम्बन्धी ने उससे उसका बिज़नेस ख़रीदने का प्रस्ताव रखा था। महेश ने यह बात राधा को बताई और उन्होंने फ़ैसला किया कि महेश को यह जगह देखनी चाहिए। एक सुबह वह पैदल गया और कलोनी में रास्ता पूछते

जब तक वह पहुँचा तो दोपहर के खाने का समय बीत चुका था।

'क्या कोई घर पर है?' उसने दूर से ही पूछा था। वह सावधानी से शॉल के भीतर अपने हाथ छिपाये था।

झोंपड़ी से एक महिला और एक छोटा बच्चा बाहर आये। महिला ने उसे बताया कि उसके पति काम से कहीं बाहर गये हैं लेकिन सूरज ढलने से पहले लौट आएँगे। महेश ने जब महिला को अपने आने का उद्देश्य बताया तो उसने महेश से भीतर आँगन में आकर बैठने के लिए कहा। वह झोंपड़ी के बाहर एक चबूतरे पर रखे मटके से पानी का गिलास लेने गयी लेकिन महेश ने बताया कि उसका तो व्रत है।

जब उसका पति लौटा तो महेश खड़ा हो गया। उन्होंने एक-दूसरे का अभिवादन किया। महेश उससे अपने वहाँ आने का कारण बताता, उससे पहले उस व्यक्ति ने चिल्लाकर अपनी पत्नी से दो कप चाय लाने के लिए कहा। एक बार फिर महेश ने विनम्रता से इनकार कर दिया। उसने कहा कि उसने सुना है कि यहाँ कोई जगह किराये के लिए उपलब्ध है और वह उसी के लिए आया था।

'हम यहाँ पाँच वर्ष तक रहे हैं,' आदमी ने कहा। 'अब बुलडोज़र और मिट्टी हटाने की मशीनें आ जाने से मेरे जैसे हाथ से काम करने वाले मज़दूरों के लिए सड़क पर न के बराबर काम रह गया है। अब गाँव लौट जाने का समय आ गया है। उन्हें फ़सलों की देखभाल के लिए मेरी ज़रूरत है। इसके अलावा मेरे बच्चे भी यहाँ ऊब रहे हैं।'

उसने महेश को घर का भीतर और आँगन दिखाया। महेश उस स्थान को देखकर दंग रह गया। उनके पास जो जगह थी, यह उससे छोटी थी। उस आदमी ने महेश को बताया कि उसके पास झोंपड़ी के आस-पास हर दिशा में सैकड़ों मीटर जगह होगी क्योंकि वहाँ कोई पड़ोसी नहीं थे। यह कोई तर्क नहीं था। ज़मीन भी पथरीली थी और हरियाली लगभग नदारद थी। महेश अपने नये घर में अपनी सब्ज़ियाँ उगाने की उम्मीद कर रहा था लेकिन उसकी तो कोई सम्भावना ही नहीं दिखती थी। फिर भी उसने यह घर लेने का निर्णय कर लिया। उस आदमी ने कलोनी में उस दुकानदार का नाम और पता बता दिया जो इस घर का मालिक था और यह भी बता दिया कि वह कितना किराया दे रहा है।

घर लौटते हुए महेश मकान मालिक के पास रुका जो एक विशालकाय सूअर जैसा था। महेश ने उसके मकान को किराये पर लेने की अपनी इच्छा ज़ाहिर की। उसने जो किराया बताया, वह पहले से अधिक था। महेश ने सौदेबाज़ी करने का प्रयास किया लेकिन वह टस-से-मस नहीं हुआ। अगली सुबह महेश लौटा और

उस आदमी को एक महीने का किराया पेशगी दे गया।

बैल बूढ़े थे और धीरे चलते थे। जब तक वे अपने घर पहुँचे, दोपहर ढ़ल रही थी। उनकी यात्रा थकावट भरी रही थी। महेश झोंपड़ी तक पहुँचते हुए निढाल हो चुका था। छकड़े के चालक और रवि ने सामान उतारने में राधा की मदद की। उसने रोटी और रसेदार आलू की सब्ज़ी का पैकेट खोला और छकड़ेवाले से भी खाने को कहा। लेकिन उसने कहा कि उसे पहले ही देर हो चुकी है और जल्दी क़स्बे में पहुँचना है। उसने अपना भुगतान लिया, पशुओं को पानी पिलाया और चल दिया।

ताला खोलने से पहले राधा ने ज़मीन पर नारियल तोड़ा और गणेश पूजा की। सबसे पहले रवि ने झोंपड़ी में प्रवेश किया, फिर राधा आयी जबकि महेश अहाते में इन्तज़ार करता रहा। झोंपड़ी का फ़र्श मिट्टी से बना था। दीवारें कच्ची ईंटों से बनी थीं और अस्थिर दिखाई देती थीं। वह हैरान थी कि क्या यह झोंपड़ी तूफान में टिक पायेगी। इसमें बस एक चारपाई के लिए पर्याप्त जगह थी, न कि दो के लिए जो वे अपने साथ लाये थे। लकड़ी का दरवाज़ा लगी एक छोटी खिड़की से थोड़ी रोशनी भीतर आती थी। राधा ने देखा कि खाना बाहर बाँस के चार खम्भों पर रखी नालीदार लोहे की चादर के नीचे चूल्हे पर बनाना होगा। वह जगह सुनसान लगती थी। हालाँकि राधा शिकायत करने वालों में से नहीं थी। रवि भी निराश था लेकिन उसने कुछ नहीं कहा।

झोंपड़ी में पहले रह रहे लोगों ने झाड़ू लगाकर इसे साफ़-सुथरा छोड़ा था। कुछ बर्तन, कड़ाहियाँ, एक टूटी-फूटी मेज़ और एक झाड़ू भी पीछे छोड़ी गयी थी। मालूम नहीं नये किरायेदारों का विचार करके या फिर इन्हें ले जाना बहुत कठिन होता।

टॉयलेट झोंपड़ी के पीछे था जहाँ महेश भी आसानी से चलकर जा सकता था लेकिन यह गन्दा था। राधा ने इसे अगले दिन रगड़कर साफ़ करने की सोची। कुआँ भी पास ही था और पुराने किरायेदार इतने दयालु थे कि वे कुएँ से पानी खींचने के लिए प्लास्टिक की बाल्टी भी पीछे छोड़ गये थे।

राधा और रवि ने महेश की सहायता से अपना सामान भीतर ले जाना शुरू कर दिया था। उन्होंने काम चलाने के लिए सब कुछ फ़र्श पर इकट्ठा कर दिया क्योंकि अँधेरा घिरने लगा था। राधा ने पीछे छोड़ी गयी जलावन और टहनियों से चूल्हा जलाया। उसने चूल्हे पर दाल चढ़ाई और फिर एक बर्तन में चावल धोने

लगी। फिर वह भीतर चली गयी। उसने चारपाई पर बड़ा गद्दा खोल दिया और दूसरा ज़मीन पर। उसने सोचा कि महेश चारपाई पर सो जायेगा। उसने विरोध किया, 'मैं फ़र्श पर सो जाऊँगा, तुम दोनों चारपाई ले लो।'

राधा ने कहा, 'ऐसे में अधिक सुविधा होगी। तुम्हारे लिए उठकर बैठना और आना-जाना आसान होगा।'

महेश भीतर ही भीतर कुछ बुदबुदाया। उसने बहस करना उचित नहीं समझा। दूसरी चारपाई दालान में ही रखी रही। यह दिन में यहाँ बैठने के काम आयेगी।

राधा ने अगला पूरा दिन झोंपड़ी को घर में बदलने में लगा दिया। उसने झोंपड़ी में झाड़ू लगाई और जो सामान वे लाये थे, उन सबको झाड़ा-पोंछा और जितनी अच्छी तरह से वह सामान लगा सकती थी, लगाया। उसने एक दीवार पर कपड़े टाँगने के लिए नायलॉन की रस्सी बाँध दी। भोजन चाहे बाहर आँगन में बनाया जाता था लेकिन उसने झोंपड़ी के भीतर एक कोने में राशन और बर्तन रखने की जगह बना दी। रवि प्रसन्नता से उछल उठा, राधा ने जब उसे कुएँ से पानी लाने के लिए कहा। उसने मिट्टी से पुते आँगन में हलका-सा पानी छिड़क दिया जिससे कुछ ठण्डक हो जाये।

बाहर महेश चारपाई पर नाराज़ बैठा राधा द्वारा सबसे सस्ते तम्बाकू से तैयार की गयी चिलम सुड़कता रहा। रोज़ दिन में एक बार हुक़्क़ा पीना परिवार में एकमात्र बची विलासिता थी और वह जानता था कि जल्द ही यह भी नहीं रहेगी—राधा शौचालय में कॉकरोचों को झाड़ू से मार रही थी। उसने पानी और मिट्टी का गाढ़ा घोल तैयार किया और इससे शौचालय के फ़र्श पर सीमेंट से बनी पटिया को साफ़ किया। नहाने का स्थान कुएँ के पास था। इसका फ़र्श ईंटों से बना था और एक छोटी-सी नाली पीछे खेतों में खुलती थी। इस पर कोई छत नहीं थी पर इसकी कोई ज़रूरत भी नहीं थी। बाँस से बनी चार दीवारें उसे उतना ढक देती थीं जितना इस स्थान पर ज़रूरी था।

शाम तक उसने अपने नये निवास को कुछ व्यवस्थित कर लिया। जो स्थान वे छोड़कर आये थे, यहाँ कुछ भी वैसा नहीं था लेकिन इससे काम चल जायेगा। उसने फ़ैसला किया कि आँगन को ढकने की ज़रूरत है नहीं तो यह गर्मियों में परेशानी की हद तक तप जायेगा। झोंपड़ी में जो भी थोड़ी-सी जगह थी, उसके चलते दिन का ज़्यादातर समय यहीं बिताना पड़ेगा। उसने पैसा बचाने के लिए स्वयं ही इस पर छप्पर डाल लेने का फ़ैसला किया। रवि की सहायता से ऐसा करना कठिन नहीं होगा।

नये घर में आने को जश्न जैसा मनाया जाना था। इससे रवि को बहुत

ख़ुशी मिलेगी। दोपहर का भोजन करने के बाद वे दोनों हाथों में हाथ डाले मुख्य सड़क पर लगभग आधा किलोमीटर दूर सब्ज़ी खरीदने गये। राधा ने कलोनी से यहाँ आते हुए रास्ते में यह जगह देखी थी। उसने गोभी और आधा किलो भिंडी खरीदी जो उसे पसन्द थी। दोपहर होने के कारण राधा अच्छे से मोलभाव कर सकी, वह सब्ज़ी बेचने वाली महिला की शायद आख़िरी ग्राहक थी। उसने उस आबादी की एकमात्र दुकान से एक किलो खुला आटा और एक किलो सबसे सस्ते चावल ख़रीदे। उस शाम परिवार ने खिचड़ी और भिंडी भाजी की पार्टी की।

झोंपड़ी थोड़ी ऊँची जगह पर बनी थी और मुख्य सड़क से दूर थी फिर भी यहाँ से दिन-रात धुआँ छोड़ते और चढ़ाई पर चढ़ते डीज़ल ट्रकों की घरघराहट सुनी जा सकती थी। यह एक आश्चर्यजनक और सुन्दर परिवर्तन था। रवि परेशान था—उसे ऐसे निर्जन स्थान पर समय काटना बहुत मुश्किल लग रहा था। उसने घर के कामों में अपनी माँ का हाथ बँटाने का प्रयत्न किया। कई बार वह साथ ही खाली पड़ी खदान की ओर निकल जाता। कभी सड़क की मरम्मत के लिए रोड़ी यहीं से गयी थी। वह सामान्य से कम बात कर रहा था जिससे उसके माता-पिता चिन्तित थे। राधा को भी दिन काटना कठिन लगता। कलोनी में घास-पत्ते निकालने और देखरेख करने के लिए एक बगीचा था और सैर करते हुए नदी तक जाने की सुविधा थी जहाँ बैठ वह बहते पानी का कलकल संगीत सुना करती।

रवि को सुलाने के बाद राधा ने कहा, 'यहाँ भी बुरा नहीं है।' वह और महेश बाहर चारपाई पर बैठे थे, वे यहाँ बैठे एक पर्वत के मोड़ पर ट्रकों की लुप्त होती रोशनियाँ देखते रहते। यहाँ पुराने घर की तुलना में एक लाभ था—शाम को हिमालय से बहने वाली ठण्डी हवा यहाँ से गुज़रती। 'परन्तु हम गुज़ारा कैसे करेंगे? बचा हुआ पैसा कुछ महीनों से अधिक नहीं चलेगा।'

उनके यहाँ पहुँचने के दो दिन बाद महेश ने अपने पट्टी बँधे हाथों को ढकने के लिए शॉल ओढ़ी और नीचे राजमार्ग से कलोनी की ओर बढ़ चला। रवि ने साथ चलने की हठ की। महेश ने कठोरता से मना कर दिया।

'तुम्हारी माँ को यहाँ तुम्हारी ज़रूरत होगी।'

महेश अपने जोड़ों के दर्द को अनदेखा करके सड़क पर आ रहे ट्रकों की घरघराहट का सामना करते तेज़ गति से चल पड़ा। आधे घण्टे से कम समय में वह छोटी-सी आबादी में पहुँच गया। राधा ने जहाँ से सामान ख़रीदा था, उससे कुछ ही आगे यह जगह थी। उसने एक दुकान पर रुक कर चाय पीने की अपनी

इच्छा को दबा लिया क्योंकि इससे उसके ज़ख़्म दूसरों को दिख जाएँगे। वह सड़क किनारे ज़मीन पर बैठ गया और जगह का मुआयना करने लगा।

वहाँ पर स्थानीय आबादी लगभग न के बराबर थी। केवल एक दुकान थी जिस पर डिब्बाबन्द खाने का सामान, अनाज और दैनिक प्रयोग की वस्तुएँ रखी थीं। दुकान के पीछे तेज़ ढ़लान थी। दूर घाटी में उसे खेत और कई मकान दिखाई दिये। यह अकेली दुकान शायद वहाँ रहने वाले लोगों की ज़रूरतों को पूरा करती थी। कुछ फल विक्रेता, जो शायद उसी घाटी से थे, अपना सामान सामने फैलाए सड़क किनारे ज़मीन पर बैठे थे। उनमें से अधिकतर के पास सेब और सन्तरे थे।

उस दोपहर जब वह घर लौटा तो उसने घोषणा की, 'मैं भीख माँगूँगा।'

'क्यों,' राधा ने क्रोध में कहा।

'मैं नीचे सड़क पर बनी उस दुकान के बाहर भीख माँगूँगा। कभी-कभी कुछ लोग ज़रूर रुक जाया करेंगे। यहाँ कलोनी जैसा नहीं है। मैं यहाँ किसी को नहीं जानता और मेरा किसी से कोई मुक़ाबला भी नहीं होगा।'

राधा गुस्से में आग बबूला हो उठी। उसने दृढ़ता से कहा, 'तुम ऐसा कुछ नहीं करोगे। मैं यह बकवास दोबारा नहीं सुनना चाहती।'

'वास्तविकता को स्वीकार करो। मेरे ये हाथ बेकार हैं। मैं अब इनसे खा भी नहीं सकता। हमें ज़िन्दगी चलानी है। रवि की सोचो।'

'मैं रवि की ही सोच रही हूँ। उसका पिता यदि भिखारी है तो उसका भविष्य क्या होगा?' महेश ने पहले कभी उसे इतना क्रोधित नहीं देखा था। 'क्या तुम पूरे पागल हो गये हो? मैं यह नहीं सुनूँगी।'

अगले दिन सुबह महेश ने चाय का कप पिया, कपड़े पहने और घर से निकल गया। राधा बर्तन धो रही थी, उसने सिर उठाकर देखा, कहा कुछ नहीं।

वह नीचे उस दुकान तक गया। उसके हाथ में भीख का कटोरा–एक एल्यूमीनियम का कटोरा जो उसने राधा की बिना अनुमति के रसोई से उठा लिया था–और नयी लाठी थी। वहाँ पहुँचकर वह दुकान के दरवाज़े से कुछ दूर जहाँ फल व सब्ज़ी बेचने वाले ज़मीन पर पालथी मारकर बैठे थे–बैठ गया। वह उनसे तभी बात करता जब वे कुछ पूछते। उसका मन हुआ कि वह शॉल उतार दे। उसे यदि अपने नये कार्य क्षेत्र में सफल होना था तो अपनी स्थिति को छिपाने का कोई मतलब नहीं था। उसे यह देखकर राहत महसूस हुई कि उसके

आसपास के लोगों ने कोई प्रतिक्रिया नहीं की। शायद वे उनसे थोड़ा हटकर बैठने की उसकी समझ से खुश थे। वे उसके समान साधारण लोग थे जो अपनी रोजी-रोटी कमाने का प्रयत्न कर रहे थे।

दुकानदार अपने तम्बाकू की पीक थूकने बाहर आया। उसे ज़रूर किसी ने महेश के बारे में बता दिया था। उसने कुछ नहीं कहा और दुकान में लौट गया, वह अपनी दुकान के दरवाज़े से महेश के हटकर बैठने से खुश था।

जब तक किसी ने महेश की प्लेट में कोई सिक्का डाला, दोपहर हो चुकी थी। एक एम्बैस्डर में छह लोगों का परिवार ठूँस-ठूँस कर भरा आया। ड्राइवर की सीट पर बैठा आदमी सिगरेट का पैकेट लेने के लिए बाहर निकला, बचे पैसों में से उसने एक सिक्का महेश की ओर बिना देखे, उसकी प्लेट में डाल दिया। यह एक रुपये का सिक्का था, अच्छी शुरुआत थी। वह देर शाम तक बैठा रहा। जब ठण्ड होने लगी तो उसने अपनी फटी-पुरानी शॉल अपने कन्धों पर डाल ली लेकिन अपने हाथों को खुला ही रखा, फिर भी उस दिन उसे बस वही रुपया मिला।

कलोनी की ओर जाते हुए या पैदल आते हुए लोगों ने उसकी ओर नहीं देखा। ये लोग स्वयं गरीबी के कगार पर थे, जो दान नहीं दे सकते थे। महेश अँधेरा घिरने से लगभग एक घण्टा पहले उठा। रात को वह घर की ओर जाने वाली सड़क पर नहीं चलना चाहता था। जैसे ही वह चलने को हुआ, सड़क किनारे सब्ज़ी बेच रही एक महिला ने अख़बार में कुछ पत्ते वाली सब्ज़ियाँ लपेटकर उसे थमाते हुए कहा, 'ये ले जाओ। ये पत्ते कुम्हला रहे हैं और कल इन्हें कोई नहीं ख़रीदेगा।'

महेश ने वह पैकेट ले लिया और बिना कुछ कहे हाथ जोड़कर उसका शुक्रिया किया। परन्तु जब तक वह घर पहुँचा तो अँधेरा घिरने लगा था। कुछ कारों और ट्रकों ने अपनी हेड लाइट जला ली थी। उसने मन में सोचा कि कल से वह घर के लिए जल्दी लौट जाया करेगा।

उस रात भोजन करते हुए किसी ने कुछ नहीं बोला। अन्ततः जब उन्होंने बत्ती बुझा दी और वे बिस्तर पर पहुँच गये तो राधा ने बात शुरू की।

'आज कैसा रहा?,' उसने पूछा। उसकी आवाज़ में कोई क्रोध नहीं था।

'मैंने एक जगह ढूँढ़ ली है। मुझे एक रुपया मिला है। यह शुरुआत है।'

'क्या तुम हर रोज़ जाया करोगे?'

'राधा,' उसने कहा, 'मुझे भी इससे इतनी ही नफ़रत है जितनी तुम्हें है। यदि मैं अकेला होता तो ऐसा कुछ करने से पहले खुद को ख़त्म कर लेता। मेरे

रिश्तेदारों को जब पता चलेगा तो वे क्या कहेंगे? और रवि? मेरा दिल उस लड़के के लिए रोता है। मैंने उसे एक भिखारी का बेटा बना दिया है।'

राधा कुछ नहीं बोली।

'परन्तु हमारे पास चारा ही क्या है,' वह धीरे से कहता रहा। 'मेरे हाथ बेकार हो गये हैं। पैसा ख़त्म हो रहा है। भीख में मिलने वाला हर सिक्का हमें भूख से बचाएगा।'

राधा ज़मीन पर अपने बिस्तर से उठी और पास ही उसका हाथ अपने हाथों में लिए बैठ गयी।

उसके बाद से दुकानदार अपने आदमी को महेश की प्लेट में रोज़ एक रुपया डालने के लिए भेजता।

दिन बीतने के साथ-साथ महेश ने देखा कि राधा भी दिन-प्रतिदिन ख़ामोश होती जा रही थी, उसकी मुस्कुराहट भी पहले से कम हो गयी थी। इसमें उसकी स्थिति का भी हाथ था लेकिन बोरियत भी एक कारण थी। उसके दिन के ज़रूरी कामों में कुएँ से पानी खींचना, कपड़े धोना और अपने नये घर को साफ़ करना शामिल था। बात करने के लिए कोई पड़ोसी नहीं थे, बस एक चरवाहा था जो एक गिलास पानी पीने के लिए कभी-कभार अपने झुण्ड के साथ रुका करता था। कोई झोंपड़ी के निकट तभी आता जब वह देखता कि वह घर पर अकेली नहीं है। गपशप करने के लिए राधा उसे जितना हो सकता था, रोक कर आसपास की बातें पता करती। उनमें से एक व्यक्ति ने उसे बताया कि सड़क पार जहाँ घाटी की उतराई शुरू होती थी, वहाँ जलावन के लिए ढेरों सूखी लकड़ियाँ थीं।

एक दिन उसने सरसरी तौर से कहा कि वह आँगन के उस हिस्से पर, जहाँ महेश दिन में आराम करता था, एक छत डालना चाहती थी। चरवाहे ने उसे बताया कि उसे सरकण्डे और पीले पड़ रहे बाँस कहाँ से मिल सकेंगे।

राधा रवि के साथ गयी और लम्बे-लम्बे सरकण्डे जड़ों से निकालकर झोंपड़ी में ले आयी और उन्हें सूखने के लिए बाहर धूप में रख दिया। अगले दिन उसके बिना कहे दो चरवाहे रास्ते भर चार बाँस खींचते हुए ले आये जो अभी हरे थे। राधा भावुक हो उठी और इसके लिए उन्हें कुछ पैसे देने की कोशिश की पर जैसा कि वह जानती भी थी, उन्होंने पैसे लेने से मना कर दिया। उन्होंने जब राधा को बाँस के लिए गड्ढा खोदते देखा तो उसके हाथ से वह काम ले लिया। एक सप्ताह के भीतर उन तीनों ने मिलकर एक खपरैल बना लिया जो सरकण्डों को नायलॉन की तार से परस्पर बाँधकर तैयार किया गया था। यह छत बीच में

कहीं थोड़ी-सी नीचे ढलक गयी लेकिन गर्मियों में सूरज से बचाव के लिए पर्याप्त थी और राधा के लिए अच्छी थी।

ᏇᏒᏇ

उन्हें अपने नये मकान में आये अब लगभग दो महीने बीत चुके थे। आमतौर पर साफ़-सुथरे कपड़े पहनने वाले महेश ने फटे-पुराने कपड़े (जिन्हें वह लम्बे समय से पहनना छोड़ चुका था) पहने। ये कपड़े उसने झोंपड़ी के एक कोने में एक ढेर से उठाये थे। फिर अपनी छड़ी और एल्यूमीनियम का कटोरा हाथ में लिए नंगे पाँव ही चल पड़ा।

'तुमने इतने गन्दे कपड़े क्यों पहने हैं,' राधा ने पूछा।

'इससे ज़्यादा पैसे मिलेंगे।'

रवि अभी सोया हुआ था। जाने से पहले महेश ने उसे हौले से माथे पर चूमा।

राधा उसे पत्थरों से बचते-बचाते सड़क से नीचे जाते देखती रही। वह अपने आँसू रोक नहीं पायी। वे अपने जीवन के एक नये और अधिक भयावने दौर में प्रवेश कर रहे थे।

उस दिन तक महेश प्रतिदिन सुबह अपने ज़ख़्मों को साबुन और गर्म पानी से धोता और साफ़-सुथरी पट्टियाँ बाँधता जिन्हें राधा एक दिन पहले दूसरे कपड़ों से अलग करके धोया करती थी।

अगली सुबह महेश ने पट्टियाँ नहीं बदलीं। राधा ने कुछ नहीं कहा।

उस साल सर्दियों की हवाएँ घाटियों में जल्दी चलनी शुरू हो गयीं। राधा ने झोंपड़ी के दरवाज़े के नीचे पुराने कपड़े लगा दिये थे। परन्तु फिर भी हवा से झोंपड़ी खड़-खड़ करने लगती। वह चूल्हा आँगन से उठाकर भीतर ले आयी थी और वे तीनों कमरे को गर्म कर देने वाली आग और धुएँ के साथ जीना सीख गये थे। उसने रवि की मदद से सरकण्डे के छप्पर को ऊपर उठा दिया जिससे वे दिन में सूरज की गर्मी का आनन्द ले सकें।

महेश ने सुबह नहाना बन्द कर दिया था और अपनी कमाई के बढ़ने की उम्मीद में वह हफ्ता-भर फटे-पुराने कपड़े पहने रखता। वह शाम को लौट कर खाना खाने से पहले नहाता और साफ़ कपड़े पहनता। पति-पत्नी अब दिन में केवल दो बार हलका-फुल्का खाना खाने लगे थे, केवल रवि ही हर रोज़ तीन बार पूरा भोजन करता। उनके प्रत्येक भोजन में दाल होती जो सस्ती होने के साथ-साथ पौष्टिक भी थी। कई बार वे इसके साथ रसेदार आलू खाते और जब कभी महेश घर सब्ज़ी लाता तो सब्ज़ी बनती।

महेश के भीख के कटोरे में कभी-कभार ही दस रुपये से अधिक होते। कुछ दिनों तो वह खाली हाथ लौट आता। राधा सड़क पार से ज़रूरत से ज़्यादा टहनियाँ और तने लाने लगी थी। वह उनके पत्ते हटाती, उन्हें आसानी से रखे जा सकने वाले छोटे-छोटे टुकड़ों में तोड़ती और बाँधकर उनका गट्ठर बना देती। सप्ताह में दो बार जब उसके सिर पर उठाई जा सकने लायक लकड़ियाँ होतीं तो वह यह जलावन दुकान पर ले जाती जहाँ दुकानदार, जो एक दयालु आदमी था, इनके बदले उसे आधा किलो आटा दे देता। यह काम राधा को व्यस्त रखता और उसका मन भी ठीक रहता। जब वह बाज़ार के दौरे पर होती तो सहज ही महेश की उपस्थिति को अनदेखा कर देती।

4

उस दिन राधा डेढ़ घण्टा चलकर कलोनी पहुँची। उसने चेरिटेबल ट्रस्ट से नयी पट्टियाँ और इन्फेक्शन दूर करने वाली दवाएँ ख़रीदीं, वे बहुत कम दामों पर उसे मिलीं। उसने घर का कुछ अन्य सामान भी ख़रीदा। जब तक उसका काम पूरा हुआ, वह थक चुकी थी। उसने बस से लौटने का मन बनाया।

किरपाल बस स्टैण्ड के सामने एक ढ़ाबे पर बैठा दोपहर का भोजन कर रहा था। उसकी एक टाँग चारपाई से नीचे झूल रही थी और वह चिकन करी में घी से सने पराँठे डुबो कर रसे के साथ खा रहा था। बीच-बीच में वह अपने एक हाथ में पकड़ी मूली खाता। उसने ढ़ीली-ढ़ाली पगड़ी बाँधी हुई थी और कुर्ता व चारखाने दार लुंगी पहनी हुई थी जिसे धोये जाने की ज़रूरत थी।

राधा जब बस की प्रतीक्षा कर रही थी तो उसे एहसास हुआ कि उसे कोई देख रहा है। उसने अपना दुपट्टा ठीक कर लिया।

नल पर हाथ धोते हुए किरपाल सिंह मुस्कुरा रहा था, उसने खाने के पैसे दिये और अपने ट्रक पर चढ़ गया। इंजन को चालू रखते हुए वह बाहर को झुका और राधा से कहा, 'मैं उस ओर जा रहा हूँ, अगर तुम चाहो तो ट्रक के पीछे बैठ जाओ, मैं तुम्हें छोड़ दूँगा।'

राधा ने उसका यह प्रस्ताव स्वीकार कर लिया, वह स्वयं भी इस पर हैरान थी, अपना शेष जीवन वह स्वयं को स्पष्ट नहीं कर पायी कि उसने ऐसा क्यों किया था। बस किराये के क्या कुछ रुपये बचाने के लिए क्योंकि उसे लौटने में देरी हो रही थी या फिर ट्रक की सवारी का मज़ा लेने के लिए? वह ट्रक पर चढ़ गयी और लकड़ी के एक डिब्बे पर बैठ गयी। अपनी जान की सुरक्षा के लिए उसने लोहे की एक छड़, जिस पर तारपोलिन डाली गयी थी, पकड़ ली।

'जब तुम्हें उतरना हो, ज़ोर से बोलकर बता देना, मैं तुम्हें उतार दूँगा,' किरपाल ने ट्रक को आगे बढ़ाते हुए कहा।

रास्ता जहाँ सड़क से हटकर झोंपड़ी को जाता था, वहाँ उसने ट्रक रोकने के

लिए कहा। पीछे से नीचे छलाँग लगा कर उसने जल्दी से किरपाल का शुक्रिया किया और तेज़ी से घर की ओर बढ़ गयी।

जब उसने घर में प्रवेश किया तो महेश ने राधा की चाल में एक प्रफुल्लता और चेहरे पर मुस्कुराहट देखी जो आजकल कभी-कभी ही दीखती थी। वह खुश था कि राधा कलोनी जाकर प्रसन्न थी। उसने ट्रक की सवारी की बात नहीं बताई।

किरपाल हफ़्ते में एक बार दिल्ली का चक्कर लगाता। वह पहाड़ के शहर से टमाटर, गोभी, शिमला मिर्च वगैरह जो भी मौसमी सब्ज़ियाँ होतीं, सोमवार को लेकर चलता और वीरवार को लौटता। उसे एक ओर के सफ़र में दो दिन लगते। लौटते हुए वह माल रोड पर बनी दुकानों से खुदरा दुकानदारों द्वारा बताई गयी वस्तुएँ लाता। इस माल रोड को कभी 'मॉल' के नाम से जाना जाता था। दिल्ली में वह अपने ट्रक में ही सोता, वैसे वह दो अन्य ड्राइवरों के साथ एक कमरे में रहता था।

उसकी उम्र चालीस पार थी और उसे ट्रक-ड्राइविंग में पन्द्रह वर्ष से अधिक का अनुभव था। छोटी ही उम्र में उसकी शादी माता-पिता द्वारा पसन्द की गयी साथ के गाँव की लड़की से कर दी गयी थी। उसकी पत्नी देखने में साधारण थी लेकिन उसके परिवार की ज़मीनें थीं और वह अपने साथ अच्छा दहेज लायी थी जिसमें गोदरेज का फ्रिज़, मर्फी रेडियो और कुछ नगद भी था। किरपाल की पत्नी एक छोटे से क़स्बे में अपने माता-पिता के साथ उनके घर पर ही रहती थी। वह जहाँ काम करता था, वहाँ से उस क़स्बे में बस से कुछ ही घण्टे में पहुँचा जा सकता था। वह अपनी तीन सप्ताह की वार्षिक छुट्टी में उनके पास जाता। इस समय उसकी सेवाओं की जरूरत नहीं होती थी और उसे सवेतन छुट्टी दी जाती। कुछ वर्ष पहले उसके बेटे की शादी हो गयी थी और वह अपने ससुर के पास काम करता था।

पहली बार ट्रक की सवारी करने के तीन दिन बाद राधा सड़क पार से टहनियाँ इकट्ठी करने जा रही थी कि उसने किरपाल को देखा। वह सड़क के किनारे अपने ट्रक के साथ खड़ा बीड़ी पी रहा था।

जब उसने राधा को देखा तो बीड़ी फेंक दी और मुस्कुराया, 'हैलो।'

राधा अपनी चाल से चलती रही और उसका कोई जवाब भी नहीं दिया। वह उतराई पर ओझल हो गयी और जल्द ही झाड़ियों और ऊँचे उगे पौधों में खो गयी। जब वह थोड़ी देर में लकड़ियाँ लेकर लौटी तो वह जा चुका था।

कुछ दिन बाद राधा ने फिर उसे देखा। इस बार उसने अपने ट्रक का अगला हिस्सा ऊपर उठाया हुआ था, जैसे कि इसके इंजन में कुछ ख़राबी आ

गयी हो। ट्रक के पीछे उसने सड़क किनारे वृक्षों से तोड़कर कुछ टहनियाँ रखीं हुई थीं जिससे कि दूसरे चालक जान सकें कि ट्रक चल नहीं रहा है।

इस बार राधा उसके पास गयी, वह जानती थी कि ट्रक में कोई ख़राबी नहीं थी। 'तुम क्या चाहते हो,' उसने गुस्से से पूछा था।

'कुछ भी नहीं। मैं तो बस तुमसे मिलकर जानना चाहता था कि तुम्हारा क्या हाल है?'

'क्योंकि मैंने बहुत मूर्खता की कि तुम्हारे साथ ट्रक में चली गयी?'

'यह बात नहीं है। मैं सप्ताह में दो बार इस रास्ते से गुज़रता हूँ। कभी-कभार किसी से बात करना अच्छा लगता है। सारा दिन ट्रक चलाकर बोरियत हो जाती है।'

उसने सीधे उसकी ओर देखा। उसके कपड़े धूलभरे और दाढ़ी अस्त-व्यस्त थी। उसने इससे पहले ऐसे आदमी से कभी बात नहीं की थी।

वह मुस्कुराया।

वह शरमा गयी और तेज़ी से अपनी नज़र दूसरी ओर कर ली। 'मैं उस ओर रहती हूँ,' उसने पहाड़ की ओर संकेत करते हुए कहा, 'मेरे साथ मेरा पति और एक बच्चा है।'

'तुम्हारा नाम क्या है,' उसने पूछा।

वह मुड़ी और आगे बढ़ गयी।

अगले सप्ताह उसी दिन, जैसा कि उसे उम्मीद थी, वह फिर वहाँ था। हालाँकि वह इस बात को अपने मन में स्वीकार नहीं करेगी लेकिन वह उसे दुबारा देखने के ख़्याल से उत्सुक थी। इसने उसकी दिनचर्या की एकरसता को तोड़ा था। वह दिन में किसी और समय जलावन चुनने आकर उससे बच सकती थी।

'मैं तुम्हारे लिए कुछ लाया हूँ,' किरपाल उछलकर आगे की सीट पर चढ़ा और गत्ते का एक डिब्बा निकाल लाया, यह डिब्बा उसने राधा को पकड़ा दि़या।

वह रुकी, यह उसके लिए एक नयी दुनिया थी।

'खोलो, खोलो इसे।'

उसने ढ़क्कन उठाया और उसका मुँह खुला रह गया। लाल, हरी, नीली, पीली और सुनहरी–सब रंगों की काँच की चूड़ियों की दो क़तारें–लगभग पचास चूड़ियाँ उसके सामने चमक रही थीं। उसने अग्रवाल परिवार में काम छोड़ने के बाद से अब तक इतना सुन्दर कुछ नहीं देखा था।

उसने कुछ चूड़ियाँ पहनकर देखीं और उनकी झनक सुनने के लिए अपना हाथ हिलाया।

'ये बहुत सुन्दर हैं,' उसने चूड़ियाँ वापस डिब्बे में रख दीं और यह डिब्बा उसे लौटा दिया। 'मैं ये नहीं ले सकती।'

'क्यों नहीं?'

'मेरे पति क्या सोचेंगे?'

'तुम्हें ये अपने पति को दिखाने की ज़रूरत नहीं। ये बात तुम्हारे और मेरे बीच रहेगी।'

राधा ने कुछ मिनट के लिए उसकी ओर देखा और डिब्बा ले लिया और उसे दुपट्टे से ढक कर आगे बढ़ गयी। वह जानती थी कि उसने एक रेखा पार कर ली है।

अगले सप्ताह राधा ने जब किरपाल को एक बार भी नहीं देखा तो निराश हो गयी। अब वह जलावन लेने प्रतिदिन जाने लगी। ये आने वाली सर्दियों के दिन थे और घर पर कोई पूछने वाला नहीं था।

जब उसने उसे दुबारा देखा तो उसके भीतर कुछ हलचल हुई। वह उसके पास गयी। 'पिछले सप्ताह तुम यहाँ क्यों नहीं थे?'

'दूसरे ट्रक वालों में से कोई बीमार था इसलिए मैं उसकी जगह पर काम कर रहा था।' जब तक वह अपनी बीड़ी पीता रहा, वे कुछ समय तक बिना कुछ कहे खड़े रहे। अन्त में उसने कहा, 'मैं हर सोमवार और शुक्रवार को इस रास्ते से गुजरता हूँ।'

राधा ने सिर हिलाया। वह वहाँ से जाना नहीं चाहती थी लेकिन डरी थी कि कोई उन्हें एक साथ देख सकता है, शायद चरवाहों में से ही कोई एक। वहाँ से निकलने से पहले उसने कहा, 'यहाँ से और नीचे जाने पर दाहिनी तरफ एक सुनशान सड़क है। मैं कभी-कभी लकड़ियाँ चुनने वहाँ जाती हूँ।

किरपाल महीनों से अपनी पत्नी के साथ नहीं सोया था। विवाह के तुरन्त बाद ही उसमें उसकी रुचि ख़त्म हो गयी थी। वह रास्ते में ढाबे पर खाना खाकर रात को रुकने से पहले सड़क पर ही अपनी ख़ुशी पा लेता। हर ट्रक स्टॉप पर किसी अँधेरी गली या किसी झोंपड़ी में कुछ औरतें होतीं जो ड्राइवरों की ज़रूरतों को पूरा करतीं। दो अथवा अधिक औरतें एक कोठे पर इकट्ठी रहतीं और उनका दलाल बाहर घूमता रहता। किरपाल लोकल शराब का क्वार्टर अपने साथ ले जाता और नौकर लड़की गिलास ले आती, हालाँकि उसका मुख्य काम कभी-कभार चादरें बदलना और पानी की बाल्टी भरकर रखना होता था। यह जगह यदि किसी अच्छे इलाके में होती तो उन्हें तौलिया और साबुन की छोटी टिकिया भी मिल जाती। किरपाल वेश्या के साथ सोने से पहले, सम्बन्ध बनाने के

दौरान और बाद में भी उसके साथ पीता रहता, वह उसके साथ एक घण्टा रहती। कुछ अड्डों पर उसकी पसन्द की कुछ औरतें थीं। वह बड़े शहरों में इन जाल बिछाने वालों से दूर ही रहता, उनके रेट उसकी जेब की सामर्थ्य से बाहर होते।

किरपाल को रविवार की छुट्टी मिलती और काम करते हुए शनिवार सबसे हलके आरामदायक दिन होते। वह उस दिन अपने ट्रक की छोटी-मोटी ज़रूरी मरम्मत करवाता। सप्ताह भर चलने के लिए वह इंजन और टायरों की ज़रूरी देखभाल करता। सोमवार सुबह सवेरे लदान डिपो पर खेतों से ट्रैक्टर व बैलगाड़ी पर ख़राब होने वाली सब्ज़ियों व फलों की ट्रे और बोरियाँ आने शुरू हो जाते। वहाँ उस सामान को ट्रक पर लादने वाले आदमी रहते और एक सुपरवाइज़र किरपाल को हस्ताक्षर करने के लिए एक रसीद देता। नौ बजे तक वह ट्रक पर रस्सियों से तिरपाल बाँधकर अपने रास्ते पर रवाना हो जाता। उसे अगले दिन शाम तक डिलिवरी देनी होती थी, नहीं तो ख़राब होने वाले फलों-सब्ज़ियों के पूरे दाम नहीं मिलते थे। कम्पनी ट्रक के ख़राब होने, सड़क बन्द होने और चुंगी स्टेशन पर होने वाली कठिनाइयों के लिए भत्ते देती थी।

किरपाल ने आसानी से राधा द्वारा बताई गयी सड़क ढूँढ़ ली। जहाँ उसने पहले गाड़ी खड़ी की थी, यह स्थान उससे कोई सौ गज़ आगे था, यह बजरी से बना एक रास्ता था जो कभी पत्थर की उस खदान तक जाता था जिसे वर्षों पहले खाली कर दिया गया था। सड़क की हालत अब बहुत बुरी थी और उसे मुख्य सड़क से ओझल होकर ट्रक को मोड़ने में बहुत दिक्कत हुई। वह इन्तज़ार करने लगा। लगभग तीन बजे उसने राधा को आते देखा। वह उसे मिलने के लिए आगे बढ़ा और जब वह काफी पास आ गयी तो उसे अपनी ओर खींच कर चूम लिया। यह इतना अकस्मात हुआ कि वह हैरान रह गयी। वह हाँफने लगी और उसे पीछे धकेल दिया, लेकिन कहा कुछ नहीं।

किरपाल ने उसे फिर चूम लिया। इस बार राधा ने उसे रोकने की कोशिश नहीं की। उसकी रीढ़ में झनझनाहट दौड़ गयी। मुँह के बहुत भीतर जीभ डालना तो दूर, उसे कभी होठों पर चूमा भी नहीं गया था। उसके पति के द्वारा भी नहीं। यह एक नयी अनुभूति थी, वह आनन्द से कराह उठी। किरपाल ने अपना हाथ उसके पेटीकोट के भीतर सरका दिया और उसके नितम्बों को भींच लिया। वह चीख उठी। उसने फिर राधा को चूमा और इस बार उसके हाथ राधा के स्तनों तक पहुँच गये। उसने इतने सधे हाथों से उसका ब्लाउज़ खोला कि वह दंग रह गयी और फिर उसके हाथ रेशम जैसे कोमल और उम्मीद से कहीं अधिक कसे हुए स्तनों पर थे। वह उसके काले निप्पल से खेलने लगा। वह फिर कराह उठी।

इससे पहले कि राधा अपना मन बदल पाती, वह तेज़ी से ट्रक के केबिन में गया और सीट के पीछे लपेट कर रखी हुई सूती रज़ाई निकाल लाया। उसने राधा का हाथ पकड़ा और ऊँचे सरकण्डों के पीछे ले गया जहाँ सड़क से उन्हें कोई देख नहीं पायेगा। उसने फिर राधा को चूमा और उसका पेटीकोट खोल दिया जो ज़मीन पर गिर गया। उसके हाथ फिर उसके नितम्बों पर थे और फिर नीचे तक पहुँच गये इस बार उसकी कराह मात्र कराह नहीं थी, उससे अधिक आनन्द की तेज़ चीख थी। उसने रज़ाई ज़मीन पर बिछा दी और उसे लेट जाने के लिए कहा।

बाद में जब वे ज़मीन पर बैठे थे तो उसने राधा से पूछा, 'तुमने आख़िरी बार कब सम्बन्ध बनाये थे?'

पाँच मिनट पहले।'

उसकी विनोदशीलता पर वह हैरान रह गया और हँस पड़ा।

'मुझे याद नहीं, कई महीने पहले,' उसने कहा।?

उन्होंने नीचे अपने झुण्ड के साथ जा रहे चरवाहे की आवाज़ सुनी। आगे बढ़ने से पहले उसने बहुत जिज्ञासा से ट्रक को देखा।

राधा ने जो ख़तरा मोल लिया था, अब जाकर उसका एहसास हुआ। जब वह आदमी और उसकी पशु दृष्टि से ओझल हो गये तो वह उठी और कपड़े पहने। 'अब मुझे जाना चाहिए,' उसने अपने पेटीकोट से चिपके हुए पत्ते झाड़े। उसने देखा कि लुंगी पर गीले धब्बे थे पर वह इससे परेशान नहीं हुआ।

'मैं अगले सप्ताह यहाँ फिर आऊँगा, इसी समय,' उसने कहा।

उसने सिर हिलाया। फिर राधा ने जलावन के लिए कुछ लकड़ियाँ इकट्ठी कीं और सिर पर उठाये घर की ओर दौड़ी।

बाद में शाम को रोटियाँ बेलते हुए उसे अपने द्वारा किये गये दुस्साहस का एहसास हुआ। किरपाल शायद ढाबों पर इस बात की डींग मारेगा, अपने दोस्तों को बताएगा कि वह कहाँ रहती है, किस पहाड़ी के पीछे। कोई उन्हें देख भी सकता था। उसने कारों को उस सड़क पर मुड़ते देखा था जब किसी को और अक्सर महिलाओं को अपने को हलका करना बहुत ज़रूरी हो जाता था।

किरपाल दिल्ली से लौटते हुए रुक नहीं पाया। वे सप्ताह में एक बार उसी स्थान पर मिलते। उन्होंने इस प्रकार से इसका समय तय किया था कि कोई भी एक घण्टे से अधिक इन्तज़ार नहीं करेगा। उन्होंने पहली बार असावधानी की थी लेकिन अब किरपाल इस बात का ध्यान रखता था कि वह गर्भवती न हो।

राधा हमेशा कुछ ऊपर जाकर सड़क पार करती और फिर झाड़ियों से होती

हुई बजरी के रास्ते पर चली जाती।

महेश उसमें आ रहे बदलावों को देख रहा था, वह जब-तब मुस्कुराती, कई बार काम करते हुए गुनगुनाती, वह खुश थी। शायद वह इस नये परिवेश की आदी हो रही थी।

सर्दियों तक महेश की हालत और बिगड़ गयी। ज़ख़्म पक गये और कोई भी दवा उन्हें छिपा न पाती थी। पस और ख़ून पट्टियों से बाहर बहने लगे थे। राधा को उसे खाना खिलाना पड़ता, कपड़े पहनाने पड़ते। बड़ी राहत केवल यह थी कि उसके पैर अभी भी मज़बूत थे। वह स्वयं शौचालय और नहाने के स्थान पर चला जाता हालाँकि वहाँ पहुँचने पर उसे मदद की ज़रूरत होती।

राधा को उसकी उदासी की चिन्ता थी। वह बहुत बात तो कभी भी नहीं करता लेकिन अब तो वह और भी कम बोलता था। धूप भरे दिनों में वह हलका-सा नाश्ता करने के बाद अपनी जगह पर जाने का समय होने तक चारपाई पर अकेला बैठा या लेटा रहता। सर्दियों में पर्यटकों का ट्रैफिक लगभग नहीं होता था और ऐसे दिन भी होते जब दुकानदार द्वारा उसकी प्लेट में डाला गया एक रुपया ही उसे मिलता।

अब तक चरवाहों का आना नियमित हो गया था। वे बारी-बारी से दिन में कम-से-कम एक बार—चाहे कुछ मिनट के लिए ही—परिवार को देखने आते। वे चरागाहों की ओर जाते हुए अथवा लौटते हुए रुकते। कई बार वे पीने का पानी लेते लेकिन वे विनम्रता से चाय पीने से इनकार कर देते।

चरवाहे निर्धन थे, उनकी आर्थिक स्थिति राधा और महेश से बेहतर नहीं थी—परन्तु उनके पास अपना रोज़गार था—भेड़ें और बकरियाँ उनकी अपनी थीं। एक दोपहर जब उनमें से एक गड़रिया घर लौट रहा था तो उसने राधा से एक बर्तन देने के लिए कहा। वह एक बकरी के पास घुटने के बल बैठा और राधा यह देखकर दंग रह गयी कि वह बकरी का दूध दुहने लगा। बर्तन जब दूध से भर गया तो उसने राधा को थमा दिया। राधा ने लेने से इनकार करना चाहा लेकिन वह ज़िद करने लगा। उसने चरवाहे को शुक्रिया कहा और अपने आँसू छिपाती तेज़ी से भीतर चली गयी। तब से वह चरवाहा हर शाम दूध का बर्तन भर कर देने लगा।

रवि ने, जब उसके माता-पिता दोनों बाहर होते, तो स्वयं अपना ध्यान रखना सीख लिया था। उसकी माँ को यह देखकर बहुत राहत मिली कि उसने चरवाहों के साथ दोस्ती कर ली थी। जब वे अपने झुंड को पास ही खिलाते-पिलाते तो वह भी उनके साथ हो लेता। कभी-कभी तो वह अपनी माँ से खाना बाँधकर

देने के लिए कहता जिससे कि वह उनके साथ ही खा सके।

घर पर उनकी बचत कम होती जा रही थी और राधा को चिन्ता थी कि वे बहुत देर तक उस झोंपड़ी में नहीं रह सकेंगे।

एक दोपहर राधा ने अपने कपड़े पहनते हुए किरपाल को बताया, 'मुझे नहीं मालूम कि हम कितनी देर तक ऐसे चल पाएँगे।'

उसने अपनी जेब से सौ रुपए का एक नोट निकाला और उसकी ओर बढ़ाते हुए कहा, 'इसे रख लो।'

राधा ने आश्चर्य से उसकी ओर देखा।

'मैं तुम्हारी सहायता करने के लिए हर सप्ताह तुम्हें सौ रुपये का एक नोट दूँगा,' उसने कहा।

उसका आश्चर्य क्रोध में बदल गया। 'तुम्हारी हिम्मत कैसे हुई,' वह चीखी। जो लकड़ियाँ वह इकट्ठी करके लाई थी, उनका गट्ठर सिर पर रखा और हाँफती हुई चली गयी।

वह ढलान पर कुछ ही ऊपर गयी थी कि मुड़ी, 'मेरा पति बेशक भिखारी है लेकिन मैं वेश्या नहीं हूँ।'

'मेरा वह मतलब नहीं था,' किरपाल अपनी बात पूरी कर पाता इससे पहले ही वह नीचे सड़क पर ओझल हो गयी।

अगले सप्ताह किरपाल उसकी प्रतीक्षा करता रहा, वह नहीं आयी। लेकिन अगले सप्ताह राधा को देखकर उसे राहत मिली। वह अभी भी गुस्से में थी पर उसे भी किरपाल के दुलार, हलकी-फुलकी बातचीत और घर की एकरसता से मुक्ति की याद आ रही थी। महेश की लम्बी ख़ामोशी उसे भारी पड़ रही थी। उन दिनों वह जब जलाने की लकड़ी लेने जाती तो इधर-उधर टहलते हुए, अधिक-से-अधिक, समय बिता लेती।

झोंपड़ी में पहुँचने के छह माह बाद जब एक दिन राधा आँगन में बैठी सब्ज़ी काट रही थी कि तभी उसने दूर से उसे देखा।

'वह आ रहा है,' उसने महेश से कहा और भीतर चली गयी।

उन्हें कई दिनों से उसके आने की उम्मीद थी। राधा को इस बात से राहत महसूस हुई कि रवि चरवाहों के साथ जा चुका था।

भारी शरीर का वह आदमी सड़क से ऊपर की तरफ आते हुए एक हाथ में अपनी धोती पकड़े हुए था, वह साँस लेने के लिए हर थोड़े कदमों पर रुक

जाता। महेश चारपाई से उठते हुए उस आगंतुक का अभिवादन करने के लिए आगे बढ़ा। राधा भीतर ही दरवाज़े के पास खड़ी रही जिससे कि उनकी बात सुन सके।

'नमस्ते लाला जी,' महेश ने अपने हाथ जोड़े और झुका। 'लाला जी' सम्बोधन उस व्यक्ति के लिए बहुत बड़ा था लेकिन महेश जानता था कि वह इससे खुश होगा।

यह आदमी झोंपड़ी का मालिक था। वह चारपाई के कोने में बैठ गया। महेश ज़मीन पर ही दास की तरह एक दूरी बनाकर बैठ गया।

'राधा चाय बना लाओ,' उसने ऊँची आवाज़ में कहा, हालाँकि इतना ऊँचा बोलने की आवश्यकता नहीं थी।

'शुक्रिया, लेकिन इसकी ज़रूरत नहीं,' अतिथि ने बीच में रुखाई से कहा, 'मैंने अभी नाश्ता किया है।'

'आप पानी लेंगे?'

हालाँकि उसे पानी लेना था पर उसने इनकार कर दिया। वह उनके यहाँ पानी नहीं पीयेगा।

दोनों आदमी बिना बोले ख़ामोश बैठे रहे। उस आदमी ने नज़रों से ही उस जगह का मुआयना कर लिया और पाया कि किरायेदार वहाँ की अच्छी देखभाल कर रहे थे। वह महेश और उसके परिवार के आने के बाद से यहाँ कभी नहीं आया था। उसका एक कर्मचारी महीने के आख़िरी दिन किराया लेने आता लेकिन पिछले महीने वह खाली हाथ लौट गया था।

'महेश मैं तुम्हारे हालात अच्छी तरह जानता हूँ,' आख़िरकार उसने कहा। 'परन्तु किराया तो देना पड़ेगा।' उसने इधर-उधर की बात किये बिना मुद्‌दे पर पर आना ठीक समझा। वह एक ऑटो-रिक्शा लेकर आया था जो उसे वापिस दुकान पर ले जाने के लिए उसकी प्रतीक्षा कर रहा था। यदि वह देर तक रुका तो ऑटो वाला वेटिंग के पैसे वसूल लेगा। उसने दरवाज़े की ओर देखा। वहाँ कोई नहीं था लेकिन वह जानता था कि राधा उनकी बात सुन रही थी। वह उसे जब भी कलोनी में देखता तो उसके भीतर कुछ झनझना उठता। शायद ये लोग किराये के बदले किसी समझौते पर आ जायें। उसने एक से अधिक बार इस पर सोचा था। आख़िर उसे सुबुद्धि आ गयी थी। यह बहुत छोटा क़स्बा था और वह बात के बाहर निकलने का ख़तरा नहीं उठा सकता था। भिखारी की पत्नी के द्वारा इनकार किया जाना बहुत बड़ा अपमान होगा, क़स्बे के लोग उस पर हँसेंगे। इसके अलावा, उसे पैसे भी चाहिए थे।

'लाला जी, जितनी जल्दी हो सकेगा, हम आपको किराया दे देंगे। सर्दी शुरू हो जाने से हालात बिगड़ गये हैं। कृपया हमारा विश्वास करें।'

'तुम्हारे पास महीने के अन्त तक का समय है। दो महीने का पूरा किराया। इस जगह को मैं किसी दूसरे को दोगुने किराये पर दे सकता हूँ।'

महेश जानता था कि यह झूठ है पर उसने कुछ नहीं कहा। उसने दरवाज़े की ओर देखा कि शायद राधा को कुछ कहना हो लेकिन वहाँ ख़ामोशी थी।

वह आदमी उठा, राधा की मौजूदगी को जताते हुए दरवाज़े की ओर सिर हिलाया और निकल गया।

जब रास्ते पर वह ओझल हो गया तो राधा बाहर आयी। 'अब हम क्या करेंगे?'

महेश ने कुछ नहीं कहा। वह शक्तिहीन और हारा हुआ महसूस कर रहा था। वे दोनों जानते थे कि महीने के अन्त तक भी उस आदमी को भुगतान करने का कोई साधन नहीं था।

'क्या तुम मुझसे शादी करोगे,' राधा ने किरपाल से पूछा। बर्फ़ पड़ रही थी और ज़मीन पर हल्की-सी सफ़ेद परत जमी थी। वह जानती थी कि यूँ हर सप्ताह मिलना जल्द ही ख़त्म होगा।

किरपाल ने आश्चर्य से उसकी ओर देखा और उसे बाँहों में ले लिया। 'हम दोनों शादीशुदा हैं,' उसने कोमलता से कहा। उसने राधा से हर सप्ताह मिलने के तत्काल बाद ही अपनी पत्नी के बारे में बता दिया था कि 'वह मुझे छोड़ेगी नहीं।'

राधा का मन तो हो रहा था पर उसने किरपाल से यह पूछना उचित नहीं समझा कि यदि वह विवाहित न होता तो क्या वह उससे शादी कर लेता।

'परन्तु यदि तुम मेरे साथ आओ तो हम उस क़स्बे में रह सकते हैं जहाँ मैं काम करता हूँ।' इस बाबत वह काफ़ी समय से सोच रहा था। वह उसकी ओर आकृष्ट था और यह आकर्षण शारीरिक सम्बन्ध से कुछ अधिक ही था। वह कपड़े धोने, खाना बनाने में उसकी सहायता कर सकती थी। वह कुछ घरों में काम करके कुछ पैसा भी बना सकती थी जैसा कि वह पहले करती आयी थी।

राधा को उम्मीद थी कि किरपाल उसे दूसरी पत्नी के रूप में रख लेगा। विवाह बिना कागज़ात के भी किसी मन्दिर में किया जा सकता था। सदा ही ऐसा होता रहा है। पुजारी को कुछ दे दिया जाता है और फिर कोई प्रश्न नहीं होता। किरपाल की प्रतिक्रिया निराशाजनक थी। परन्तु उसने कुछ प्रस्ताव तो किया ही

था। राधा को भी किसी वादे से उसके मुकरने का कुछ-कुछ सन्देह तो था ही।

यह कुछ ऐसा नहीं था जो उसने तभी सोचा था। जो हालात थे, उनमें उसका परिवार नहीं चल सकता था। उन्हें वहाँ से निकाला ही जाने वाला था, सिर पर बिना छत के वे गलियों में दरवाज़े-दरवाज़े भटकते भिखारी होंगे, गलियों ही में उन्हें सोना होगा। महेश की स्थिति को देखते हुए वह जानती थी कि स्वयं उसे भी कोई काम पर नहीं रखेगा। वह युवा और सुन्दर थी, पुरुष उसकी ओर आकृष्ट होते थे, महेश गुण्डों से इसकी रक्षा नहीं कर पायेगा। तीन लोगों का भरण-पोषण करना महेश पर बहुत बड़ा बोझ होगा, यदि वह अकेला हो तो बेहतर होगा। वह चाहती थी कि काश वह रवि को साथ ले जा पाती पर जानती थी कि किरपाल इसके लिए कभी सहमत नहीं होगा। इसके अलावा, महेश भी अकेला नहीं जी पायेगा। उसे खाना खाने, नहाने एवं कपड़े पहनने के लिए किसी की सहायता की ज़रूरत थी।

'वादा करो कि तुम मेरी देखभाल करोगे,' उसने किरपाल से कहा।

उस दोपहर उसने रवि को चरवाहों के साथ भेज दिया और आँगन में चारपाई पर महेश के निकट बैठ गयी। सूरज कुछ ही घण्टों में छिप जायेगा। हवा से पहले ही ठण्डक हो गयी थी।

'मैं तुम्हे बहुत प्यार करती हूँ,' आख़िर उसने कहा। महेश ने कोई उत्तर नहीं दिया। उनके विवाह में आँसुओं और स्नेह के प्रदर्शन की अनुमति थी पर ऐसी बातों को अनकहा ही छोड़ दिया गया था। महेश को कुछ सप्ताह से सन्देह था, राधा के स्टील के ट्रंक में कुछ कागज़ात ढूँढ़ते हुए उसकी चूड़ियाँ देख लेने से पहले ही शक था पर उसने कुछ नहीं कहा। लाला जी ने उन्हें महीने के अन्त तक का समय दिया था। वह जानता था कि राधा इससे पहले ही छोड़ जायेगी। शायद वह रवि को साथ ले जाये, वह उससे बहुत प्यार करती थी। हाल ही में महेश ने उसे रवि के साथ पहले से अधिक समय बिताते देखा था। रवि जब चरवाहों के साथ जाना चाहता तो राधा उसे अपने पास रखने के बहाने ढूँढ़ लेती।

जब तक रवि लौटा, अँधेरा लगभग घिर चुका था। वह ज़मीन पर बैठ गयी और रवि को अपनी गोद में बैठने के लिए पुकारने लगी। उसने रवि से बात करने की कोशिश की लेकिन राधा द्वारा खाना बनाने का समय होने तक वे तीनों लगभग ख़ामोश ही रहे। उसने कुछ ज़्यादा खाना बनाया और उसे एक बर्तन में बन्द करके रख दिया।

उस रात जब रवि सो गया तो वह उठी और बिस्तर पर महेश के पास लेट

गयी। उसने महेश की छाती पर अपना हाथ रख लिया।

'अलविदा मेरे प्यारे,' वह थोड़ी देर के बाद बुदबुदाई और उसके माथे को चूम लिया, उसे याद नहीं था कि उसने इससे पहले कब ऐसा किया था।

जब वह बिस्तर से निकली और रवि की ओर बढ़ी तो झोंपड़ी में अँधेरा ही था, उसने रवि के चेहरे को दुलारा और अपने गले में उमड़ रही सिसकियों को दबा लिया। वह महेश के बिस्तर पर गयी और उसके पाँवों को स्पर्श किया। तितली जैसा हलका-सा स्पर्श और फिर अपना हाथ अपने माथे को छुआते हुए मूक प्रार्थना की जिससे कि उस आदमी की कुछ अच्छाई उसमें समा सके। उसने अपने पिता की दी हुई सोने की दोनों चूड़ियाँ उतार दीं, विवाह के समय से वह उन्हें हर समय पहने रखती थी। चूड़ियों को एक कपड़े में लपेटा और स्टील के ट्रंक में रख दिया। अपने कुछ कपड़ों को बाँधा और तेज़ी से दरवाज़े से चुपचाप निकल गयी।

किरपाल अपने ट्रक को मुख्य सड़क से आगे नहीं लाया था क्योंकि अँधेरे में बजरी की सड़क पर इसे मोड़ना बहुत ख़तरनाक होता। वह बेसब्री से इन्तज़ार करता रहा। वह अपने मालिक को बताये बिना ट्रक ले आया था और यदि उसने दस बजे मैनेजर के पहुँचने से पहले नहीं लौटाया तो गोदाम का सुरक्षा गार्ड भारी संकट में फँस जायेगा। जैसे ही उसने राधा को रास्ते से नीचे आते देखा, पूरे ज़ोर से इंजन चालू कर दिया और सवारी की सीट का दरवाज़ा खोल दिया। जब तक वह भीतर चढ़ी, ट्रक पहले ही आगे बढ़ने लगा था।

ऊपर पहाड़ी के मोड़ पर वह बाहर को झुकी और मुड़कर झोंपड़ी को देखा। सुबह की पहली किरण की रोशनी में उसने अपने बेटे को झोंपडी के दरवाज़े पर खड़ा देखा।

रवि कुछ देर तक दरवाज़े पर खड़ा रहा, फिर मुड़ गया और अपने पिता को बिस्तर पर बैठा देखा।

महेश ने बहुत हलकी आवाज़ में कहा, 'जा मेरे बेटे, सो जा।'

'माँ कहाँ गयी है?'

'तुम्हारी माँ वेश्या है,' उसने जबाव दिया।

5

उस काली सबुह, जब राधा उन्हें छोड़ गयी थी, रवि ने अपने पिता के लिए चाय बनाई और स्वयं चरवाहों द्वारा पिछली शाम छोड़ा गया बकरी का थोड़ा दूध पी लिया। वह दिन ख़ामोशी में बीत गया और रवि ने राधा के काम सँभाल लिए अपने घर में झाड़ू लगाया और नहाने और कपड़े पहनने में महेश की मदद की। बाद में उसने राधा द्वारा पकाकर छोड़े गये खाने से दो थालियाँ तैयार कीं।

'बेटा, हम यहाँ से जल्द ही चले जाएँगे,' यह पहला वाक्य था जो महेश ने दिन भर में बोला था। रवि ने इस फ़ैसले पर कोई प्रश्न नहीं किया ।

सप्ताह भर में महेश ने, उसका जो कुछ थोड़ा-सा सामान था, चरवाहों को बेच दिया, कुछ ज़्यादा था भी नहीं—रसोई के बर्तन, दो चारपाइयाँ और गद्दे, बाल्टियाँ और छिटपुट सामान। चरवाहे भी इनके बदले बहुत अधिक भुगतान कर पाने की स्थिति में नहीं थे। महेश ने राधा का स्टील का ट्रंक खोला जिसमें उसे राधा की साड़ियों के बीच सोने की चूड़ियाँ मिलीं जो राधा के पिता ने उसे विवाह में दी थीं। काँच की चूड़ियों का डिब्बा नदारद था। बाप-बेटा महीना समाप्त होने से दो दिन पहले वहाँ से चल दिये। गर्मी समाप्त हो चुकी थी और हवा में शरत् ऋतु की पहली हवाओं की सिरहन थी। वे झोंपड़ी का दरवाज़ा खुला ही छोड़ गये जिससे कि चरवाहे बचाखुचा सामान भी ले जा सकें। कुछ ज़रूरी सामान थैलियों में बाँध लिया था। उसकी छोटी-छोटी गाँठें बना ली थी जिससे कि कुछ दूर तक उन्हें उठा सकें। रवि ने अपने पिता की पीठ पर एक गाँठ जमाने में मदद की।

सुबह जब पर्वतों की चोटियों पर सूर्य की पहली किरणें चमकनी शुरू ही हुई थीं कि वे वहाँ से चल पड़े। महेश बड़ी मुश्किल से ढलान पर अपने क़दम जमा पाता था परन्तु एक बार जब वे मुख्य सड़क पर आ गये तो चलना आसान हो गया। वे पहाड़ी घाटियों में गरजती हुई, फफोले डाल देने वाली हवाओं को अनदेखा करके उत्तर की ओर मुड़ गये। कलोनी और मैदानों की ओर जाना

सरल होता लेकिन महेश लाला जी से टकराने का ख़तरा मोल नहीं ले सकता था। वैसे भी वह जन्म के समय से जिस स्थान पर रहता आ रहा था, उससे पूरी तरह से नाता तोड़ लेना चाहता था। शायद बड़ा शहर उन्हें बेहतर खाना और पैसा देगा।

वे जितना सम्भव हो सका, सड़क से दूर ही रहे। वे पास से गुज़रते तो बसें, ट्रक, कारें हॉर्न बजाते, कभी-कभी तो बहुत गुस्से से। जल्द ही वे ठीक रख-रखाव के अभाव में वाहनों से निकलने वाली कालिख से ढक गये। वे सड़क के साथ लगती बस्तियों के ढाबों, चाय की दुकानों और खाने का छिटपुट सामान, पान और ठण्डे पेय बेचती झोंपड़ियों के पास से गुज़रते रहे। जहाँ पीने का पानी और बैठने की जगह मिली, वे आराम कर लेते। कई बार महेश साँस लेने के लिए रुकता और आगे बढ़ने से पहले कुछ मिनट विश्राम करता।

पहली दोपहर ढले वे एक नदी के निकट पहुँच गये, उसके साथ ही खाने के कई स्टॉल थे, महेश ने निर्णय लिया कि रात में रुकने के लिए यह अच्छा स्थान था। वह थक चुका था और रवि का भी यही हाल था। वे मुख्य सड़क पर एक नीम के पेड़ के नीचे रुक गये। महेश ने भीख का कटोरा अपने सामने रख लिया। उस शाम महेश ने रवि को अपनी प्रिय वस्तु समोसा खरीदने भेजा। वह चिन्तित था कि रवि सारा दिन कुछ भी नहीं बोला, चुपचाप चलता रहा था।

आख़िकार जब वे खा चुके तो रवि बोला, 'पापा, चिन्ता मत करो, हम ठीक हो जाएँगे।'

महेश ने रवि को अपनी बाँहों में ले लिया ।

'मैं दोबारा समोसा नहीं खाऊँगा,' लड़के ने कहा।

अगले दिन महेश भोर फूटते ही जग गया परन्तु उसने लड़के को सोता ही छोड़ दिया। रवि के जागने पर वे खेतों में नित्यकर्म के लिए चले गये और नदी पर नहाये। इसके बाद चाय की स्टॉल पर चाय पीने के बाद वे फिर अपनी यात्रा पर निकल पड़े। आने वाले दिनों में उनकी दिनचर्या थी—महेश का जल्दी उठना, रवि का अधिक देर तक सोना और फिर दोपहर हो जाने तक धीरे-धीरे चलते रहना। वे दोपहर सड़क किनारे कटोरा लेकर भीख माँग कर बिताते। महेश को यदि भीख में अच्छे पैसे मिल जाते तो वे बेहतर खाना खा लेते, जहाँ उन्हें आश्रय मिलता, वे सो जाते—कभी किसी खाली आँगन पर लोहे की छत के नीचे तो कभी किसी सड़क के पुल के नीचे। गत्ता, अख़बार, घास-फूस जो भी जलाया जा सकता था और गर्मी देता, वे उससे आग जलाते। वे दोनों अपनी एक कम्बल में सिकुड़कर लेट जाते और सुबह होने तक ठिठुरते रहते।

एक दिन जब वे सड़क के किनारे आराम कर रहे थे तो एक दूसरे भिखारी ने उन्हें सुझाव दिया कि मुख्य सड़क से कुछ किलोमीटर दूर लड़कों का बोर्डिंग स्कूल है, वे वहाँ जाने की कोशिश करें क्योंकि वहाँ की रसोई का स्टाफ़ उस एकान्त स्थान पर पहुँचने वालों को शाम को बचा हुआ खाना दे देता था। यह नये प्रिंसिपल की योजना थी जो वामपन्थी विचारधारा का था और हाल ही में विदेश से लौटा था। भिखारी लोग इसका बहुत लाभ उठा रहे थे।

महेश और रवि जब तक स्कूल के पिछवाड़े सर्विस गेट तक पहुँचे, दोपहर ढल चुकी थी। अपने पिता को एक पेड़ की छाया में बिठाकर रवि लोहे के जंगले से नीचे फुटबॉल खेलते रहे लड़कों को देखते हुए समय बिताने लगा, वह उन्हें देख मन्त्रमुग्ध हो गया। तभी एक लड़के ने उसकी ओर उँगली से कुछ संकेत किया और उसके दोस्त हँस पड़े। रवि शरमा गया और तुरन्त वहाँ से हट गया। ब्रिटिश शासकों ने यह स्कूल सौ साल पहले मध्यम दर्जे के उन ब्रिटिश सैनिक अधिकारियों, जो अपने बच्चों को इग्लैण्ड के बोर्डिंग स्कूलों में भेजने में समर्थ नहीं थे, के बच्चों के लिए बनवाया था। अब इस स्कूल में ख़ासकर वे बच्चे आते थे जिनके माता-पिता कभी ऐसे स्कूलों में पढ़े थे और वे बच्चे भी थे जो घर पर समस्याएँ पैदा करते थे।

शाम बीतते न बीतते और घूमन्तू लोग भी वहाँ आ गये। अब तक ज़मीन पर बर्फ़ का हलका-सा छिड़काव हो चुका था। शाम को लगभग आठ बजे जब बच्चे बड़े उल्लास से राष्ट्रीय गान गाने के बाद खाना खा चुके तो वह स्थान बिल्कुल शान्त हो गया। नौकरों ने अपना भोजन किया और फिर उनमें से एक रसोई से बाहर गया और भिखारियों के कटोरों को खाने से भर दिया। वहाँ लगभग एक दर्जन भिखारी थे। चिकन करी में केवल हड्डियाँ ही थीं और सबको दो-दो पराँठे मिले जो चिकन क़री के रसे में भीगे हुए थे। सड़क पर आने के बाद बाप-बेटे के लिए पहली बार यह सबसे अच्छा भोजन था।

ઊ૪ઊ

इन्हें शहर पहुँचने में लगभग सवा महीना लग गया। वे जल्दी में नहीं थे यदि उन्हें किसी गाँव में फायदा होता दिखता तो वे भीख का कटोरा लिए द्वार-द्वार जाते। अधिकतर दरवाज़े तो उनके मुँह पर बन्द कर दिये जाते, कभी-कभी उन्हें बचा हुआ खाना मिल जाता। कुछ रुपयों की बजाय खाना मिलना उन्हें अधिक अच्छा लगता था। यदि उन्हें कभी काफ़ी भोजन मिल जाता तो वे इसे कुछ दिनों तक चला लेते। यों भी मौसम ऐसा था कि खाना ख़राब नहीं होता था।

इन दिनों यदि रवि को अपनी माँ की याद आती तो वह बताता नहीं था। आश्चर्य की बात थी कि वह पिता से अधिक निकटता महसूस कर रहा था।

वे शहर के चौक में, जहाँ सब बसें रुकती थीं, जम गये। महेश ने अनुमान लगाया कि लम्बी, जटिल यात्राएँ सुरक्षित पूरी कर लेने के बाद यात्री भिखारियों को दान देकर भगवान के प्रति आभार दर्शाते थे। समस्या यह थी कि वह एकमात्र भिखारी नहीं था जिसने यह अनुमान लगाया था। शहर के चौक में उनकी भीड़ थी। किसी की दोनों बाजुएँ नहीं थीं तो किसी की दोनों टाँगें, किसी को कोई बीमारी थी। सभी महेश के समान ही घृणास्पद थे। जब वे किसी नये भिखारी को देखते तो खुलेआम विरोध जताते, लेकिन उन्होंने जब उसके साथ छोटे लड़के को देखा तो कुछ नरम पड़ गये। उनमें से एक-दो ने ऐसे कुछ स्थान सुझाए जहाँ वे रात बिता सकते थे।

बस स्टॉप पर बहुत फ़ायदा नहीं हुआ। सर्दी शुरू हो जाने से पर्यटक बहुत कम हो गये थे। इस स्थान पर जितने भिखारियों का गुज़ारा चल सकता था, उससे कहीं अधिक भिखारी थे। महेश ने सोचा कि वह केवल दोपहर बाद ही बस स्टॉप पर बैठेगा, जब बसें पहुँचती थीं। बाकी दिन वे घर-घर जाकर भीख माँगेंगे।

महेश अब तक बहुत कमज़ोर हो चुका था और रवि की सहायता के बिना चल फिर नहीं सकता था। वे माल रोड पर बैठ गये जहाँ सम्भ्रान्त लोग थे। लेकिन जल्द ही उन्हें एहसास हो गया कि मेन बाज़ार में बने एक-दूसरे से सटे लकड़ी के घरों में रहने वाले लोग अधिक उदार थे। जैसे ही मौसम ख़राब हुआ, भीख मिलनी कम हो गयी। केवल दीपावली से पहले कुछ सप्ताहों के लिए यह आश्चर्यजनक ढंग से बढ़ गयी। उन दिनों उन्होंने अच्छे से खाया और कुछ पैसे भी बचा पाये।

वे नाले के पास लोहे की जंग लगी चदरों से बने एक अवैध झोंपड़ीनुमा ढाँचे में तीन और लोगों के साथ रहने लगे। उनके लिए पाँच रुपये प्रति रात का किराया भी बहुत अधिक नहीं था। वे नित्यकर्म के लिए नाले के पास ही चले जाते और साथ ही लगे सरकारी नल पर नहा-धो लेते। वहाँ कोई गर्माइश नहीं थी और तार-तार हुआ उनका कम्बल झोंपड़ी की झिर्रियों से चीखती आती हवाओं से उन्हें बचा नहीं पाता था, रात में वे कई बार जागते-सोते।

एक माह के भीतर ही महेश चलने में असमर्थ हो गया था, भीख माँगने घर-घर जाना और बस स्टॉप पर जाना भी बन्द कर दिया। इसकी बजाय उन्होंने झोंपड़ी के निकट ही स्थान ढूँढ़ लिया जहाँ महेश अपना कटोरा लेकर बैठता और पास में बैठा रवि उसकी ज़रूरतों की देखभाल करता। महेश का पूरा शरीर मवाद

भरे ज़ख़्मों से ढक गया था। उसे अपनी दोनों हथेलियों से हाथ धोना पड़ा। वह खुद कुछ भी नहीं कर पाता था।

महेश ने बहुत पहले ही पट्टियाँ बाँधना छोड़ दिया था—पैसा बचाने के लिए और लोगों का ध्यान खींचने के लिए भी। इससे पीड़ा कम नहीं होती थी, वे तो बस ज़ख्मों को ढक देती थी जिससे दूसरों को देखकर बुरा नहीं लगता था। कुछ राहगीर उसे देखकर घृणा करते और तेज़-तेज़ चलते लेकिन वह उनकी परवाह नहीं करता। ज़ख्मों से उठने वाली दुर्गन्ध से रवि को घृणा होती लेकिन वह उसे ज़ाहिर नहीं करता।

रवि अभी सात वर्ष का भी नहीं हुआ था। उसे समझ नहीं आता कि हालात का सामना कैसे करे। उनका गुजारा रोज़ मिलने वाली भीख से चल जाता, हालाँकि वह भी बहुत ज़्यादा नहीं थी। कुछ दिन तो ऐसे होते कि खाने के लिए पैसे ही न होते और जब उन्होंने घर-घर जाना बन्द कर दिया तो खाना मिलना भी बन्द हो गया। जब वे किराया देने में असमर्थ हो गये तो उन्होंने झोंपड़ी छोड़ दी। अब वे वहीं रहने लगे जहाँ महेश भीख माँगता था। कुछ दिन बाद महेश को बुख़ार आ गया ।

एक सुबह तड़के ही दुकानों के खुलने से पहले पुलिस पहुँच गयी। किसी ने वहाँ से आने वाली दुर्गन्ध के लिए शिकायत कर दी थी कि यह बिज़नेस के लिए ठीक नहीं। दो पुलिस अधिकारी थे और एक पुलिस की कार का ड्राइवर था।

रवि अपने पिता के साथ बैठा था जो कम्बल से ढके लेटे थे।

एक अधिकारी ने झुककर उससे कहा, 'तुम्हारा नाम क्या है?' उसकी आवाज़ में गुस्सा भरा था ।

यह पुलिस के साथ रवि का पहला सामना था। वह डर गया था।

'रवि'

'तुम्हारी उम्र क्या है?'

'सात।'

'तुम्हारी माँ कहाँ है?'

'वह मर चुकी है।'

दूसरे अधिकारी ने अपना जूता महेश की पसलियों में मारा, 'उठो,' उसने कठोरता से कहा। उसने दोबारा वही किया, फिर भी महेश बेहोश पड़ा था।

अब तक तमाशबीनों की छोटी-सी भीड़ जमा हो चुकी थी।

'हमें उसे यहाँ से हटाना होगा,' मोटे अधिकारी ने घृणा से अपने साथी से कहा।

'मैं तुम्हें इन्हें नहीं ले जाने दूँगा,' रवि डर गया था।

यह आशातीत था। 'तुम भी उसके साथ आ जाओ।' अधिकारी का लहज़ा अब कुछ नर्म पड़ चुका था। उसने भीड़ में दो व्यक्तियों की ओर अपनी लाठी घुमाई, वे देखने में मज़दूर लगते थे। उनसे महेश को उठाकर वैन के पीछे डालने के लिए कहा जहाँ ड्राइवर पहले ही दरवाज़ा खोले खड़ा था। उन्होंने बहुत झिझकते हुए महेश को उठाया। वे कोशिश कर रहे थे कि महेश को कम-से-कम छूना पड़े।

अधिकारियों ने रवि को अपने सामान सहित वैन में पीछे चढ़ाया। वे शिकायत करने वाले दुकानदार से अपनी फीस लेने बाद में आएँगे।

'हम इसे अस्पताल ले चलें,' ड्राइवर ने पूछा। 'यह मर रहा है, वे इसे नहीं लेंगे? यह बस एक बिस्तर घेरेगा, मुझे लड़के की चिन्ता अधिक है।

यह कोई बड़ा शहर नहीं था और शहर के बाहर जहाँ बागान शुरू होते थे, पहुँचने में अधिक समय नहीं लगा। वे कुछ देर तक गाड़ी में आगे चलते रहे जब तक मोटे अधिकारी ने गाड़ी रोकने के लिए नहीं कहा।

वह चिन्तित था कि जल्द ही उनके पास एक लाश होगी जो उनके लिए अलग से, अधिक जटिल समस्या खड़ी कर देगी। अब महेश को गाड़ी से नीचे उतारने के लिए कोई नहीं था। दोनों पुलिस अधिकारियों ने उसे उठाते हुए नाक-भौं सिकोड़ा और उसे सड़क किनारे लिटा दिया।

एक अधिकारी ने कहा 'हम इसे यहीं छोड़ देंगे।' फिर वह रवि की ओर मुड़ा, 'बेटा, तुम क्या करोगे?' रवि ने जब कोई उत्तर नहीं दिया तो अधिकारी ने कहना जारी रखा, 'हम तुम्हें अनाथालय ले जा सकते हैं, वे तुम्हें खाना देंगे और तुम्हारी देखभाल करेंगे।'

'मैं अपने पिता के साथ रहूँगा।'

'जैसा तुम्हें ठीक लगे परन्तु तुम इसे शहर में नहीं लाओगे,' उसने चेतावनी दी।

लड़के ने सिर हिला दिया।

रवि ने महेश को कम्बल से ढक दिया और उसके पास बैठा पुलिस की गाड़ी को जाते देखता रहा। उन्होंने दो दिन से कुछ नहीं खाया था। वे अब धूल भरी सँकरी सड़क पर थे जिसके दोनों ओर खेत थे और कहीं छाया नहीं थी। जबसे उन्होंने घर छोड़ा था, रवि पहली बार रो पड़ा।

जगतराम शहर जा रहा था कि तभी उसने ताँगे से इन दोनों को देखा। उसने ताँगे वाले से रुकने के लिए कहा।

'मेरा इतंजार करो', वह ताँगे से उतरा और लड़के व उसके पिता के पास पहुँचा। हालाँकि उसे घृणा हो रही थी परन्तु उसने अपना हाथ महेश के सिर पर रखा। उसे तेज़ बुख़ार था और उसकी त्वचा तप रही थी। इसके पूरे बदन पर ज़ख़्म थे और बड़ी तेज़ दुर्गन्ध आ रही थी।

'तुम यहाँ कब से हो बेटा,' उसने लड़के से पूछा।

'कल से,' रवि ने उत्तर दिया।

'तुम्हारे पास खाने को कुछ था?'

रवि ने नीचे देखा और अपना सिर हिला दिया ।

जगतराम घुटने मोड़कर ज़मीन पर बैठ गया और सोचने लगा। वह जानता था कि वह उन्हें वहाँ नहीं छोड़ सकता था। शहर में उसके काम को एक दिन उसकी प्रतीक्षा करनी होगी।

'इसे ताँगे पर चढ़ाने में मेरी मदद करो,' उसने रवि से कहा, 'तुम भी मेरे साथ चलो।'

ताँगे वाले ने जब यह सुना तो उसने विरोध किया, 'मैं इसे नहीं ले जाऊँगा, गन्दगी और बीमारी से भरा...'

जगतराम ने उसकी हथेली पर दस रुपये का नोट रखा और उसे चुप रहने के लिए कहा।

वह बुड़बुड़ाया, 'ठीक है, पर उसे पिछली सीट पर कम्बल बिछाकर डालो।'

जगतराम ने दृढ़ता से कहा, 'नहीं मुझे उसे ओढ़ाने के लिए कम्बल की ज़रूरत है, उसे बुखार है।'

ताँगेवाले ने स्पष्ट कर दिया कि वह कोई मदद नहीं करेगा। जगतराम ने महेश को कन्धों से पकड़ा और रवि ने उसके पाँव पकड़े, कमज़ोर शरीर में कुछ भी बोझ नहीं था। उन्होंने उसे पिछली सीट पर लिटा दिया, फिर जगतराम उसे सन्तुलित करने के लिए ऊपर चढ़ गया। 'तुम आगे की सीट पर बैठो,' जगतराम ने रवि से कहा। ताँगे वाला कुनमुनाया और अपना चाबुक चलाया और दुर्बल घोड़ा सरपट दौड़ चला।

'हम घर चल रहे हैं,' जगतराम ने कहा। जगतराम शहर के निकट ही एक गाँव में सरकारी प्राइमरी स्कूल में मुख्याध्यापक था। उसके दादा पटवारी थे, भूमि का रिकॉर्ड रखने वाले। जब वह अट्ठारह वर्ष का था तो उसके पिता उसे एक सूटकेस के साथ दिल्ली ले गये और उसे एक कॉलेज में दाखिल करवा दिया। शुरू में जगतराम को बहुत कठिनाई हुई क्योंकि सब लेक्चर अंग्रेज़ी में दिये जाते थे लेकिन वह एक दृढ़-संकल्प विद्यार्थी था और तीन वर्ष के बाद ऑनर्स डिग्री

के साथ लौटा। वह इतना आगे तक शिक्षा प्राप्त करने वाला गाँव का पहला लड़का था। पिता के कहने पर वह सरकारी प्रशासनिक सेवा परीक्षाओं में बैठा पर लिखित परीक्षा के बाद हुए इण्टरव्यू में सफल नहीं हो पाया। कुछ समय तक उसने शहर जाकर किसी व्यावसायिक प्रतिष्ठान में नौकरी करने का विचार किया लेकिन फिर अचानक उसने स्थानीय स्कूल में पढ़ाने का निर्णय लिया जिससे उसके माता-पिता बहुत निराश थे। कुछ वर्ष बाद उसने अपनी जाति की एक स्थानीय लड़की शान्ति से विवाह कर लिया।

अध्यापक आये और चले गये लेकिन जगतराम वहीं बना रहा। बोर्ड द्वारा उसे मुख्याध्यापक नियुक्त किये जाने तक धीरे-धीरे उसका ओहदा बढ़ता गया। जगतराम और शान्ति स्कूल के निकट एक मकान में आ गये, यह एक छोटा सुविधाजनक बँगला था जो उन्होंने बाद में मकान मालिक से ही खरीद लिया।

जगतराम शौकिया संगीतज्ञ भी था और सितार काफी अच्छा बजा लेता था। उसने स्कूल में वैकल्पिक विषय के रूप में संगीत को चुनने वाले कुछ विद्यार्थियों को भी सितार बजाना सिखाया। उसने गाँव के समारोहों में भी सितार बजाया था। उसने बचपन में अपने गाँव के एक व्यक्ति से, जो कभी एक सिख महाराजा के दरबार में रहा था, सितार बजाना सीखा था।

अपने नौकर को स्थानीय डॉक्टर को लिवाने के लिए भेजकर जगतराम ने महेश को बेडरूम में लाने में रवि की मदद की।

जब डॉक्टर पहुँचा तो उसने एक नज़र महेश को देखा। 'आपको इसे तुरन्त अस्पताल ले जाना होगा,' उसने झिझकते हुए कहा, 'आप जानते हैं कि क्या हालत है।'

'बेड के लिए भुगतान मैं करूँगा,' जगतराम ने कहा। निकट ही एक निजी अस्पताल था लेकिन जगतराम जानते थे कि महेश को इस वार्ड में बिस्तर मिलने की कोई सम्भावना नहीं थी जहाँ अस्पताल को कुछ बेड उन लोगों के लिए रखने अनिवार्य थे जो भुगतान नहीं कर सकते थे। ऐसे रोगियों से बहुत बुरा व्यवहार किया जाता था।

'मैं उन्हें एम्बुलेंस भेजने के लिए फ़ोन कर दूँगा,' डॉक्टर ने जाते हुए कहा।

एम्बुलेंस जब पहुँच गयी तो रवि भी एम्बुलेंस के साथ जाना चाहता था।

'बेटा, तुम मेरे साथ क्यों नहीं रुक जाते? तुम्हारे पिता ठीक हो जाएँगे,' जगतराम की पत्नी शान्ति ने कहा था, रवि ज़िद पर अड़ा था।

'हम दोनों जाएँगे,' जगतराम ने कहा।

वे दोनों देर शाम तक अस्पताल के गलियारे में इन्तज़ार करते रहे, तभी एक इण्टर्न ने उन्हें आकर बताया कि महेश को होश आ गया है और वह ख़तरे से बाहर है। उसे ग्लूकोज़ चढ़ाया जा रहा था और नींद की दवा दी गयी थी। इण्टर्न ने सुझाया कि वे रात को घर चले जायें।

शान्ति और जगतराम की एक पुत्री थी जो विवाह के बाद दूसरे शहर चली गयी थी। शान्ति उसे याद करती थी और घर पर रवि के आने से वह प्रसन्न हो गयी थी। अब उसकी आयु चालीस साल से अधिक की थी और उसका वज़न भी बढ़ गया था लेकिन फिर भी वह आकर्षक थी। उसके चेहरे से सन्तोष और शान्ति टपकती थी, वह चेहरे से दयालु लगती थी।

रात को जब जगतराम और रवि अस्पताल से लौटे तो शान्ति ने रवि के नहाने की व्यवस्था की और उसे गर्म पानी से अच्छी तरह मल-मल कर नहलाया। फिर उसने रवि को कुर्ता और ढीला-ढाला पायजामा पहनाया जो वह दिन में, जब वे अस्पताल में थे, खरीद कर लायी थी। अगले कई दिन तक वह रवि को ऐसे पकवान खिलाती रही जो उसने कभी चखे भी नहीं थे। उसे नये कपड़े दिलवाये और रवि को अपने साथ बाज़ार लेकर गयी। रवि हमेशा से कम बोलने वाला लड़का था और सड़क पर बिताये दिनों ने उसे चतुर लोगों के प्रति सतर्क बना दिया था। उसे नहीं पता था कि वह शान्ति के स्नेह का कैसे उत्तर दे लेकिन वह उसका आभारी था।

हर रोज़ जगतराम के स्कूल से लौटने के बाद रवि और वह महेश से मिलने अस्पताल जाते। रवि के हाथ में अपने पिता के लिए शान्ति द्वारा टिफिन में बन्द करके दिया गया शाम का खाना होता। रवि को इस समय का सबसे अधिक इन्तजार होता था, वह अपने पिता को याद करता था।

महेश के स्वास्थ्य में नाटकीय सुधार हुआ। ज़ख़्म बन्द होने शरू हो गये थे। वह अपने आप बैठ सकता था और चलकर बाथरूम तक जा सकता था। अस्पताल का स्टाफ़ जगतराम को जानता था, उनमें से कुछ जगतराम के विद्यार्थी रहे थे और उन्होंने इस रोगी का विशेष ध्यान रखा था। डॉक्टर महेश को दिन में दो बार देखता। दूसरे रोगी इतने भाग्यशाली नहीं थे ।

महेश को जिस दिन अस्पताल से छुट्टी दी गयी, जगतराम ने उसे घर ले जाने के लिए ताँगे की व्यवस्था की। महेश चलकर जाना चाहता था लेकिन डॉक्टर ने मना कर दिया। शान्ति ने पिता और बेटे के लिए एक अलग कमरा तैयार कर दिया था।

जगतराम और शान्ति अत्यधिक धार्मिक प्रवृत्ति के थे। वे हर सप्ताह मन्दिर जाते, सब विधि-विधान करते और मंगलवार को व्रत रखते। उनके बँगले में भीतर के आँगन में पूजा का एक कोना था जिसमें उनके देवता की पत्थर की एक प्रतिमा थी जिसके चारों ओर तुलसी के पौधे थे। उस शाम शान्ति ने इस प्रतिमा के सामने कुछ अगरबत्तियाँ जलायीं और महेश के स्वस्थ होने पर भगवान का शुक्रिया करने के लिए की जा रही आरती में महेश के साथ-साथ रवि को भी बुलाया।

उस शाम रात का भोजन करने के बाद वे आँगन में बैठे थे। तीन वयस्क प्लास्टिक की कुर्सियों पर और रवि पालथी मारे महेश की कुर्सी के पास ज़मीन पर। जगतराम ने चिलम जलायी और कुछ कश लेने के बाद महेश की ओर सरका दी, उसने बड़ी विनम्रता से इनकार कर दिया।

'मेरे पास आपके धन्यवाद के लिए शब्द नहीं हैं,' महेश ने लगभग फुसफुसाते हुए कहा।

जगतराम ने शान्ति की ओर देखा जो पान तैयार करती हुए तीखे सरोते से सुपारी काट रही थी। वह लजा गयी और पल्लू से अपना सिर ढक लिया।

'मैं खुश हूँ कि उस दिन मैं सड़क पर था। हमें इसके लिए भगवान का शुक्रिया करना चाहिए। मैंने तो वही किया जो मेरा धर्म सिखाता है।' जगतराम ने कहा, तभी शान्ति ने लपेटे हुए दो पान दोनों आदमियों को पकड़ा दिये।

'हम कल सुबह अपने रास्ते पर निकल जाएँगे,' महेश ने कहा।

'तुम ऐसा कुछ नहीं करोगे?' शान्ति उठकर रवि की ओर चली गयी और ईंटों के फ़र्श पर उसके पास बैठ गयी। 'तुम जब तक लड़के की देखभाल कर सकने की स्थिति में नहीं आ जाते, हमारे साथ यहीं रहोगे।' उसने रवि को अपनी गोद में बिठा लिया। 'देखो तो इसे, कितने साल का है? सात? शायद उतना भी नहीं।'

जगतराम पान चबाता रहा। 'इस पर अब और कोई बात नहीं होगी।'

जगतराम और शान्ति को यह पता था कि रवि कभी स्कूल नहीं गया था। वह जुलाई में शुरू होने वाली, पहले पहल स्कूल आने वाले बच्चों की शुरुआती क्लास के लिए बहुत बड़ा था। अतः शान्ति ने उसे हिन्दी पढ़ाने-लिखाने का दायित्व स्वयं पर ले लिया। वह यही एकमात्र भाषा जानती थी। उसने अपने पति से रवि के लिए काली स्लेट, चॉक का डिब्बा और स्कूल में पढ़ाई जाने वाली प्रवेशिका की पुस्तकें लाने के लिए कहा।

शान्ति ने लड़के को पढ़ाने के लिए सुबह का समय तय किया था। उसने

गिनती से शुरू किया और फिर हिन्दी के अक्षर सिखाये। इसके लिए उसने दीवार पर टाँगे जाने वाले फलों व पशुओं, फूलों व वनस्पति की तस्वीरों वाले चार्टों की मदद ली। उसने रवि को स्लेट पर अक्षर लिखना सिखाया। वह एक अक्षर लिखकर दे देती और फिर रवि से उस अक्षर को अनेक बार लिखवाती। रवि बहुत जल्द सीख जाता। शान्ति उसकी प्रगति से ख़ुश थी। उसके पास रवि को स्कूल के लिए तैयार करने के वास्ते पूरी गर्मियाँ थीं।

न तो पिता और न बेटा ही अपने आश्रयदाता से कभी कोई माँग करता। शान्ति को ज़िद करके उन्हें कुछ अतिरिक्त रोटियाँ देनी पड़ती जिससे कि वे अच्छी तरह खा सकें। महेश ने घर की सफ़ाई और झाड़-पोंछ में सहायता करने की कोशिश की जिससे नौकर नाराज़ हो गया। वह घर से बाहर बहुत दूर तक नहीं जाता था। यद्यपि उसकी हालत बेहतर हो गयी थी परन्तु ज़ख़्म अभी पूरी तरह से गये नहीं थे।

जगतराम अथवा शान्ति जब भी दुकानों पर या बाज़ार जाते, रवि को उनके साथ जाना अच्छा लगता। वे समाज के सम्मानित सदस्य थे और आते-जाते हर कोई उनको नमस्ते कहता। जब भी कोई लड़के के बारे में पूछता तो कह देते कि महेश और रवि मित्र हैं जो उनके पास आये हुए हैं जबकि जगतराम को सन्देह था कि वे उनकी पृष्ठभूमि जानते थे। पिछले कुछ महीनों में उनके पास बहुत कम लोग आये थे।

स्कूल शुरू होने ही वाला था जब एक शाम महेश ने जगतराम से बात की, 'हम यहाँ नहीं रह सकते।'

वे शाम को मन्द पड़ती रोशनी में आँगन में अकेले थे। रवि शान्ति के साथ रसोई में था और शाम का खाना बनाकर रसोई साफ़ करती हुई शान्ति को देख रहा था।

'आपने मुझ पर बहुत कृपा की है लेकिन मैं सदा के लिए बोझ नहीं बन सकता। हम एक-दो दिन में यहाँ से चले जाएँगे।'

जगतराम ने कहा, 'लड़के की सोचो, तुम कहाँ जाओगे?'

वे शान्त बैठे रहे और जगतराम हुक़्क़ा पीता रहा। शान्ति को यह बात पसन्द नहीं थी लेकिन उसके हुक़्क़ा पीने पर शान्ति ने नोंकझोंक करना बन्द कर दिया था। जगतराम ने भी इसे अपनी दैनिक आदत नहीं बनायी थी।

महेश बोलने से पहले झिझका, 'वे (घाव) फिर निकलने लगे हैं।' जगतराम ने हुक़्क़ा रख दिया 'मुझे देखने दो,' उन्होंने महेश की बाजुएँ और टाँगें देखीं। कच्चे घाव अभी छोटे थे लेकिन बहुत साफ़ थे। जगतराम ने महेश को धोती

नीचे करने दी और लम्बी साँस ली। उसे ख़ुशी थी कि रवि रसोई में था। 'हम अस्पताल जाएँगे और देखते हैं कि वे क्या कहते हैं।'

दो दिन बाद जगतराम महेश को लेकर शहर के मेडिकल सेण्टर गये जिसे कभी अस्पताल कहा जाता था। उन्होंने वहाँ अपने जानने वाले एक आदमी को फ़ोन किया था जो कि उनका एक पुराना विद्यार्थी था। उसी की मदद से विशेषज्ञ से समय लिया था।

उन्होंने वहाँ जाने के लिए बस ली। रवि ने अनमने ढंग से साथ चलने की ज़िद की, पर उसे रोक दिया गया। जगतराम और महेश का लगभग सारा दिन इसमें लग गया। महेश के ख़ून और पेशाब के टेस्ट हुए, एक्स-रे और हृदय परीक्षण किया गया। डॉक्टर ने बताया कि सेण्टर ने इन परीक्षणों की फीस माफ़ कर दी है। उन्हें अगले दिन फिर आने के लिए कहा गया, ताकि उन्हें इन परीक्षणों की रिपोर्टें मिल जायें।

डॉ. प्रेमचन्द ने लखनउ से एमबीबीएस किया था और लन्दन विश्वविद्यालय से ऊष्ण प्रान्तीय रोगों में विशेषज्ञता हासिल की थी। वह एकमात्र विद्यार्थी था जिसने पहाड़ों में स्थित इस शहर में विशेषज्ञ के रूप में अपना भविष्य बनाने का निर्णय लिया।

उसने रिपोर्टें देखीं और महेश की जाँच की। वर्षों तक बर्तन बनाने के चक्के पर काम करके उसके हाथ अभी भी मोटे और खुरदुरे थे। उसे शक था कि महेश को पीड़ा हो रही है। जिसे उसने बहुत सफ़ाई से छिपा लिया है।

'मैं आपसे सारी बातें बहुत स्पष्ट कहना चाहता हूँ,' डॉक्टर ने महेश और जगतराम से कहा। 'आपको जो दवाएँ दी गयीं और इलाज किया गया वह रोग को सफलतापूर्वक कम कर सका लेकिन अब यह फिर शुरू हो गया है।' वह रुका, 'आपको अलग रखे जाने की ज़रूरत है, चाचा जी के घर में रहने से परिवार को ख़तरा होगा।'

उन दोनों को यह सुनने की आशा नहीं थी।

'तुम्हारा क्या सुझाव है, प्रेम बेटा?' जगतराम ने पूछा। 'चाचा जी, सोनपुर में एक सेनेटोरियम है जहाँ संक्रामक रोग के रोगियों को लिया जाता है और उनका इलाज किया जाता है। इसे सरकार चलाती है। यहाँ पर अच्छे डॉक्टर हैं जो इन रोगों के विशेषज्ञ हैं। मैं वहाँ का पता लगा सकता हूँ।' वह उनकी चिन्ता को भाँप गया था। 'मैं सेनेटोरियम चलाने वाले लोगों को जानता हूँ, मैं शायद निःशुल्क बेड और इलाज की व्यवस्था कर सकूँगा।'

डॉ. प्रेमचंद ने हाल ही में एक चिकित्सा जर्नल में पढ़ा था कि यह रोग

उतना संक्रामक नहीं है जितना कि इसे बना दिया गया, लेकिन उन्होंने वही करने का निर्णय लिया जो उसे मेडिकल कॉलेज में पढ़ाया गया था।

'क्या मैं अपने बेटे को साथ ले जा सकता हूँ,' महेश ने पूछा।

'वे इसकी इजाज़त नहीं देंगे, उनके पास रिश्तेदारों के लिए कोई सुविधा नहीं है।'

'तुम जब तक ठीक नहीं हो जाते वह हमारे पास रहेगा।' जगतराम ने महेश को दिलासा दिया और कुछ हौसले के लिए डॉक्टर की ओर देखा पर वहाँ से कोई आश्वासन नहीं मिला।

ଔଓ

'मैं अपने बेटे से अलग नहीं रहूँगा,' उस शाम महेश ने जगतराम को बताया। 'मेरे पास बस यही तो है।'

शान्ति रवि को पहले ही बिस्तर पर सुला चुकी थी और अब वे तीनों आँगन में बैठे थे।

'महेश भैया,' उसने कहा, 'यदि उसे भी यह बीमारी हो गयी तो? वे उसे तुम्हारे पास सेनेटोरियम में नहीं रहने देंगे। क्या तुम चाहते हो कि वह एक बार फिर तुम्हारे साथ घर-घर जाये?'

जगतराम ने कहा, 'तुम्हारे पीछे हम उसका ध्यान रखेंगे। उसे हमारी आदत हो गयी है और हमें भी वह बहुत अच्छा लगता है। तुम्हारे लौटने तक यह उसका घर होगा।'

'वह हमेशा तुम्हारा बेटा रहेगा,' शान्ति ने तुरन्त जोड़ा।

महेश शायद वापिस ही न आये, इस सम्भावना का उल्लेख नहीं किया गया।

अगले दिन महेश रवि को हमेशा की तरह मकान के पीछे बने खेतों में सैर के लिए ले गया। वहाँ वे कभी-कभी चट्टान पर बैठकर गर्मी की ठण्डी हवा का आनन्द लेते। साफ़ आकाश वाले दिनों में वे दूर हिमालय की बर्फ़ से ढ़की चोटियों को देख सकते थे।

महेश ने रवि की ओर देखा, वह बिल्कुल अपनी माँ जैसा था—लम्बा और लम्बे-लम्बे हाथ-पैर, चेहरे और चमड़ी पर सड़क पर अभाव में बिताये गये महीनों के बावजूद कोई दाग नहीं। महेश ने उसे बाँहों में भरने की इच्छा को दबा लिया।

'बेटा, थोड़े समय के लिए मुझे तुमसे दूर जाना पड़ेगा,' उसने कहा। 'परन्तु मैं चाहता हूँ कि तुम यहाँ चाचा जी और चाची जी के पास रहो।'

रवि सिसकियाँ भरने लगा, 'मुझे अपने साथ ले चलो पापा,' उसने आँसुओं से रुँधे गले से अनुनय-विनय की।

अब महेश की आँखें भीग गयीं। 'तुम जानते हो कि जब तक मुझे मजबूरी न होती, मैं तुम्हें न छोड़ता। मैं इलाज के लिए जा रहा हूँ। हम हमेशा भीख माँगते नहीं रह सकते। बेटा यहाँ तुम्हारा घर है। जगत भाई और उनकी पत्नी ने हम पर बहुत कृपा की है। वे पहले ही तुम्हें परिवार का सदस्य मानने लगे हैं।'

रवि अभी भी सीधे सामने देखता हुआ रो रहा था। लम्बे समय तक दोनों में से किसी ने कुछ नहीं कहा। आखिर रवि ने रोना बन्द कर दिया परन्तु अभी भी उसकी आँखों में दुख की छाया थी।

'अपनी ओर तो देखो। हमारे यहाँ आने के बाद तुम कितना बदल गये हो।' महेश ने अपनी जेब में हाथ डाला और कपड़े का एक टुकड़ा निकाला। उसने उस कपड़े में से सोने की दो चूड़ियाँ निकालीं, जो राधा छोड़ गयी थी। 'तुम्हें कभी पैसे की ज़रूरत हो तो इन्हें बेच देना,' उसने कहा। वह चलने के लिए उठ खड़ा हुआ। अपने प्यारे बेटे के साथ थोड़ा और समय बिताने के लिए फिर बैठ गया।

दिन चढ़ते ही महेश को ले जाने के लिए ताँगा पहुँच गया। डॉक्टर ने सेनेटोरियम के हैड को तार भेजकर महेश की निर्धनतम श्रेणी में बिना किसी शुल्क के दाखिल करने की व्यवस्था कर दी थी।

रवि ने हलके कैनवस के थैले में, जो शान्ति ने महेश को दिया था, अपने पिता की कुछ निजी सामान बाँधने में मदद की। जब यह सब हो गया तो महेश ने शान्ति से विदा ली, उसने शान्ति के पाँव छुए और आभार से हाथ जोड़ दिये। वह जानता था कि यदि वह बोला तो रो देगा। वह रवि की ओर मुड़ा जो दरवाज़े के पास परेशान खड़ा था। सभी हिदायतों को ताक पर रखते हुए उसने अपने बेटे को जितना हो सका, कसकर बाँहों में भर लिया।

ताँगे वाला अधीर हो रहा था। शान्ति ने रवि को कन्धों से पकड़ा और जगतराम को ताँगे पर चढ़ने में महेश की सहायता करते देखते रहे। फिर जगतराम भी ताँगे पर बैठ गये। बीती शाम ही जगतराम ने महेश को सेनेटोरियम छोड़ आने का फैसला किया था।

ताँगेवाले ने चाबुक मारा और घोड़ा दौड़ने लगा। जगतराम महेश को पकड़े रहा, ध्यान से ताकि ऊबड़-खाबड़ सड़क पर हिचकोलों से वह अपना सन्तुलन न खो बैठे और महेश दरवाज़े पर बेटे को खड़े देखने के लिए मुड़ा। एक बार वैसे ही, जैसे राधा ने किया था।

6

रवि को घर पर पढ़ाना शान्ति के लिए सफल रहा और रवि को दूसरे स्टैण्डर्ड में दाखिल कर लिया गया। शुरू में उसे बहुत बुरा और नया-नया लगा लेकिन कुछ ही दिनों में वह इसका अभ्यस्त हो गया और उसने आसपास के गाँवों के लड़के-लड़कियों में से अनेक मित्र बना लिए। पहले दो दिन जगतराम और रवि इकट्ठे स्कूल गये और उसके बाद रवि पड़ोस के अपनी उम्र के लड़कों के साथ जाने लगा। उनमें से कुछ अपने माता-पिता से उसकी पृष्ठभूमि के बारे में ज़रूर जानते थे लेकिन किसी ने इसकी कोई बात नहीं की। यह बात कि वह हेड मास्टर के परिवार के साथ रह रहा था, काफ़ी था।

जगतराम और शान्ति के लिए रवि ही उनका बेटा था। उनका अपना कोई बेटा नहीं था। शुरू-शुरू में रवि द्वारा दिखाये गये विरोध के बावजूद शान्ति उसे प्रतिदिन सुबह नहलाती। वह उसे भरपूर नाश्ता देती और दोपहर के खाने के लिए रोटियों में सब्ज़ी लपेट कर टिफिन में डाल देती। अब गर्मियों की सुन्दर वर्दी—सफ़ेद कमीज़ और खाकी निकर—ने कुर्ता और ढीली-ढाली पैण्ट का स्थान ले लिया।

जगतराम के पास सितार सीखने आने वाले विद्यार्थियों में ज़्यादा लड़कियाँ थीं लेकिन कुछ लड़के भी थे। जगतराम दंग थे कि रवि ने स्वाभाविक रूप से सितार सीख लिया था। उसने इस प्राचीन वाद्य की बारीकियों और जटिलताओं को तेज़ी से पकड़ लिया था और उसकी तारों पर बड़ी आसानी से और सलीके से उँगलियाँ चलाना उसे आ गया था। कुछ ही सप्ताह के भीतर वह मिज़राब से स्वर पकड़ने लगा था। जगतराम ने अभ्यास को आगे बढ़ाया—मींड, झाला और सरगमें। घर पर जगतराम ने उनके परिवार के पास पीढ़ियों से मौजूद सितार रवि को सौंप दिया था। और रवि जब स्कूल का काम पूरा कर लेता तो वे उसे लगभग एक घण्टा सितार बजाना सिखाते। जल्दी ही रवि शाम को घर पर आने वाले मेहमानों के सामने सितार बजाने लगा और जगतराम जब गाँव में त्योहारों

के दौरान कार्यक्रम देते, रवि उनकी संगत करता।

रवि हालाँकि अपने नये जीवन से आनन्दित था लेकिन महेश सदैव उसकी सोच में रहता और उसे आशा थी कि वह लौटेगा और वे फिर एक परिवार होंगे। जगतराम और शान्ति का प्यार उसके पिता की याद को नहीं मिटा सका लेकिन समय बीतने के साथ वह जगतराम के घर को अपने घर के समान सोचने लगा था। वह झिझकते हुए शान्ति से अपनी पसन्द के पकवान बनाने के लिए कहता और अपने होमवर्क में जगतराम से सहायता लेता।

 csc3

रवि के पिता को गये चार वर्ष से अधिक हो चुके थे कि एक दिन अचानक वह अपनी माँ के समान सुबह की पहली किरण के साथ घर से चला गया। जगतराम और शान्ति साथ के कमरे में अभी सो रहे थे। वह अपने पहने हुए कपड़ों और माँ की चूड़ियों के अलावा अपने साथ कुछ भी लेकर नहीं गया था। उसे जगतराम के बटुए से, जो वे हर रात डायनिंग रूम में अलमारी के ऊपर रख देते थे, बस के किराये के पैसे लेने का लालच आया लेकिन उसने लिए नहीं। वह सेनेटोरियम का नाम और उसका पता जानता था। वह पैदल ही चला जायेगा।

शान्ति जब उसे स्कूल जाने के लिए जगाने गयी तो पाया कि वह ग़ायब था। उसने बाथरूम और टॉयलेट में देखा, वह कहीं नहीं था। जगतराम नीम का दातुन चबाते हुए आँगन में टहल रहे थे, जब शान्ति ने आकर उन्हें बताया। दोनों ने मिलकर देखा कि क्या रवि कोई नोट या कोई संकेत छोड़ गया है कि वह कहाँ जा रहा है, लेकिन उन्हें कुछ भी नहीं मिला। वह अपने साथ कुछ भी लेकर नहीं गया था जिससे उनमें कुछ आशा जगती कि वह लौट आयेगा लेकिन जगतराम इसके सहारे नहीं रहना चाहते थे।

उन्होंने जल्दी से धोती पहनी और बस स्टेशन की ओर चल दिये। रास्ते में वे रवि का नाम पुकारते रहे और आने-जाने वालों को रोक कर पूछते रहे कि क्या उन्होंने एक छोटे लड़के को देखा है। उन्होंने बस स्टैण्ड से रवाना होने वाली हरेक बस देखी। उन्होंने चाय के खोमचे वालों से पूछा। किसी ने भी रवि को नहीं देखा था।

रवि ने सड़क छोड़ दी और पहाड़ की पगडण्डी पर आगे बढ़ गया जो एक किलोमीटर आगे एक गाँव को जाती थी। वहाँ उसे कोई नहीं जानता था, उसने खाने के बारे में ज़्यादा नहीं सोचा। वह जानता था कि वह भीख नहीं माँगेगा। अब भी नहीं और कभी नहीं। गाँव पहुँचकर उसने सोनपुर जाने वाली सड़क

पकड़ी। रास्ते में ढाबों पर रुककर मालिकों से पूछता रहा कि क्या वह खाने और ठहरने के बदले उनके यहाँ एक-दो दिन काम कर सकता है। पहली दोपहर एक ढाबे वाला मान गया लेकिन वह रवि के साफ़-सुथरे कपड़ों और शिष्ट व्यवहार को देखकर चकित था। उसने रवि को बताया कि वह ग्राहकों को पानी देने, प्लेटों में बचा हुआ खाना साफ़ करने और उन्हें धोने के काम से शुरू कर सकता है। वह ढाबा बहुत चलता था और मालिक अतिरिक्त आदमी लेने को तैयार था बशर्ते उसे पैसे न देने पड़ें। रवि को बताया गया कि उसे सुबह चाय मिल जायेगी और दो वक़्त का खाना मिल जायेगा। वह रात को ढाबा बन्द होने के बाद ढाबा परिसर में ही दूसरे कर्मचारियों के साथ सो सकता है। कुक सहित स्टाफ़ के कुल तीन व्यक्ति, जो भी टिप मिलती, शाम को बराबर बाँट लेते। यह बहुत अधिक तो नहीं होती थी, लेकिन दिन ख़त्म होने पर उसे अपना हिस्सा मिल जाता।

रवि ने बहुत उत्साहित होकर काम किया। इतने लम्बे समय के दुलार और कुछ न करने के बाद यह उसे मज़ाक़ लग रहा था। दोपहर के खाने में तो कुछ रोटियाँ और एक रसेदार सब्ज़ी मिलती जबकि रात में वे बचे हुए खाने में से जितना चाहते, खा सकते थे। रात में वह चारपाई पर सोता जो दिन में मेज़ के रूप में प्रयोग की जाती थी। उसने अलमारी में से अपने लिए एक दुर्गन्ध-भरा बिस्तर निकाल लिया था।

उसे उम्मीद थी कि वह वहाँ कुछ ही दिन रुकेगा, हालाँकि लम्बे समय तक रहा। उसे खाने, हर रोज़ शाम को मिलने वाली टिप और सरल स्वभाव के स्टाफ़ की दोस्ती का लालच आ गया था। रवि के व्यवहार से ढाबा मालिक प्रभावित था, हालाँकि उसे अवैतनिक ही रखा गया था।

जब उसने टिप्स से पर्याप्त पैसा बचा लिया तो उसने ढाबा मालिक का शुक्रिया किया, स्टाफ़ को अलविदा कहा और सेनेटोरियम की ओर जा रही एक पुरानी, सवारियों से लदी बस पर सवार हो गया। वह बस में बीच रास्ते में किसी के लकड़ी के डिब्बे पर बैठ गया। इस डिब्बे में मुर्गी के बच्चे थे।

उसने दो बसें बदलीं और आख़िर जब ड्राइवर ने बताया कि वे पहुँच गये हैं तो बस से उतर गया। उसने स्वयं को सेनेटोरियम के लोहे के बड़े-बड़े बन्द दरवाज़ों के सामने खड़ा पाया। बस के ड्राइवर ने इन्तज़ार कर यह सुनिश्चित करना चाहा कि लड़का सुरक्षित भीतर चला गया है। जब उसने देखा कि रवि को लौटा दिया गया है तो चिल्लाकर उसे बस में आ जाने के लिए कहा ताकि वह उसे लगभग एक किलोमीटर आगे एक छोटे से क़स्बे में छोड़ देगा। रवि ने

विनम्रता से इनकार कर दिया। उसे भूख नहीं लगी थी। रात गर्म थी। उसने सुबह गेट खुलने तक गेट के बाहर ही रात बिताने की सोची।

सुबह उसने मुख्य भवन में अतिथियों के लिए बने आराम घर में स्नान किया और कैण्टिन से डबल रोटी और चाय ली।

'मैं अपने पिता को ढूँढ़ रहा हूँ,' प्रशासनिक विंग में एक क्लर्क से उसने कहा। रवि ने अपने पिता का नाम और अन्दाज़ लगाकर वह दिन बताया जब वे यहाँ दाखिल हुए थे।

क्लर्क ने अभी चाय का अपना पहला कप नहीं पिया था और इतनी सुबह परेशान किये जाने पर नाराज़ हो गया। उसने अलमारी खोली और एक मोटा रजिस्टर निकाला। उस पर पड़ी धूल हटाने के लिए रजिस्टर को मेज़ पर ज़ोर-ज़ोर से पटका।

'तुमने अपने पिता का क्या नाम बताया,' उसने चिढ़ते हुए पूछा। रवि ने नाम और उन्हें दाखिल किये जाने की तारीख दोहरा दी। उसने जगतराम के गाँव का नाम भी बताया।

क्लर्क ने दो बार रजिस्टर के पन्ने पलट दिये, 'ऐसा तो कोई नाम इसमें नहीं है। तुम्हें विश्वास है कि यही नाम और वर्ष था?'

रवि ने 'हाँ' में सिर हिलाया।

क्लर्क ने मोटे रजिस्टर में नामों की सूची में एक बार फिर अपनी उँगलियाँ फिराईं। उसने ज़ोर से रजिस्टर को बन्द किया और दूसरा रजिस्टर खोला जिसमें केवल रोगियों के नाम दर्ज थे, दाखिल होने की तारीख़ नहीं। अब उसे विश्वास हो गया था कि संस्थान में इस नाम का कोई व्यक्ति नहीं था। 'तुम्हें विश्वास है बेटा कि तुम ठीक जगह पर आये हो?'

रवि ज़रा भी डाँवाडोल नहीं हुआ। 'हाँ,' वह बस निराश हो चला था। 'चाचाजी ने इसी स्थान की बात की थी, वे झूठ क्यों बोलेंगे?'

'मैं तुम्हारी कोई सहायता नहीं कर सकता, तुम्हारे पिता यहाँ नहीं हैं।'

क्लर्क ने रजिस्टर बन्द करके उसे अलमारी में दूसरे रजिस्टरों के साथ रख दिया। वह लड़के के जाने की प्रतीक्षा करने लगा लेकिन रवि नहीं हिला।

आख़िरकार क्लर्क ने कहा, 'बेटा तुम्हारा नाम क्या है? तुम घर से बहुत दूर पहुँच गये हो। तुम डॉ. प्रेमचन्द को जानते हो?'

'उसी डॉक्टर ने पापा को यहाँ भेजा था,' रवि ने उत्तर दिया और निश्चय किया कि वह रोयेगा नहीं।

'अनेक सम्भावनाएँ हो सकती हैं, हो सकता है कि यहाँ पहुँचने से पहले

ही तुम्हारे पिता की मृत्यु हो गयी हो। वे जिन लोगों के साथ यात्रा कर रहे थे, वे उनके लिए अजनबी होंगे और कोई नहीं जानता होगा कि किससे सम्पर्क किया जाये।'

'वे जब गाँव से चले तो बीमार नहीं थे और चाचाजी भी उनके साथ थे,' रवि अडिग रहा।

'ऐसी बातों का कुछ पता नहीं चलता,' उस आदमी ने उत्तर दिया। अगर मैं तुम्हारी जगह होता तो उम्मीद न छोड़ता। कुछ भी हो सकता है। मान लो जब तक वे यहाँ पहुँचें, हो सकता है कि यह जगह भर गयी हो। कई बार ऐसा हो जाता है। कई बार कोई गड़बड़ या कुछ गलतफ़हमी हो जाती है। हो सकता है उन्होंने तुम्हारे पिता को कहीं और भेजा हो, किसी दूसरे सेनेटोरियम या किसी आश्रम में।

रवि पूरे दिन उस परिसर में ही इधर-उधर घूमता रहा। वह ठीक-ठाक कपड़े पहने छोटा-सा लड़का था, सुरक्षा गार्डों ने भी उसे वहाँ से नहीं हटाया। कटे-सँवरे बगीचे में बैंचों पर बैठे रोगी धूप सेंक रहे थे। रवि इस आशा में वहाँ से जाना नहीं चाह रहा था कि शायद किसी से कोई सूचना मिल जाये। दिन ढले चलते हुए वह साथ के क़स्बे में चला गया और खाने के लिए जगह ढूँढ़ी। उस रात वह कुत्तों के साथ फ़ुटपाथ पर ही सोया।

अगली सुबह उसने अपने पास बची रकम का जायज़ा लिया। उसके पास और कुछ दिन चलाने के लिए पैसे थे। उसे यह एहसास हुआ कि उसके कपड़े गन्दे थे सो उसने उन्हें ट्यूबवेल पर धोया और सूखने की प्रतीक्षा करने लगा। फिर उसने छोटे-छोटे रेस्तराँ और कॉफ़ी हाउस के चक्कर लगाये और भोजन व ठहरने की जगह के बदले काम का प्रस्ताव रखा। यह एक कस्बा था जहाँ रेस्तराँ ढाबे से एक दर्जा ऊँचे थे। वह पारिश्रमिक नहीं माँग रहा था, यह बात उसके हक में ठीक बैठती थी।

दोपहर तक उसे एक उडुपी रेस्तराँ मिला जहाँ मालिक ने पूछा कि क्या उसे मेज़ों पर खाना देने का अनुभव है। उसने चतुराई से उत्तर दिया कि उसे अनुभव है। उन्होंने उसे दैनिक आधार पर रख लिया। उसे कोई पैसा नहीं दिया जायेगा लेकिन तीन समय का भोजन, सोने के लिए फ़र्श और अपना सामान रखने के लिए कोई जगह दे दी जायेगी। मालिक ने उसे पहले ही बता दिया कि ऐसी जगह पर ग्राहक टिप नहीं देते। लेकिन उसे यह वादा किया गया कि यदि उसका काम सन्तोषजनक रहा तो अगले सप्ताह से उसे पैसा मिलने लगेगा।

दुकान सुबह सात बजे खुल जाती, नाश्ता करने वालों की भीड़ जुट जाती। तब इडली और बड़ा की माँग रहती, डोसा और वेज थाली, जो काफ़ी भारी होती थी, दोपहर और फिर रात के समय चलती। उडुपी पैलेस में आठ मेज़ें थी और प्रत्येक मेज़ पर चार आदमी बैठ सकते थे। क़स्बे में यह अपनी तरह की एकमात्र जगह थी और दाम भी किफ़ायती थे। रसोइया कर्नाटक का था जो इसमें साझीदार था और भोजन ठेठ दक्षिण भारतीय था। दोपहर तीन से शाम सात बजे तक काम मन्दा रहता; जब आने वाला इक्का-दुक्का ग्राहक चाय, कॉफ़ी और इनके साथ हलकी फुल्की चीज़ों की माँग करता। उन घण्टों के दौरान अधिकतर स्टाफ़ एक-एक कर आराम करते।

अगले सप्ताह से मालिक ने रवि को साप्ताहिक वेतन पर रख लिया। 'तुम्हें सात दिन के तीस रुपये के हिसाब से दो सौ दस रुपये मिलेंगे। वेतन तुम्हें रविवार को काम ख़त्म करने के बाद दिया जायेगा।' रवि के लिए यह बहुत बड़ी राहत थी। उसने तुरन्त इसे स्वीकार कर लिया क्योंकि अधिकतर ग्राहक कोई टिप नहीं देते थे और उसका बचा हुआ पैसा ख़त्म हो चुका था।

कई बार जब दोपहर को रवि को छुट्टी मिलती तो वह चलता हुआ सेनेटोरियम चला जाता। अब तक उसे सभी गार्ड जानने लगे थे और वे उसे प्रवेश करने से नहीं रोकते थे। उसे बगीचों में बेंच पर बैठकर रोगियों के साथ गप-शप करना अच्छा लगता था। ये वे रोगी थे जिन्हें अलग वार्ड में नहीं रखा गया था। वे रवि की बच्चों जैसी हरकतों को देख ख़ुश हो जाते। नर्सों ने इस बात को जल्दी पहचान लिया और वे रवि को आने के लिए प्रोत्साहित करतीं। उन लोगों को रवि की आदत पड़ गयी थी। अधिकतर रोगी देश के दक्षिणी भाग के दूर-दराज स्थानों से थे, वे ऊब जाते और एकाकीपन महसूस करते। कुछ रोगी वहाँ लम्बे समय से थे, कुछ को उनके बच्चों ने छोड़ दिया था। कुछ निःसन्तान थे और कोई उनकी देखभाल करने वाला नहीं था। सब मृत्यु की प्रतीक्षा करते हुए। रवि ने उन्हें महेश के विषय में बताया। किसी को भी याद नहीं आ रहा था कि उसने रवि के पिता जैसे किसी व्यक्ति को देखा है। अन्ततः रवि ने यह मान लिया कि उसके पिता कभी वहाँ आये ही नहीं थे।

उसने कुछ महीनों के बाद सेनेटोरियम जाना बन्द कर दिया। उसने क़स्बे के कुछ लड़कों से दोस्ती कर ली थी। उसे उनके साथ समय बिताना अच्छा लगता था।

वे लड़के रवि से बड़े थे और घाटियों में गावों के बेहद निर्धन परिवारों से थे। उनके माता-पिता उन्हें स्कूली शिक्षा दिलवाने पर व्यर्थ पैसा नहीं गँवा सकते

थे। उनके पास भरण-पोषण करने के लिए परिवार थे और उन्हें पैसों की जरूरत रवि से भी अधिक थी।

वह रेस्तराँ के फ़र्श पर सोना छोड़ पीछे की गली में स्थित दुकानों की क़तार में से एक दुकान के ऊपर बने कमरे में सोने लगा। उस कमरे में तीन लड़के और भी थे। उसने अपने पैसों से सूती गद्दे, चादर और एक भारी-सा कम्बल ख़रीद लिया जो सर्दियाँ काटने के लिए काफ़ी थे। बे अपनी सुबह की चाय इकट्ठी कोयले की अँगीठी पर बनाते। उनका खाना और रोज़-रोज़ सब्ज़ियाँ खाने से उब जाने के बाद कभी-कभी चिकन भी उसी अँगीठी पर बनता था।

रवि जिन लड़कों के साथ काम करता था उनमें से कुछ रात को अपने घर चले जाते। वे उसे प्रायः अपने परिवारों के साथ घर पर बना दोपहर का भोजन खाने के लिए आमन्त्रित करते, डोसा और इडली की एकरसता में यह अच्छा परिवर्तन होता। वे उसे ज़रूरत से ज़्यादा खिला देते, कई बार उसे काम के बाद उन परिवारों के साथ झोंपड़ी में रात बिताने का आमन्त्रण भी मिलता। रवि को उन लोगों के साथ पूरी सहजता महसूस होती। ऐसी सहजता वह जगतराम और शान्ति के मध्यवर्गीय घर पर महसूस नहीं कर पाता था।

रवि को उस रेस्तराँ में काम करते हुए लगभग दो वर्ष बीत चुके थे। एक दिन कमरे में उसके साथ रहने वाले लड़कों में से एक मुकेश ने बताया कि वह अपने छुट्टी के दिन ज़िले के सबसे बड़े क़स्बे में जा रहा है। उसने रवि से पूछा कि क्या वह भी साथ चलना चाहेगा। रवि मान गया और अपने मालिक से एक दिन की छुट्टी देने के लिए विनती करने लगा, उसने मालिक को याद दिलाया कि वह पहली बार छुट्टी माँग रहा है। हालाँकि मालिक मान गया लेकिन उसने रवि को बताया कि वह एक दिन का वेतन काट लेगा।

उन्होंने एक ट्रक वाले से लिफ़्ट माँगी और ट्रक के पीछे चढ़ गये। ट्रक का ड्राइवर रेस्तराँ पर नियमित रूप से खाना खाने आया करता था। एक घण्टे बाद उसने उन्हें बायपास पर उतार दिया। वह क़स्बे में नहीं जाना चाहता था। रवि बहुत उत्सुक था, वह इससे पहले वहाँ कभी नहीं आया था, लेकिन सेनेटोरियम जाते हुए उसकी बस वहाँ थोड़ी देर के लिए रुकती थी।

मुकेश और रवि चकित आँखों से हर तरह के सामानों, जो रवि ने पहले कभी नहीं देखा था, से भरी दुकानों को देखते गलियों और बाज़ारों में घूमते रहे। दुकानों पर हर रंग की प्लास्टिक की बाल्टियाँ, खिलौने, कुर्सियाँ और मेज़ थे।

सुन्दर साड़ियों और सुनहरे व रुपहले धागे से कढ़ाई वाले सलवार-कमीज़ों की दुकानें भी थीं। एक सड़क पर मोटरसाइकिल और कारें बेचने वाली दुकानें थीं।

उस दिन रवि ने पहली बार आइसक्रीम खायी। उसने इतनी स्वादिष्ट चीज़ पहले कभी नहीं खायी थी। बर्फ़ जैसी ठण्डी, दूधिया, मीठी जिसमें कुरकुरे इलायची के दाने थे। मुकेश ने उसे बताया कि वह पीले रंग का कोन भी खा सकता है उत्साहित होकर रवि ने एक और आइसक्रीम ख़रीदी।

'चलो, फ़िल्म देखते हैं,' मुकेश ने सुझाया, 'हम आख़िरी बस पकड़कर घर चले जाएँगे।'

सिनेमा हॉल टिन से बनी एक झोंपड़ी थी लेकिन रवि बहुत प्रभावित था। उन्होंने दोपहर के शो में सामने वाली क़तार में सीटें लीं। इस शो के बाद आख़िरी बस पकड़ने के लिए बहुत समय होगा। उन्हें ती.सरी क़तार में दो सीटें इकट्ठीं मिल गयीं। रवि ने आस-पास, आगे-पीछे देखा और चकित हुआ कि हॉल में केवल पुरुष ही थे। शो शुरू होने से पहले मुकेश बाहर गया और हाथ में थम्स-अप की दो बोतलें लेकर लौटा।

फ़िल्म का हीरो लम्बा-पतला था, उसकी आवाज़ बहुत गहरी थी और नायिका जितनी सुन्दर लड़की तो रवि पहली बार देख रहा था। वह गा सकती थी, अपने कूल्हे मटका सकती थी। जब भी वह पर्दे पर आती तो आगे की क़तार में बैठे लोग सीटियाँ बजाते, अश्लील टिप्पणियाँ करते। इण्टरवल के दौरान लड़के बाहर पेशाब के लिए गये और जब लौटे तो उनके हाथ में कोल्ड-ड्रिंक की दो और बोतलें थीं। इस बार पैसे रवि ने दिये थे।

बाद में जब वह बस स्टैण्ड की ओर जा रहे थे तो मुकेश ने पूछा, 'तुम्हें कैसा लगा?'

रवि ने शरमाते हुए कहा, 'बहुत अच्छा! विशेष रूप से गाना, डांस एवं संगीत। मुझे सितार बजाना आता है।'

घर जाने के लिए बस पकड़ने से पहले उन्होंने दो प्लेट टिक्की ऑर्डर की।

'मैं वहाँ फिर जाना चाहूँगा,' रात में वे जब गद्दों पर लेटे तो रवि ने कहा था।

'मैं तो प्रायः जाता हूँ। कई बार जब कोई साथ चलने के लिए खाली नहीं होता तो अकेला जाता हूँ। कभी हम इकट्ठे ग्रुप बनाकर जाते हैं और खर्चा बराबर बाँट लेते हैं। यदि चाहो तो तुम भी हमारे साथ चल सकते हो।'

रवि को फ़िल्मों की लत लग गयी। वह दूसरे लड़कों के साथ जाता, अकेला भी जाता। हर बार रेस्तराँ का मालिक उसका एक दिन का वेतन काट लेता। रवि का ऐसे जाना जब बहुत बढ़ गया तो उस आदमी ने हथियार डाल दिये और

कहा कि उसे पन्द्रह दिन में रविवार की एक छुट्टी मिला करेगी और उस दिन का वेतन काट लिया जायेगा। रवि ने अनमने ढंग से इसे स्वीकार कर लिया।

रविवार को जब कोई साथ चलने के लिए न होता तो रवि अकेला चला जाता। जाते हुए वह किसी ट्रक वाले से लिफ़्ट माँग लेता और वापसी पर बस पकड़ लेता। उसे ले जाने के लिए ट्रक यदि जल्दी मिल जाता तो वह दोपहर से पहले का शो देख लेता। इस प्रकार वह अँधेरा घिरने से पहले घर पहुँच जाता। ज़्यादातर तो वह टिकट खिड़की से ही ख़रीदता लेकिन जब कई बार शो की सभी टिकटें बिक जातीं तो उसे मजबूरन किसी दलाल से टिकट ख़रीदनी पड़ती जिससे उसे कुछ अधिक रुपयों से हाथ धोना पड़ता। वह ख़र्च प्रायः फालतू ही होता क्योंकि फ़िल्मों के प्रिंट बुरी तरह से खरोंच वाले होते, कई बार एक-दो रीलें ग़ायब होतीं, लोकप्रिय गाने, जो रवि ने रेडियो पर सुने होते, ग़ायब होते क्योंकि कई प्रोजेक्टर चलाने वाले या थियेटर मालिक अपने निजी मनोरंजन के लिए उन्हें काट लेते। चलते-चलते बीच में फ़िल्म का अचानक रुक जाना तो आम बात थी क्योंकि ऑपरेटर बीच से कटे हुए को पहचान नहीं पाता था और उसे प्रोजेक्टर पर चढ़ा देता था। ऐसे मौक़ों पर आगे की सीटों से चुनिंदा गालियाँ सुनाई देतीं। इन गालियों में ऑपरेटर के परिवार की महिला सदस्य मुख्य रूप से आती। उसे एहसास हुआ कि ऐसा इसलिए हो पाता है कि महिलाएँ फ़िल्म देखने नहीं आतीं थीं। जो कुछ महिलाएँ आतीं भी, वे भड़कीले कपड़े पहनी होतीं और बालकनी में अन्तिम क़तार में बैठतीं। पुरुष बारी-बारी से उनके साथ जाकर बैठते।

रवि यों तो अपने मित्रों के समान ही निर्धन था लेकिन एक अन्तर था कि वह अधिक स्वतन्त्र था। वह किसी के प्रति जवाबदेह नहीं था, उसकी कोई ज़िम्मेदारी नहीं थी। वह जो भी कमाता, उसका होता। वह अपनी इच्छानुसार कहीं भी आ-जा सकता था। उसे फ़िल्मों के अलावा और किसी चीज़ में दिलचस्पी नहीं थी।

कभी-कभी वह टेनिस की गेंद और घर पर बनाये गये बल्ले के साथ खेले जाने वाले क्रिकेट मैच में शामिल हो जाता। ऐसा तब होता जब एक ओर खिलाड़ियों की संख्या कम होती थी। उसे फील्डिंग करना अच्छा लगता था क्योंकि वहाँ करने को कुछ अधिक नहीं होता था। बल्ला चलाना तो उसे बिल्कुल नहीं आता था। उसने मित्रों के हठ करने पर सिगरेट आज़माई लेकिन यह उसे भायी नहीं। वह नशीली दवाएँ लेने वाले लड़कों से दूर रहता। वे अपने ही समूह में रहते थे।

रेस्तराँ में रवि परिश्रमी और दोस्ताना व्यवहार करता था। हमेशा देखी हुई फ़िल्मों के गाने गुनगुनाता रहता। उसके उत्साह और व्यवहार को देखकर मालिक ने उसे प्रमोशन दे दी थी और उसे स्थानीय विक्रेताओं से ताज़ा सामान—सब्ज़ियाँ, फल, मसाले खरीदने का काम सौंप दिया। हर कुछ सप्ताह के बाद वह बड़े क़स्बे में अन्न लाने जाता। इससे उसे बिना एक दिन का वेतन गँवाए फ़िल्म देखने का मौक़ा मिल जाता था।

वह चार साल तक उस क़स्बे में रहा। महेश का पता चलने की सारी सम्भावनाएँ धुँधली पड़ गयीं। वह ख़ुश था लेकिन उसे बेचैनी होने लगी थी। वह छोटे क़स्बे की सीमाओं से थक गया था। बाहर किसी जगह पर एक उम्मीद भरी ज़िन्दगी उसका इन्तज़ार कर रही थी।

'मैं यहाँ से जाने की सोच रहा हूँ,' उसने मुकेश को बताया।

'कहाँ जाओगे?'

'बम्बई, मैं फ़िल्म स्टारों को देखना चाहता हूँ।'

मुकेश हँसा, 'मज़ाक कर रहे हो।'

'क्यों, मैं काम करना चाहता हूँ। मैं अकेला हूँ, मेरी कोई ज़िम्मेदारी नहीं है, मुझे यदि ऐसा करना पड़े तो मैं गलियों में भी सो सकता हूँ। मैं पहले ऐसा कर चुका हूँ। इसके अतिरिक्त मैंने गाड़ी की टिकट का किराया और पैसे बचा लिए हैं। क्या तुम मेरे साथ चलोगे?' उसने मुकेश से पूछा था, हालाँकि वह इसका जवाब जानता था।

'मैं नहीं चल सकता, मैं तुम्हारी तरह नहीं हूँ। यहाँ मेरा एक परिवार है। मुझे अपने माता-पिता को देखना है, अपनी बहन की शादी करवानी है।'

'सोच लो, तुम बाद में भी आ सकते हो। वादा रहा, मैं तुम्हें चिट्ठी लिखूँगा।'

उसने अपने मालिक को एक सप्ताह का नोटिस दिया। हालाँकि वह आदमी दुखी हुआ लेकिन उसने रवि को जाते हुए भेंट स्वरूप सौ-सौ के कुछ नोट दिये।

रवि के जाने से पहले के दिनों में उसके मित्रों ने उसे अपने घर पर आमन्त्रित किया जहाँ उनकी माताओं ने उसे बिरयानी और कबाब खिलाये। यह पहले से ही उसका प्रिय भोजन था। उसने बड़ों को अलविदा कहा। कुछ महिलाएँ रोयीं और 'बम्बई जैसे बड़े शहर में उसके साथ क्या-क्या घट सकता है,' के क़िस्से सुनाकर उसे वहाँ जाने से रोकने का प्रयास किया। उसने उनसे चिन्ता न करने के लिए कहा और कहा कि वह अपना ध्यान रखेगा। उसने

पहुँचकर चिट्ठी लिखने का वायदा किया। लौटने का भी वायदा किया जबकि वह जानता था कि वह लौटेगा नहीं। सुबह बस स्टैण्ड पर दोस्तों की छोटी-सी भीड़ इकट्ठी हो गयी, जहाँ मुकेश ने शरमाते हुए उसके गले में हार पहनाया। वह कुछ लोगों से गले मिलकर अपने रास्ते पर आगे बढ़ गया।

उसने जिन चिट्ठियों का वायदा किया था वे कभी नहीं आयीं।

तीन

1

'मैंने सुना है कि तुम अब मशहूर हो गये हो,' जगतराम ने प्लेट से शर्बत-सी मीठी चाय का घूँट भरते हुए कहा।

रवि मेज़ के दूसरी ओर गया और बुज़ुर्ग का हाथ पकड़ते हुए बोला, 'आपके बिना मैं कहाँ पहुँच सकता था?'

'तुममें सीखने की लगन थी,' बुज़ुर्ग ने कहा और 'तुम्हें शुरू करने का अवसर मिला।'

'आप मुझे पहले बता देते कि आप आ रहे हैं, तो मैं आपको स्टेशन पर ही मिल जाता,' रवि ने कुछ देर के बाद पूछा। 'चाची कैसी हैं?'

जगतराम ने डण्ठी साँस ली। 'बेटा 'पाँच वर्ष पहले ही शान्ति की मृत्यु हो गयी। मेरे पास तुम्हें सूचना देने का कोई साधन नहीं था। एक दिन भी ऐसा नहीं जाता था, जब वह तुम्हें याद न करती थी।'

'वे मेरे लिए माँ के समान थीं,' रवि की आँखें भर आयीं। 'मुझे दुख है कि मैं ऐसे ही चला आया और आपसे सम्पर्क नहीं रखा,' उसने भावुक होते हुए कहा।

'यह ज़रूरी भी नहीं था। हम कोई रिश्तेदार थोड़े थे।'

'आप दोनों ने मुझे इतना प्यार दिया। मैं सोच भी नहीं सकता कि अगर आप न होते तो हमारा क्या होता।'

वह अपनी यादों के साथ काफ़ी समय तक ख़ामोश बैठे रहे, उनके आसपास चाय की दुकानों से आती आवाज़ें थीं।

~

रवि नहीं जानता था कि जगतराम ने उसे कैसे ढूँढा।

'मैं मरने से पहले एक बार और बनारस जाने के लिए तीन महीने पहले गाँव से निकला था। मैं पहली बार बचपन में अपने माता-पिता के साथ वहाँ गया था। यह घर से दूर मेरी पहली यात्रा थी। हम नदी के पास ही एक धर्मशाला में

रुके थे। हम एक बड़े हॉल में दूसरे यात्रियों के साथ ज़मीन पर अपना बिस्तर बिछाकर साये थे।'

'मैं वहाँ एक बार गया हूँ,' रवि ने कहा, 'मैं एक बार और वहाँ जाना चाहूँगा।'

आज भी मुझे वह स्थान और वह गली, जिसमें धर्मशाला थी, याद है। मैं दिल्ली से गाड़ी बदलकर रातभर की यात्रा के बाद बनारस पहुँचा था और यह देखकर कि धर्मशाला अभी भी वहाँ पर थी, बहुत खुश हुआ। अब वहाँ गद्दों और चादरों वाले बिस्तर हैं, और बड़े हॉल को कमरों में बाँट दिया गया है। कुछ कमरे तो इतने बड़े हैं कि उनमें छह लोगों का परिवार रुक सकता है। कमरों की साज-सज्जा तो साधारण है लेकिन कमरे साफ़ हैं।'

जगतराम गंगा के घाटों पर दिन निकलते ही पहुँच गये थे। चढ़ते सूरज के साथ ही उन्होंने पूजा की और अपने पापों को धोने के लिए नदी के पवित्र जल में डुबकी लगाई। फिर उन्होंने चाय और परांठे का नाश्ता किया और उसके बाद मन्दिर की घण्टियों व अपने आसपास की भीड़ की हलचल से बेख़बर ध्यान मग्न बैठे रहे। दोपहर में वे एक झपकी लेने के लिए धर्मशाला लौट गये और फिर शाम को शिव की नगरी की भूल-भुलैया गलियों में निश्चिन्त टहलने को निकल गये।

शहर का वातावरण, अगर कोई धक्का-मुक्की को अनदेखा कर दें, तो दोस्ताना था। उन्होंने देखा कि वह शहर सीमित साधनों वाले अति धार्मिक लोगों का जमघट था, बुज़ुर्गों में से अनेक बीमार थे और जिन्हें उन्हें सम्बन्धी या किराये के आदमी उठाकर घाटों पर ला रहे थे। जिनमें से कुछ मोक्ष—जन्म एवं मरण के चक्र से मुक्ति—की आशा कर रहे थे।

उस शाम, जगतराम के साथ कमरे में रह रहे दूसरे आदमी ने पूछा कि वह कहाँ से थे। उन्होंने कुछ देर अपने-अपने गाँव और परिवार की बातें कीं और उस आदमी ने जगतराम की ओर चिलम बढ़ाई तो जगतराम ने विनम्रता से इनकार कर दिया। उन्होंने शान्ति की मृत्यु के बाद चिलम पीना छोड़ दिया था। वह आदमी भी विधुर था।

चिलम पूरी पीने के बाद उसने कहा, 'मैं सिनेमा जा रहा हूँ। आप भी मेरे साथ क्यों नहीं चलते? शाम को यहाँ कुछ ज़्यादा करने को तो होता नहीं।'

जगतराम इस आमन्त्रण पर चकित रह गये। उन्हें फ़िल्म देखे वर्षों बीत गये थे। 'धन्यवाद, लेकिन मैं आराम करूँगा। कल सुबह मुझे जल्दी जाना है।'

उस आदमी ने आग्रह करते हुए कहा, 'हम दस बजे से पहले आ जाएँगे। थियेटर यहाँ से कुछ मिनट की दूरी पर ही है। मैंने वहाँ अमिताभ बच्चन की एक फ़िल्म के पोस्टर देखे हैं।'

जगतराम नहीं समझ पा रहे थे कि वह व्यक्ति क्या बात कर रहा है लेकिन वे बहुत उत्साही महसूस कर रहे थे। फ़िल्म देखने का विचार उन्हें उत्तेजित कर गया था। वे खड़े हो गये, अपनी धोती ठीक की और चप्पलें पहन लीं। दोनों ने एक ढाबे पर खाना खाया और थियेटर की ओर चल पड़े। जब उन्हें पता चला कि शो की टिकटें ख़त्म हो चुकी हैं, तो जगतराम बहुत निराश हुए।

'मुझे तीस रुपये दो।' वह आदमी पैसा लेकर सिनेमा हॉल के साथ वाली एक गली में ग़ायब हो गया और कुछ मिनट बाद विजेता की तरह दो टिकटें लहराता हुआ लौट आया। 'मैंने ये एक दलाल से ख़रीदीं हैं, मुझे मोल-भाव करना पड़ा,' उसने दाँत निकालते हुए कहा।

हॉल पिस्सुओं से भरा था, कभी इन्होंने भी अच्छे दिन देखे होंगे। दर्शकों में अधिकतर आदमी थे। फ़िल्म के दौरान कसे जा रहे फिकरों से जगतराम लजा गये, लेकिन जल्द ही वे सहज हो गये और जन्म के समय बिछुड़े दो भाइयों की तीन घण्टे लम्बी कहानी का आनन्द उठाने लगे। इनमें से एक भाई बड़ा होकर अपराधी और दूसरा पुलिस अधिकारी बन गया था। कहानी उन्हें अच्छी लगी थी। उन्होंने जो अन्तिम फ़िल्म देखी थी, उसकी कहानी से यह बहुत भिन्न थी। वे दस वर्ष के रहे होंगे जब उन्होंने अयोध्या से लौटने के बाद राम और सीता के जीवन पर एक ब्लैक एण्ड ह्वाइट फ़िल्म देखी थी।

जगतराम की उम्मीद से पहले ही हॉल में लाइटें जल उठीं। 'बढ़िया, अच्छा रहा, अब सो जाएँगे।'

'आओ बीड़ी पीने चलते हैं,' उनके मित्र ने कहा।

जगतराम ने बताया कि वे धूम्रपान नहीं करते।

'मैं जब तक बीड़ी पीता हूँ, आप बैठकर अपनी टाँगें सीधी कर लो।'

'फ़िल्म अभी ख़त्म नहीं हुई?'

'नहीं, अभी तो शौचालय जाने, धूम्रपान करने, खाने-पीने की चीज़ें लेने के लिए दस मिनट का इण्टरवल हुआ है।'

उनका मित्र बाहर गली में चला गया और जगतराम शौचालय चले गये, जहाँ उन्हें अपनी धोती को लेकर थोड़ी कठिनाई हुई। वहाँ से फारिग होकर वे लॉबी में आ गये। और मित्र की प्रतीक्षा करते हुए आने वाली फ़िल्मों के पोस्टर देखने लगे। उनकी आँखें मैनेजर के ऑफिस के दरवाज़े के साथ टँगे एक पोस्टर पर अटक गयीं।

तीन आदमी सूट पहने, कैमरे की ओर देखते मुस्कुरा रहे थे। बीच में खड़े व्यक्ति के गले में हार था। उन्हें वह चेहरा जाना-पहचाना लगा। थोड़ा निकट जाकर देखा तो वे भौचक्के रह गये, उनसे कोई भूल नहीं हुई थी। यह रवि था,

थोड़ा मोटा और बहुत बड़ा हो गया था। उनके मित्र के लौटते ही घण्टी बजी और जगतराम बाकी फ़िल्म देखने में मग्न हो गये।

वे उस रात सो नहीं पाये। शायद यह रवि नहीं था, बस रवि जैसा ही कोई व्यक्ति था। उन्हें रवि को देखे लम्बा समय हो गया था। हो सकता है उसकी याद उनके साथ मज़ाक़ कर रही हो। वे सुबह जल्दी उठे और घाट पर स्नान करने चले गये। इसके बाद उन्होंने गंगा किनारे ही एक स्टॉल पर चाय पी, धर्मशाला आकर उन्होंने कपड़े बदले और सिनेमा हॉल की ओर चल दिये, लेकिन धूल भरे परिसर के बाहर गेट पर चेन लगी थी।

'हम दोपहर के शो के लिए साढ़े ग्यारह बजे चेन खोलते हैं,' चौकीदार ने उन्हें रुखाई से बताया। अभी आठ भी नहीं बजे थे। जगतराम घाटों की शान्ति की ओर लौट गये और घण्टे बीतने का इन्तज़ार करने लगे। उन्होंने दोपहर का भोजन जल्दी ही कर लिया और थियेटर लौट आये। बीती रात के उलट अब यहाँ आसपास कोई व्यक्ति नहीं था। उन्होंने लॉबी में जाने का प्रयास किया लेकिन वे उन्हें टिकट के बिना अन्दर नहीं आने दे रहे थे। उन्होंने बताया कि वे केवल मैनेजर से ही मिलना चाहते हैं।

उन्होंने चित्र को ध्यान से देखा। इस बार दिन के उजाले में, अब तो कोई सन्देह ही नहीं था कि यह कोई और हो सकता है। उन्होंने दरवाज़े पर हलकी-सी दस्तक दी।

'कौन है?' भीतर से आवाज़ आयी।

जगतराम भीतर दाखिल हुए, 'नमस्ते जी।'

'क्या बात है?' व्यक्ति ने बिना नज़रें ऊपर उठाये कहा, वह बीती शाम की कमाई गिन रहा था।

'मैं बाहर लगे चित्र के बारे में पूछना चाहता हूँ।'

'उसके बारे में क्या,' व्यक्ति ने गिनना जारी रखते हुए पूछा। उसने सिक्कों का एक ढेर बना दिया था और अब नोट ठीक कर रहा था। 'यह अगले शुक्रवार को दिखाई जाने वाली फ़िल्म का है।'

'वो नहीं, मेरा मतलब आपके दरवाज़े पर लगे चित्र से है। मुझे लगता है कि मैं गले में माला पहने व्यक्ति को जानता हूँ।'

मैनेजर ने नोट गिनना बन्द किया और नज़र उठाकर देखा। जगतराम को एहसास हुआ कि फ़ोटो वाला व्यक्ति यह आदमी ही है।

'आप यहाँ से नहीं हैं क्या?' मैनेजर ने उनसे विनम्रता से पूछा और उन्हें बैठने के लिए कहा।

'मैं हिमाचल के एक गाँव का हूँ।'

'मैं आपकी भाषा से ही पहचान गया था। मैं स्वयं भी वहीं से हूँ। मेरे पिता रेलवे में काम करते थे, सेवानिवृत्ति के बाद हम यहीं बस गये।' उस व्यक्ति ने अपनी मेज़ से लगी घण्टी बजाई और चपरासी से दो कप चाय लाने के लिए कहा। 'फ़ोटो में वो रवि जी हैं।'

तो यह वही है।

'वे फ़िल्मों के संगीत निर्देशक हैं और वे एक मित्र के साथ बनारस आये थे जो इस शहर में शूट की जा रही फ़िल्म में एक भूमिका कर रहा था,' उस व्यक्ति ने बताया। 'हमने उन्हें थियेटर में बुलाया था क्योंकि उस समय थियेटर में जो फ़िल्म चल रही थी, उसका संगीत उन्होंने ही दिया था।'

मैनेजर ने देखा कि उसका अतिथि कुछ और भी जानने को उत्सुक था।

'हमें उम्मीद थी कि वे फ़िल्म की नायिका को भी साथ लाएँगे, लेकिन उन्होंने अकेले ही आने का फ़ैसला किया।' उसने नोट गिनते हुए थोड़ा दुखी होते हुए कहा।

'रवि जी अब कहाँ हैं?'

'वे बम्बई में रहते हैं, आप क्यों पूछ रहे हैं?'

'मैं उन्हें जानता था, जब वे बच्चे थे। वे मेरे साथ रहते थे।'

मैनेजर बहुत प्रभावित हुआ, 'गाँव को उन पर ज़रूर गर्व होगा।'

'वे जब बहुत छोटे थे, तो वहाँ से चले गये। आपके पास उनका बम्बई का पता है?'

मैनेजर पहले तो झिझका और फिर सोचा कि पता देने में कोई हानि नहीं है। 'हमारे पास कहीं उनका पता है तो।' उसने अपने पतों की डायरी देखी और एक काग़ज़ पर पता लिख दिया। 'उन्होंने हमें बाहर लगे चित्र की एक कॉपी भेजने के लिए कहा था, यह उनका बड़प्पन था।'

जगतराम ने अपनी मथुरा जाने की योजना रद्द कर दी और अपने भतीजे को छोटा-सा नोट भेजा ताकि नियत तिथि पर न लौटने पर परिवार चिन्ता न करे। उन्हें एहसास हुआ कि उनके पास बम्बई की यात्रा के लिए पर्याप्त पैसा नहीं था इसलिए उन्होंने बचपन से गले में पहनी हुई सोने की चेन बेच दी। सुनार ने बड़ी सौदेबाज़ी की, लेकिन जो पैसा उन्हें मिला वह उनकी आगे की योजना के लिए काफ़ी था। अगली सुबह उन्होंने बम्बई की गाड़ी पकड़ी।

वे दो रातों तक गाड़ी की सख्त बेंचों पर सोने से थक गये थे। बम्बई से बनारस की धर्मशाला में आये एक व्यक्ति ने उन्हें काल्बा देवी रोड पर एक

होटल बताया था। बॉम्बे सैण्ट्रल के टैक्सी ड्राइवर ने उनसे ज़्यादा पैसे ले लिए थे लेकिन जगतराम को कम-अधिक का अन्तर नहीं पता था।

अगली सुबह उन्होंने होटल रिसेप्शन पर बैठे व्यक्ति को पता दिखाया। उसने बताया वे मैरीन लाइन्स स्टेशन पर चले जायें। वहाँ से अँधेरी की गाड़ी ले लें। 'यहाँ से आराम से चलकर वहाँ पहुँचा जा सकता है। मैरीन लाइन्स स्टेशन पर आपको उत्तर की ओर जाने वाली गाड़ी लेने के लिए पुल पार कर प्लेटफ़ार्म पर जाना होगा। अँधेरी उतर कर फिर आप रास्ता पूछ सकते हैं।'

जगतराम को शहर के पुराने जर्जर भाग की अस्त-व्यस्तता और शोर में से गुज़रते हुए स्टेशन पर पहुँचना अच्छा लगा। उन्हें किसी से रास्ता नहीं पूछना पड़ा। वहाँ पहुँचकर उन्होंने अँधेरी की टिकट ली।

'खार पार करने के बाद आप स्टेशन के बोर्ड पर नज़र रखना,' टिकट काउण्टर पर बैठे व्यक्ति ने उन्हें बताया। 'गाड़ी वहाँ बहुत देर तक नहीं रुकती।'

'वे आज नहीं आएँगे,' जब जगतराम रवि कुमार से मिलने पहुँचे तो रिसेप्शनिस्ट ने उन्हें रुखाई से बताया।

'मैं उसे तब से जानता हूँ जब से वह बच्चा था,' महिला का रवैया बदल गया। इसके पीछे का कारण यह था कि आगन्तुक उसके मालिक को जानता था। लेकिन इससे भी अधिक उसके बोलने के लहजे ने उसे प्रभावित किया। उन्होंने इतनी विनम्रता से बोला कि उसने उनके लिए कुर्सी आगे सरका दी और असिस्टेण्ट से चाय लाने को कहा। जगतराम ने विनम्रता से इनकार कर दिया। हालाँकि रवि की उपलब्धियों को देखकर उन्हें गर्व की अनुभूति हो रही थी लेकिन ऐसे सज्जित दफ़्तर में वे असुविधा महसूस कर रहे थे।

सेक्रेटरी अपने अनुभव से जानती थी कि यह अपने मालिक को फ़ोन करने का सही समय नहीं है। वे अभी सोए होंगे लेकिन उसने समझ से काम लेते हुए रवि के घर का टेलिफ़ोन नम्बर लिख कर दे दिया और जगतराम को बताया कि थोड़ी देर के बाद वे इस नम्बर पर फ़ोन लगा लें।

cz cs

'जब मुझे पता चला कि तुम यहाँ हो तो मैं सीधा यहीं आ गया,' जगतराम ने कहा, 'बेटा मैं तुम्हें वापिस ले जाने आया हूँ।'

रवि भौचक्का खामोश बैठा रहा। वह उस बुज़ुर्ग व्यक्ति से स्नेह करता था और उनका बहुत ऋणी था। वह जगतराम को अपने साथ घर ले जाना चाहता था, उन्हें, जितनी देर वे चाहें, अपने साथ रहने के लिए बुलाना चाहता था। घर

में उनकी उपस्थिति से कुछ परेशानियाँ तो होंगी, रवि जानता था कि वे अजनबी वातावरण में देर तक नहीं रहना चाहेंगे। रसोई को शाकाहारी बनाना होगा, लेकिन वह बड़ी बात नहीं थी। इससे रवि की सन्ध्या के साथ जीवन बिताने की तैयारी हो जायेगी। जगतराम को यदि टॉयलेट की ऊँची सीट पर असुविधा होगी तो वे नौकर के क्वार्टर की टॉयलेट प्रयोग कर सकते हैं और रसोई में थालियाँ तो थीं ही। रवि जब चाइना के महँगे बर्तनों से थक जाता, तो वही प्रयोग करता था लेकिन ऐसी कम ही सम्भावना थी कि वे इकट्ठे भोजन करेंगे।

लेकिन जब वे जगतराम के तीसरी मंज़िल पर स्थित होटल के कमरे में पहुँचे तो जगतराम की साँस फूल रही थी।

दरवाज़े पर चाबी लगाते हुए उन्होंने कहा, 'हम कल सुबह चल देंगे।'

साथ के कमरे से हँसी के ठहाकों और तेज़ संगीत की आवाज़ आ रही थी। आवाज़ों से लग रहा था कि भीतर शराब चल रही थी। एक महिला खुशी से चिल्ला रही थी।

'एक गाड़ी शाम पाँच बजे छूटती है,' जगतराम ने कहना जारी रखा, वे अभी भी ताले में चाबी लगाने का प्रयास कर रहे थे।

रवि चकित था। उसने सोचा कि चाय के स्टॉल पर ही उसने यह स्पष्ट कर दिया था। उसने विस्तार से बताया था कि उसके हाथ में ढेरों काम हैं, लेकिन जगतराम को एक बात नहीं बतायी, वह यह कि पहाड़ों में अपने पुराने जीवन में दोबारा लौटने का उसका कोई इरादा नहीं था। उसने जब बम्बई की गाड़ी पकड़ी थी तो उस अध्याय का पन्ना पलट दिया था। अपना सफल कैरियर जिसे उसने इतने परिश्रम से बनाया था, छोड़ देने का विचार ही उसे डरा देता था।

'मैं नहीं आ सकता चाचाजी। यहाँ मेरी ज़िम्मेदारियाँ हैं,' उसने कहा। 'अब हम इस पर और बात नहीं करेंगे। मैं कल सुबह चार बजे आ जाऊँगा और आपको स्टेशन ले चलूँगा।'

जगतराम धैर्य खो बैठे। उन्होंने गुस्से में रवि की बाजू पकड़ ली और उसकी आँखों में आँखें डालकर देखा। 'इतने सालों के बाद तुम मुझे ये कैसे कह सकते हो, तुम मेरे साथ नहीं चलोगे।'

रवि सीढ़ियों की ओर मुड़ा लेकिन जगतराम उसे नहीं छोड़ रहे थे। रवि ने जैसे ही उन्हें झटकने की कोशिश की, बुज़ुर्ग व्यक्ति का पाँव फिसल गया। वे अपना सन्तुलन खो बैठे और लुढ़कते हुए सीढ़ियों से नीचे जा गिरे।

रवि डर गया। 'चाचाजी!' वह लड़खड़ाता हुआ वहाँ पहुँचा जहाँ जगतराम बिना हिले-डुले पड़े थे। आसपास कोई नहीं था। पार्टी से आ रही आवाज़ में उनके

लुढ़कने की आवाज़ दब गयी थी और रवि चीखता भी तो कोई सुन नहीं पाता।

रवि ने कमज़ोर व्यक्ति को उठया और सीढ़ियाँ चढ़कर ऊपर ले आया। फ़र्श से चाबी उठा ली और अपने हाथ से ताला खोला। उसने जगतराम को हलके से बिस्तर पर लिटा दिया। कुर्सी पर पड़ा तौलिया उठाया और उसे गीला करने बाथरूम में चला गया। वह गीले तौलिये के साथ बाहर लौटा और बड़े आराम से बुज़ुर्ग के माथे पर रख दिया।

'चाचाजी,' रवि धीरे से बुदबुदाया।

उसे कोई जवाब नहीं मिला। रवि ने जगतराम को अपनी बाजुओं में ले लिया। उसे अपनी हथेली पर कुछ गीला महसूस हुआ। अब उसे स्थिति की गम्भीरता का एहसास हुआ। जगतराम के सिर से खून बह रहा था।

'चाचाजी,' अब रवि ज़ोर से रो पड़ा।

अभी भी वे निढाल पड़े थे। उसने उनकी साँस टटोली। साँस नहीं चल रही थी। एक क्षण तो उसे पता ही नहीं चला कि जगतराम की मृत्यु हो गयी थी।

रवि ने अपना सिर पीछे हटाया और चीखा।

कुछ समय बीत जाने पर रवि को होश आया कि वह उनकी देह को छोड़ दे। वह अभी भी भाव-विह्वल था लेकिन ज़ानता था कि उसे धीरज रखकर सोचना है। यह घबराने का समय नहीं था। खून सूख चुका था। उसने तौलिया बिस्तर पर रखा और जगतराम का सिर उस पर टिका दिया।

रवि ने देखा कि उसका कुर्ता खून से लथपथ था। वह बिस्तर से उठा और कमरे में पड़ी एकमात्र कुर्सी पर बैठ गया।

उस आदमी की मृत्यु हो चुकी थी। वह उसके लिए कुछ नहीं कर सका था। पुलिस के पास जाने से वह जीवित नहीं हो जायेगा। कोई भी विश्वास नहीं करेगा कि जगतराम गिर गया था। वह इसकी कल्पना करने लगा—रवि कुमार, एक कुम्हार और एक वेश्या, महेश और राधा कुमार का पुत्र। रवि कुमार, जो घर-घर भीख माँगता और गलियों के टुकड़े उठाकर खाता। सन्ध्या परेशान हो जायेगी। सम्भव है उसके पिता का नामांकन रद्द हो जाये और सगाई तोड़ दी जायेगी। उसने जब सन्ध्या को यह बताया था कि वह अनाथ है तो उसने झूठ बोला था। रवि को भले छोड़ दिया जायेगा, लेकिन शक तो बना रहेगा और इतने वर्षों से ध्यानपूर्वक मुलम्मा चढ़ा कर रखा गया उसका अतीत सबके सामने उजागर हो जायेगा। उसका कैरियर समाप्त हो जायेगा।

उसकी नज़र बिस्तर पर पड़ी निर्जन देह पर गयी और बचपन के चित्र उसकी आँखों के सामने घूम गये। उसे वे खिलौने याद आये जो जगतराम उसके लिए लाया करते थे और उनका संगीत सिखाना याद आया। उसे वे पकवान याद आये जो शान्ति ने उसके लिए बनाये थे और उसकी सोने के समय सुनाई गयी कहानियाँ याद आयीं। वह अब चकित था कि वह क्यों भाग गया था, जब वह अपने पिता को ढूँढ़ नहीं पाया तो लौट क्यों नहीं गया।

रवि ने सिगरेट सुलगाई और कमरे में टहलने लगा। उसके अतीत की छाया उसके वर्तमान पर न पड़े, यह सुनिश्चित करने के लिए उसने अनेक सावधानियाँ बरतीं। उसने शव को कमरे में छोड़कर जाने का विचार किया लेकिन उसे आभास हुआ कि रिसेप्शन पर बैठा क्लर्क शायद उसे पहचान ले। उसने जगतराम का स्टील का सूटकेस टटोला और एक साफ़-सफ़ेद कुर्ता खींच कर निकाल लिया। यह खादी का था और जो उसने पहना हुआ था, उससे मोटा था लेकिन कुर्ते का रंग उसके अपने कुर्ते के लगभग समान ही था। रवि ने पहनकर देखा, वह उसे थोड़ा तंग था लेकिन इतना भी नहीं कि इस पर किसी की नज़र जाये। उसने अपना कुर्ता सूटकेस में डाल दिया, फिर उसने दरवाज़े के बाहर 'डू नॉट डिस्टर्ब' की तख्ती टाँगी और ताला लगा दिया। कमरे की चाबी उसने अपनी जेब में डाल ली।

'मेरे अंकल आज रात चेक आउट कर जाएँगे,' उसने क्लर्क को बताया।

'मैने सोचा था कि वे कल जाएँगे,' क्लर्क ने सौहार्दता से कहा।

'उनसे मैंने साथ चलकर मेरे यहाँ रात बिताने को कहा है। वे थक चुके हैं और आराम कर रहे हैं। मैं बाद में उनके पास आऊँगा। मैं नहीं चाहता कि उन्हें कोई डिस्टर्ब करे।'

'जी मैं ध्यान रखूँगा।'

'जब वे चेक आउट करेंगे तो क्या मैं उनके बिल का भुगतान कर सकता हूँ?' रवि ने पूछा।

'कोई बात नहीं,' उस व्यक्ति ने कहा, 'लेकिन मैं यहाँ केवल दस बजे तक हूँ। यदि आप उसके बाद आएँ तो बाद में किसी के हाथ पैसे भेज सकते हैं।'

उस आदमी ने रवि को पहचान लिया था। 'तो फिर अपने कमरे का किराया अभी ले लो।'

क्लर्क ने रवि को बताया कि यदि वह दस बजे के बाद लौटा तो सुरक्षा गार्ड उसे भीतर आने देगा, वह ऐसे निर्देश छोड़ जायेगा।

रवि जब गया तो आठ बजे से अधिक समय हो चुका था। इतने समय

तक उसकी प्रतीक्षा कर रहे ड्राइवर ने कुछ नहीं कहा। रवि जब घर पहुँचा तो ड्राइवर को भेज दिया। घण्टी बजाने की बजाय रवि ने खुद ही अपनी चाबी से ताला खोला। अपने कमरे में गया और बिस्तर पर लुढ़क गया।

रात ग्यारह बजे रवि होटल आया, अपने आप कार चला कर। तब तक ट्रैफिक कम हो चुका था और उसे प्रवेश-द्वार के पास ही पार्किंग की जगह मिल गयी। उसने जब घण्टी बजाई और अपना नाम बताया तो सुरक्षा गार्ड ने भीतर आने दिया।

शव बिस्तर पर वहीं पड़ा था जहाँ वह छोड़ गया था। रवि ने जगतराम का सामान, खून से सना तौलिया और कुर्ता सूटकेस में बन्द किया। उसने अपनी जेब से व्हिस्की की क्वार्टर बोतल निकाली और कुछ व्हिस्की जगतराम के चेहरे और कपड़ों पर छिड़क दी। उसने देखा कि बिस्तर या कहीं और तो खून नहीं लगा लेकिन कहीं भी खून का निशान नहीं था। उसने शव को ऊपर उठाया। अपनी एक बाजू उसके कन्धे पर रखी और शव तथा सूटकेस को सीढ़ियों से नीचे ले आया।

'बेवकूफ़ ने पी ली थी और बेहोश हो गया है,' उसने दरवाज़े पर इन्तज़ार कर रहे सुरक्षा गार्ड को बताया। 'आप कृपया यह सूटकेस उठा लेंगे।'

रवि ने रिमोट से कार का दरवाज़ा खोला। उसने शव को पिछली सीट पर डाल दिया जबकि गार्ड ने सूटकेस को कार की डिक्की में रख दिया। रवि ने उसका धन्यवाद किया और पचास रुपये का नोट थमा दिया। बहुत ज़्यादा या बहुत कम पैसे देने से शक पैदा होगा।

रवि महालक्ष्मी स्टेशन से आगे हाजी अली दरगाह तक गाड़ी ले गया और फिर दादर की ओर मुड़ गया। पहले उसने शव को समुद्र में ठिकाने लगाने की योजना बनाई थी। शान्ति से सोचने पर इससे जुड़े ख़तरों का एहसास हुआ। उसके लिए शव को किसी वज़न के साथ बाँधने की आवश्यकता होगी। समुद्र तट पर या तो प्रेमी या अनिद्रा से पीड़ित लोग घूमते रहते हैं। वह वर्षों पहले से बन्द हो चुकी कॉटन फैक्टरियों की ओर बढ़ गया। बूँदाबाँदी होने लगी थी जो लोगों को सड़कों से दूर रखने के लिए काफ़ी थी। यह एक अच्छी बात थी।

उसने एक पुल पर गाड़ी रोकी और नीचे रेल की पटरियों को देखने के लिए गाड़ी से बाहर आया। उसने अपने दायें-बायें देखा। वह सड़क के दोनों ओर दूर तक साफ़ देख पा रहा था। वहाँ कोई नहीं था। कुछ कारें वहाँ से निकलीं। अगर वह थोड़ी जल्दी करता तो आने वाली कार की बत्तियाँ दिखाई देने और कार को पुल पर पहुँचने में लगे समय के बीच, शव को नीचे की दीवार पर रख

सकता था। उसने अपनी कार का दरवाज़ा खोला और शव को बाहर निकाला तथा कुछ सेकेण्ड के भीतर इसे दीवार की दूसरी ओर नीचे फेंक दिया। फिर उसने नीचे मुड़ कर देखा, शव पटरियों से कुछ गज़ दूर पड़ा था। रवि ने चारों ओर देखा, कोई नहीं था।

पहली ट्रैफिक लाइट पर उसने सिगरेट सुलगा ली और देखा कि उसके कुर्ते पर ख़ून के धब्बे लगे हैं। उसकी बिल्डिंग में लिफ़्टमैन की नज़र इन पर ज़रूर जायेगी और फिर कार की डिक्की में सूटकेस भी तो था। जब तक वह डॉली के घर पहुँचा, लगभग भोर हो चुकी थी।

सुरक्षा गार्ड ने परिसर का गेट खोला और कार के रुकने तक आगे बढ़ कर कार का दरवाज़ा खोलने को हुआ। रवि उसे हमेशा अच्छी टिप दिया करता था।

रवि ने ऐसे दर्शाया कि वह गाड़ी के भीतर बने बॉक्स में कुछ ढूँढ़ रहा था वह कार से नहीं निकला। 'धन्यवाद, आप जा सकते हैं,' वह काग़ज़ों और सी.डी. को उलटता-पलटता रहा। 'मुझे कुछ देर लग जायेगी।'

'मैं इन्तज़ार कर लूँगा,' वह व्यक्ति अभी भी कार का दरवाज़ा खोले खड़ा था।

अब रवि अधिक कठोरता से बोला, 'इसकी ज़रूरत नहीं है, कृपया जाओ।'

गार्ड संकेत समझ गया, हालाँकि वह थोड़ा चकित था। उसने कार का दरवाज़ा बन्द किया और गेट के पास बने अपने बूथ में चला गया।

दरवाज़े पर लगातार बजती घण्टी से डॉली की नींद खुल गयी थी लेकिन उसका क्रोध पहले आश्चर्य और फिर उलझन में बदल गया, जब उसने रवि को देखा।

'रवि!' डॉली ने पास से गुज़रते रवि के कुर्ते पर ख़ून के निशान देख लिए थे, 'तुम्हे चोट लगी है?'

'मैं ठीक हूँ, यह ख़ून किसी और का है।'

'तुम इसे बाथरूम में जाकर उतार दो, मैं इसे ख़ुद देख लूँगी।'

रवि ने कुर्ता उतारा और देर तक फव्वारे के नीचे खड़ा रहा, जब तक कि गीज़र का गर्म पानी समाप्त नहीं हो गया। शरीर को तौलिए से सुखा कर उसने साफ़ कपड़े पहन लिए, जो डॉली स्टूल पर रख कर गयी थी। उसने पहले पहने हुए कपड़ों का ढेर बनाया और बाथरूम के फ़र्श पर डाल दिया।

जब वह बाहर आया तो डॉली ने दोनों के लिए कप में चाय डाली और वे ख़ामोश रहकर चाय पीते रहे। उसने डॉली से सूटकेस एवं उसके सामान को सावधानी से ठिकाने लगाने के लिए कहा। डॉली ने, जैसा कि रवि जानता था कि वह कर लेगी, कहा कि वह कर लेगी।

वहाँ से चलते हुए उसने डॉली से 'धन्यवाद' कहा, लेकिन दरवाज़े पर पहुँचकर उसने अपना मन बदल लिया। वह मुड़ा और पीड़ा होने की हद तक डॉली को ज़ोर से आलिंगन में कस लिया। उसके आँसू भर आये थे। डॉली ने कोमलता से कहा, 'सब कुछ ठीक हो जायेगा।'

घर पहुँचकर रवि ने दफ़्तर में अपने असिस्टेण्ट को फ़ोन लगाया और उस दिन बाद दोपहर की सारी रिकॉर्डिंग रद्द करने के लिए कहा। उस दिन वह स्टूडियो नहीं आयेगा।

उसके नौकर ने दरवाज़ा खटखटाया, 'सर महाराज जानना चाहता है कि आप नाश्ते में क्या लेना चाहेंगे।'

रवि ने कोई उत्तर नहीं दिया। उसने नज़रें ऊपर उठाई। वह थक कर चूर था।

'आप बीमार हैं? मैं डॉक्टर को बुलाऊँ क्या?' नौकर लम्बे समय से रवि के साथ काम कर रहा था और उम्र में उससे बहुत बड़ा था। अपनी उम्र के नाते उसे यह पूछने का अधिकार था।

'मैं ठीक हूँ। मैं चाहता हूँ कि मुझे अकेला छोड़ दो।'

2

'मौत की वजह—सिर पर लगी चोट।' पोस्टमार्टम करने के बाद डॉ. कुम्बले बुदबुदाये। 'कुछ चोटों और टूटी हुई बाज़ू को छोड़ सभी ज़ख़्म पोस्टमार्टम के हैं। मेरे ख़्याल से इसकी मृत्यु कल दोपहर तीन से पाँच बजे के बीच हुई है।'

इंस्पेक्टर बाघले ने डॉक्टर से यह जानने की उत्सुकता दबा ली कि यह हत्या थी या दुर्घटना। उसे अन्तिम रिपोर्ट आने तक प्रतीक्षा करनी होगी। डॉ. कुम्बले एक बहुत योग्य चिकित्सक माने जाते थे। शव परीक्षाण का उनका अनुभव सबसे अधिक था। वजीफे पर मेडिकल कॉलेज से डिग्री लेने के बाद उन्होंने सामान्य प्रेक्टिशनर के रूप में काम शुरू किया। लेकिन उनकी प्राइवेट प्रैक्टिस कभी नहीं चली। अतः उन्होंने किसी और वजह से अधिक निराश होने पर शवगृह असिस्टेण्ट की नौकरी के लिए आवेदन कर दिया। दूसरे आवेदक डॉ. कुम्बले से अधिक योग्यता रखतें थे लेकिन उन्हें अपनी जाति के आधार पर मिली वरीयता के कारण नौकरी मिल गयी। इस सच्चाई को वे जानते थे।

डॉ. कुम्बले वर्षों से अस्पताल के इस सीलन भरे, अँधेरे भाग में पड़े थे। अच्छे दिनों में यहाँ विसंक्रामक की गन्ध आती थी और बाकी दिनों में पेशाब की। खून और सड़े माँस की तीखी दुर्गन्ध उन्हें परेशान नहीं करती थी। मुख्य शव-परीक्षक यानी चीफ़ कॉरोनर होना उन्हे सन्तोष प्रदान करता था। इस पद ने उन्हें अपने समाज में सम्मान दिलाया था। वे स्वभाव से शर्मीले थे, लेकिन जब-तब अख़बारों में अपना नाम देखना उन्हें अच्छा लगता था। उनके पिता जब गाँव से अपने सम्बन्धियों के साथ आते तो अपने बेटे के दफ़्तर के बाहर लगी पीतल की नेम-प्लेट की ओर इशारा करके उन्हें दिखाते।

वाघले ने शव को अगले नोटिस तक शवगृह में ही रखने का निर्देश दिया। वे काग़ज़ी कार्यवाही करते रहे। दो असिस्टेण्ट ने शव को प्लास्टिक की चादर से ढ़क दिया और शवगृह की पूरी दीवार पर बने स्टैण्ड में एक स्थान पर रख दिया।

डॉली ने कोई सवाल नहीं पूछा, न तो खून से सने कुर्ते और सूटकेस के

बारे में और न ही हाल ही में रवि के ख़राब मूड के बारे में। वह भाँप गयी कि कुछ ऐसा है जो उसे बहुत गम्भीरता से परेशान कर रहा है लेकिन रवि से ज़्यादा सवाल करना उसके स्वभाव में नहीं था।

रवि कभी भी बहुत बात नहीं करता था और अब तो वह बमुश्किल ही कुछ बोलता था। उसने उसके बेडरूम में बत्तियाँ बुझा कर व्हिस्की पी। यह एक बुरा संकेत था। कभी ऐसा समय भी था जब वह हर शाम अपना काम समाप्त कर उसके पास आता और रात का खाना सन्ध्या के साथ खाता। लेकिन जब से सगाई की बात पक्की हुई थी, वह बहुत कम आता था। डॉली ने इसकी कोई शिकायत नहीं की।

'तुम ठीक तो हो?' अन्ततः एक शाम उसने पूछा।

उसने अपना गिलास खाली किया और सिगरेट सुलगा ली।

वह आगे बढ़ी, उसे अपनी बाँहों में लिया और उसके माथे को हल्के से चूम लिया। 'मैंने तो सोचा था तुम इसे छोड़ रहे हो।' डॉली ने रवि से सिगरेट ले ली। सन्ध्या के माता-पिता को उसकी सिगरेट पीने की आदत पसन्द नहीं थी और उन लोगों से उसने सिगरेट छोड़ देने का वादा किया था।

'एक सप्ताह से भी ज़्यादा हो गया और यह पहली सिगरेट है।'

यह अच्छा लक्षण था। रवि ने कई दिनों से उससे बात नहीं की थी।

'चलो, हम कुछ दिनों के लिए शहर से बाहर चलते हैं,' डॉली ने कहा, 'किसी शान्त जगह पर जहाँ किसी से मिलने की कोई सम्भावना न हो।'

उसने कोई उत्तर नहीं दिया बल्कि अपना हाथ उसके ब्लाउज़ में डाल दिया।

डॉली सिहर उठी और उसने पीछे से हुक खोल दिये। कई दिनों से ऐसा नहीं हुआ था।

इंस्पेक्टर वाघले की जाँच-पड़ताल कहीं नहीं पहुँच रही थी। शव एक महीने से भी अधिक समय से शव-गृह में पड़ा था। उसके आदमी उस पूरे क्षेत्र में बहुत बारीकी से देख आये थे, जहाँ शव मिला था लेकिन कोई संकेत नहीं मिला पाया। उन्होंने पटरियों के पास रह रहे और काम करने वाले हर व्यक्ति से पूछताछ की। वह फ़ाइल बन्द करने और शव को अन्तिम संस्कार के लिए भेजने को तैयार था, लेकिन उससे पहले उसने एक आख़िरी बार कम्प्यूटर पर पूरे भारत के खोए आदमियों की सूची खोजने का फ़ैसला किया। 'द इवनिंग हेरॉल्ड' अख़बार इस ख़बर को छोड़ नहीं रहा था।

पूरी सूची देखना थका देने वाला काम था, लेकिन सौभाग्य से यह आयु वर्ग के अनुसार बनी थी और इससे तलाश करना आसान हो गया था। साठ वर्ष से अधिक के आयु वर्ग में उसे एक फ़ोटो मिली जो मृतक के चेहरे से मिलती-जुलती थी। सौभाग्य से खोए हुए व्यक्ति का ब्लड ग्रुप भी दिया हुआ था जो कि मृतक से मेल खाता था। उस व्यक्ति का नाम था जगतराम तिवारी।

वाघले ने स्वयं को कोसा कि उसने इस फ़ाइल के बारे में पहले क्यों नहीं सोचा। उसने यह मान लिया था कि मृतक स्थानीय व्यक्ति था और इसलिए केवल बम्बई के खोए कुछ व्यक्तियों की सूची देखी थी।

यह रिपोर्ट शिमला में दर्ज करवाई गयी थी।

एक सप्ताह बाद एक घबराया-सा युवक बम्बई सेण्ट्रल पहुँचा—धूल से भरा और रेल यात्रा से थका हुआ। वाघले के अधिकारी रेलवे स्टेशन पर प्रकाश पांड्या को लिवाने पहुँचे और उसे एक साधारण से अतिथि गृह में ले गये, जहाँ निम्न स्तर के सरकारी कर्मी और अतिथि रुकते थे। उसने जब स्नान कर कपड़े बदल लिए तो वे उसे वाघले के पास ले आये।

वाघले ने आने वाले व्यक्ति को बुज़ुर्ग की शवगृह में ली गयी फ़ोटो दिखाई। उन्होंने चेहरा साफ़ कर दिया था लेकिन उसकी आँखें बन्द थीं।

'वे मेरे मामा जगतराम तिवारी हैं,' उसकी आँखों से आँसू बहने लगे।

वाघले उसके शान्त होने की प्रतीक्षा करने लगा।

'वे चार महीने से भी पहले गाँव से चले थे। उन्होंने कहा था कि वे मरने से पहले एक बार और बनारस जाना चाहते हैं।'

'क्या वे अकेले सफ़र कर रहे थे?' वाघले ने पूछा।

'हाँ, मेरी आण्टी, कुछ वर्ष पहले ही उनकी पत्नी की मृत्यु हो गयी थी।'

'वे बम्बई क्यों आये थे?'

'मैं नहीं जानता। हमें भी यह अटपटा लगा था। उन्होंने चलने से पहले बम्बई आने के बारे में कुछ नहीं कहा था। मेरे ख़्याल से वे यहाँ किसी को नहीं जानते थे। हमें जब बनारस से उनकी चिट्ठी मिली कि बनारस से मथुरा जाने की बजाय, वे बम्बई जा रहे हैं तो हम चकित रह गये थे।

'तुम्हें मालूम है कि वे बनारस में कहाँ रुके थे?'

'चलने से पहले उन्होंने एक धर्मशाला का ज़िक्र किया था जो उन्हें बचपन से याद थी। यदि वह धर्मशाला वहाँ हो तो वे अभी भी वहीं रुकना चाहते थे। मुझे नहीं मालूम कि वे बनारस में वहाँ रुके या नहीं?'

'उस जगह का क्या नाम था?'

'मुझे नहीं मालूम।'

वाघले अभी भी उत्साहित था। इसने तलाश को और सीमित कर दिया था। 'क्या तुम्हारे पास उनकी कोई फ़ोटो है?'

प्रकाश अकलमन्दी से काम लेते हुए जगतराम का राशन कार्ड अपने साथ लाया था। उसने वाघले को कार्ड पकड़ा दिया।

'मैं जाँच-पड़ताल पूरी होने के बाद तुम्हें यह लौटा दूँगा।'

'आप इसे अपने पास रख सकते हैं। अब हमें इसकी ज़रूरत नहीं होगी।'

वाघले ने उनके भतीजे को शव देने से पहले पुलिस फ़ोटोग्राफर से शव के कुछ और चित्र लेने के लिए कहा और शव-परीक्षक की रिपोर्ट की एक प्रति भी मँगवाने का आदेश दिया।

उस शाम सूरज छिपने से कुछ ही समय पहले प्रकाश ने छोटी सी पूजा की और शव को इलैक्ट्रिक शवदाह गृह की भट्ठी में धकेल दिया। वाघले ने सादी पोशाक में अपने कुछ आदमी भेजने की उदारता दिखाई थी।

इस मौत का सुराग बनारस में था। वाघले को इसमें कोई सन्देह नहीं था। वहीं इस बुज़ुर्ग ने अपनी यात्रा की योजना बदली और बम्बई आने का निर्णय लिया था।

अपने वरिष्ठ अधिकारियों से बनारस जाने की अनुमति मिलने में वाघले को कई दिन लग गये और यह यात्रा का सरल हिस्सा था। वाघले को अपनी पत्नी को समझाना मुश्किल था कि वह उसे अपने साथ नहीं ले जा सकता। वह काम से जा रहा था, तीर्थ यात्रा पर नहीं। वाघले का सूटकेस तैयार करती हुई उसकी पत्नी बड़बड़ाती रही।

3

एक समय जब क्लब केवल गोरों के लिए था, वे रविवार दोपहर में यहाँ रग्बी खेलते। जब यह क्लब भारतीयों के पास आया तो उन्होंने उस परम्परा को जारी रखने का प्रयास किया लेकिन जल्दी ही उन्हें पता चल गया कि उन्हें ठीक तरीके से यह खेल खेलना नहीं आता था। इस खेल में खिलाड़ियों को परस्पर एक-दूसरे को बहुत छूना पड़ता था और उन अजनबियों को, जिनकी जाति भी मालूम नहीं होती थी, छूना बहुत से सदस्यों को अनुकूल नहीं लगता था। उन्हें क्रिकेट अधिक अच्छा लगता था। रग्बी अभी भी खेली जाती थी, बुरी तरह से, टीम में अधिकतर सदस्य विदेशी मूल के होते थे।

सन्ध्या और रवि रात्रिभोज के लिए देरी से पहुँचे। रवि जब अपनी मंगेतर को लेने पहुँचा, तो सन्ध्या ने रवि को कपड़े बदलने के लिए भेज दिया। वह पहली बार क्लब जा रहा था और किसी ने उसे नहीं बताया कि क्लब में कुर्ता और सेण्डिल पहनकर जाने की इजाज़त नहीं थी। उसे यह भी नहीं पता था कि इसकी सदस्यता समिति फ़िल्म समुदाय के किसी भी व्यक्ति के आवेदन को हमेशा के लिए रद्द कर सकती थी, लेकिन अतिथि के रूप में उन्हें स्वीकार कर लिया जाता था। जब तक वे क्लब पहुँचे, रवि का मूड अच्छा नहीं था।

सन्ध्या के एक सम्बन्धी के जन्मदिन के अवसर पर क्लब में छोटी सी डिनर पार्टी में मनहर भाई और उनकी पत्नी ने मनहर की बहन और उसके पति को भी बुलाया था। रवि रसिक से अनेक बार मिला था और उसे पसन्द करता था। वह बैंक में मध्य स्तर के पद पर काम करता था। वह पुराने नगर की गुजराती चाल में पला-बढ़ा था माता-पिता द्वारा उसका विवाह तय किया गया था। रवि को मनहर भाई का व्यवहार बहुत बुरा लगा था। पुरुषों पर पहले ही स्कॉच का असर हो चुका था, जबकि दोनों महिलाएँ अपने नीबू पानी को जितनी देर तक हो सकता था, चलाने की कोशिश कर रही थीं।

'माफ़ करें, हमें देरी हो गयी है,' रवि ने आगे बढ़ते हुए कहा, 'सारा दोष

मेरा है,' वह देरी का कारण बताने ही वाला था कि सन्ध्या के सिर हिलाने पर चुप हो गया। उसे यह बुरा लगा, उसका मूड और भी ख़राब हो गया।

क्लब ख़राब किस्म की शराब के लिए जाना जाता था। सन्ध्या ने वर्जिन मेरी ली। रवि, जैसा कि उसकी आदत थी, जब किसी के ख़र्च पर पीता था तो सबसे सस्ती स्कॉच मँगवाता। मेज़बान ने तुरन्त रोका।

'क्या बेवकूफ़ी है! उन्हें ब्लैक लेबल और डबल बना कर दो,' उसने वेटर से कहा।

'मैं जो चाहता हूँ वही पिऊँगा,' रवि ने ख़ामोश रहने का फ़ैसला किया।

जब सन्ध्या और रवि पहुँचे, मनहर भाई अपनी प्लास्टिक फैक्टरी में यूनियन की समस्याएँ सुलझा रहे थे। वहाँ का माहौल देखकर ऐसा लगा कि उसकी फैक्टरी में मजदूर गलत तरह से पेश आ रहे थे और हड़ताल की धमकी दे रहे थे।

'तुम उन्हें कितना वेतन देते हो?' रवि पूछे बिना न रह सका।

मनहर भाई इस अपमान पर कुछ प्रतिक्रिया दे सकें, उससे पहले सन्ध्या ने क्रोध में कहा, 'बन्द करो रवि! चलो खाना आर्डर करते हैं, मुझे भूख लगी है।'

मनहर भाई ने अक्लमन्दी से बात को पलट दिया और भारतीय क्रिकेट टीम के मैच पर बात करने लगे। जब तक खाना आता, तीनों ने एक-एक ड्रिंक और ली, लेकिन उनकी शाम अच्छी नहीं बीती।

'कितनी प्यारी रात है। मेरी तो पैदल चलने की इच्छा हो रही है। तुम्हें अकेले जाना बुरा तो नहीं लगेगा?' तीनों दम्पति जब प्रवेश-द्वार पर खड़े अपनी कारों का इन्तज़ार कर रहे थे तो रवि ने सन्ध्या से पूछा था।

'यह तो बहुत लम्बी सैर होगी,' रसिक ने कहा।

'उन्हें चलने की आदत है,' सन्ध्या ने रवि की ओर बिना देखे रुखाई से कहा। वह बिना कुछ बोले कार में बैठ गयी और चली गयी।

रवि ने सबसे इज़ाजत ली और धोबी तलाब की ओर बढ़ गया। तारे निकले हुए थे और पश्चिम की ओर से ठण्डी हवा बह रही थी। रवि को एहसास हो गया था कि उसका व्यवहार ठीक नहीं था—उसने मन में सोचा कि अगले दिन वह सन्ध्या को फूल भिजवाएगा। लेकिन वह गलियों में चलने के मिले अवसर पर खुश था। उसने फ़ैसला किया कि वह इसका पूरा आनन्द उठाएगा और हिसाब लगाया कि घर पहुँचने में उसे एक घण्टा लगेगा, लेकिन अभी रात बहुत पड़ी थी। जब वह सिनेमा हॉल पर बायें मुड़ा तो पॉव भाजी ली और दुकानदार से थोड़ा ज़्यादा मसाला डालने के लिए कहा। फ़ुटपाथ पर बने स्टॉल का मालिक उसे पहचान गया था और उसने पैसे लेने से इनकार कर दिया। रवि ने कहा

कि वह पॉव भाजी बिल्कुल भी नहीं लेगा। यह स्वादिष्ट थी, रवि को याद नहीं आया कि उसने बम्बई का यह व्यंजन इससे पहले कब खाया था।

सेठ जी के चुनाव अभियान के लिए संगीत कार्यक्रम में एक महीने से भी कम समय बाकी था। आयोजन स्थल शिवाजी पार्क से बदलकर खेल स्टेडियम कर दिया गया था। किसी ने फ़ैसला किया कि पार्क भले ही बड़ा था और नगर के केन्द्र में स्थित था लेकिन यहाँ विपक्ष की स्थिति मज़बूत होने के कारण ख़तरा रहेगा। स्टेडियम में भले कम लोगों के बैठ सकने की जगह थी लेकिन यहाँ यह फ़ायदा था कि यह उसी चुनाव क्षेत्र में था जहाँ से सेठ जी चुनाव लड़ने वाले थे। आम जनता को पिछली क़तार में कम संख्या में टिकटें दी गयी थीं—वहाँ से स्टेज पर उपस्थित लोगों के चेहरे नहीं देखे जा सकते थे लेकिन टिकटों की बिक्री शुरू होने के पहले दिन ही सब टिकटें बिक गयीं। अधिकतर टिकटें दलालों ने ले ली थीं। बाकी टिकटें निगमों को दी गयी थीं जो प्रचार अभियान में बड़ा योगदान दे रहे थे। संगीत को छोड़ बाकी सब व्यवस्था हो चुकी थी।

रवि इतना परेशान था कि मौक़े के अनुकूल कोई धुन उसे सूझ नहीं रही थी। वह घण्टों हारमोनियम के साथ बैठा रहा लेकिन पूरी तरह से खाली रहा। उसे उम्मीद थी कि वह शाम उसके कैरियर के लिए बहुत ख़ास होगी, उसकी काबिलियत को उन वर्गों में पहचाना जायेगा जो महत्त्व रखते थे, और तभी उसे राष्ट्रीय पुरस्कार मिल पायेगा, जिसकी उसे उम्मीद थी।

उसने सन्ध्या के साथ इसकी चर्चा तो नहीं की, लेकिन इस आयोजन के बाद पहाड़ों की ओर वापिस लौट जाने की इच्छा थी। उसने सन्ध्या को बिना बताये कसौली में छावनी के निकट एक कॉटेज खरीद लिया था। वह सोचता था कि क्या सन्ध्या उसके साथ जाने को राज़ी होगी। अब उसके लिए यह बात महत्त्व नहीं रखती थी।

एक सुबह वह जल्दी रिकॉर्डिंग स्टूडियो पहुँच गया। उसका असिस्टेण्ट सुदेश पहले से ही वहाँ था। ऑर्केस्ट्रा के आधे सदस्य ग़ायब थे, क्योंकि उन्हे रवि के आने की उम्मीद नहीं थी। असिस्टेण्ट उन लोगों को फ़ोन करने में व्यस्त हो गया।

रवि ने प्लास्टिक की कुर्सी खींची और सुदेश को इशारे से अपने पास बुलाया। उसे यह लड़का अच्छा लगता था। वह समर्पित, विश्वसनीय, परिश्रमी और प्रतिभाशाली था। उसके पिता ने 1940 से 1950 के दशक की शुरुआत में बी-ग्रेड स्टंट फ़िल्मों के लिए संगीत बनाया था, ऐसी फ़िल्में जिनमें घोड़े नायकों

से प्रायः अधिक समझदार होते थे। सुदेश के पिता ने रवि से अपने बेटे को अपने मार्गदर्शन में लेने के लिए कहा था।

'सुदेश, मैं थका हुआ हूँ। क्या तुम्हारे पास कुछ है जिसे हम आगे बढ़ा सकें?'

उसने कहा कि उसके पास पहले से तैयार की हुई कुछ धुनें हैं जो शायद रवि को पसन्द आएँ।

रवि मुस्कुराया लेकिन थोड़ी देर तक कुछ नहीं बोला। उसे अपने पहले ब्रेक की याद ताज़ा हो गयी, बस उसने उस समय समझदारी से काम नहीं लिया था। 'जब तक बाकी लोग नहीं आ जाते, तुम मुझे उन धुनों को सुनाओ।'

प्रोटोकोल को तोड़ पुलिस उपायुक्त बनारस रेलवे स्टेशन पर खुद बम्बई से आये अतिथि से मिले। वाघले ने सर्किट हाउस जाते हुए रास्ते में उन्हें केस के बारे में बता दिया। शेव करने और नहाने के बाद वे उसे धर्मशाला ले गये, जहाँ जगतराम रुका था। स्थानीय पुलिस ने शुरुआती काम किया हुआ था। वाघले ने आने से पहले बनारस पुलिस को जगतराम की राशन कार्ड पर लगी फ़ोटो भेज दी। धर्मशाला के मैनेजर ने उसे पहचान लिया था।

'वह कुछ दिन हमारे पास रहा था। वह बहुत कम बोलता था। हर सुबह वह घाट पर जाता,' मैनेजर ने वाघले द्वारा दी गयी फ़ोटो को फिर देखा। 'उसे क्या हुआ?'

इंस्पेक्टर ने उसे बताया कि वह आदमी बनारस से बम्बई गया था और वे जानना चाहते थे कि उसने किसी को क्यों बताया कि वह बम्बई जा रहा था?

मैनेजर ने अपना सिर हिलाया, 'यदि वह फ़िल्म स्टार को नहीं जानता था तो वह किसी को जानता था, मुझे नहीं मालूम।'

'इससे आपका क्या मतलब है?' वाघले क्रोधित हो उठा।

'वह फ़िल्मों का शौकीन लगता था। उस उम्र का आदमी! वह लगातार दो दिन तक फ़िल्म देखने गया। ज़रूर अच्छी फ़िल्म रही होगी।'

'तुम थियेटर का नाम जानते हो?'

'वह तो बस इसी सड़क पर आगे चलकर है। इस इलाके का एकमात्र थियेटर।'

वाघले ने कांस्टेबलों के साथ पहले घाट पर जाने का फ़ैसला लिया। उसने स्थानीय दुकानदारों, गली के खोमचे वालों को वह फ़ोटो दिखाया लेकिन किसी ने ऐसे व्यक्ति को नहीं देखा था।

सिनेमा हॉल के मैनेजर को जगतराम की फ़ोटो पहचानने में देर नहीं लगी और उसने इंस्पेक्टर को रवि कुमार में उस व्यक्ति की रुचि के बारे में बताया, जिसका चित्र उसके ऑफिस के बाहर लॉबी में टँगा था।

'उसने बताया था कि वह रवि जी को जानता था,' मैनेजर ने बताया।

वाघले ने स्थानीय पुलिस अधिकारी को फ़ोटो उतारकर उसकी एक कॉपी तैयार करवा लेने के लिए कहा। यदि वह ठीक है तो उसे एक सुराग मिल गया था, जिसकी तलाश में वह यहाँ आया था।

मॉनसून की गर्म बौछारें प्रायः अच्छी लगती हैं और उसके बाद चलने वाली ठण्डी हवा स्फूर्ति का संचार कर व्यक्ति के उत्साह को बढ़ा देती है, लेकिन उस वर्ष दोनों का ही मिजाज़ अच्छा नहीं था। बम्बई में देरी से बरसात हुई और जब हुई तो झमाझम, जैसे कि किसी से बदला ले रही हो। नगर के निचले भागों की गलियों में घुटनों तक गंदा पानी भर गया, सड़क की पटरियाँ पानी में घिर गयीं, सरकारी गाड़ियाँ चलनी बन्द हो गयीं, पटरियों के साथ बनी झोंपड़पट्टियों में बाढ़ के पानी के साथ गन्दगी बह रही थी। सरकारी व्यवस्था के चलते रेलवे प्लेटफ़ॉर्म अस्थायी रात्रि आश्रयों में बदल गये थे लेकिन पटरियों के पास रहने वाले लोगों का जीवन फिर भी नरक जैसा हो गया।

वाघले की गाड़ी स्टेशन पर नहीं पहुँच पायी और उसे जब तक कोई स्टेशन से लेने आता, वह दो घण्टे तक कल्याण स्टेशन के पुलिस बूथ में इन्तज़ार करता रहा।

उसने स्टेशन पर जाने का मन बदल लिया। वह भीग चुका था और उसे गुस्सा आ रहा था, लेकिन उसकी पत्नी उसके द्वारा बनारस से लायी गयी सिल्क ब्रॉकेड साड़ी को देखकर खुश थी और उसके बच्चों को देवी-देवताओं की मुलम्मा चढ़ी तस्वीरें अच्छी लगी थीं।

ଔଓ

वाघले ने बनारस के थियेटर से लायी गयी रवि कुमार की फ़ोटो की कॉपी युवा डिटेक्टिव को दिखाई। डिटेक्टिव को इस मामले में मदद करने के लिए उसके साथ लगाया गया था। उसने बीच में खड़े आदमी की ओर इशारा किया। 'इस आदमी का पीछा करो। इस पर दिन-रात नज़र रखो, मैं जानना चाहता हूँ कि वह हर पल क्या करता है।'

मनोहर राव युवा और जोशीला था और वह सी.आई.डी. में अपने वरिष्ठ अधिकारियों की सिफ़ारिश पर आया था। उसने उस चेहरे को ध्यान से देखा।

'यह आदमी जाना-पहचाना लगता है,' उसने आख़िर कहा। 'मैंने इसकी तस्वीर अख़बारों में देखी है। यह फ़िल्मों से जुड़ा हुआ आदमी तो नहीं है?'

'वह रवि कुमार है, संगीत निर्देशक।'

'हाँ वही है। उसकी सगाई किसी सम्भ्रांत आधुनिक महिला से हुई है।'

वाघले ने उसे बताया कि यह सन्दिग्ध तो नहीं है लेकिन शायद जाँच-पड़ताल में मदद कर सकता है। 'सावधान रहना, शहर में बड़े लोगों से उसके सम्पर्क हैं, मुख्यमन्त्री तक।'

'मैं यहाँ से जा रहा हूँ,' रवि ने कहा।

डॉली भाँप गयी कि वह किसी काम से नहीं जा रहा था। 'क्या तुम ज़्यादा देर के लिए जाओगे?'

'मुझे किसी से मिलने जाना है।'

डॉली ने आगे नहीं पूछा। रवि अपने बारे में कम ही बात करता था। बहुत अजीब बात थी न कि इतने वर्ष साथ गुज़ारने के बाद भी वह उस आदमी के बारे में कितना कम जानती थी। 'सन्ध्या का क्या होगा?'

'मैं नहीं जानता।'

'वह एक अच्छी इनसान है, प्लीज उसे दुखी मत करना।

वह चकित रह गया। क्या वे दोनों मिली थीं?

'कुछ दिन पहले उसने मेरे दरवाज़े पर दस्तक दी। मुझे पूछना नहीं पड़ा कि वह कौन थी। मैंने उसे चाय पिलाई और हम कुछ देर तक गपशप करते रहे।'

'तुमने मुझे पहले क्यों नहीं बताया?'

'मैंने यह उस पर छोड़ दिया था। मैंने सोचा कि यदि वह तुम्हें हमारे मिलने के सम्बन्ध में बताना चाहेगी तो स्वयं ही बता देगी। लेकिन अब तुम जा रहे हो तो मैंने सोचा कि तुम्हें यह पता होना चाहिए।'

रवि कुछ देर ख़ामोश रहा। वह नहीं जानता था कि इस जानकारी का क्या करे।

'हमने तुम्हारे बारे में बात नहीं की। तुम्हारी बात बिल्कुल भी नहीं उठी और मैं तो कहूँगी कि मुझे हैरानी हुई कि उसने तुम्हारे बारे में नहीं पूछा। उसने कहा कि वह देखना चाहती थी कि मैं कैसी दिखती हूँ,' डॉली ने कहा।

'पक्का वह सन्ध्या ही थी।'

रवि ने डॉली से पास आकर बैठने को कहा। वह उसके नर्म, मुलायम हाथ सहलाने लगा।

'उसने जब मुझे बान्द्रा से साउथ आने के लिए कहा तो मैने अपना अपार्टमेण्ट छोड़ दिया और मालाबार हिल आ गया। उसने जब मुझसे मेरे फ़िल्मी दोस्तों को घर न लाने के लिए कहा तो मैं उन्हें ऑफिस में मिलने लगा। जब उसने मुझे हैण्डलूम के कुर्ते और कमीज़ें पहनना छोड़ देने के लिए कहा तो मैं पाँच-तारा बुटीक से ख़रीददारी करने लगा। वह जर्मन स्ट्रीट से मेरे लिए जो भी लाती, मैं पहन लेता, चाहे उन कपड़ों में अपने दोस्तों को मैं मूर्ख ही क्यों न लगूँ।

डॉली हँस पड़ी।

'मैंने एक दिन देखा कि मैं रोटी को छुरी-चाकू से काट रहा हूँ।'

'तुमने ऐसा नहीं किया।'

'नहीं, यह सच है। मैं एक रेस्तराँ में था। मैं, किसी काम से आये जर्मन लोगों के साथ बैठा था। कम-से-कम मैं ये सोचता था कि वे जर्मनी से आये थे, हो सकता है कि वे पोलैण्ड के हों, हो सकता है चेक हों। कौन जानता है। मैंने उन्हें काँटे और छुरी से रोटी काटते और उन टुकड़ों को दाल में डुबोते देखा। मैं बहुत प्रभावित हुआ और मैंने भी ऐसा ही किया।'

अब दोनों हँस पड़े।

'उसके साथ मैं घुटन महसूस करता हूँ। वह मुझसे एक ख़ास तरह के व्यवहार की उम्मीद करती है। तुम्हीं एकमात्र इनसान हो जिसके साथ मैं सहज हो सकता हूँ,' उसने हौले-से डॉली के बालों पर थपथपाया।

डॉली के चेहरे पर एक प्यारी-सी मुस्कान तैर गयी। उसे अगर बुरा भी लगा हो तो वह जाहिर नहीं करती थी। 'मैं जानती हूँ,' उसने कहा।

वह रसोई में चाय बना रही थी, जिसे वह दोपहर को सोने के बाद उठकर पीती थी। दरवाज़े पर घण्टी बजी थी। उसने सामने के दरवाज़े के छेद से देखा और जल्दी से चोली और पेटीकोट पर अपना गाउन लपेट लिया।

डॉली ने जब दरवाज़ा खोला तो सामने खड़ी महिला ने कहा, 'मैं सन्ध्या हूँ।'

'आप अन्दर आइए प्लीज़,' डॉली ने कहा।

भीतर सब तितर-बितर था, डॉली झेंप गयी। सोफे पर अख़बार बिखरे थे और लंच के बाद सफ़ाई नहीं हुई थी। डॉली ने जल्दी से जितना हो सकता था, साफ़ किया।

डॉली ने अपने अतिथि को गुजराती लहज़े में सम्बोधित करते हुए कहा, 'सन्ध्या बेन, प्लीज़ बैठिए, मैं बस एक मिनट में आती हूँ।'

डॉली जल्दी से बेडरूम में गयी और साड़ी पहन ली। उसने बालों में ब्रश फिराया और इस तरह पकड़े जाने पर खुद को कोसा।

जब वह लौटी तो सन्ध्या खिड़की के पास खड़ी मॉनसून की हवा का आनन्द उठा रही थी।

'बहुत अच्छी जगह है यह,' सन्ध्या ने विनम्रता से कहा। सोफ़ा सेट की मोल्डिंग पर सुनहरे रंग का पेंट किया हुआ था और उसके कपड़े पर त्रिआयामी फूलदार डिज़ाइन था। कॉफ़ी टेबल रॉट आयरन की बनी थी जिसका टॉप काँच का था। डॉली को लगा कि उसकी मेहमान को यह जगह मध्य-वर्गीय लगी होगी।

'आप चाय लेंगी,' डॉली ने पूछा। उसने महसूस किया कि उसकी मेहमान को कॉफ़ी अधिक पसन्द होगी लेकिन घर में कॉफ़ी नहीं थी।

सन्ध्या ने कहा, 'हाँ, मुझे अच्छा लगेगा।' उसकी मुस्कुराहट बहुत ही प्यारी थी, 'चलो, मैं भी तुम्हारे साथ चलकर तुम्हारी मदद करती हूँ।'

'नहीं, आप प्लीज़ आराम से बैठिए, मैं बना कर लाती हूँ। मैं बस एक मिनट लूँगी,' डॉली ने उठते हुए कहा। रसोई में बैठक से भी अधिक अव्यवस्था थी।

अलमारी में पड़ी चायपत्ती कड़क किस्म की थी जो रवि को पसन्द थी। लेकिन डॉली ने केतली में एक चम्मच से भी कम पत्ती डालकर इसे हलके रंग का ही रहने दिया। फिर उसने अपने सबसे अच्छे चाय के दो कप और ट्रे उठाई।

'तुम सुन्दर हो,' सन्ध्या ने थोड़ी देर के बाद कहा।

डॉली शरमा गयी, उसे ऐसी आशा नहीं थी और समझ नहीं पा रही थी कि क्या उत्तर दे। 'तुम ठीक वैसी ही हो जैसी मैंने कल्पना की थी,' सन्ध्या ने कहा। 'माफ़ करना मैं अचानक यों सीधी चली आयी। मैं बस गुस्से में निकल पड़ी।'

डॉली उससे यह पूछने की इच्छा दबा गयी कि वह उसे कब से जानती है।

'मुझे प्रसन्नता है कि आप आयीं। वे आपके बारे में अक्सर बात करते हैं,' डॉली ने कहा।

'वे क्या कहते हैं?' सन्ध्या पूछने के लिए उतावली थी पर नहीं पूछ पायी। वह उठ गयी।

'मुझे जाना चाहिए, चाय के लिए धन्यवाद,' सन्ध्या ने कहा।

दरवाज़े पर पहुँचकर उसने डॉली को गले से लगाकर उसे एक बार और हैरान कर दिया।

ଓଃଓ

उस रात रवि बिस्तर पर लेटा चन्द्रमा की रोशनी में दीवार पर बनती छायाएँ देख

रहा था। वह सोच रहा था कि वह यदि भिन्न परिस्थितियों में डॉली से मिलता तो उसका जीवन कैसा होता, यदि वह डॉली राय न होती, जिसका फ़ोन नम्बर डायरेक्टरी में तो न था लेकिन बॉलीवुड के लोगों की निजी डायरियों में था, तो कैसा होता। क्या उसने सन्ध्या के बदले डॉली को चुना होता? प्यारी, दयालु और सुन्दर डॉली जिसने उसे हमेशा सबसे ऊपर रखा है। इतने सालों से वह उसे जानता है और उसे एहसास हुआ कि इतने सालों में उसने एक बार भी उसके अतीत के बारे में नहीं पूछा। एक गहरे अवसाद ने उसे घेर लिया जब उसने अपने जीवन में मौजूद दो औरतों के परस्पर मिलने के बारे में सोचा।

उसने सन्ध्या से सगाई करके डॉली को धोखा दिया था और फिर डॉली के साथ अपना सम्बन्ध जारी रखकर सन्ध्या को धोखा दिया।

उसकी ज़िन्दगी छल-कपट की एक कड़ी-सी थी।

4

यह वाघले की पहली विमान यात्रा थी। उसकी पत्नी व बच्चे उसके साथ टैक्सी में हवाई अड्डे तक उसे छोड़ने आये।

उसने विमान में हर पल का आनन्द लिया। जब उसे ऊपर लगे बटन का पता चला तो उसने दो बार फ्लाइट अटैण्डेण्ट को बुलाया। पहले उसने पानी का गिलास माँगा, सीट बेल्ट की लाइट जली होने के बावजूद वह पानी ले आयी। वाघले ने जब विमान में प्रवेश किया तो उसने बता दिया कि वह पुलिस अधिकारी है। अतः फ्लाइट अटैण्डेण्ट ने उससे बहस करना ठीक नहीं समझा। पन्द्रह मिनट के बाद वाघले ने बियर की माँग की, अब वह उसकी मदद नहीं कर सकती थी। उसने वाघले को विनम्रता से बता दिया कि घरेलू उड़ानों में पीने की अनुमति नहीं थी। वाघले निराश हो गया। दोपहर का भोजन भी उसे खुश नहीं कर सका। खाना बहुत कम था, उसकी पत्नी इससे बेहतर चिकन करी बना लेती थी।

वाघले ने दिल्ली में विमान बदला और शिमला जाने वाले छोटे विमान पर सवार हो गया। विमान के उतरने पर ठण्डी हवा ने उसे चौंका दिया था। किसी ने भी उसे नहीं बताया था कि वहाँ पर बर्फ़ होगी और जब तक वह पुलिस जीप में सवार हुआ, ठण्ड से उसके दाँत किटकिटा रहे थे।

'यहाँ तो बहुत ठण्ड है,' उसने मिलने आये हुए पुलिस अधिकारी से कहा। वाघले ने पूछा कि क्या वे कहीं रुक सकते थे जिससे कि वह अपने लिए कुछ गर्म स्वेटर या जैकेट खरीद सके।

सरकारी गेस्ट हाउस भी ठण्ड से जमा हुआ था। दरवाज़ों की झिर्रियों में से हवा के झोंके आते थे। बूढ़े केयर टेकर ने अनमने ढंग से स्टोर से एक पुराना बिजली का हीटर ला दिया और बिस्तर पर कुछ अधिक कम्बल रख दिये।

वाघले ने लॉन में बैठकर धूप सेंकने का फ़ैसला किया। वह अगली सुबह पुलिस मुख्यालय चला जायेगा। उसके साथ जिस अधिकारी की ड्यूटी लगाई

गयी थी, उसे उसने बाकी दिन के लिए छुट्टी दे दी लेकिन उसने पहले शहर के बाज़ार की ओर जाने का रास्ता पूछा। फिर उसने चाय ऑर्डर की लेकिन रसोई में खड़ा आदमी इतना समझदार था कि वह कुछ पकौड़े भी लेता आया।

अँधेरा होने लगा था और मुख्य सड़क की बत्तियाँ जल उठी थीं। बाज़ार में ख़रीददारों और उसकी तरह टहलने वाले लोगों की भीड़ थी। पर्यटकों को उनकी भड़कीली पोशाक से आसानी से पहचाना जा सकता था। स्थानीय लोगों ने गन्ध भरे गर्म कपड़े पहने थे। वाघले ने घर ले जाने के लिए सूखे सेब और खुबानी के कुछ पैकेट और बच्चों के लिए कुछ रंग-बिरंगे टॉप खरीदे। उसने स्थानीय व्हिस्की की एक छोटी बोतल इस उम्मीद में ख़रीद ली कि यह उसे रात में गर्म रखेगी। अपनी पत्नी के लिए उसे एक शॉल ख़रीदने की इच्छा हुई लेकिन उसकी कीमत सुनकर रुक गया। वह उन विरले लोगों में से था—एक ऐसा ईमानदार पुलिस कर्मी जिसने अपनी सीमित आय में ही जीवन यापन करने का प्रयास किया।

जब वह गेस्ट हाउस लौटा तो रात हो चुकी थी। चौकीदार में इतनी समझदारी थी कि जहाँ स्ट्रीट लाइट ख़त्म होती थी और रास्ता नीचे उसके बँगले की ओर जाता था, वहाँ उसे टॉर्च के साथ मिल गया। उसने गर्म पानी की बाल्टी माँगी। वह उबलते पानी की और बर्फ़ जैसे ठण्डे पानी की एक बाल्टी ले आया।

वाघले ने व्हिस्की की बोतल खोली, बिना पानी मिलाए ही पी गया और फायर प्लेस के सामने सोफ़े पर लेट गया। वह ख़ुश था कि यहाँ कोई और नहीं था। बोतल पौने लीटर की थी और इसे खाली करते उसे ज़्यादा समय नहीं लगा। अब वह भरवां पराँठा और चिकन करी के आने का इन्तज़ार करने लगा जो उसने अपने लिए तैयार करने का ऑर्डर दिया था। उसने खानसामा को बताया कि वह डाइनिंग टेबल पर आकर खाना खाने की बजाय बैठक की गर्माहट में बैठकर खाना पसन्द करेगा। दस बजे तक वह बिस्तर में कम्बलों के ढेर के नीचे गर्म पानी की बोतल के साथ था।

बम्बई से कभी-कभार ही कोई आता था। अगले दिन सुबह आयुक्त अपने से कनिष्ठ पद पर होने के बावजूद भी वाघले को स्वयं लेने गेस्ट हाउस गया। स्टेशन पर सभी अधिकारियों से वाघले का परिचय करवाया गया।

जगतराम का भतीजा प्रकाश कुछ दिन पहले ही शिमला आ गया था और उसी की मदद से मृतक के सम्बन्ध में फ़ाइल तैयार की गयी थी। वाघले ने अपने बन्द कमरे के एकान्त में इसे पढ़ा था। इसमें कुछ भी असाधारण नहीं था। जगतराम हिमालय की तलहटी में स्थित एक गाँव में पला-बढ़ा था।

बचपन में उसने गाँव में ही एक गुरु से संगीत सीखा था और बाद में

उसे एक स्कूल में नौकरी मिल गयी जहाँ उसे संगीत सिखाने का अवसर मिला लेकिन साथ ही वह दूसरे विषय भी पढ़ाता था। बाईस वर्ष की आयु में अपनी ही जाति की एक लड़की से उसका विवाह हो गया। उनकी एक बेटी थी जो अब विवाहित थी। पाँच वर्ष पहले ही पत्नी की मृत्यु हो चुकी थी।

वाघले ने प्रकाश को भीतर बुलाया, 'मैं चाहूँगा कि तुम मुझे उस गाँव में लेकर चलो जहाँ तुम्हारे अंकल रहते थे।'

'परिवार के बड़े आपके आने का इन्तज़ार कर रहे हैं। अब हम वहाँ रहते हैं। जब मामी जी का देहान्त हुआ तो मैं और मेरी पत्नी मामाजी के साथ आकर रहने लगे।' प्रकाश झिझका, वह नहीं चाहता था कि उसे गलत समझा जाये। 'मामाजी अकेले थे, वे मेरी माँ के भाई थे। बड़ों ने कहा कि हम उनका ध्यान रखने के लिए उनके साथ ही रहें।'

वाघले ने सहानुभूतिपूर्वक कहा, 'स्वाभाविक ही है, मैं समझता हूँ।'

आयुक्त ने वाघले को बताया कि यदि वे दोपहर से पहले रवाना हो जाते हैं तो सूरज डूबने से पहले पहुँच जाएँगे। पुलिस एस्कॉर्ट तैयार थी। गाँव दूर तो नहीं था लेकिन सड़कों की मरम्मत होने वाली थी और पहाड़ी सड़कों पर कुछ मोड़ बहुत जोख़िम भरे थे। वाघले वहाँ स्वयं अकेला जाना पसन्द करता लेकिन प्रशासन की इच्छा थी कि एक पुलिस अधिकारी को उसके साथ भेजा जाये। निःसन्देह वह लौटने पर वह अपने वरिष्ठ अधिकारियों को रिपोर्ट करेगा।

जगतराम सरसों के खेतों एवं सेब के बागानों के पार गाँव के बाहरी क्षेत्र में रहता था। घर सड़क से दूर बना था और जीप गन्दी सड़क पर अपना रास्ता बनाती हुई लोहे के एक निचले दरवाज़े पर पहुँची।

वाघले ने कोई कल्पना नहीं की थी कि घर कैसा होगा लेकिन यह एक साफ़ सुथरी कॉटेज थी जिसके एक सिरे पर फूलों की क्यारियाँ थीं और पीछे एक आँगन था।

प्रकाश की पत्नी ने दरवाज़ा खोला, उसने साड़ी का पल्लू खींचते हुए सिर पर लिया और छोटे लड़के के साथ पीछे वाले कमरे में चली गयी। वाघले को बुरा नहीं लगा था। वह गाँव की जीवन-शैली को जानता था। जैसा कि उसे उम्मीद थी, वह चाय और नाश्ते की समग्री लेकर आयी और फिर चली गयी। लेकिन वह देखकर दंग रह गया कि वह एक बार फिर लौटी और युवा पुलिस अधिकारी और जीप के ड्राइवर जो बाहर ही रह गये थे, के लिए चाय लेकर बाहर चली गयी।

युवावस्था के दिनों की जगतराम की एक तस्वीर फ्रेम करवाकर बैठक में

टँगी थी, उस पर गेंदे के ताज़ा फूलों की माला चढ़ाई हुई थी। घर साधारण था, लेकिन गृहणी को घर पर गर्व था जो दिखता भी था। जब वह चाय पी चुके तो प्रकाश वाघले को घर दिखाने लगा। बुज़ुर्ग का कमरा बन्द रखा गया था इसे प्रयोग में नहीं लाया जा रहा था जो कि सम्मान की बात थी। वाघले इससे प्रभावित हुआ। पत्नी द्वारा थमाई चाबी से प्रकाश ने कमरा खोला।

'यह बहुत अच्छी जगह है,' वाघले ने प्रकाश से कहा। 'तुम यहाँ कब से रह रहे हो?'

'लगभग पाँच वर्ष से, मामीजी की मृत्यु के ठीक बाद से। तभी हमारी शादी हुई थी।'

प्रकाश ने वाघले को बताया कि अंकल ने इस जगह की वसीयत उसके नाम कर दी थी। वह फटाफट दस्तावेज़ लाने के लिए उठा। लेकिन वाघले ने कहा कि इसकी कोई ज़रूरत नहीं, वह सन्दिग्ध नहीं था।

'मुझे बताओ तुम क्या जानते हो,' वाघले ने प्रकाश से कहा।

'मामाजी चार माह पहले तीर्थ यात्रा पर निकले। उनकी उम्र बढ़ रही थी और मृत्यु से पहले वे बनारस जाना चाहते थे,' प्रकाश की आवाज़ भर्रा आयी। 'उन्होंने हमें वहाँ से पोस्टकार्ड भेजा जो बहुत ज़रूरी नहीं था। उन्होंने लिखा था कि वे बम्बई जा रहे थे और वहीं से लौटेंगे। जहाँ तक हमें मालूम था, वे उस नगर में किसी को नहीं जानते थे। जब हमें उनसे कोई समाचार नहीं मिला तो हम चिन्तित हो उठे। उन्होंने बम्बई पहुँचते ही चिट्ठी डालने का वादा किया था। तभी हम पुलिस स्टेशन में गुमशुदगी की रिपोर्ट लिखवाने गये।'

वाघले निराश हो गया था। यहाँ ऐसा कुछ नहीं था जो वह नहीं जानता हो। 'क्या तुम मुझे इसके अलावा कुछ और बता सकते हो?'

'मुझे ऐसा नहीं लगता।'

'उनके घनिष्ठ मित्र कौन थे?'

'बहुत कम थे। वे जिस स्कूल में पढ़ाते थे, वहाँ के कुछ पूर्व सहकर्मियों से उनका सम्पर्क था। कभी-कभार एक-दो पड़ोसी आ जाते थे। मामीजी की मृत्यु के बाद मामाजी अकेले में ही रहना पसन्द करते थे,' उसने बात को आगे बढ़ाते हुए कहा।

वाघले ने देखा कि उसके दिमाग़ में कुछ चल रहा है। 'हाँ?' वह आगे झुका।

'एक व्यक्ति था जिसके साथ वे वर्षों से नियमित पत्राचार कर रहे थे। बम्बई से लौटने के बाद उनका सामान देखते हुए मुझे यह बात पता चली। हमें उनकी अलमारी में रस्सी से बँधा हुआ चिट्ठियों का बंडल मिला है। उन पर लगी

डाकखाने की मुहर से पता चलता है कि वे सभी एक ही स्थान से आयी थीं।'

ଔଓ

प्रकाश के इस प्रस्ताव को वाघले ने विनम्रतापूर्वक ठुकरा दिया कि जब तक वे गाँव में होंगे तब तक उन्हीं के साथ रुकें। उसका अनुमान था कि प्रकाश मद्यपान नहीं करता था और यदि उसके मेहमान उसकी छत के नीचे व्हिस्की की बोतल खोल लें तो उसे बुरा लगेगा, चाहे वह बन्द बेडरूम में ही क्यों न हो। उसके और उसके साथ आये आदमियों के लिए सरकारी गेस्ट हाउस ही ठीक था लेकिन वह अपने साथियों के साथ प्रकाश के घर पर रात का खाना खाने के लिए तैयार हो गया।

वे लोग अगले दिन सुबह जल्दी रवाना हो गये। फिर मैदानों में एक रेलवे स्टेशन पर उन्होंने एक ऐसी सड़क पकड़ी जो पहाड़ों पर चढ़ रही थी। वे रास्ते में एक ढाबे पर दोपहर का खाना खांने के लिए रुके, जहाँ वाघले ने पुलिस अधिकारी से उसकी मेज़ पर उसी के साथ खाना खाने के लिए कहा। वाघले जब खाने के बिल दे रहा था तो सब हलका होने का बहाना कर झाड़ियों के पीछे हो गये। हालाँकि वाघले सच जानता था। वे जल्दी से सिगरेट पी लेना चाहते थे। वह पहाड़ी आबोहवा का आनन्द लेता हुआ चारपाई पर आराम से बैठ गया।

उनकी जीप की हालत अभी बेहतर नहीं थी। घुमावदार सड़क पर जब यह खड़-खड़ करती हुई आगे बढ़ रही थी तो यात्रियों को इसे गड्ढों से बाहर खींचने के लिए कई बार उतरना पड़ा था। एक चीज़ उसके बहुत काम आ रही थी। सामने से आ रहे ट्रक जैसे ही इसकी छत पर चमकती लाल बत्ती देखते तो तुरन्त रुक जाते। जब तक वे धर्मशाला पहुँचे, दिन ढल चुका था। ड्राइवर ने सुझाव दिया कि आगे और कठिन सड़क पर यात्रा करने का ख़तरा उठाने की बजाय रात को यहीं रुक जाना चाहिए।

ड्राइवर ने आगे कहा, 'यह सम्भावना हमेशा रहती है कि किसी पागल ने अपने ख़राब ट्रक को बिना किसी लाल बत्ती के राजमार्ग पर खड़ा कर दिया हो।'

ड्राइवर ने क़स्बे के सरकारी गेस्ट हाउस का रास्ता पूछा। उन्होंने पहले बुकिंग नहीं करवाई थी लेकिन कमरे उपलब्ध थे। वाघले ने नहाने के लिए गर्म पानी की बाल्टी मँगवाई और ड्राइवर को सबके लिए खाना लाने भेज दिया। उस रात वे बहुत गहरी नींद सोये।

ଔଓ

'किस्मत ने साथ दिया तो हम दो घण्टे में वहाँ पहुँच जाएँगे,' ड्राइवर ने सुबह

इंजन स्टार्ट करते हुए वाघले को बताया।

वे एक छोटे से क़स्बे में पहुँचे जहाँ उन्होंने रास्ता पूछा और फिर वे एक सँकरी, घुमावदार, धूल-भरी सड़क पर बढ़ गये। जब वे पहाड़ की चोटी पर पहुँच गये तो उन्होंने स्वयं को जंगली फूलों के एक मैदान और चरती भेड़ों के बीच पाया। इसके अन्त में एक बड़े गेट के पीछे फ्लावर वैली सेनेटोरियम था। यह एक पुराना लेकिन सँभालकर रखा गया भवन था जो कभी वायसराय का एकान्तवास हुआ करता था। इस हॉल के किनारों पर चीड़ के लम्बे पेड़ थे जो हवा को रोकने का काम करते थे। हवा ताज़ी थी और यहाँ वे काफ़ी ऊँचाई पर थे।

वर्दी पहने सुरक्षा गार्ड ने जब पुलिस की जीप देखी तो बिना कोई सवाल पूछे गेट खोल दिया। भीतर बड़े-बड़े लॉन थे। वाघले ने प्रशासनिक दफ़्तर का रास्ता पूछा। वे महल के साथ ही नये बने विंग तक गाड़ी लेकर पहुँचे। उसने अपने लोगों से जीप में ही इन्तज़ार करने को कहा, जबकि वह स्वयं प्रशासक से मिलने भीतर चला गया।

रिसेप्शनिस्ट वाघले को गलियारे में आगे ले गया।

मेज़ की दूसरी ओर बैठी नन को देखकर वह चकित हो गया। वह उठी और उससे हाथ मिलाने के लिए आगे आ गयी। 'मैं सिस्टर जोसेफिन हूँ, मैं इस संस्थान की प्रमुख हूँ।' उसने आयरिश लहज़े में कहा जो भारत में इतने साल बिताने के बाद भी उसने नहीं छोड़ा था।

वाघले ने अपना परिचय दिया और सिस्टर को बताया कि वह यहाँ रहने वाले एक आदमी से मिलने आया है। सिस्टर जोसेफिन ने कोई निश्चित उत्तर नहीं दिया। उसने वाघले को बैठने के लिए कहा। 'आप थोड़ी चाय लेंगे, मैं तो ले लूँगी,' उसने फ़ोन उठाया और अपने दरवाज़े के बाहर बैठे रिसेप्शनिस्ट को चाय का आर्डर दिया। 'अब बताएँ कि आप किस व्यक्ति से मिलना चाहते हैं?'

'महेश कुमार,' वाघले ने उसे जगतराम की मृत्यु और मृतक व उसके यहाँ एक रोगी के बीच हुए पत्र व्यवहार के विषय में बताया। 'मैं उससे बात कर यह देखना चाहूँगा कि क्या जाँच-पड़ताल में वह हमारी कोई मदद कर सकता है।'

'वह बहुत लम्बे समय से यहाँ है,' सिस्टर ने एक आह भरी जो आसानी से सुनी जा सकी थी। 'आप इस प्रकार बिना सूचना के आने की बजाय फ़ोन करते तो अच्छा था। वह वृद्ध है और मौत के करीब है, उसके लिए बहुत अधिक उत्तेजना अच्छी नहीं होगी।'

वाघले ने वादा किया कि वह ज़्यादा समय नहीं लेगा और विनम्रता से प्रश्न पूछेगा।

सिस्टर जोसेफिन उसे बजरी बिछे रास्ते से ले गयी जिसके बीच में घास की पट्टी थी और यह रास्ता मुख्य भवन की ओर जाता था।

उसने बम्बई के बारे में पूछा। 'मैं वहाँ केवल एक बार गयी हूँ जब लन्दन से आते हुए मेरा समुद्री जहाज़ वहाँ रुका था। यह आयरलैण्ड में कॉर्क में मेरे घर से बाहर मेरी पहली यात्रा थी। मुझे आपका शहर बहुत अच्छा लगा था। उन्होंने मुझे कुछ दिनों के लिए बिकोला नामक स्थान पर ठहराया। मेरे पास अभी भी आयरलैण्ड का पासपोर्ट है।' वह बाहर से आये किसी व्यक्ति से बात करके बहुत प्रसन्न थी। 'मुझे यह छोड़ देना चाहिए था और बहुत पहले भारतीय नागरिक बन जाना चाहिए था। परन्तु इसके अपने फ़ायदे हैं। जब भी कोई राजदूत छुट्टियाँ बिताने यहाँ आता है तो आयरिश व्हिस्की की एक बोतल आ जाती है। मेरा नाम अभी भी दूतावास के रजिस्टर में है।'

वाघले ने फूलों की हरी-भरी क्यारियों और पूरी तरह से खिले जकरन्दा के लिए उसकी प्रशंसा की।

'आजकल यह बगीचा ही मेरा एकमात्र शौक है, निःसन्देह जीसस के बाद,' उसने मुस्कुराते हुए कहा। उसने बताया कि वायसराय ने दूसरे विश्व युद्ध के बाद अपना यह ग्रीष्मकालीन आवास सरकार को दे दिया था जिससे कि बर्मा फ्रण्ट पर घायल हुए सैनिक यहाँ आराम और स्वास्थ्य लाभ कर सकें। 'स्वतन्त्रता प्राप्ति के बाद सरकार ने इसे उन लोगों के लिए, वृद्धाश्रम बना दिया। जिनकी देखभाल करने वाला कोई नहीं था, प्रधानमन्त्री ने निर्णय लिया कि हम इसे चलाने के लिए सबसे उपयुक्त हैं, हालाँकि उनके कुछ मन्त्रियों ने शिकायत की कि इसे कैथोलिक संस्था को दिया जा रहा था। मैं आयरलैण्ड लौटने वाली थी लेकिन फिर मैंने यहाँ रुकने का फ़ैसला लिया। हम पूरी तरह से ग्राण्ट पर निर्भर हैं।' उसने एक दरवाज़े पर घण्टी बजाई और प्रतीक्षा करने लगी। 'महेश कुमार बहुत बढ़िया इनसान है, कभी कोई शिकायत नहीं, कोई माँग नहीं! नर्सें और स्टाफ़ उसे बहुत चाहते हैं। इतने वर्षों में जब से वह यहाँ है, उससे कोई मिलने नहीं आया। अब तक कोई नहीं और मुझे नहीं लगता है कि वह चाहेगा कि कोई पुलिस वाला उससे मिलने आये।'

वाघले ने दूर के चीड़ के वृक्षों से कोयल की आवाज़ सुनी, अचानक हवा का झोंका आया और पत्तों को हिला गया।

'उसे वर्षों पहले मर जाना चहिए था, यह उसके लिए बेहतर होता,' सिस्टर जोसेफिन ने कहा। 'उसे कुछ रोके हुए है वह किसी चीज़ की प्रतीक्षा कर रहा है।'

'या किसी व्यक्ति की,' वाघले बिना कहे नहीं रह सका।

पहली मंज़िल पर बने हॉल में बिस्तरों की क़तारें थीं, सब पर आदमी लेटे थे जिन्हें नर्सें स्पंज से साफ़ कर रही थीं। वह सिस्टर जोसेफिन और उनके साथ आये आदमी को अनदेखा कर अपने काम में लगी रहीं।

सिस्टर वाघले को एक बिस्तर की ओर लेकर गयी जिस पर एक बूढ़ा आदमी सोया था। महेश के शरीर की दुर्बलता ने वाघले को चकित कर दिया। चादर के भीतर वह चमड़ी और हड्डियों का ढाँचा था। उसके गालों में गड्ढे थे और माथे पर गहरी झुर्रियाँ थीं।

'बाबा,' सिस्टर जोसेफिन ने कहा, लगभग फुसफुसाते हुए उसकी आवाज़ में भरा हुआ स्नेह छिप नहीं सका।

उस व्यक्ति ने अपनी आँखें खोल दीं।

उसने महेश का हाथ पकड़ते हुए कोमलता से कहा, 'देखो तुम्हें कोई मिलने आया है।'

'आप महेश कुमार हैं?' वाघले ने विनम्रता से पूछा।

बूढ़े आदमी ने आश्वासन के लिए सिस्टर की ओर देखा। वह उसके साथ बिस्तर पर बैठ गयी।

'हाँ,' उसने सिर हिलाया।

वाघले ने अपना ब्रीफकेस खोलकर उसमें से चिट्ठियों का बण्डल निकाला जो उसे प्रकाश ने दिया था। उसने रस्सी खोली और एक चिट्ठी इसके लिफ़ाफ़े में से निकाल ली। उसने यह चिट्ठी महेश को दिखाई, उसने तिरछी नज़र करके देखा और सिस्टर जोसेफिन ने बिस्तर के साथ लगी बत्ती जला दी।

'क्या यह पत्र आपने लिखा था?' वाघले ने पूछा।

'जगत भैया? कैसे हैं वे?'

'उनका कुछ महीने पहले देहान्त हो गया,' वाघले ने धीरे से बताया।

महेश की आँखें आँसुओं से भर उठीं और आँसू उसके गालों से नीचे बहने लगे। उसके पास एक नर्स ने धीरे से उसके आँसू पोंछ दिये।

'इसीलिए वह उन पत्रों के बारे में पूछता रहता था जो कभी नहीं आये,' सिस्टर जोसेफिन ने बिना किसी से मुखातिब हुए कहा।

वाघले ने रवि कुमार की हाल ही की तस्वीर निकाली जो वह बम्बई से लाया था और यह तस्वीर महेश को दिखाई।

'क्या तुम इसे पहचानते हो?'

महेश ने तस्वीर अपने हाथ में पकड़ ली। अचानक उसके हाथ काँपने लगे और उसने तस्वीर गिरा दी। उसने कुछ नहीं कहा।

वाघले ने फिर पूछा, 'मुझे बताओ कि क्या तुम इस आदमी को पहचानते हो? चिन्ता मत करो। किसी का नुक़सान नहीं होगा।'

महेश ने अपना हाथ हिलाया, 'नहीं,' वह बुदबुदाया। सिस्टर जोसेफिन ने इंस्पेक्टर के कन्धे पर थपथपाकर कहा कि अब चलना चहिए।

वाघले बहुत दूर से आया था और अभी जाना नहीं चाहता था। 'तुम इस आदमी को पहचानते हो?' उसने अपनी आवाज़ का लहज़ा तेज़ कर लिया।

'नहीं।' इस बार महेश ने अधिक बलपूर्वक उत्तर दिया।

'क्या यह आदमी तुम्हारा बेटा है? उसका नाम रवि है।'

'नहीं।' वह चीखा, उसके चेहरे पर आँसू बहने लगे।

सिस्टर जोसेफिन ने नज़रों से वाघले को चुप करवाया। 'बहुत हो गया,' उसने तीखे स्वर में कहा।

'अब आप जाओ।'

5

मई का महीना बीतने को था, गर्मियों की छुट्टियाँ चल रही थीं और कन्सर्ट के एग्ज़िक्यूटिव प्रोड्यूसर ने प्रैक्टिस के लिए विले पार्ले में एक सभागार किराये पर लिया था। शहर गर्म था और नमी बहुत थी, सभागार में कोई एयर कंडीशनर नहीं था और पुराने समय के छत के पंखे बहुत शोर करते थे। लेकिन रवि और उसके दल को इनसे कोई राहत नहीं मिलती थी। नीचे गलियारों में बने शौचालयों की दुर्गन्ध सभागार तक आती थी जिसने सबके लिए प्रैक्टिस करना और भी कठिन बना दिया था। दो सप्ताह तक इस असुविधा को झेलने के बाद रवि की हिम्मत जवाब दे गयी। उसने अपनी सेक्रेटरी से प्रोड्यूसर को फ़ोन करने के लिए कहा।

अगले दिन वे दक्षिणी बम्बई में समुद्र किनारे स्थित एक हॉल में चले गये। यह महँगा लेकिन वातानुकूलित था। उन्हें शाम के कार्यक्रम के लिए हर रोज़ इसे पाँच बजे खाली कर देना होता, लेकिन यह कोई बड़ी कीमत नहीं थी।

मनोहर राव को यह पता लगाने में अधिक समय नहीं लगा कि रवि डॉली से मिलता था। रवि के केस से जुड़े सादे कपड़े वाले पुलिसकर्मियों ने राव को रिपोर्ट दी कि रवि देर रात उसके फ़्लैट में जाया करता था।

राव बिल्डिंग के मैनेजर के पास गया और डॉली राय का नाम लिए बिना वहाँ रहने वाले लोगों के बारे में पूछा। वहाँ के अनेक निवासी फ़िल्म उद्योग से जुड़े थे। लेकिन अधिकतर फ़्लैट कारपोरेट घरानों के थे। वे अपने कर्मचारियों को रहने के लिए यह मकान देते थे।

'क्या कोई मशहूर आदमी भी यहाँ रहता है?' गुप्तचर ने सरसरी तौर से पूछा।

मैनेजर ने एक फ़िल्म निर्देशक का नाम लिया।

राव ने यह नाम नोट कर लिया और पूछा कि क्या कोई और भी है।

'हाँ, डॉली राय भी हैं। वे कभी फ़िल्मों में अभिनय किया करती थीं।'

'मुझे नहीं मालूम था कि वो यहाँ रहती हैं।' राव ने चकित होने का दिखावा किया। 'मुझे उनकी कुछ फ़िल्में याद हैं। वह काफ़ी बड़े डील-डौल की थीं।'

वह दाँत निकालकर हँस पड़ा और अपने हाथों से डॉली की भरी-भरी छाती का इशारा किया।

मैनेजर शरमा गया।

'आजकल वो क्या करती हैं?' राव ने पूछा।

'उन्होंने अभिनय छोड़ दिया है। वे ज़्यादातर समय घर पर ही रहती हैं। कभी-कभी वे अपने मित्रों से मिलने चली जाती हैं। वे यहाँ की अच्छी निवासी हैं, बिल्डिंग में सबके साथ उनकी अच्छी बनती है और यदि यहाँ के पुराने बाशिन्दे में से कोई बीमार हो तो वे उसका हालचाल लेने ज़रूर जाती हैं।

'क्या उसके कुछ ख़ास दोस्त हैं—कोई बॉयफ्रेंड?'

मैनेजर मूर्ख नहीं था। वह राव के आने का उद्देश्य समझ गया था। उसके पास आयकर अधिकारी आते रहते थे, पर यह कर सम्बन्धी जाँच-पड़ताल नहीं थी। वह बड़ी मुश्किल में फँस गया था। उसे अपनी बिल्डिंग में रहने वालों के निजी जीवन में दखल देना पसन्द नहीं था। उसे जो भी पता चलता, अपने तक रखता।

'उनका एक मित्र है जो कभी-कभार आता है,' आखिर उसने स्वीकार कर लिया, हालाँकि वह जानाता था कि बात यहीं समाप्त नहीं होगी।

'सच?' राव की अधीरता ज़ाहिर हो गयी थी और उसकी आवाज़ में धमकी का लहज़ा भी था।

झिझकते हुए मैनेजर ने स्वयं बता दिया, 'रवि कुमार, संगीत निर्देशक उसका घनिष्ठ मित्र है।' उसने राव को यह भी बताया वह नियमित रूप से डॉली के पास आता था, अधिकतर देर रात में। वे शायद ही कभी फ़्लैट से बाहर जाते थे और हमेशा खाना ऑर्डर करके घर पर ही खाते थे।

'क्या अभी वह घर पर है?'

'मैंने उन्हें सुबह अपनी कार में जाते देखा था। वे हर रोज़ हैल्थ क्लब जाती हैं और दोपहर के खाने के समय लौटती हैं।'

राव के पास तलाशी के वारण्ट नहीं थे, लेकिन उसने ख़तरा उठाने का निर्णय लिया। मैनेजर ने जब इमरजेंसी चाबी से ताला खोला तो जो पहली चीज़ राव की नज़र में आयी वह थी डॉली का दीवार पर लगा एक बड़ा चित्र जो कुछ वर्ष पहले दादर में एक स्टूडियो में तब खींचा गया था जब वह अपनी शोहरत की बुलन्दियों पर थी। उसने जल्दी से चारों ओर देखा और सब-इंस्पेक्टर को बैठक की तलाशी लेने के लिए भेज दिया जबकि वह स्वयं बेडरूम में चला गया। यहाँ बिस्तर के साथ पड़े मेज़ पर रवि कुमार की तस्वीर रखी थी। उसने एक

अलमारी के हैण्डल को पकड़कर खोलने का प्रयास किया, वह आसानी से खुल गयी। भीतर कपड़े थे, सब केवल महिलाओं के नहीं थे। दो शेल्फ पर पुरुषों के कुर्ते, कमीज़ें, जाँघिए और पतलून रखी थीं। राव ने सावधानी से उन्हें उठाया और बिस्तर पर रख दिया और फिर बिना उनकी व्यवस्था को ख़राब किये एक-एक कर उन्हें देखा। वे सब इस्त्री किये हुए और सफ़ाई से लपेटे गये थे। एक कुर्ते पर उसकी नज़र अटक गयी। इस पर हलका-सा धब्बा लगा था।

अपने अनुभव से राव को यह पूरा विश्वास था कि यह ख़ून का धब्बा था।

उसने मैनेजर को हिदायत दी कि वह किसी से उसके फ़्लैट के भीतर आने के बारे में कुछ न बताये।

आयुक्त ने आपातकालीन बैठक बुलाई। उसके वरिष्ठ अधिकारी रविवार दोपहर को बुलाये जाने पर ख़ुश नहीं थे।

वाघले एक शाम पहले बम्बई से लौटा था और देर रात तक बैठकर अपनी रिपोर्ट लिखता रहा। फिर सुबह उसने आयुक्त से मिलने का समय माँगा और रिपोर्ट देने स्वयं उसके आवास पर गया।

इंस्पेक्टर वाघले रवि कुमार, संगीत निर्देशक पर हत्या का आरोप लगा रहे हैं; कमीश्नर ने अपने वरिष्ठ स्टाफ़ को बताया। इसके बाद वह रुका, ताकि अधिकारी उसकी बात को पचा लें। 'यह बहुत गम्भीर आरोप है,' वह रिपोर्ट के पन्ने पलटता हुआ वाघले की ओर मुड़ा।

'सर, मैं सरसरी तौर पर यह आरोप नहीं लगा रहा।'

आयुक्त ने उसे चेताया, 'तुम हमारे एक प्रमुख नागरिक पर आरोप लगा रहे हो, हत्या का आरोप! क्या तुम्हें मालूम है कि इस व्यक्ति के कितने सम्पर्क हैं? मैं ज़ोर से बोल कर बता रहा हूँ कि मेरे पास आज रात के उनके शो की दो टिकटें हैं, जो मुझे दी गयी हैं। मुख्यमन्त्री भी इस आयोजन में आ रहे हैं।' आयुक्त ने ठण्डी साँस ली। 'ठीक है, हम इस रिपोर्ट के साथ आगे बढ़ते हैं। अपना समय ले लो इंस्पेक्टर। हमें यह बताओ कि तुम्हें क्यों सन्देह है कि रेल की पटरी पर मिले आदमी को रवि कुमार ने मारा है।'

'सर, यह निश्चित हो जाने पर कि जगतराम तिवारी बम्बई में रवि कुमार से मिलने आया था, मैं शिमला गया। वहाँ मुझे रवि के पिता द्वारा तिवारी को लिखी चिट्ठियाँ मिलीं, दर्जनों चिट्ठियाँ।' वाघले ने चिट्ठियों का बण्डल मेज़ पर रख दिया। 'महेश कुमार वर्षों से जगतराम को नियमित रूप से चिट्ठियाँ

लिखकर अपने बेटे के बारे में पूछ रहा था, उसे आशा थी कि उसका बेटा अच्छा कर रहा है। जगतराम ने महेश को बताया कि रवि भाग गया है। उसने महेश को यह भी बताया कि उसे नहीं मालूम था कि लड़का कहाँ गया।'

वाघले असर देखने के लिए पल भर रुका रहा। 'उसके भतीजे प्रकाश के अनुसार जगतराम जब महेश के साथ डॉ. प्रेमचन्द के बताये संस्थान में गये, तो वे उस सरकारी स्थान की स्थिति को देखकर डर गये। लोहे के पुराने और जंग लगे बिस्तर थे, धोने के बावजूद चादरों पर ख़ून के धब्बे लगे थे। शौचालय गन्दे थे और कुछ वार्डों के फ़र्शों पर भी रोगी सोये थे। जगतराम महेश को वापिस लाने के लिए तैयार थे लेकिन एक रोगी के पास आये हुए एक व्यक्ति ने उन्हें ऐसे रोगियों के लिए बने और ईसाई मिशनरियों द्वारा चलाए जाने वाले एक स्थान के बारे में बताया जो वहाँ से कुछ घण्टे की दूरी पर था। वे फ्लावर वैली सेनेटोरियम चले गये, जहाँ पर महेश उसी समय से रह रहा था।

'महेश ने अपने एक पत्र में रवि को यह न बताने के लिए कि वह कहाँ था, जगतराम का आभार व्यक्त किया था।' "यह बहुत अच्छा होगा कि मैं धीरे-धीरे उसकी ज़िन्दगी से चला जाऊँ, जगत भैया, मेरे होने से उसका कुछ भला नहीं हो सकता। वह मेरे बिना अच्छा है। इसके अलावा उसकी देखभाल के लिए आप हैं, शान्ति बहन हैं। मुझे उम्मीद है कि यदि मैं अपने बेटे का हाल जानने के लिए आपको कभी-कभार चिट्ठी लिखूँ तो आप बुरा नहीं मानेंगे।"

'जगतराम के भतीजे ने यह भी बताया कि जगतराम ने कभी रवि की तलाश बन्द नहीं की और इस आशा में रहे कि वह लौट आयेगा तथा वे उसे उसके पिता से मिलवाने ले जाएँगे। फिर एक दिन महेश को जगतराम का एक खत मिला जो उनके शहर से नहीं बल्कि बनारस से आया था, जिसमें उसने लिखा था कि उसने रवि को ढूँढ़ लिया है और वह उसे लेने बम्बई जा रहा है।'

'यह तुम कैसे जानते हो?'

'मैंने सिस्टर जोसेफिन से महेश कुमार का निजी सामान देखने देने की इज़ाजत माँगी थी। हालाँकि वे मुझसे बहुत नाराज़ थीं लेकिन जब मैंने उन्हें याद दिलाया कि एक आदमी की मौत हो गयी है और जगत राम की चिट्ठियों से हमें यह पता लग सकता है कि इसका जिम्मेदार कौन है तो वे मान गयीं।' वाघले ने महेश के सन्दूक से मिली चिट्ठियाँ आयुक्त के सामने रख दी।

कमीश्नर ने मेज़ के गिर्द बैठे लोगों से पूछा कि क्या किसी को और कुछ कहना है।

'हमें बहुत सावधानी से आगे बढ़ना होगा,' एक सीनियर अधिकारी ने कहा।

आयुक्त इस पर सहमत थे, 'यह सब कुछ एक बहुत अजीब समय पर हुआ है, आज रात सभी महत्त्वपूर्ण लोग रवि के कन्सर्ट में होंगे। किसी ने हालाँकि शब्दों में ऐसा नहीं कहा, लेकिन इसे उसके ससुर के चुनाव अभियान की अनौपचारिक शुरुआत माना जा रहा है।' आयुक्त ने मुद्दे पर और विचार किया, 'दूसरी ओर हम गिरफ़्तारी में और देरी नहीं कर सकते। मीडिया को इसकी भनक लग सकती है।'

वाघले ने सुझाव दिया कि वे रवि की गिरफ़्तारी के लिए पहले कन्सर्ट समाप्त होने की प्रतीक्षा कर लें।

आयुक्त ने कमरे में चारों ओर नज़रें घुमाईं, किसी के पास इससे बेहतर सुझाव नहीं था।

'तो फिर फ़ैसला हो गया,' आयुक्त अपनी कुर्सी से उठे और वाघले की ओर मुड़े। 'तुम आज दोपहर मेरे दफ़्तर से गिरफ़्तारी के वारण्ट ले सकते हो।' उसने कमरे में उपस्थित सब अधिकारियों को सख्त हिदायत दी कि वे बैठक की कार्यवाही की चर्चा किसी से करें। उसने मुख्यमन्त्री को भी अँधेरे में रखने का निर्णय लिया। वह उन्हें केवल सलाह दे देगा कि सुरक्षा कारणों से वे कन्सर्ट में न जायें।

आयुक्त जब अपनी कार में बैठ रहे थे तो बैठते-बैठते वाघले की ओर मुड़े, 'मुझे एक बात समझ नहीं आ रही कि महेश ने रवि कुमार की चिट्ठी का जवाब क्यों नहीं दिया?'

वाघले ने उनकी ओर देखते हुए कहा, 'मुझे लगता है कि वह जानता था कि इससे उसके बेटे का किसी न किसी तरह नुक़सान होगा।'

6

संगीत कार्यक्रम के दिन सुबह रवि के घर पूजा का आयोजन किया गया। इसका सुझाव कोकिला बेन ने दिया था। यह आयोजन छोटा-सा था, घर के स्टाफ़ और पुजारी के अलावा केवल सन्ध्या और उसके माता-पिता ही इस अवसर पर उपस्थित थे। पुजारी ने मन्त्रोच्चारण किया और अग्नि में घी डाला। रवि की आँखों में पानी आ गया। यह शायद धुएँ के कारण था लेकिन सन्ध्या का ध्यान उस ओर चला गया।

'क्या कुछ हुआ?'

'बस मैं थोड़ा थक गया हूँ।'

'आज का दिन तो तुम्हारे लिए बहुत बड़ा दिन है। कोशिश करो, थोड़ा आराम कर लो,' उसने कहा। रवि ने दोनों बड़ों के पाँव छुए, 'भगवान तुम्हारा भला करे बेटा,' कोकिला बेन ने उसके माथे पर टीका लगाया। रवि सेठ जी के बारे में तो निश्चित नहीं था लेकिन वह जानता था कि कोकिला बेन उसे प्यार करती थीं। उन्होंने रवि को लाल रंग की मखमली थैली में सोने का एक सिक्का दिया।

सन्ध्या अभी भी परेशान दिखाई दे रही थी।

रवि ने जाने से पहले उससे कहा, 'संगीत रचना के लिए पीड़ा जरूरी है।'

रवि गीले कपड़े से टीका हटाने और इसके बाद होने वाली प्रेस कॉन्फ्रेंस के लिए कपड़े बदलने अपने कमरे में चला गया। प्रेस कॉन्फ्रेंस शहर के बीचों-बीच एक होटल में थी, एक ऐसा स्थान जहाँ मीडिया प्रतिनिधियों के लिए दोनों दिशाओं से पहुँचना आसान था।

बेहूदे सवाल पूछे जा रहे थे। एक रिपोर्टर ने शाम के लिए उसके द्वारा चुनी गयी संगीत रचना के बारे में पूछा। रवि ने कहा कि वह उन्हें सरप्राइज़ देना चाहता है। सन्ध्या से उसकी सगाई और विवाह की सम्भावित तिथि के बारे में सवाल पूछे गये। एक और रिपोर्टर यह जानना चाहता था कि क्या यह कन्सर्ट उसके भावी ससुर के राजनीतिक कैरियर की शुरुआत से पूर्व है। रवि इस प्रश्न

को चतुराई से टाल गया। कॉन्फ्रेंस समाप्त होने के बाद रवि ने अपने ड्राइवर से स्टेडियम चलने के लिए कहा जहाँ उसने तैयारियों का जायज़ा लिया। वह विशेष रूप से अपने वाद्य-वादकों की सुविधा को लेकर चिन्तित था।

व्यवस्था के अनुसार उसने सेठ जी के घर पर परिवार के साथ ही दोपहर का भोजन किया। रवि ने सेठ जी को नगर के पहुँचे हुए लोगों को आमन्त्रित करने से मना किया था।

दोपहर बाद रवि डॉली से मिलने गया।

'पुलिस यहाँ आयी थी,' उसके भीतर आने के लिए दरवाज़ा खोलते ही डॉली ने कहा।

'क्यों? सब ठीक-ठाक तो है?'

'मुझे नहीं मालूम। तुम बताओ। उस आदमी—कोई राव या किसी और ने मेरा सामान टटोला है।' यह विचार ही डॉली को झकझोर गया। 'मैं घर पर नहीं थी। वे तुम्हारा कुर्ता ले गये हैं। वही कुर्ता जो मैंने उस रात धोकर प्रेस किया था।'

रवि सोफ़े पर बैठ गया, घबराया हुआ। मिनट बीतते रहे।

'तुम्हें विश्वास है कि यह वही कुर्ता था जो मैंने तुम्हें धोने के लिए दिया था?'

'हाँ।'

वह देर तक ख़ामोश बैठा रहा। 'इससे कोई फ़र्क़ नहीं पड़ता,' आख़िरकार उसने कहा। ऐसा लगा कि वह राहत महसूस कर रहा है। वह जाने के लिए उठा। 'तुम आज रात कन्सर्ट में आ रही हो?,' यह कहते ही उसे पछतावा हुआ।

'मुझे आमन्त्रित नहीं किया गया है,' उसकी आवाज़ में कड़वाहट थी।

'मुझे माफ़ कर दो, मुझसे बहुत गलती हो गयी।' उसने उसे अपनी बाँहों में लिया और ज़ोर से चूम लिया।

वह रो उठी। डॉली जानती थी कि वह उसे आख़िरी बार देख रही है।

'मैं तुम्हें प्यार करता हूँ,' जैसे ही उसने कहा, उसके मस्तिष्क में कौंध गया कि वह कितने वर्षों से डॉली को जानता था।

'मैं जानती हूँ।' वह उसे महीनों और दिनों की गिनती भी बता सकती थी।

'मुझे तुमसे विवाह कर लेना चाहिए था।'

'हाँ,' वह मुस्कुरायी और अपनी हथेली के पिछले भाग को उसके गालों पर फिराया।

उसने अपनी जेब में हाथ डाला और कपड़े की एक थैली निकाली। 'मैं चाहता हूँ कि यह तुम ले लो।' उसने डॉली को थैली पकड़ा दी। डॉली ने थैली खोली। उसमें से सोने की दो चूड़ियाँ निकलीं। उनका डिज़ाइन बहुत बारीक था,

शायद वे पीढ़ियों पुरानी थीं। 'ये बहुत सुन्दर हैं, धन्यवाद।'

'ये कभी मेरी माँ की थीं।'

उसने कभी भी डॉली को अपने माता-पिता या अपने अतीत के बारे में नहीं बताया था। उसे इच्छा तो हमेशा होती थी, लेकिन जैसा कि उसका स्वभाव था, उसने पूछा कभी नहीं था। 'मैं इन्हें सँभाल कर रखूँगी,' उसकी आँखें भीग गयीं।

रवि ने बाहर निकलने के लिए दरवाज़े की मूठ पर अपना हाथ रखा। फिर वह ठिठका।

'मेरा नाम एक नदी के नाम पर रखा गया था,' उसने कहा।

'रवि बहुत प्यारा नाम है।'

हमारी झोंपड़ी रावी के किनारे थी और हम इसकी समृद्धि पर निर्भर थे।

वह बहुत देर तक चुप रहा।

'मेरी माँ एक वेश्या थी,' उसने बताया, उसकी आवाज़ भर्रा गयी।

डॉली चौकन्नी हो गयी। 'यह तुम क्या कह रहे हो!'

उसने रवि की जेब से रूमाल निकाला और उसका मुँह पोंछ दिया।

'तुम ठीक तो हो?'

'जब मैं छह वर्ष का था तो मेरे पिता ने बताया कि मेरी माँ एक वेश्या है,' उसने कहा। 'तब मुझे इसका अर्थ नहीं मालूम था, जिस सुबह वह हमें छोड़ कर गयी, वह मेरे बिस्तर के पास खड़ी रही और मैं सोने का बहाना करता पड़ा रहा। मैं उसकी महक पहचान सकता था—वह महक जो उसके निकट जाने पर मुझे महसूस होती थी।'

'मैं दरवाज़े तक उसके पीछे गया। हमारी झोंपड़ी से सड़क तक के मार्ग के अन्त में एक ट्रक पर मैंने उसे चढ़ते देखा। मैंने इंजन के चालू होने की आवाज़ भी सुनी और ट्रक को धूल के धुँधलके में ग़ायब होते देखा। मेरा ख़याल है कि उसने मुझे देखा था लेकिन मुझे ठीक से याद नहीं। मेरे पिता ने मेरी माँ के बारे में यह बात लगभग बुदबुदाते हुए कही, फिर हम दोनों में से किसी ने उसका ज़िक्र नहीं किया।'

'उनके पास तुम्हें छोड़कर जाने का कोई ठोस कारण होगा,' डॉली ने धीरे से कहा।

'अगर वह हमारे साथ रहती तो हम जीवित न बचते,' रवि ने कहा। 'बहुत पहले मुझे यह एहसास हो गया था।'

'क्या तुम कभी उनके बारे में सोचते हो,' उसने पूछा।

'अपनी ज़िन्दगी के हर दिन।'

'आज रात के लिए तुम्हें शुभकामनाएँ,' डॉली ने कहा।

रवि लिफ़्ट के पास रुका और मुड़कर डॉली के पास आया, उसका गला फिर भर्रा रहा था। 'तुम्हें मालूम है?'

'क्या?'

'इतने वर्षों में उसने कभी मेरे बचपन या अतीत के बारे में नहीं पूछा, उसने नहीं पूछा कि मैं किस जाति का हूँ?'

'सन्ध्या? उसकी माँ ने भी नहीं?'

'उसकी माँ ने भी नहीं और वही सबसे अधिक चकित करने वाला है। उसकी माँ जूठी प्लेट से खाना खाने के डर से रेस्तराँ भी नहीं जातीं।'

'सन्ध्या ने अपने माता-पिता से तुमसे ऐसा न पूछने के लिए कहा होगा।'

'शायद।' यह पहली बार नहीं था कि रवि हैरान था कि डॉली ने सन्ध्या के प्रति कभी द्वेष नहीं दिखाया था, कभी शिकायत नहीं की थी, कभी पूछा नहीं था।

'तुम भाग्यशाली हो कि तुम अपने अतीत को मिटा सके, मैं ऐसा नहीं कर पायी,' डॉली ने कहा।

'क्या मैं सचमुच ऐसा कर सका?'

'मैं तुम्हारे बारे में कितना कम जानती हूँ।'

'मुझे तो लगता है कि मैं अपने बारे में भी बहुत नहीं जानता। हम सब जीते हैं, तुम और मैं हम अपने अतीत को अपने तक रखते हैं, हम दोनों जूठी वस्तुएँ हैं,' वह मुस्कुराया।

डॉली हँस पड़ी, 'अपनी बात करो।'

जाने का समय हो गया था। उसने बटन दबाया और लिफ़्ट के आने की प्रतीक्षा करने लगा।

जब लिफ़्ट का दरवाज़ा बन्द हुआ तो रवि ने डॉली को अपने दरवाज़े पर खड़े देखा। उसकी आँख से आँसू का एक कतरा गिर गया था।

कन्सर्ट ने शुरू होने से पहले ही मुनाफ़ा कमा लिया था। सरकारी पुस्तिका में उपयोगी सामग्री के दो पृष्ठ थे ओर दो सौ से अधिक पृष्ठों पर कीट भगाने वाली दवाओं से लेकर बीएमडब्ल्यू तक के विज्ञापन थे। स्टेडियम की सबसे सस्ती टिकट सौ की और सामने के बॉक्स के पीछे की सीट पाँच सौ रुपये की थी। राष्ट्रीय एयरलाइन द्वारा विदेशी कलाकारों, जादूगरों, रूसी सर्कस के कलाकारों को लाया गया था, जो शाम के पहले भाग में स्टेज पर प्रदर्शन करेंगे। एक पाँच

सितारा होटल ने इन कलाकारों को निःशुल्क ठहराया था और उसके बदले में उन्हें पुस्तिका में मुफ्त विज्ञापन दिया गया था। ऐसा कर होटल ने भावी संसद सदस्य सेठ जी के प्रति सौहार्दता दिखाई थी। एक टीवी चैनल ने कार्यक्रम की कवरेज का एकाधिकार पाने के लिए बड़ी रकम दी थी। यह चैनल इस कार्यक्रम को अगली शाम प्राइम टाइम में चलाएगा। विदेशों में कार्यक्रम की रिकॉर्डिंग के प्रसारण के अधिकार लन्दन की एक कम्पनी को बेचे गये थे। इस कम्पनी के विदेशों में अनेक जातीय चैनल चलते थे।

रवि की फीस कुल राशि का दस प्रतिशत थी। उसने बिना भुगतान लिए कार्यक्रम देने का प्रस्ताव रखा था क्योंकि सेठजी आयोजन समिति के अध्यक्ष थे और यह कार्यक्रम राजनीति में उनका प्रवेश-द्वार था। परन्तु बुजुर्ग सेठ जी ने ज़िद की कि रवि को दूसरे कालाकारों की भाँति ही भुगतान किया जाए।

रवि कार्यक्रम आरम्भ होने से दो घण्टे पहले अन्तिम तैयारियों का जायज़ा लेने के लिए आयोजन स्थल पर पहुँच गया। वह प्रभावित हुआ था। वह निकट ही एक होटल में लौट गया जहाँ उसके लिए एक सूइट बुक कराया गया था। वह स्वयं भी नियन्त्रित था, यह उसके कैरियर के दौरान कठोर परिश्रम की चरम परिणति थी। उसने थोड़ी देर के लिए बिस्तर पर आराम किया और फिर देर तक बाथरूम में शावर के नीचे रहा।

दिन ढले स्पोर्ट्स स्टेडियम वृक्षों पर लटकी और छतों पर लगी सजावटी रोशनियों से जगमगा रहा था। सड़क से भीतर के रास्ते पर दोनों ओर फूलों के सैंकड़ों गमले सजे थे। यहाँ वीआईपी वाहनों के प्रवेश पर कारें लोगों को उतार रही थीं। आकर्षक महिलाओं का एक समूह विशेष अतिथियों को उनकी सीटों पर पहुँचा रहा था और उन्हें चाय-नाश्ता दे रहा था। एक मॉडलिंग एजेंसी के माध्यम से इन महिलाओं की सेवाएँ ली गयी थीं। आयोजकों ने कार्यक्रम की समाप्ति पर शानदार पटाखे जलाने का वादा किया था।

दो सप्ताह के लिए सैकड़ों की संख्या में काम करने वाले रखे गये थे जो स्टेडियम के स्टैण्ड्स की मरम्मत और उन पर ताज़ा पेण्ट कर रहे थे। इन पर 50,000 लोग बैठ सकते थे। इसके अलावा 10,000 लोग स्टेज के सामने कुर्सियों पर बैठने वाले थे। मंच के ठीक सामने कालीन बिछे बॉक्स के लिए भारी सुरक्षा व्यवस्था थी, जहाँ फ़िल्म स्टार, बड़े निर्माता, सरकार के मन्त्री, उद्योग के मुखिया और कार्यक्रम को प्रायोजित करने वाले टीवी चैनलों के वरिष्ठ अधिकारी बैठेंगे।

विशाल स्टेज के पीछे कलाकारों, मेक-अप स्टेशनों, तकनीशियनों और टेलीविज़न के लिए बड़े-बड़े टेण्ट लगे थे। केवल मीडिया के टेण्ट में एक खुला बार था।

शो आठ बजे शुरू होना था लेकिन फ़ैशन के अनुसार नौ बजे पर्दा उठा जब सब बैठ चुके थे और कलाकार पहुँच चुके थे। रूसी भालू, कीव के बैली डांसर्स और बॉलीवुड के जाने-माने हास्य कलाकारों ने भीड़ का मनोरंजन किया। इण्टरवल से पहले देश के दो महान पुरुष व महिला कलाकारों ने बॉलीवुड के कुछ विशेषज्ञों द्वारा कोरियाग्राफ़ किया गया नृत्य कार्यक्रम प्रस्तुत किया। दस मिनट का अन्तराल आधे घण्टे तक खिंच गया। आगे की क़तारों में बैठे लोग साथ ही लगाये गये एक टैण्ट में कोल्ड ड्रिंक और कॉफ़ी पीने चले गये जबकि पीछे की क़तारों और स्टैण्ड्स में बैठी भीड़ ने सस्ती भेलपुरी ख़रीदी।

रवि ग्रीन रूम में एक शीशे के सामने बैठा था। एक मेकअप आर्टिस्ट उसके चेहरे पर आख़िरी बार यहाँ-वहाँ ठीक कर रहा था। वह स्टेज पर चलने वाला भाषण सुन रहा था। कोई सेठजी का परिचय दे रहा था, तभी सन्ध्या भीतर आयी। वह जानता था कि वह आयेगी, हालाँकि उसे अन्तिम घड़ी अकेले बिताना अधिक अच्छा लगता। उसने गर्मजोशी से उसका अभिवादन किया और मेकअप करने वाले को बाहर भेज दिया।

'मुझे अफ़सोस है कि मुख्यमन्त्री का आना रद्द हो गया,' सन्ध्या ने बताया। 'शायद केबिनेट में कोई संकट है परन्तु उन्होंने सन्देश भेजा है कि वे पद्म विभूषण के लिए तुम्हारे नाम की सिफ़ारिश कर रहें हैं। यह तो बहुत बढ़िया है।'

सन्ध्या निराश हो गयी। उसे रवि से अधिक उल्लास की आशा थी। आख़िर उसके पिता ने इस अवार्ड के लिए कितनी कठिनाई उठाई थी। 'क्या तुम घबराये हुए हो?'

'नहीं, बिल्कुल भी नहीं।'

'तुम कहीं जा रहे हो?'

वह प्रश्न सुनकर हैरान रह गया। 'तुम ऐसा क्यों पूछ रही हो?'

'उस सूटकेस का क्या?' सन्ध्या ने कमरे के कोने में रखे लुइ व्यूशन की ओर संकेत किया। यह सन्ध्या ने ही उसे जन्मदिन की भेंट के रूप में दिया था। रवि अपनी खीझ को छिपा गया। बेवकूफ़ ड्राइवर को इसे कार में ही छोड़ देना चाहिए था। 'वह?' उसमें तो वह शाम के लिए अपना सामान लाया था। वह जानता था कि सन्ध्या को पता है कि वह झूठ बोल रहा है लेकिन उसने फिर

रवि से सवाल नहीं किया। उसने सोचा कि बाद में एक चिट्ठी लिखकर वह विस्तार से उसे बता देगा।

'ठीक है, मैं यहाँ तुमसे विदा लेती हूँ।' जब उसने दरवाज़ा खोला, वह ठिठकी और पीछे मुड़ी, 'मैं तुम्हें बहुत प्यार करती हूँ, तुम यह कभी नहीं भूलना, हमेशा याद रखना।'

रवि कुछ कह पाता कि वह निकल गयी, कमरे में गुलाबों की गन्ध टँगी रह गयी।

मंच पर गायकों के अलावा अस्सी संगीतकार थे—तीस वॉयलिन, छह सीलो, अस्सी ब्रास वाद्य, पन्द्रह ढोलक, ड्रम और बोंगो। एक ओर रवि ने बाँस से बने वाद्य रखे थे—भारतीय और पश्चिमी बाँसुरियाँ और शहनाइयाँ और दूसरी ओर स्पेनिश और हवाई गिटारें। इलेक्ट्रॉनिक गिटार और दूसरे इलेक्ट्रॉनिक वाद्य एक जगह रखे थे। पियानो सामने रखा था, बैंजों और सन्तूर पीछे एक ओर पड़े थे, ढेरों तबलों के पीछे ज़मीन पर बिछे गद्दों पर सितार और सरोद रखे थे। तीन पियानोवादक रुक-रुक कर उस समय गा रहे गायक की इच्छानुसार बजाते थे। चार में से तीन तो सर्वाधिक लोकप्रिय गायक रवि के लिए गाने आये थे। एक जैसी पोशाकें पहने कम-से-कम पचास पुरुषों व महिलाओं का कोरस था।

रवि के असिस्टेण्ट सुदेश ने अपनी प्रतिभा को साबित कर दिया था। रवि ने आज रात उसे ऑर्केस्ट्रा के संचालन का अवसर दिया था। यह शाम या तो उसे बना देगी या फिर ख़त्म कर देगी। रवि ने अपने संग्रह में से चुने गये सदाबहार गानों के बीच-बीच में सुदेश की नयी संगीत रचनाएँ रखी थीं जिससे कि स्टेंड्स में बैठी भीड़ निराश न हो। अभ्यास ठीक चला था।

रवि शान्त, संयमित और तैयार था। उसे कार्यक्रम के अन्त में गाना था। अक्सर उसे कन्सर्ट से पहले का तनाव और घबराहट भरी उत्तेजना अच्छी लगती थी लेकिन आज कुछ और बात थी। उसने गर्दन तक बटन लगी काली जैकेट पहनी। यह बन्द गले की थी जिसकी डिज़ाइनिंग और सिलाई लन्दन में की गयी थी।

भारी आवाज़ वाले एक बॉलीवुड सितारे ने परम्परा के अनुसार रवि का परिचय दिया। वह केवल एक बड़ा अभिनेता ही नहीं, एक महान हस्ती भी था।

रवि स्टेज पर आया और सिर झुकाकर तालियों का जवाब दिया।

सुदेश ने अपनी बेटन खटखटाई। वह तैयार था। रवि ने यह रचना पहले न तो गाई थी और न ही रिकॉर्ड करवाई थी। गीत के शब्द उसके द्वारा लिखी

गयी एकमात्र गीत रचना थी और उसे केवल आज के कार्यक्रम के लिए लिखा गया था। इस गाने की रिकार्डिंग नहीं की जानी थी।

गाना बहुत ही मद्धिम शुरु हुआ। पियानो पर जलप्रपात जैसी हलकी ध्वनि, फिर तारें बज उठीं। अब रवि ने अपनी आँखें बन्द कर लीं। वह अपने आसपास सब भूल चुका था। अब वह स्टेज पर नहीं था।

☙

आज मैं गाऊँगा कहानी
गर्म समुद्र का आलिंगन करने भागती
ठण्डे, बर्फीले, पानियों वाली पर्वतीय नदी की
दूर अतीत के जंगलों में
उथले पानियों में सूर्य को छिन्न-भिन्न करता लड़का
अपने लम्बे लहराते बालों में
तेल लगाती, कंघा चलाती एक औरत
और अपने चक्के से गुँथा एक कुम्हार
वह उन्हें प्यार करता था
और वे भी उसे
परन्तु रातें जब थीं ठण्डी और काली
माँ ने थामा था किसी और को बाँहों में...

☙

उसने अनेक बार इस गाने का अभ्यास किया था, अपने स्वर और लहज़े को बार-बार माँजा था और अब उसने अपनी आवाज़ में उदासी और आक्रोश के साथ अपनी बेहतरीन प्रस्तुति दी थी। उसकी आँखों के सामने राधा थी, सूरज की रोशनी में नदी किनारे पालथी मारकर बैठी, अपने लम्बे, रेशमी बालों में तेल लगाती हुई।

☙

वाघले और मनोहर जब अपनी वर्दी में पहुँचे तो रवि स्टेज पर ही था। आयुक्त ने उन्हें निर्देश दिये थे कि स्टेज पर उसे किसी भी स्थिति में बाधा न डाली जाये।

'क्या मीडिया को सतर्क कर दिया गया है,' वाघले ने अपने एक आदमी से पूछा।

'यहाँ पहले ही दर्जनों रिपोर्टर हैं लेकिन हमने पुलिस बीट के रिपोर्टरों को भी फ़ोन कर दिया है। हमने उन्हें केवल इतना ही बताया है कि यहाँ आज रात एक बड़ी 'स्टोरी' है।'

वाघले राव की ओर खिसका और वे दोनों रास्ता बनाते हुए स्टेज की ओर बढ़ चले। सुरक्षा व्यवस्था बहुत कड़ी थी, लेकिन उनकी वर्दियों ने उनके लिए रास्ता बना दिया।

उन्होंने टेन्ट से गुज़रते हुए छोटा रास्ता पकड़ा, यहाँ कुछ समय पहले कलाकारों और तकनीशियनों ने जी भर कर खाना खाया था। वे स्टेज की ओर जाने वाली कुछ सीढ़ियों की ओर बढ़े। सुरक्षाकर्मियों ने जब वर्दीधारी पुलिस को देखा तो पीछे हट गये। अब वे मंच के पीछे भीतरी विंग में पहुँच गये जहाँ से वे इस कार्यक्रम के लिए तैयार किये गये पूरे विशाल मंच को देख सकते थे। वाघले के पता करने पर संचालक ने बताया कि यह अन्तिम गाना है।

रवि पसीने से तर-बतर था। उसकी आँखे बन्द थीं। संगीत पूरे आरोह पर था, अन्तिम क्षण।

'तुम्हारा क्या विचार है? क्या हम उसके पिता से जाकर मिलेंगे,' मनोहर ने पूछा।

'वह अब अपने पिता के साथ है,' वाघले ने कहा। धीरे-धीरे, टुकड़े-टुकड़े गाना समाप्ति पर आ पहुँचा, वायलिन के स्वर धीमे पड़ते गये। क्षण भर के लिए सन्नाटा छा गया।

ज़ोरदार तालियाँ बजाते हुए दर्शक खड़े हो गये।

रवि ने अपनी आँखें खोलीं। उसने सिर को झुकाकर तालियाँ कबूल कीं। सुदेश ने इशारे से ऑर्केस्ट्रा सदस्यों को खड़ा होने के लिए कहा। रवि ने मंच सँभाला। उसने पहले गा चुके सभी गायकों और कलाकरों को बुलाया। वह मंच के दोनों ओर व्यवस्था सँभाले कर्मियों की ओर मुड़ा और सिर झुकाया। उसने जैसे ही सिर उठाया, दो पुलिस अधिकारियों को अपने सामने पाया।

अब उसकी लीला समाप्त हो चुकी थी...

लकीरों के बाद...

वर्षों बाद जब उन्होंने रवि को रिहा किया तो वह कलोनी में लौट गया। बस वहीं आकर रुकी जहाँ हमेशा रुकती थी। वह बहुत कमज़ोर हो चुका था। नदी तक पहुँचने में उसे लगभग एक घण्टा लग गया। अब झोंपड़ी वहाँ नहीं थी, हालाँकि इसके साथ लगा हुआ सेब का बगीचा था जो नदी किनारे तक फैला था। अब नदी पर पैदल चलने वालों के लिए एक पुल बना था। जिस व्यक्ति ने इस पुल की आधारशिला रखी और जिस तिथि को यह आम जनता के लिए खोला गया, उसकी सूचना पुल पर प्रवेश करते ही सफ़ेद पत्थर पर उकेरी हुई थी।

जहाँ कभी लक्ष्मी की झोंपड़ी थी, वहाँ अब ईंटों से बने छोटे से घर का दरवाज़ा खटखटाते हुए रवि झिझका। उसकी टाँगें रबड़ जैसी हो गयी थीं और उसे लग रहा था कि घर पर कोई नहीं है। लेकिन उसकी उम्र के एक व्यक्ति ने दरवाज़ा खोला। रवि को उस आदमी को पहचानने में थोड़ा समय लगा। वह लक्ष्मी का बेटा और उसका बचपन का मित्र था।

'मैं आपकी क्या सहायता कर सकता हूँ,' उसने स्नेहपूर्वक पूछा।

रवि ने जब अपना परिचय दिया तो उसे भीतर आने को कहा। जो पीछे छूट गया था और बहुत दूर चला गया था, उनका मिलना सौहार्दपूर्ण लेकिन विचित्र था। उसकी पत्नी ने, जिसने सिर पर पल्लू लिया हुआ था, रवि से पूछा कि क्या वे थोड़ी चाय लेना पसन्द करेगा।

रवि ने सिर हिलाकर इनकार किया लेकिन वह फिर भी ले आयी। रवि ने पूछा कि क्या उनके पास उसकी माँ की कोई ख़बर है। लक्ष्मी के बेटे राम ने रवि को बताया कि किरपाल के साथ जाने के कुछ सालों के बाद किरपाल उसे एक ट्रक स्टेण्ड पर छोड़कर चला गया।

लकड़ी जलि कोयला भई,
कोयला जलि भयो राख।
मैं पापिन ऐसी जली,
कोयला भई न राख।

हमारे ज्योतिषी एवं हस्तरेखा विशेषज्ञ बताते हैं कि हमारा भाग्य हमारे हाथ की लकीरों में लिखा होता है। देवताओं ने विशेष कर निर्मम हाथों से राधा से निपटा होगा।

कलोनी पहुँचने से पहले महीनों तक उसने कई घरों में काम किया था। कलोनी में वह कभी एक प्रसन्न युवा दुल्हन के रूप में आयी थी। एकमात्र यही स्थान था, जिसे वह अपना घर कह सकती थी।

तब वह अपनी उम्र से बड़ी दिखाई देती थी, सूखकर तिनका हो गयी थी और उसकी सुन्दर त्वचा सिकुड़ गयी थी। ढाबा मालिक ने उसे पहचान लिया था, वह उसके ढाबे के बाहर सड़क पर खून की उल्टी कर रही थी। अब ढाबा सही मायने में रेस्तराँ हो गया था। छत के पंखे लग गये थे और पीछे एक वातानुकूलित कमरे में तन्दूरी चिकन और शराब परोसी जा रही थी। कभी सब्ज़ियाँ बेचने वाली महिला पर उसे दया आ गयी। भोजन और रात को फ़र्श पर गद्दे लगाने के बदले राधा रेस्तराँ की सफ़ाई करती और बर्तन धोती थी। मौसम ठण्डा हो गया था। ढाबा मालिक ने उसे एक पुराना कम्बल दे कर उसका ध्यान रखा।

लौटने के कुछ महीने के बाद सुन्दर-सौम्य राधा की मृत्यु हो गयी। पिता-पुत्र को छोड़कर जाने के बाद एक दिन भी ऐसा नहीं बीता था जब उसने अपने पति और दुलारे बेटे के बारे में न सोचा हो।

कलोनी के दुकानदारों ने उसके अन्तिम संस्कार के लिए पैसे इकट्ठे किये थे। एक दुकानदार ने अपनी किराने की दुकान से घी दान दिया था। लकड़ी, चाहे चन्दन की नहीं थी, फिर भी ख़रीदने के लिए पर्याप्त पैसा था। ढाबे के लड़कों ने बाँस के दो टुकड़े लेकर रस्सी से बाँध दिये और चार लोग मिलकर उसे लेकर श्मशान घाट की ओर बढ़ चले। रास्ते में वे प्रार्थनाएँ बोलते गये, जो उनकी माताओं ने उन्हें सिखाई थीं।

क़स्बे में किसी को याद था कि राधा एक समृद्ध अग्रवाल परिवार में काम करती थी। ठाकुर की मौत बहुत पहले हो गयी थी लेकिन उसके पोते अनिल को उसकी माँ ने चिता को मुखाग्नि देने के लिए तैयार कर लिया था। अनिल

जब बच्चा था तो राधा से उसका बहुत स्नेह था। वह घर-भर में उसके पीछे-पीछे घूमता था। अब जवान हो चुके अनिल को बिल्कुल भी मालूम न था कि मृतक महिला कौन थी और उसने नाराज़गी में सौंपा हुआ काम पूरा कर दिया था। उस दिन दूर मेल्बर्न में भारतीय टीम ऑस्ट्रेलिया के साथ खेल रही थी और उसने खुद को टीवी से दूर रखने का विरोध किया था।

मिलावटी घी डालते हुए पुजारी वैदिक श्लोकों का उच्चारण कर रहा था—

"उसकी आँखें सूर्य के पास जायें और जीवन हवाओं में मिल जाएँ...आपने जो अच्छे कार्य किये हैं, वे स्वर्ग में जायें..."

पुजारी ने बिना किसी भावना के मन्त्रोच्चारण किया था, भावनाएँ उसने अपने-अपने प्रिय यजमानों के लिए बचाकर रखी हुई थी।

दूर कहीं कुत्ते भौंक रहे थे। बूँदाबाँदी होने लगी थी। जो लड़के शव को कन्धों पर उठा कर लाये थे वे चले गये। कर्मकाण्ड पूरा होने से पहले ही पुजारी ने जब देखा कि लकड़ी के लट्ठे धू-धू कर दहकने लगे तो वह वहाँ से जाने लगा। उसे लगा कि उसका कर्त्तव्य पूरा हो गया है। वह अनिल की मोटरसाइकिल के पीछे बैठ कर कलोनी की ओर रवाना हो गया।

आभार

मैं प्रसिद्ध लेखक खुशवन्त सिंह का आभारी हूँ जो लगभग चार दशकों से अधिक समय से मेरे परामर्शदाता रहे हैं। मेरे इस पहले उपन्यास के लिखने के दौरान उन्होंने लगातार मेरा हौसला बढ़ाया है। मैं पैन मैकमिलन इंडिया का भी आभारी हूँ जिन्होंने अंग्रेजी में मेरा यह उपन्यास प्रकाशित किया है। मैं श्री अशोक वाजपेयी का विशेष आभारी हूँ जिन्होंने इस उपन्यास को हिन्दी में लाने का सुझाव दिया। उपन्यास को हिन्दी में प्रकाशित करने के लिए वाणी प्रकाशन के प्रबन्ध निदेशक श्री अरुण माहेश्वरी और निदेशक अदिति माहेश्वरी-गोयल का बहुत आभारी हूँ। साथ ही मैं इस पुस्तक की अनुवादक सुश्री नीरू का और हिन्दी संस्करण के सम्पादक डॉ. पंकज बोस का भी आभार व्यक्त करता हूँ।

पुस्तक का यह हिन्दी संस्करण मैं फ़िजी के अपने प्यारे लोगों को समर्पित करता हूँ जहाँ मैं वर्षों रहा हूँ और जिनके बीच मेरा बचपन बीता है।

❑❑